ein Ullstein Buch

ÜBER DAS BUCH:

Henry Wilt, Lehrer für Allgemeinbildung und Millionen von Lesern aus
den Bestsellern *Puppenmord* (UB 20202) und *Trabbel für Henry* (UB
20360) zwerchfellerschütternd bekannt, ist der besondere Liebling seines
Direktors. Der steht der Berufsschule in Ipford vor, einem mittelprächtigen
Tollhaus. Diesen Eindruck jedenfalls muß der Privatsekretär des englischen Erziehungsministers gewinnen, der die Lehranstalt unangemeldet besucht. Sein besonderes Pech ist, daß er sich mit dem in seinen Augen poli-
tisch höchst suspekten Henry Wilt anlegt, denn der dreht daraufhin auf und
den Privatsekretär durch seine berühmt-berüchtigte Argumentationsman-
gel, und zwar in einer Weise, die den Schuldirektor dem Grab wieder ein
Stück näher bringt. Doch gegen Henrys Talent, sich und andere laufend ungewollt in den Schlamassel zu ziehen, ist eben kein Kraut gewachsen. Als
eine Schülerin an einer Überdosis Heroin stirbt und einer der berüchtigtsten
Verbrecher des britischen Königreichs, den Henry im Knast unterrichtet,
sich von dieser schnöden Welt verabschiedet, wittert Wilts alter Intimfeind,
Inspektor Flint, Morgenluft . . .

DER AUTOR:

Tom Sharpe wurde 1928 in England geboren, studierte in Cambridge, lern-
te als Buchhalter, Sozialarbeiter und Fotograf Südafrika kennen, bis er aus-
gewiesen wurde, und unterrichtete als Hilfslehrer an einer Berufsschule in
Cambridge, bis ihm der Erfolg seiner Bücher die Freiheit schenkte, mit
Frau und drei Töchtern als Schriftsteller zu leben.

Tom Sharpe

Henry dreht auf

Roman

ein Ullstein Buch

ein Ullstein Buch
Nr. 22058
im Verlag Ullstein GmbH,
Frankfurt/M – Berlin
Englischer Originaltitel:
WILT ON HIGH
© by Tom Sharpe
Übersetzt von Irene Rumler

Ungekürzte Ausgabe

Umschlagentwurf:
Brian Bagnall
Alle Rechte vorbehalten
Übersetzung © 1986
Verlag Ullstein GmbH,
Frankfurt/M – Berlin
Printed in Germany 1990
Druck und Verarbeitung:
Ebner Ulm
ISBN 3 548 22058 4

5. Auflage Januar 1991

Vom selben Autor
in der Reihe
der Ullstein Bücher:

Puppenmord (20202)
Trabbel für Henry (20360)
Tohuwabohu (20561)
Mohrenwäsche (20593)
Feine Familie (20709)
Der Renner (20801)
Klex in der Landschaft (20963)
Alles Quatsch (22154)
Schwanenschmaus
in Porterhouse (22195)

CIP-Titelaufnahme
der Deutschen Bibliothek

Sharpe, Tom:
Henry dreht auf: Roman / Tom Sharpe.
[Übers. von Irene Rumler]. – Ungekürzte
Ausg., 5. Aufl. – Frankfurt/M; Berlin:
Ullstein, 1991
   (Ullstein-Buch; Nr. 22058)
   Einheitssacht.: Wilt on high < dt. >
   ISBN 3-548-22058-4
NE: GT

Kapitel 1

»Ich denk an euch, ihr himmlisch schönen Tage«, murmelte Wilt vor sich hin. Zugegeben, eine recht belanglose Bemerkung, aber wenn man im Ausschuß für Finanzen und Allgemeine Belange in der Berufsschule hockte, brauchte man dergleichen ab und zu als eine Art Ventil. Wie schon so oft in den vergangenen fünf Jahren war Dr. Mayfield aufgestanden, um dadurch seinen Worten mehr Gewicht zu verleihen: »Wir müssen der Berufsschule für Geisteswissenschaften und Gewerbekunde von Fenland den ihr zustehenden Platz auf der Landkarte verschaffen«, verkündete er.

»Ich dachte immer, den habe sie bereits«, meinte Dr. Board, der sich zwecks Erhaltung seiner geistigen Gesundheit wie üblich hinter der wörtlichen Bedeutung des Gesagten verschanzte. »Meines Wissens existiert sie dort sogar schon seit 1895, als . . .«

»Sie wissen ganz genau, was ich meine«, unterbrach ihn Dr. Mayfield. »Tatsache ist, daß es für die Berufsschule kein Zurück mehr gibt.«

»Von wo?« fragte Dr. Board.

Dr. Mayfield wandte sich hilfesuchend an den Direktor. »Worauf ich hinaus will . . .«, setzte er an, aber Dr. Board war noch nicht fertig.

»Offenbar sind wir entweder ein Flugzeug auf halbem Weg zu seinem Bestimmungsort oder ein kartographisches Phänomen. Vielleicht sogar beides.«

Der Direktor seufzte tief und erwog, sich frühzeitig pensionieren zu lassen. »Dr. Board«, sagte er, »wir sitzen hier, um angesichts der angestrengten Versuche seitens der örtlichen Schulverwaltung, unsere Anstalt zu einem Anhängsel der Behörde für Arbeitsvermittlung zu degradieren, Mittel und Wege zur Erhaltung unserer gegenwärtigen Kursusstruktur und des derzeitigen Lehrkörpers zu erörtern.«

Dr. Board zog eine Augenbraue hoch. »In der Tat? Ich dachte, wir seien hier, um zu unterrichten. Natürlich kann ich mich da irren, aber als ich seinerzeit diesen Beruf ergriff, wurde mir dieser Eindruck vermittelt. Und jetzt muß ich erfahren, daß wir hier sind, um Kursusstrukturen, was immer das sein mag, und den Umfang des Lehrkörpers aufrechtzuerhalten, mit anderen Worten, die Jobs für unsere Jungs.«

»Und Mädchen«, fügte die Leiterin der Hauswirtschaft hinzu, die eigentlich gar nicht recht zugehört hatte. Dr. Board musterte sie eindringlich.

»Und fraglos für ein oder zwei Wesen unbestimmbaren Geschlechts«, murmelte er. »Und falls Dr. Mayfield jetzt ...«

»... fortfahren dürfte«, unterbrach ihn der Direktor, »könnten wir bis zur Mittagspause möglicherweise zu einer Entscheidung gelangen.«

Während Dr. Mayfield wieder das Wort ergriff, blickte Wilt aus dem Fenster auf den neuen Elektronikkomplex und fragte sich wohl zum hundertsiebenunddreißigsten Male, wieso solche Ausschüsse gebildete und relativ intelligente Mitmenschen, die samt und sonders Universitätsabsolventen waren, zu verkniffenen, langweiligen und streitsüchtigen Leuten werden ließen, deren ausschließliches Ziel darin zu bestehen schien, sich selbst reden zu hören und allen anderen zu beweisen, daß sie unrecht hatten. Dieses Ausschuß-Unwesen nahm an der Berufsschule immer mehr überhand. Früher war es ihm vergönnt gewesen, seine Vormittage und Nachmittage mit Unterrichten zu verbringen oder zumindest mit dem Versuch, bei den Drehern und Schlossern oder auch den Fleischern und Druckern in seinen Kursen eine gewisse intellektuelle Neugier zu entfachen; und wenn sie auch nicht viel von ihm lernten, so konnte er doch abends in dem sicheren Bewußtsein nach Hause gehen, daß zumindest er etwas von ihnen profitiert hatte.

Jetzt war alles ganz anders. Sogar seinen Zuständigkeitsbereich – er war Leiter der Allgemeinbildung – hatten sie umbenannt in Kommunikative Techniken und Progrediente Ausdrucksstrategien. Seitdem vergeudete er seine Zeit in Ausschüssen oder mit der Abfassung von Memoranden und sogenannten konsultativen Schriftstücken oder der Lektüre ebenso unsinniger Elaborate aus anderen Abteilungen. Seinen Kollegen erging es auch nicht besser.

Der Kopf der Anstalt, dessen Lese- und Schreibkundigkeit von jeher zu Zweifeln Anlaß gab, hatte die Auflage bekommen, Kurse in Mauern und Verputzen in einem fünfundvierzigseitigen Diskussionspapier über »Modulare Bauweise und innerräumliche Oberflächenbehandlung« zu rechtfertigen. Das Ergebnis war ein grammatikalisch hanebüchenes Werk von einer derart monumentalen Inhaltslosigkeit, daß Dr. Board den Vorschlag machte, es bei der Vergabestelle für Forschungsaufträge einzureichen – mit der Empfehlung, dem Autor ein Stipendium für eine Arbeit über Architektonischen Semantizismus – oder wahlweise Zementizismus – zu gewähren. Ähnliches Aufsehen erregte die von der Leiterin der Hauswirtschaft vorgelegte Monographie über »Diätetische Fortschritte bei mehrphasiger Anstaltsproviantierung«, gegen die Dr. Mayfield Vorbehalte anmeldete, da seiner Ansicht nach die Überbetonung von Leberfrikadellen und Queenspudding in gewissen Kreisen zu Mißverständnissen führen könne. Dr. Cox, Leiter der Wissenschaft, wollte wissen, was eigentlich eine mehrphasige Anstalt sei und was, zum Kuckuck, es denn an Leberfrikadellen auszusetzen gäbe, denn ihn habe man schließlich damit großgezogen. Dr. Mayfield hatte daraufhin erklärt, er habe auf Homos angespielt, worauf die Leiterin der Hauswirtschaft energisch bestritt, eine Feministin zu sein, und damit nur noch mehr Verwirrung stiftete. Wilt hatte der ganzen Debatte in fassungslosem Schweigen beigewohnt und sich, ähnlich wie jetzt, über die kuriose neumodische Annahme gewundert, man könne Tätigkeiten einfach dadurch verändern, daß man sie anders benannte. Ein Koch blieb ein Koch, auch wenn man ihn als Kulinarwissenschaftler titulierte.

Gerade überlegte er, wie lange es wohl noch dauern würde, bis man ihn als Pädagogikwissenschaftler oder gar als Beauftragten für Geistesveredlung bezeichnen würde, als ihn die Frage der Kontaktstunden aus seinen Tagträumen riß.

»Wenn ich eine Aufgliederung der abteilungsinternen Stundenplanbeschaffenheit auf der Grundlage realzeitlicher Kontaktstunden bekommen könnte«, erklärte Dr. Mayfield, »könnten wir die Überschneidungsbereiche, in denen sich unser Lehrkörpervolumen unter den gegenwärtigen Umständen bei einer Kosten-Nutzen-Analyse als entwicklungsunfähig erweisen würde, computertechnisch erfassen.«

Es herrschte Schweigen, während die einzelnen Abteilungsleiter versuchten, den Sinn von Mayfields Worten zu ergründen. Als Dr. Board schnaubte, biß der Direktor sofort an und fragte erwartungsvoll: »Nun, Board?«

»Nicht sonderlich«, meinte der Leiter der Modernen Sprachen, »aber trotzdem, danke für die Nachfrage.«

»Sie wissen ganz genau, worauf Dr. Mayfield hinaus will.«

»Allenfalls aufgrund langjähriger Erfahrung und linguistischen Rätselratens«, entgegnete Dr. Board. »Was mich im Augenblick etwas verwirrt, ist seine Verwendung des Ausdrucks ›realzeitliche Kontaktstunden‹. Also, meinem Sprachverständnis zufolge . . .«

»Dr. Board«, unterbrach ihn der Direktor, der sich nichts sehnlicher wünschte, als diesen Menschen zu feuern, »was wir erfahren wollen, ist ganz einfach die Anzahl der Kontaktstunden, die die Angehörigen ihrer Abteilung pro Woche absolvieren.«

Demonstrativ und ausführlich konsultierte Dr. Board sein kleines Notizbuch. »Keine«, sagte er schließlich.

»Keine?«

»Genau das sagte ich.«

»Wollen Sie damit etwa andeuten, daß Ihre Leute überhaupt keinerlei regulären Unterricht abhalten? Das ist doch infam! Überhaupt bin ich . . .«

»Von Unterrichten habe ich nichts gesagt; es hat mich auch niemand danach gefragt. Dr. Mayfield erkundigte sich ganz gezielt nach ›realzeitlichen . . .‹«

»Zum Teufel mit der Realzeit! Was er meint, ist die tatsächliche Zeit.«

»Ich auch«, entgegnete Dr. Board, »und falls einer meiner Dozenten seine Schüler auch nur eine Minute lang berühren sollte, von einer Stunde ganz zu schweigen, dann würde ich . . .«

»Board«, schnaubte der Direktor, »Sie haben meine Geduld lange genug strapaziert. Beantworten Sie die Frage.«

»Das habe ich. Kontakt bedeutet Berührung, also muß eine Kontaktstunde eine Berührungsstunde sein. Daran führt kein Weg vorbei. Da können Sie in jedem Wörterbuch nachschlagen und werden feststellen, daß es unmittelbar vom lateinischen *contactus* abgeleitet ist. Der Infinitiv ist *contigere* und das Partizip Perfect *contactum;* und Sie können es drehen und wenden, wie Sie wollen, es heißt allemal berühren. Unterrichten kann es einfach nicht bedeuten.«

»Gütiger Himmel«, quetschte der Direktor zwischen zusammengebissenen Zähnen hervor, aber Dr. Board war noch nicht fertig.

»Nun weiß ich ja nicht, zu welchem Unterrichtsstil Dr. Mayfield seine Leute in der Soziologie anhält, und ich könnte mir gut vorstellen, daß er ein Faible für, sagen wir mal, handfesten Unterricht hat, volkstümlich meines Wissens auch ›Gruppengrapschen‹ genannt, aber in meiner Abteilung . . .«

»Halten Sie endlich den Mund«, brüllte ihn der Direktor an, dessen Geduldsfaden endgültig gerissen war. »Sie werden sich jetzt alle dazu bequemen, mir die Anzahl der Unterrichtsstunden aufzuschreiben, die die jeweiligen Dozenten ihrer Abteilung abhalten . . .«

Nachdem die Sitzung damit beendet war, ging Dr. Board neben Wilt den Korridor hinunter. »Es gelingt einem ja nicht oft, eine Lanze für sprachliche Akkuratesse zu brechen«, meinte er, »aber wenigstens habe ich Dr. Mayfield ein Schräubchen ins Räderwerk seines Automatengehirns geworfen. Der Mann hat sie doch nicht alle.«

Als Wilt sich eine halbe Stunde später mit Peter Braintree in ihrer Stammkneipe, *Zur Katze im Sack,* traf, griff er dieses Thema auf.

»Das ganze System ist hirnrissig«, meinte er beim zweiten Bier. »Mayfield hat es aufgegeben, sich ein Imperium akademischer Kurse aufzubauen, und ist dafür jetzt voll auf dem Kosten-Nutzen-Trip.«

»Wem sagst du das«, seufzte Braintree. »Wir haben dieses Jahr bereits die Hälfte unseres Lehrbücherkontingents eingebüßt, und Foster und Carston wurden frühzeitig in Pension geschickt. Wenn das so weitergeht, werden sich demnächst bei der Lektüre des *König Lear* sechzig Schüler in einer Klasse um acht Exemplare raufen müssen.«

»Du unterrichtest wenigstens noch was Richtiges! Aber mach du mal Progrediente Ausdrucksstrategien mit einem Kurs Autoschlosser III. Progrediente Ausdrucksstrategien! Die Himmelhunde wissen über Autos in- und auswendig Bescheid, während ich keinen blassen Schimmer habe, was Progrediente Ausdrucksstrategien eigentlich sein sollen. Wenn das keine Verschwendung von Steuergeldern ist! Abgesehen davon geht mehr von meiner Zeit mit Ausschußsitzungen drauf als für den sogenannten Unterricht. Zum Kotzen ist das!«

»Wie geht's denn Eva?« fragte Braintree, der angesichts Wilts mieser Laune gerne das Thema wechseln wollte.

»*Plus ça change, plus c'est la même chose*. Also, ganz stimmt das auch wieder nicht. Wenigstens ist sie wieder von ›Stimmrecht für Kleinkinder‹ und ›Mit Elf zur Wahl‹ runter, nachdem diese zwei Typen vom PIA vorbeischauten, um sie für ihre Ideen zu gewinnen, und mit geschwollenen Visagen wieder abziehen mußten.«

»PIA?«

»Pädophiler Informations-Austausch. Früher nannte man die an so was beteiligten Heinis Kinderschänder. Die zwei Vögel beginnen den Fehler, Evas Unterstützung für die Herabsetzung des Mündigkeitsalters auf vier gewinnen zu wollen. Ich hätte denen gleich sagen können, daß die Vier bei uns eine Unglückszahl ist, wenn man bedenkt, was die Vierlinge so alles anstellen. Als Eva endlich mit ihnen fertig war, müssen sie geglaubt haben, in einem verdammten Raubtiergehege gelandet und einer soeben Mutter gewordenen Tigerin in die Quere gekommen zu sein.«

»Geschieht diesen Kerlen ganz recht.«

»Nur Mr. Birkenshaw mußte darunter leiden. Samantha hat mit den drei anderen auf der Stelle KGV – ›Kinder gegen Vergewaltigung‹ – ins Leben gerufen und im Garten eine entsprechende Zielscheibe aufgestellt. Zum Glück funkten die Nachbarn energisch dazwischen, bevor sich ein kleiner Junge aus der Straße selbst kastrieren konnte. Zu dem Zeitpunkt trainierten die Vierlinge noch mit Taschenmessern. Also, eigentlich waren es Metzgermesser, und sie gingen schon recht geschickt damit um. Emmeline traf die Eier der verdammten Konstruktion aus sechs Metern Entfernung, und Penelope durchbohrte sie aus dreieinhalb Metern Abstand.«

»Wie?« fragte Braintree erschüttert.

»Natürlich war das Ding ein bißchen überlebensgroß. Sie haben es aus einer alten Fußballblase und zwei Tennisbällen gebastelt. Aber eigentlich war es der Penis, der die Nachbarn richtig in Harnisch gebracht hat. Vor allem Mr. Birkenshaw. Ich ahnte gar nicht, daß er eine solche Vorhaut hat. Und wenn ich es recht überlege, bezweifle ich sehr, daß das sonst jemand in der Straße wußte – zumindest nicht, bevor Emmeline seinen Namen auf das verdammte Kondom schrieb, es aufblies und daran ringsum Einwikkelpapier vom Weihnachtskuchen befestigte, so daß der Wind das Ganze am Samstag nachmittag zur günstigsten Zeit zehn Gärten weit trug. Schließlich blieb es im Kirschbaum von Mrs. Lorrimer an der Ecke hängen. Auf diese Weise war BIRKENSHAW weithin in alle vier Himmelsrichtungen deutlich zu lesen.«

»Ach du liebes bißchen«, seufzte Braintree. »Was, um Himmels willen, hat Mr. Birkenshaw dazu gesagt?«

»Bis jetzt nicht viel«, sagte Wilt. »Er steht noch unter Schock. Am Samstag hat er fast die ganze Nacht auf dem Polizeirevier verbracht und versucht, die Bullen davon zu überzeugen, daß er nicht der Phantom-Blitzer ist. Seit Jahren versuchen die, diesen Verrückten zu erwischen, und diesmal glaubten sie, sie hätten ihn.«

»Wen? Birkenshaw? Die sind doch nicht recht bei Trost, schließlich sitzt der Mann im Stadtrat.«

»Saß«, sagte Wilt. »Ich bezweifle, daß er sich nach dem, was Emmeline der Polizeibeamtin erzählt hat, wieder aufstellen läßt. Sie behauptete nämlich, sie wisse deshalb so genau, wie sein Schwanz aussieht, weil er sie in den Garten hinter seinem Haus gelockt und mit dem Ding herumgewackelt habe.«

»Gelockt?« fragte Braintree zweifelnd. »Bei allem Respekt vor deinen Töchtern, Henry, aber als ausgesprochen verlockend würde ich sie nicht unbedingt bezeichnen. Genial vielleicht und . . .«

»Teuflisch«, ergänzte Wilt. »Glaube bloß nicht, daß es mich stört, wenn du so über sie redest. Ich muß schließlich mit dieser Satansbrut leben. Natürlich hat Birkenshaw Emmeline nicht mit irgendwelchen Tricks geködert. Sie will sich schon seit Monaten an seiner kleinen Miezekatze rächen, weil die immer wieder rüberkommt und unserer die Innereien nach außen kehrt. Wahrscheinlich hat sie versucht, das Vieh zu vergiften. Aber wie dem auch sei, sie war in seinem Garten, und er hat, ihrer Aussage zufolge, sein Ding herumgeschlenkert. Seine Version klingt ganz anders. Birkenshaw behauptet, er würde immer auf den Komposthaufen pinkeln, und wenn sich kleine Mädchen unbedingt auf die

Lauer legen müßten, um ihn dabei . . . also, das hat der Polizistin auch nicht besonders gefallen. Nannte das unhygienisch.«

»Und wo war Eva während der ganzen Zeit?«

»Ach, da und dort«, sagte Wilt leichthin. »Abgesehen davon, daß sie Mr. Birkenshaw praktisch beschuldigte, ein Verwandter des Yorkshire Ripper zu sein . . . zumindest konnte ich verhindern, daß das ins Polizeiprotokoll aufgenommen wurde, indem ich sagte, sie sei hysterisch. Das war wie Öl ins Feuer gießen. Wenigstens war die Polizistin da, um mich zu beschützen, und soweit ich weiß, können Zehnjährige noch nicht wegen Verleumdung belangt werden. Falls doch, müssen wir auswandern. Als ob es nicht reichte, daß ich auch noch abends arbeiten muß, um die Mädchen in diese verfluchte Schule für sogenannte Hochbegabte schicken zu können. Die Kosten dafür sind astronomisch.«

»Ich dachte, ihr bekommt Ermäßigung, weil Eva dort aushilft.«

»Sich hinaushelfen läßt, wäre genauer. Rausgeschmissen haben sie sie«, sagte Wilt und bestellte noch zwei Bier.

»Aber wieso denn? Ich dachte, die wären heilfroh, eine so energische Person wie Eva als unbezahlte Hilfskraft zum Putzen und Kochen zu haben.«

»Nicht, wenn es sich besagte Dame in den Kopf setzt, die Mikrocomputer mit ihrer Metallpolitur auf Hochglanz zu bringen. Sie hat sie samt und sonders geliefert, und es war nur ein Wunder, daß wir sie nicht ersetzen mußten. Dabei hätte ich gar nichts dagegen gehabt, ihnen die Dinger zu überlassen, die bei uns daheim herumstehen. Unser Haus ist die reinste Todesfalle – überall tückische Kabelschlingen und herumfliegende Disketten –, und an die Glotze komme ich überhaupt nicht mehr ran. Und falls doch, dann geht irgendwo ein Ding los, das Matrixdrucker oder so ähnlich heißt und sich anhört wie ein aufgestörter Hornissenschwarm. Und wozu das alles? Damit diese vier Gören mit ihrer durchschnittlichen, wenngleich teuflischen Intelligenz rotznasigen kleinen Jungen beim schulischen Notenwettlauf ein Schnippchen schlagen.«

»Wir sind halt einfach altmodisch«, meinte Braintree mit einem Seufzer. »Tatsache ist, daß wir mit dem Computer leben müssen, und die Kinder wissen, wie man damit umgeht, und wir nicht. Das fängt schon bei der Sprache an.«

»Komm mir bloß nicht mit diesem Kauderwelsch. Ich habe immer gedacht, Flipflop sei so was wie akrobatischer Sex. Dabei hat es mit einer elektronischen Schaltung zu tun. Und ROM ist auch nicht mehr das, was es war. Nur um diesen elektronischen Schnickschnack zu finanzieren, verbringe ich jeden Dienstagabend im Gefängnis und trichtere so einem Gangster alles über E. M. Forster ein, was ich nicht weiß, und jeden Freitag im Luftwaffenstützpunkt Baconheath, wo ich einer Horde Yankees, die nicht wissen, wie sie sonst die Zeit bis zur Stunde X totschlagen sollen, etwas über ›Britische Kultur und Britische Einrichtungen‹ erzähle.«

»Sorge bloß dafür, daß Mavis Mottram nicht Wind von dieser Sache kriegt«, sagte Braintree, als sie ihr Bier ausgetrunken hatten und die Kneipe verließen. »Sie ist mächtig bei der Aktion ›Kampf dem Atomtod‹ engagiert. Betty hat sie schon kräftig bearbeitet, und es wundert mich nur, daß sie Eva dafür noch nicht gewonnen hat.«

»Probiert hat sie es schon, aber diesmal hat es ausnahmsweise nicht geklappt. Eva hat mit den Vierlingen zuviel um die Ohren, um bei Protestdemonstrationen mitzumachen.«

»Trotzdem würde ich über den Job im Luftwaffenstützpunkt nichts verlauten lassen. Oder willst du, daß Mavis vor deinem Haus Streikposten steht?«

Wilt war sich da gar nicht so sicher. »Ach, ich weiß nicht recht. Vielleicht würde uns das bei den Nachbarn etwas beliebter machen. In deren Dickschädeln hat sich nämlich die Meinung eingenistet, ich sei entweder ein potentieller Massenmörder oder ein linksradikaler Revolutionär, weil ich an der Berufsschule unterrichte. Von Mavis aufgrund der völlig irrigen Annahme, ich sei ein Raketenstationierungsbefürworter, unter Kuratel gestellt zu werden, könnte mein Image verbessern.« Quer über den Friedhof gingen sie zurück zur Berufsschule.

In ihrem Haus in der Oakhurst Avenue 45 genoß Eva Wilt einen ihrer besseren Tage. Für Eva gab es Tage, bessere Tage und jene bewußten Tage. Tage, das waren eben so Tage, an denen nichts schiefging und die Vierlinge sich ohne allzugroßes Gezeter in die Schule bringen ließen, worauf sie die Hausarbeit erledigte, einkaufen ging, mittags einen Thunfischsalat aß, danach eine halbe Stunde flickte, etwas im Garten anpflanzte und schließlich die Kinder wie-

13

der von der Schule abholte, ohne daß etwas besonders Widerwärtiges passierte.

An jenen bewußten Tagen ging alles schief: Die Vierlinge stritten vor, während und nach dem Frühstück, Henry platzte deswegen der Kragen, so daß Eva gar nichts anderes übrigblieb, als die Mädchen zu verteidigen, obwohl sie genau wußte, daß er recht hatte. Dann blieb das Toastbrot im Toaster stecken, sie lieferte die Mädchen zu spät in der Schule ab, der Staubsauger streikte oder die Klospülung funktionierte nicht, und irgendwie schien sich alles gegen sie verschworen zu haben, so daß sie versucht war, sich vor dem Mittagessen ein Glas Sherry zu genehmigen, was wiederum den Nachteil hatte, daß sie hinterher ein Schläfchen benötigen und den Rest des Tages damit zubringen würde, das versäumte Arbeitspensum wieder aufzuholen.

An ihren besseren Tagen erledigte sie dieselben Dinge wie an normalen Tagen, fühlte sich aber irgendwie von dem Gedanken beflügelt, daß die Vierlinge auf der Schule für Hochbegabte wahre Wunderdinge vollbrächten und ihre Stipendien schon sicher in der Tasche hätten und eines Tages als Ärztinnen oder Wissenschaftlerinnen oder irgend etwas wahnsinnig Kreatives ins Leben hinaustreten würden, und daß man einfach dankbar sein mußte, in einer Zeit zu leben, in der einem all dies möglich war und nicht mehr so wie früher, als sie ein Mädchen war und tun mußte, was man ihr sagte.

An solchen Tagen spielte sie sogar mit dem Gedanken, ihre Mutter zu sich ins Haus zu holen, anstatt sie im Altersheim in Luton zu lassen und dafür das ganze Geld zum Fenster hinauszuwerfen. Natürlich erwog sie das nur, weil Henry die alte Dame nicht ausstehen konnte und bereits angedroht hatte, auf der Stelle auszuziehen und sich eine andere Bleibe zu suchen, falls sie je länger als drei Tage im Haus bleiben sollte.

»Ich dulde es nicht, daß diese alte Schachtel mit ihren Glimmstengeln und ihren ekelhaften Gewohnheiten die Atmosphäre verpestet«, hatte er in einer derartigen Lautstärke gebrüllt, daß Mrs. Hoggart, die sich zu diesem Zeitpunkt im Badezimmer aufgehalten hatte, nicht einmal ihr Hörgerät benötigte, um im wesentlichen mitzukriegen, worum es ging. »Und noch etwas. Wenn ich das nächste Mal zum Frühstück herunterkomme und feststellen muß, daß sie einen Schuß Brandy in die Teekanne getan hat – und noch dazu meinen –, dann drehe ich der alten Hexe den Hals um.«

»Du hast kein Recht, so von ihr zu reden. Schließlich gehört sie zur Familie . . .«

»Familie?« kreischte Wilt. »Und ob sie dazu gehört! Bloß zu deiner, nicht zu meiner. Hetze ich dir vielleicht meinen Vater auf den Hals?«

»Dein Vater stinkt wie ein alter Dachs«, gab Eva zurück. »Hygiene ist für den ein Fremdwort. Mutter wäscht sich wenigstens.«

»Das hat sie auch bitter nötig, bei all dem Dreck, den sie sich in ihre abscheuliche Visage schmiert. Webster war schließlich nicht der einzige, der Gerippe unter der Haut sehen konnte. Als ich mich neulich rasieren wollte . . .«

»Wer ist denn Webster?« fuhr Eva dazwischen, bevor Wilt seinen wenig appetitlichen Bericht über Mrs. Hoggarts unvermutetes, splitterfasernacktes Auftauchen hinter dem Duschvorhang loswerden konnte.

»Niemand. Das stammt aus einem Gedicht. Aber wenn wir schon von unkorsettierten Brüsten sprechen, die alte Vettel . . .«

»Wehe, du wagst es noch einmal, sie so zu nennen! Sie ist meine Mutter, und eines Tages wirst auch du alt und hilflos sein und brauchst . . .«

»Kann schon sein, aber vorerst bin ich es noch nicht, und das letzte, was ich brauchen kann, ist so ein alter Vampir, der im Haus herumgeistert und im Bett Zigaretten pafft. Ein Wunder, daß sie uns nicht die ganze Bude eingeäschert hat, als ihr Bettüberwurf brannte.«

Die Erinnerung an jenen schrecklichen Auftritt und den schwelenden Bettüberwurf hatte Eva davon abgehalten, ihre an besseren Tagen aufkeimende Absicht in die Tat umzusetzen. Außerdem steckte in Henrys Worten ein gutes Stück Wahrheit, auch wenn er sich ziemlich abscheulich ausgedrückt hatte.

Evas Gefühle für ihre Mutter waren immer ambivalent gewesen, und ihre Anwandlungen, sie zu sich zu holen, entsprangen zum Teil dem Wunsch nach Rache. Sie würde ihr schon zeigen, was eine wirklich gute Mutter war! Und so rief sie die alte Dame an einem ihrer besseren Tage an und erzählte ihr, wie prächtig sich die Vierlinge doch machten und was für eine rundum glückliche Atmosphäre zu Hause herrschte und daß selbst Henry eine prächtige Beziehung zu den Kindern hätte – an dieser Stelle wurde Mrs. Hoggart stets von einem Reizhusten befallen –, und an ihrem allerbesten Tag lud Eva sie übers Wochenende ein, was sie bereits in demselben Augenblick bereute, da sie den Hörer auflegte. Inzwischen war es dann einer jener bewußten Tage.

Heute jedoch widerstand Eva der Sherry-Versuchung und ging statt dessen zu Mavis Mottram hinüber, um sich mit ihr vor dem Mittagessen noch einmal so richtig auszusprechen. Sie hoffte nur, Mavis würde nicht versuchen, sie für die ›Kampf dem Atomtod‹-Demo anzuheuern.

Aber genau das tat Mavis. »Es nützt dir gar nichts, Eva, wenn du dich darauf hinausredest, daß du alle Hände voll mit den Vierlingen zu tun hast«, meinte sie, als Eva ihr klarzumachen suchte, daß sie die Kinder unmöglich Henry anvertrauen konnte und was passieren würde, wenn die Polizei sie festnähme und einsperrte. »Wenn es einen Atomkrieg gibt, wirst du gar keine Kinder mehr haben. Sie werden bereits in der ersten Sekunde tot sein. Schließlich versetzt uns der Militärstützpunkt Baconheath in eine Erstschlag-Situation. Die Russen wären gezwungen, zuzuschlagen, um sich gegen einen Erstschlag zu schützen, und dabei würden wir natürlich alle draufgehen.«

Eva war bemüht, dem zu folgen. »Ich verstehe nicht, warum wir das Ziel für einen Erstschlag sein sollen, wenn die Russen angegriffen werden«, sagte sie schließlich. »Wäre das dann nicht ein Zweitschlag?«

Mavis seufzte. Es war immer ziemlich schwierig, Eva etwas begreiflich zu machen. Das war zwar nie anders gewesen, aber jetzt, wo sie sich hinter den Vierlingen verschanzen konnte, war es so gut wie unmöglich. »Kriege fangen doch nicht so an. Sie fangen wegen trivialer Kleinigkeiten, wie etwa 1914 mit der Ermordung des Erzherzogs Ferdinand in Sarajewo an«, sagte Mavis und erklärte damit die Sachlage so simpel, wie ihre Tätigkeit an der Volkshochschule es ihr gestattete. Doch Eva war keineswegs beeindruckt.

»Leute umbringen, das nenne ich nicht gerade trivial«, sagte sie. »Es ist böse und dumm.«

Mavis verfluchte sich. Sie hätte daran denken müssen, daß Eva seit ihren Erlebnissen mit Terroristen ein Vorurteil gegenüber politischem Mord hatte. »Natürlich ist es das. Das bestreite ich ja gar nicht. Was ich sagen will . . .«

»Das muß schrecklich für seine Frau gewesen sein«, sinnierte Eva, die wie üblich an die häuslichen Folgen dachte.

»Da sie zufällig mit ihm zusammen umgebracht wurde, hat es ihr wohl nicht allzuviel ausgemacht«, erwiderte Mavis verbittert. Irgendwie hatte diese ganze Familie Wilt etwas grauenhaft Gesellschaftsfeindliches an sich. Trotzdem gab Mavis nicht auf. »Ich will damit ja nur sagen, daß der bis heute abscheulichste Krieg in der Geschichte der Menschheit durch Zufall ausgelöst wurde. Ein Fanatiker hat einen Mann und dessen Frau erschossen, und die Folge davon war, daß Millionen kleiner Leute sterben mußten. So eine Art Zufall könnte wieder passieren, nur würde diesmal niemand übrigbleiben: Die Menschheit wäre ausgerottet. Du willst doch nicht, daß das passiert, oder?«

Unglücklich betrachtete Eva ein Porzellanfigürchen auf dem Kaminsims. Sie wußte, daß es ein Fehler gewesen war, sich überhaupt in Mavis' Nähe zu wagen. »Es ist nur so, daß ich nicht sehe, was ich tun könnte, um das zu verhindern«, sagte sie und brachte dann ihren Mann ins Spiel. »Außerdem meint Henry, die Russen werden ohnehin nicht aufhören, Bomben zu bauen, und sie haben ja auch noch Nervengas, und Hitler habe das auch gehabt, und wenn der gewußt hätte, daß wir das damals nicht hatten, dann hätte er es auch eingesetzt.« Mavis schluckte den Köder.

»Das sagt er doch nur, weil er ein wohlbegründetes Interesse daran hat, daß die Dinge so bleiben, wie sie sind«, entgegnete sie. »Das haben alle Männer. Deshalb sind sie ja auch gegen die Friedensbewegung der Frauen. Sie fühlen sich bedroht, weil wir die Initiative ergreifen, und in gewisser Weise ist die Bombe ja ein Symbol für den männlichen Orgasmus. Das ist die Potenz auf der Ebene der Massenvernichtung.«

»So habe ich die Sache noch nicht betrachtet«, sagte Eva, die sich nicht so recht vorzustellen vermochte, wie etwas, das die ganze Menschheit vernichten konnte, Symbol für einen Orgasmus sein sollte. »Schließlich war er ja auch bei der ›Kampagne für nukleare Abrüstung‹ dabei.«

»War«, sagte Mavis naserümpfend. »Aber jetzt ist er es nicht mehr. Die Männer wollen einfach, daß wir Frauen passiv sind und die Rolle des untergeordneten Geschlechts weiterspielen.«

»Henry will das nicht, da bin ich sicher. Ich meine, er ist geschlechtlich nicht besonders aktiv«, sagte Eva, die in Gedanken noch immer bei explodierenden Bomben und Orgasmen war.

»Das liegt nur daran, daß du ein normaler Mensch bist«, meinte Mavis. »Würdest du Sex hassen, hätte er nichts Besseres zu tun, als die ganze Zeit an dir herumzugrapschen. Statt dessen hält er seine Machtposition aufrecht, indem er dir deine Rechte verweigert.«

»So würde ich das nicht ausdrücken.«

»Aber ich, und es ist zwecklos, etwas anderes zu behaupten.«

Jetzt war es an Eva, skeptisch dreinzuschauen. Schließlich hatte sich Mavis oft genug über die zahlreichen Affären ihres Mannes beklagt. »Aber du bist doch diejenige, die immer jammert, daß Patrick so versessen auf Sex ist.«

»War«, sagte Mavis mit bedrohlichem Unterton. »Seine Zeiten als Don Juan sind endgültig vorbei. Dafür erlebt er jetzt, was es mit den männlichen Wechseljahren auf sich hat. Vorzeitig.«

»Vorzeitig? Das kommt mir aber auch so vor. Er ist doch erst einundvierzig, oder?«

»Vierzig«, korrigierte Mavis, »aber dank Frau Dr. Kores ist er in letzter Zeit ziemlich gealtert.«

»Dr. Kores? Du willst doch damit nicht sagen, daß Patrick bei ihr war, nachdem dieser grauenhafte Beitrag von ihr in der *News* erschienen ist? Henry hat die Zeitung verbrannt, bevor die Mädchen sie in die Finger bekamen.«

»Das sieht ihm ähnlich. Typisch Henry. Er ist gegen die Informationsfreiheit.«

»Es war auch kein besonders hübscher Artikel, oder? Ich meine, es ist ja gut und schön, Männer nur als . . . als, sagen wir, biologische Samenbänke zu betrachten, aber zu fordern, daß man sie alle kastriert, sobald sie zwei Kinder in die Welt gesetzt haben, finde ich einfach nicht richtig. Unser Kater pennt den ganzen Tag und . . .«

»Also ehrlich, Eva, du bist zu naiv. Von Kastrieren hat sie doch überhaupt nichts gesagt. Sie hat einfach nur darauf hingewiesen, daß Frauen die ganzen Qualen des Kinderkriegens erleiden müssen – von denen ihrer Tage ganz zu schweigen – und daß bei der heutigen Bevölkerungsexplosion Menschen bald massenweise an Hunger sterben werden, wenn nicht endlich etwas getan wird.«

»Ich kann mir nicht vorstellen, daß Henry das mit sich machen ließe. Jedenfalls nicht so«, meinte Eva. »Man darf ihm ja nicht einmal mit Vasektomie kommen. Die hat unliebsame Nebenwirkungen, sagt er.«

Mavis schnaubte. »Als hätte die Pille die nicht auch, noch dazu viel gefährlichere. Aber den Pharma-Multis ist das natürlich egal. Das einzige, was die interessiert, sind die Profite, und außerdem werden sie von Männern geleitet.«

»Das mag schon sein«, sagte Eva, die sich an die häufig zitierten Multis gewöhnt hatte, auch wenn sie nicht genau wußte, was es eigentlich damit auf sich hatte, und mit dem Begriff »Pharma« absolut nichts anfangen konnte. »Trotzdem wundert es mich, daß Patrick einverstanden war.«

»Einverstanden?«

»Nun, mit einer Vasektomie.«

»Wer hat denn etwas von Vasektomie gesagt?«

»Aber du hast doch gesagt, daß er zu Dr. Kores gegangen ist.«

»*Ich* bin gegangen«, sagte Mavis grimmig. »›Mein Junge‹, habe ich mir gesagt, ›jetzt reicht's. Ich habe die Nase von deinem Herumscharwenzeln mit anderen Frauen endgültig gestrichen voll, und Dr. Kores kann da vielleicht helfen.‹ Und so war es auch. Sie gab mir etwas mit, um seinen Geschlechtstrieb zu bremsen.«

»Und er hat es genommen?« fragte Eva, die nun ehrlich verblüfft war.

»Und ob! Er war schon immer scharf auf Vitamine, besonders Vitamin E. So habe ich die Kapseln in der Flasche einfach ausgetauscht. In den neuen sind irgendwelche Hormone oder Steroide drin, und er schluckt davon morgens eine und abends zwei. Natürlich sind die Dinger noch im Experimentierstadium, aber Dr. Kores hat mir versichert, daß sie bei Schweinen ausgezeichnet wirken und völlig unschädlich sind. Freilich hat Patrick etwas zugenommen und sich auch schon über leicht geschwollene Brustwarzen beklagt, aber dafür ist er deutlich ruhiger geworden. Abends geht er nicht mehr aus, sitzt nur noch vor der Glotze und döst vor sich hin. Das Zeug hat ihn ziemlich verändert.«

»Das kommt mir aber auch so vor«, sagte Eva, die daran dachte, was für ein Windhund Patrick Mottram immer gewesen war. »Aber bist du wirklich sicher, daß das Zeug ungefährlich ist?«

»Absolut. Dr. Kores hat mir versichert, daß es demnächst bei Schwulen und Transvestiten angewendet werden soll, die Angst vor einer chirurgischen Geschlechtsumwandlung haben. Es läßt die Hoden schrumpfen oder so was ähnliches.«

»Das klingt aber nicht sehr nett. Eine Schrumpfung bei Henry würde ich mir nicht wünschen.«

»Das kann ich dir nicht verdenken«, meinte Mavis, die sich mal auf einer Party an ihn herangemacht hatte und immer noch sauer darüber war, daß er sie hatte abblitzen lassen. »In seinem Fall könnte sie dir wahrscheinlich was Stimulierendes geben.«

»Glaubst du wirklich?«

»Versuchen kannst du es ja mal«, meinte Mavis. »Dr. Kores hat Verständnis für Frauenprobleme, und das ist mehr, als man von den meisten Ärzten behaupten kann.«

»Aber ich dachte, sie ist gar kein richtiger Arzt wie etwa Dr. Buchmann. Ist sie nicht irgend etwas an der Universität?«

Mavis Mottram unterdrückte den spontanen Impuls zu sagen, daß sie dort als Beraterin für Viehzucht tätig sei, was Henry Wilts Bedürfnissen sogar noch eher entspräche als denen Patricks.

»Das eine schließt das andere nicht aus, Eva. Weißt du, an der Universität gibt es eine medizinische Fakultät. Aber das Entscheidende ist, daß Dr. Kores eine Praxis für Frauen betreibt, die Probleme haben, und ich bin überzeugt, daß du sie sehr sympathisch und hilfsbereit finden wirst.«

Bis Eva gegangen, in die Oakhurst Avenue 45 zu einer mit Weizenkleie verfeinerten Suppe zurückgekehrt war, hatte sie ihren Entschluß gefaßt. Sie würde Dr. Kores anrufen und sie wegen Henry aufsuchen. Auch sonst war sie ganz zufrieden mit sich. Sie hatte es geschafft, Mavis von dem deprimierenden Thema Atombombe ab- und auf das der alternativen Medizin zuzulenken und auch darauf, daß über die Zukunft unbedingt von Frauen entschieden werden mußte, nachdem die Vergangenheit von den Männern gründlich verhunzt worden war. Ja, Eva war durchaus dafür, und als sie losfuhr, um die Vierlinge abzuholen, war es unbestreitbar einer ihrer besseren Tage. Allenthalben taten sich neue Möglichkeiten auf.

Kapitel 2

Auch für Wilt taten sie sich überall auf, doch hätte er seinen Tag nicht in die Kategorie der besseren eingeordnet. Umdunstet von köstlichem Biergeruch, war er in die Schule zurückgekehrt in der Hoffnung, sich ungestört ein bißchen auf den abendlichen Vortrag im Stützpunkt vorbereiten zu können. Doch dort erwartete ihn bereits der Bezirksinspektor für Kommunikative Techniken mit einem weiteren Mann in dunklem Anzug. »Das ist Mr. Scudd vom Erziehungsministerium«, sagte der Inspektor. »Im Auftrag des Ministers stattet er einer Reihe von Weiterbildungsanstalten unangemeldete Besuche ab, um sich von der Relevanz bestimmter Lehrangebote zu überzeugen.«

»Guten Tag«, sagte Wilt und zog sich hinter seinen Schreibtisch zurück. Er mochte den Bezirksinspektor nicht sonderlich, doch war diese Antipathie nichts im Vergleich zu seinem Horror vor Männern in dunkelgrauen Anzügen, noch dazu mit Weste, die im Auftrag des Erziehungsministers handelten.

»Nehmen Sie doch bitte Platz.«

Mr. Scudd rührte sich nicht von der Stelle. »Ich glaube nicht, daß mir damit gedient ist, wenn wir hier in Ihrem Zimmer sitzen und theoretische Vorgaben diskutieren«, sagte er. »Meine konkrete Aufgabe besteht darin, über meine ganz persönlichen Beobachtungen und persönlichen Eindrücke hinsichtlich dessen zu berichten, was sich gegenwärtig auf dem Boden der Klassenzimmer abspielt.«

»Durchaus«, sagte Wilt, der inständig hoffte, es möge sich derzeit möglichst nichts auf den Böden seiner Klassenzimmer abspielen. Vor ein paar Jahren hatte es da einen ziemlich abscheulichen Zwischenfall gegeben; damals sah er sich dazu gezwungen, einer Situation Einhalt zu gebieten, die alle Merkmale einer Mehrfachvergewaltigung einer unzumutbar attraktiven Lehrerin durch Fleischer II aufwies, die eine Passage aus dem vom Fachbereichsleiter

Englisch empfohlenen Werk *Rasend vor Liebe* in Hitze hatte geraten lassen.

»Wenn Sie dann bitte vorausgehen wollen«, sagte Mr. Scudd und öffnete die Tür. Jetzt bekam sogar der Bezirksinspektor ein Gesicht wie ein begossener Pudel. Wilt trat auf den Gang hinaus.

»Würde es Ihnen wohl etwas ausmachen, mir etwas über die ideologische Ausrichtung Ihrer Mitarbeiter zu erzählen?« fragte Mr. Scudd und unterbrach damit rüde Wilts verzweifeltes Ringen um die Entscheidung, in welche Klasse er den Mann sicherheitshalber führen sollte. »Es ist mir nicht entgangen, daß in Ihrem Zimmer mehrere Bücher über Marxismus-Leninismus stehen.«

»Ja, das ist in der Tat der Fall«, entgegnete Wilt, der unbedingt Zeit gewinnen mußte. Wenn dieser Heini gekommen war, um hier eine politische Hexenjagd zu veranstalten, dann war die sanfte Tour wohl die beste Erwiderungstaktik. Der Bastard würde auf diese Weise ziemlich rasch auf die Nase fallen.

»Und Sie betrachten das als geeignete Lektüre für Lehrlinge aus der Arbeiterklasse?«

»Ich könnte mir Schlimmeres vorstellen«, meinte Wilt.

»Tatsächlich? Damit geben Sie also eine Linkstendenz in Ihrem Unterricht zu.«

»Zugeben? Ich habe gar nichts zugegeben. Sie sagten, in meinem Zimmer stünden Bücher über Marxismus-Leninismus. Ich begreife nicht recht, was das mit meinem Unterricht zu tun hat.«

»Aber Sie haben doch soeben eingeräumt, daß Sie sich schlimmere Lektüre für Ihre Schüler vorstellen könnten«, beharrte Mr. Scudd.

»Ja«, sagte Wilt, »genau das habe ich gesagt.« Allmählich ging ihm der Typ wirklich auf den Keks.

»Würde es Ihnen etwas ausmachen, diese Aussage eingehender zu erläutern?«

»Aber gern. Wie wäre es für den Anfang mit *Nackter Lunch?*«

»Nackter Lunch?«

»Oder *Wo das Laster blüht in Brooklyn*. Hübsches, gesundes Lesefutter für junge Hirne, finden Sie nicht?«

»Du lieber Himmel«, murmelte der Bezirksinspektor, der aschfahl geworden war.

Mr. Scudd sah auch nicht übermäßig gut aus, obwohl er eher

dazu neigte, rot anzulaufen, denn zu erbleichen. »Wollen Sie mir allen Ernstes erzählen, daß Sie diese beiden empörenden Bücher für geeignet ... daß Sie die Lektüre von Büchern dieser Art empfehlen?«

Wilt blieb vor einem Zimmer stehen, in dem Mr. Ridgeway einen vergeblichen Kampf mit einer Klasse ausfocht, die einfach nicht hören wollte, was er von Bismarck hielt. »Wer hat denn auch nur *ein* Wort davon gesagt, daß wir Schülern empfehlen, bestimmte Bücher zu lesen?« fragte er über den Lärm hinweg.

Mr. Scudds Augen verengten sich zu Schlitzen. »Ich glaube, Sie verstehen die Zielrichtung meiner Fragen nicht ganz«, sagte er. »Ich bin hier ...« Er brach ab, denn das aus Ridgeways Klasse dringende Getöse machte jede Unterhaltung unmöglich.

»Das habe ich bemerkt«, schrie Wilt.

Der völlig verunsicherte Bezirksinspektor versuchte zu intervenieren. »Ich glaube wirklich, Mr. Wilt«, setzte er an, aber Mr. Scudd starrte mit irrem Gesichtsausdruck durch das Glasfenster in der Tür in die Klasse. Ganz hinten hatte so ein Kerl gerade etwas, das verdächtig nach einem Joint aussah, an ein Mädchen mit knallgelber Mohikanerbürste weitergereicht, dem ein BH wahrhaftig nicht geschadet hätte.

»Würden Sie das denn als typische Klasse bezeichnen?« wollte er wissen und drehte sich zu Wilt um, damit er auch ja gehört wurde.

»Typisch wofür?« fragte Wilt, der die Situation zu genießen begann. Ridgeways Unfähigkeit, angeblich hochmotivierte Schüler zu begeistern oder zumindest in Schach zu halten, war für Scudd eine hübsche Vorbereitung auf die zahme Kuchen II und Major Millfield.

»Typisch für die Art und Weise, wie sich Ihre Schüler aufführen dürfen.«

»Meine Schüler? Mit denen habe ich nichts zu schaffen. Das ist Geschichte, nicht Kommunikative Techniken.« Und bevor Mr. Scudd noch fragen konnte, wieso zum Kuckuck sie eigentlich vor einem Klassenzimmer standen, in dem es wie in einem Irrenhaus zuging, war Wilt schon weitergegangen. »Sie haben meine Frage noch immer nicht beantwortet«, bohrte Mr. Scudd weiter, als er ihn eingeholt hatte.

»Welche denn?«

Mr. Scudd versuchte sich zu erinnern. Der Anblick dieser vollbusigen Puppe hatte ihn ganz aus dem Konzept gebracht. »Die über pornographischen und empörend brutalen Lesestoff«, sagte er schließlich.

»Interessant«, sagte Wilt. »Sehr interessant.«

»Was ist interessant?«

»Daß Sie so ein Zeug lesen. Mir würde davon übel.«

Während sie die Treppe hinaufstiegen, griff Mr. Scudd zu seinem Taschentuch, das er dekorativ gefaltet in seiner Brusttasche trug. »Ich lese keinen derartigen Schund«, preßte er kurzatmig hervor, als sie oben ankamen.

»Freut mich zu hören«, sagte Wilt.

»Und ich würde mich freuen zu erfahren, warum Sie das Thema überhaupt angeschnitten haben.« Mr. Scudds Geduldsfaden drohte endgültig zu reißen.

»Habe ich nicht«, sagte Wilt, der sich, nachdem sie den Raum erreicht hatten, in dem Major Millfield Kuchen II unterrichtete, erst vergewissert hatte, daß sich die Klasse so ordentlich benahm, wie er gehofft hatte. »Sie haben es im Zusammenhang mit historischer Literatur, die Sie in meinem Büro entdeckt haben, aufs Tapet gebracht.«

»Sie bezeichnen also Lenins *Staat und Revolution* als historische Literatur? Dem kann ich mich mit Sicherheit nicht anschließen. Das ist kommunistische Propaganda übelster Sorte, und die Vorstellung, daß junge Menschen in Ihrer Abteilung damit gefüttert werden, finde ich einfach grauenhaft.«

Wilt gestattete sich ein Lächeln. »Fahren Sie doch bitte fort«, sagte er. »Nichts macht mir mehr Spaß, als zuzuhören, wenn hochgebildete Intellektuelle Bocksprünge über den gesunden Menschenverstand vollführen und bei falschen Schlußfolgerungen landen. Das gibt mir dann wieder neuen Glauben an die parlamentarische Demokratie.«

Mr. Scudd holte tief Luft. Im Laufe seiner Karriere, die sich über rund dreißig Jahre unangefochtener Autorität erstreckte und in naher Zukunft an eine an die Inflationsrate angepaßte Pension gekoppelt war, hatte er sich eine hohe Meinung von seiner Intelligenz gebildet und war nicht gewillt, sich diese jetzt vermiesen zu lassen. »Mr. Wilt«, sagte er, »ich wäre dankbar zu erfahren, welche Schlüsse ich aus der Beobachtung ziehen soll, daß der Leiter der Abteilung Kommunikative Techniken in dieser Schule in seinem Zimmer ein ganzes Fach mit Werken von Lenin stehen hat.«

»Ich persönlich wäre geneigt, überhaupt keine zu ziehen«, entgegnete Wilt, »aber wenn Sie darauf bestehen . . .«

»Und ob ich das tue«, sagte Mr. Scudd.

»Nun, eines steht fest. Daß der Kerl ein fanatischer Marxist ist, würde ich sicher nicht annehmen.«

»Keine sehr positive Antwort.«

»Auch keine sehr positive Frage, wenn ich das bemerken darf«, entgegnete Wilt. »Sie haben mich gefragt, welche Schlüsse ich ziehen würde, und wenn ich Ihnen sage, gar keine, dann sind Sie auch nicht zufrieden. Ich wüßte wirklich nicht, was ich sonst noch für Sie tun könnte.«

Doch bevor Mr. Scudd darauf antworten konnte, zwang sich der Bezirksinspektor erneut dazu, einzugreifen. »Ich glaube, Mr. Scudd möchte einfach wissen, ob es innerhalb des Unterrichts in Ihrer Abteilung irgendeine politische Tendenz gibt.«

»Eine? Unmengen!« sagte Wilt.

»Unmengen?« wiederholte Mr. Scudd.

»Unmengen?« echote der Verwaltungsbezirksberater.

»Der Unterricht ist gespickt damit. Also, wenn Sie mich fragen . . .«

»Das tue ich«, sagte Mr. Scudd. »Genau das tue ich.«

»Was denn?« fragte Wilt.

»Sie fragen, wieviel politische Tendenz hier herrscht«, sagte Mr. Scudd, der abermals zu seinem Taschentuch Zuflucht nehmen mußte.

»Erstens habe ich Ihnen das bereits gesagt, und zweitens dachte ich, Sie hätten gesagt, Sie hielten nichts davon, theoretische Vorgaben zu diskutieren, sondern seien gekommen, um mit eigenen Augen zu sehen, was sich auf dem Boden der Klassenzimmer abspielt. Stimmt's?« Mr. Scudd schluckte und warf dem Bezirksinspektor einen verzweifelten Blick zu, doch Wilt fuhr ungerührt fort. »Es stimmt. Dann werfen Sie doch einfach mal ein Auge da hinein, wo Major Millfield eine Klasse mit Vollzeit-Lebensmittlern, Klammer auf, Konditor und Bäcker, Klammer zu, zweites Jahr, liebevoll als Kuchen II bezeichnet, unterrichtet, und dann kommen Sie wieder und sagen mir, wieviel politische Tendenz Sie aus diesem Besuch herausquetschen konnten.« Und ohne weitere Fragen abzuwarten, machte Wilt kehrt und ging die Treppe hinunter in seine Büro.

»Herausquetschen?« empörte sich der Direktor zwei Stunden später. »Ausgerechnet den persönlichen Privatsekretär des Erziehungsministers müssen Sie fragen, wieviel politische Tendenz er aus Kuchen II herausquetschen kann?«

»Oh, das war er also, der persönliche Privatsekretär des Erziehungsministers?« sagte Wilt. »Na, was sagt man denn dazu? Also, wenn er ein königlicher Schulinspektor gewesen wäre . . .«

»Wilt«, stieß der Direktor mühsam hervor, »wenn Sie denken, daß uns dieser Kerl *keinen* Schulinspektor Ihrer Majestät auf den Hals hetzt – es würde mich nicht wundern, wenn uns die gesamte Inspektionsbehörde aufs Dach steigt, und alles nur wegen Ihnen –, dann denken Sie besser noch mal scharf nach.«

Wilt sah sich im Ausschuß um, der ad hoc einberufen worden war, um die kritische Situation zu meistern. Er bestand aus dem Direktor, dem Stellvertretenden Direktor, dem Bezirksinspektor und, aus unerfindlichen Gründen, dem Schatzmeister. »Mich schert es nicht die Bohne, wie viele Inspektoren er aufmarschieren läßt. Mir sind die willkommen.«

»Ihnen vielleicht, aber ich bezweifle sehr . . .« Der Direktor zögerte. Die Anwesenheit des Bezirksinspektors hemmte die freie Meinungsäußerung über die Unzulänglichkeiten anderer Abteilungen. »Ich gehe davon aus, daß alles, was ich hier sage, als inoffiziell gewertet und streng vertraulich behandelt wird«, sagte er schließlich.

»Selbstverständlich«, sagte der Bezirksinspektor. »Ich bin lediglich an der Allgemeinbildung interessiert und . . .«

»Wie schön, diesen Begriff wieder zu hören. Das ist heute immerhin schon das zweite Mal«, bemerkte Wilt.

»Sie hätten gern ›den beschissenen‹ hinzufügen dürfen«, schnaubte der Bezirksinspektor, »anstatt bei dem armen Kerl den Eindruck zu hinterlassen, daß dieser andere Hampelmann von einem Lehrer ein beitragzahlendes Mitglied der Jungliberalen und ein persönlicher Freund von Peter Tatchell ist.«

»Mr. Tatchell ist kein Jungliberaler«, widersprach Wilt. »Soweit ich weiß, ist er Mitglied der Labour Party, natürlich links von der Mitte, aber . . .«

»Und ein Scheißhomo.«

»Keine Ahnung. Aber abgesehen davon, dachte ich immer, das nettere Wort sei ›Schwuler‹.«

»Scheißkerl«, murmelte der Direktor.

»Oder das, wenn Sie wollen«, sagte Wilt, »obwohl ich diesen Begriff kaum als nett bezeichnen würde. Also, wie ich schon sagte . . .«

»Es interessiert mich nicht, was Sie sagen. Entscheidend ist, was sie vor Mr. Scudd von sich gegeben haben. Sie haben ihm vorsätzlich den Eindruck vermittelt, als würde diese Berufsschule, anstatt sich der Weiterbildung zu widmen . . .«

»Dieses ›widmen‹ gefällt mir. Wirklich«, unterbrach ihn Wilt.

»Ja, sie widmet sich der Weiterbildung, Wilt, und Sie haben ihm den Eindruck vermittelt, als würden wir ausschließlich bezahlte Mitglieder der Kommunistischen Partei und – als anderes Extrem – eine Horde Verrückter von der Nationalen Front beschäftigen.«

»Soweit ich weiß, gehört Major Millfield überhaupt keiner Partei an«, sagte Wilt. »Die Tatsache, daß er gerade die sozialen Begleiterscheinungen der Einwanderungspolitik erörterte . . .«

»Einwanderungspolitik?« explodierte der Bezirksinspektor. »Von wegen! Er hat über Kannibalismus in Afrika gesprochen und von irgendeinem Schwein, das in seinem Kühlschrank Köpfe aufbewahrt.«

»Idi Amin«, sagte Wilt.

»Wer, ist doch egal. Tatsache bleibt, daß er derart massive rassische Vorurteile an den Tag gelegt hat, daß ihn die Kommission für Rassenbeziehungen dafür ohne weiteres belangen könnte. Und Sie mußten Mr. Scudd auch noch auffordern, hineinzugehen und zuzuhören.«

»Wie zum Teufel hätte ich denn wissen sollen, worüber sich der Major gerade ausließ? Die Klasse war ruhig, und ich mußte schließlich die anderen Kollegen informieren, daß dieser Komiker im Anzug war. Ich meine, wenn Sie schon aus heiterem Himmel mit einem Typen ohne offiziellen Status hier aufkreuzen wollen . . .«

»Offiziellen Status?« sagte der Direktor. »Ich habe Ihnen bereits gesagt, daß Mr. Scudd zufällig . . .«

»Ja, das weiß ich, aber es reimt sich trotzdem nicht zusammen. Der springende Punkt ist, daß er mit Mr. Reading in mein Zimmer kommt, mein Bücherregal durchschnüffelt und mich prompt beschuldigt, ein Agent der verfluchten Komintern zu sein.«

»Das ist eine andere Sache«, sagte der Direktor. »Aber Sie haben ihn absichtlich in dem Glauben gelassen, daß Sie Lenins . . . wie immer dieses Machwerk heißt . . .«

»*Staat und Revolution*«, sagte Wilt.

». . . als Unterrichtsmaterial für die Lehrlinge verwenden, die einen Tag in der Woche zu uns kommen. Habe ich recht, Mr. Reading?«

Der Bezirksinspektor nickte erschöpft. Er hatte sich noch immer nicht von diesen Köpfen im Kühlschrank und dem darauf folgenden Besuch bei den Säuglingsschwestern erholt, die eine hitzige Diskussion über das indiskutable und schlichtweg entsetzliche Thema der postnatalen Abtreibung körperbehinderter Babies austrugen. Und diese verdammte Dozentin hatte das auch noch befürwortet.

»Und das ist erst der Anfang«, fuhr der Direktor fort, aber Wilt reichte es bereits.

»Das Ende«, widersprach er. »Wenn der Mann sich wenigstens die Mühe gemacht hätte, höflich zu sein, wäre vielleicht alles ganz anders gelaufen. Er sperrte seine Augen ja nicht einmal weit genug auf, um zu merken, daß diese Bücher von Lenin in die Abteilung Geschichte gehören, einen entsprechenden Stempel tragen und eine dicke Staubschicht angesetzt haben. Meines Wissens stehen sie in diesem Regal, seit ich dieses Zimmer übernommen habe, und wurden vor meiner Zeit für einen Leistungskurs über die Russische Revolution benötigt.«

»Und warum haben Sie das dann nicht gesagt?«

»Weil er nicht danach gefragt hat. Ich sehe nicht ein, warum ich einem Fremden freiwillig Informationen liefern soll.«

»Und was ist mit *Nackter Lunch?* Den haben Sie ihm doch freiwillig geliefert«, warf der Bezirksinspektor ein.

»Nur, weil er nach schlimmerem Lesestoff fragte und mir nichts Übleres einfiel.«

»Dank sei dem Herrn auch für die kleinste Gnade«, murmelte der Direktor.

»Aber Sie haben definitiv behauptet, daß der Unterricht in Ihrer Abteilung mit politischer Tendenz gespickt ist – ja, genau dieses Wort haben Sie gebraucht. Das habe ich selbst gehört«, fuhr der Bezirksinspektor fort.

»Völlig zu Recht«, sagte Wilt. »Wenn man bedenkt, daß man mir, Teilzeitkräfte eingeschlossen, neunundvierzig Angehörige des Lehrkörpers aufgehalst hat, die in ihrem Unterricht nichts anderes tun, als die Schüler zu belabern und sie eine Stunde lang in Schach zu halten, dann möchte ich doch meinen, daß ihre Ansichten das ganze politische Spektrum abdecken müssen, glauben Sie nicht?«

»Das ist aber nicht der Eindruck, den Sie ihm vermittelt haben.«

»Ich bin nicht dazu da, um Eindrücke zu vermitteln«, sagte Wilt. »Es ist eine unbestreitbare Tatsache, daß ich Lehrer bin und kein beknackter Spezialist für Öffentlichkeitsarbeit. Das wär's – und jetzt muß ich für Mr. Stott, der wegen Krankheit ausfällt, eine Klasse Elektrotechniker übernehmen.«

»Was fehlt ihm denn?« fragte der Direktor unvorsichtigerweise.

»Wieder mal ein Nervenzusammenbruch. Ist ja auch kein Wunder«, sagte Wilt und verließ den Raum.

Mit trübem Blick sahen ihm die Mitglieder des Ausschusses nach. »Glauben Sie wirklich, daß dieser Scudd den Minister dazu veranlaßt, eine Untersuchung einzuleiten?« fragte der Stellvertretende.

»Das hat er jedenfalls gesagt«, behauptete der Inspektor. »Nach allem, was er gesehen und gehört hat, sind sicher einige Fragen aufgetaucht. Es war nicht nur das Thema Sex, das ihn auf die Palme brachte, obwohl das schon schlimm genug war. Der Mann ist Katholik, und was Empfängnisverhütung betrifft . . .«

»Bitte«, flüsterte der Direktor.

»Nein, was ihn wirklich bestürzte, war ein betrunkener Flegel in Autoschlosser III, der ihn aufforderte, zu verschwinden und sich doch ins Knie zu ficken. Und dann natürlich Wilt.«

»Können wir denn gar nichts wegen Wilt unternehmen?« fragte

ein der Verzweiflung naher Direktor seinen Stellvertretenden auf dem Rückweg in ihre Zimmer.

»Ich wüßte nicht, was«, sagte der Stellvertretende. »Er hat die Hälfte seiner Leute geerbt, und da er sie nicht loswerden kann, muß er eben sehen, wie er zurechtkommt.«

»Offenbar so gut, daß er uns damit eine Anfrage im Parlament, die totale Mobilmachung der Inspektionsbehörde Ihrer Majestät und eine öffentliche Untersuchung des Führungsstils dieser Anstalt einbrockt.«

»Ich glaube nicht, daß man soweit gehen wird, eine öffentliche Untersuchung einzuleiten. Dieser Scudd mag zwar einen gewissen Einfluß haben, aber ich bezweifle sehr . . .«

»Ich nicht. Ich habe den Mistkerl gesehen, bevor er ging; er war völlig ausgerastet. Was, um Gottes willen, ist denn eigentlich postnatale Abtreibung?«

»Klingt eher nach Mord . . .«, begann der Stellvertretende, doch der Direktor war ihm auf seinem Gedankengang, der geradewegs zu seiner unfreiwilligen vorzeitigen Pensionierung führte, schon weit vorausgeeilt. »Kindsmord. Genau das ist es. Wollte wissen, ob mir eigentlich bewußt sei, daß wir für zukünftige Säuglingsschwestern einen Kursus über Kindsmord abhalten, und fragte, ob wir nicht auch einen Abendkurs für ältere Mitbürger über Euthanasie oder ›Selbstmord leichtgemacht‹ anbieten. Tun wir doch nicht, oder?«

»Nicht daß ich wüßte.«

»Sonst würde ich nämlich Wilt bitten, ihn abzuhalten. Dieser verfluchte Kerl bringt mich noch ins Grab.«

Inspektor Flint teilte auf dem Polizeirevier von Ipford diese Gefühle. Wilt hatte ihm schließlich bereits jegliche Chance, es zum örtlichen Polizeichef zu bringen, verpatzt. Vervollständigt wurde sein Elend durch die Karriere eines seiner Söhne, der Elternhaus und Schule kurz vor dem Abitur verlassen hatte, um sich dem Fach Marihuana zu widmen und es mit einer auf Bewährung ausgesetzten Haftstrafe abzuschließen. Bei weiterführenden Studien hatte er sich, bis zum Rollkragen mit Kokain gepolstert, vom Zoll in Dover schnappen lassen. »Dahin die letzte Hoffnung auf Beförderung«, hatte Flint zähneknirschend konstatiert, als sein Sohn Ian für fünf Jahre eingelocht wurde, und damit auch noch den Zorn von Mrs. Flint auf sein Haupt herabbeschworen, die ihm die alleinige Schuld an den Verfehlungen ihres Sprößlings in die Schuhe schob.

»Wenn du nicht immer nur deine eigene verdammte Arbeit und dein Vorwärtskommen und was weiß ich noch im Kopf gehabt und statt dessen für deinen Sohn einen anständigen und interessierten Vater abgegeben hättest, dann wäre er bestimmt nicht dort, wo er jetzt ist«, hatte sie ihn angeschrien. »Aber nein, für dich gab es nur das ewige ›Ja, Sir‹, ›Nein, Sir‹, ›Aber gewiß doch, Sir‹ und diese ganzen Überstunden, von denen du den Hals nie vollkriegen konntest. Von den Wochenenden ganz zu schweigen. Wann hat Ian seinen eigenen Vater denn je zu Gesicht bekommen? Nie. Und wenn, dann ging es immer nur um dieses Verbrechen oder jenen Gauner und wie verdammt clever du doch wieder warst, als du ihn geschnappt hast. Jetzt siehst du, wohin du die Familie mit deiner Karrieresucht gebracht hast.«

Zum erstenmal in seinem Leben war Flint sich nicht sicher, ob sie nicht vielleicht doch recht hatte. Dies auch zu sagen, brachte er allerdings nicht übers Herz. Sonst hatte immer er recht gehabt – oder war wenigstens im Recht gewesen. Das war einfach unverzichtbar für einen guten Polizisten; und ein Versager war er bestimmt nicht. Und deshalb hatte bei ihm immer der Beruf an erster Stelle stehen müssen.

»Du hast leicht reden«, hatte er erwidert und dabei geflissentlich die Tatsache übersehen, daß Reden so ziemlich das einzige war, was er ihr, abgesehen von Einkaufen und Geschirrspülen, Saubermachen und Über-Ian-Jammern, Die-Katze-und-den-Hund-füttern und Ihn-von-vorn-bis-hinten-Bedienen, zugestand. »Wenn ich mir nicht den Hintern abgearbeitet hätte, besäßen wir heute weder das Haus noch den Wagen, und du hättest mit deinem kleinen Bastard auch nicht an die Costa...«

»Untersteh dich, ihn so zu nennen!« hatte Mrs. Flint geschrien und in ihrem Zorn das heiße Bügeleisen auf seinem Hemd stehengelassen und es versengt.

»Zum Kuckuck, ich nenne ihn, wie es mir paßt. Er ist ein Hundsfott, wie alle anderen.«

»Und du bist ein hundsföttischer Vater. So ziemlich das einzige, was du je als Vater fertiggebracht hast, war, mich zu vögeln, und ich meine vögeln, weil es nichts anderes war, was mich betrifft.« Flint hatte das Haus verlassen und auf dem Rückweg zur Polizeiwache düstere Gedanken über die Frauen und den ihnen zustehenden Platz im Haus gewälzt und auch darüber, daß er für den ganzen Polizeibezirk von Fenland zum unerschöpflichen Reservoir des Spottes geworden war. Man würde Witze darüber reißen, wie er sich rüber nach Bedford in den Knast begab, um seinem selbstgezogenen Häftling, der zu allem Überfluß ein Drogendealer war, Besuche abzustatten. Er überlegte, was er mit dem ersten Kerl anstellen würde, der ihn »Papa Schneemann« nannte und . . .

Während dieser ganzen Zeit lauerte da außerdem, ganz am Rand seines Bewußtseins, ein kaum unterdrückter Groll gegen diesen verdammten Henry Wilt. Er hatte schon immer da geschlummert, aber jetzt drängte er mit Macht zum Ausbruch. Wilt hatte seine Karriere mit dieser unsäglichen Puppe torpediert, die er in ein Bohrloch geworfen hatte, bevor es mit zwanzig Tonnen Flüssigbeton geschlossen worden war. Und Flint war ihm prompt auf den Leim gegangen, hatte einen Mord vermutet, dessen Opfer Henry auf diese Weise aus dem Weg zu schaffen suchte, und das zugepflasterte Loch aufbohren lassen. Der Fund einer zerknautschten Gummipuppe war für Flints Ansehen und Karriere nicht allzu förderlich gewesen. Nein, den ›Puppenmord‹ würde er ihm nie verzeihen!

O ja, irgendwann einmal hatte er Wilt fast bewundert, aber das war schon lange her, sehr lange. Der Kerl saß warm und gemütlich in seinem Haus in der Oakhurst Avenue und strich ein ansehnliches Gehalt von dieser verfluchten Berufsschule ein, und eines Tages würde er wahrscheinlich sogar Direktor dieser Bruchbude werden, während sich seine eigenen zarten Hoffnungen, es jemals zum Polizeichef zu bringen und irgendwohin versetzt zu werden, wo es keinen Henry Wilt gab, in Rauch aufgelöst hatten. Er mußte sich damit abfinden, bis ans Ende seiner Tage Inspektor Flint zu bleiben und in Ipford zu versauern, und als wollten sie ihm die ganze Hoffnungslosigkeit seiner Situation auch noch unter die Nase reiben, hatten sie ihm Inspektor Hodge, diesen verdammten Klugscheißer, als Leiter des Drogendezernats ins Nest gesetzt. Natürlich hatten sie versucht, ihm dies schmackhaft zu machen, indem der Polizeichef ihn zu sich bestellte, um ihn persönlich über die Entscheidung zu informieren, und das hatte immerhin was zu bedeuten, nämlich, daß er eine taube Nuß war und daß man ihm bei Drogengeschichten nicht über den Weg traute, weil sein Sohn genau aus dem Grund einsaß. Dies wiederum hatte einen seiner Anfälle von Kopfweh ausgelöst, die er bisher immer für Migräne gehalten hatte, nur daß diesmal der Polizeiarzt Hypertension diagnostizierte, etwas von Anspannung murmelte und ihm Pillen verordnete.

»Natürlich bin ich angespannt«, hatte Flint dem Doktor erwidert. »Bei soviel ausgekochten Gaunern ringsum, die alle eigentlich hinter Gitter gehören, muß jeder anständige Polizeibeamte unter Hochspannung stehen. Täte er das nicht, würde er diesen verdammten Schurken nicht das Handwerk legen können. Das ist eben Berufsrisiko.«

»Wie immer Sie das nennen wollen. Ich kann Ihnen nur sagen, daß Sie einen zu hohen Blutdruck haben und . . .«

»Gerade eben haben Sie aber was anderes gesagt«, kam es wie aus der Pistole geschossen. »Sie haben behauptet, ich sei angespannt. Also was denn nun, Hypertension oder Bluthochdruck?«

»Inspektor«, hatte der Arzt erwidert, »Sie verhören hier keinen Verdächtigen.« (Flint hatte diesbezüglich so seine Zweifel.) »Aber um Sie zu beruhigen, kann ich Ihnen versichern, daß Hypertension und Bluthochdruck ein und dasselbe sind. Ich verschreibe Ihnen ein Diuretikum.«

»Ein was?«

»Das hilft beim Wasserlassen.«

»Als ob ich ausgerechnet dafür was bräuchte. Im Augenblick muß ich jede Nacht zweimal raus.«

»Dann wäre es wohl besser, etwas weniger zu trinken. Das würde auch Ihrem Blutdruck guttun.«

»So? Gerade haben Sie mir erklärt, ich sei zu angespannt, und das einzige, was dagegen hilft, sind ein oder zwei Bierchen.«

»Oder acht oder neun«, sagte der Arzt, der Flint neulich in der Kneipe gesehen hatte. »Ein geringerer Bierkonsum würde jedenfalls dazu führen, daß Sie abnehmen.«

»Und daß ich weniger pinkle. Sie geben mir also Pillen, damit ich mehr pinkle, und verlangen gleichzeitig, ich soll weniger trinken. Das ist doch Unsinn.«

Als Inspektor Flint die Praxis verließ, wußte er noch immer nicht, was es mit den Pillen, die er einnehmen mußte, eigentlich für eine Bewandtnis hatte. Der Arzt war ja auch nicht in der Lage gewesen, ihm zu erklären, wie die Betablocker wirkten. Er behauptete einfach, *daß* sie wirkten und daß Flint sie bis an sein Lebensende schlucken müßte.

Einen Monat später war es der Inspektor, der dem Arzt erklären konnte, wie die Pillen wirkten. »Ich kann nicht einmal mehr auf der Schreibmaschine tippen«, sagte er und hielt ihm seine weißen Finger unter die Nase. »Schauen Sie sich das an. Die sehen aus wie blanchierter Stangensellerie.«

»Nebenwirkungen tauchen fast immer auf. Aber ich gebe Ihnen was, um diese Symptome zu beseitigen.«

»Ich will diese Pißpillen nicht mehr«, sagte Flint. »Dieses Teufelszeug trocknet mich noch völlig aus. Ich bin den ganzen Tag am Rennen und habe offenbar so wenig Blut im Körper, daß es nicht einmal mehr für die Finger reicht. Und das ist noch nicht alles. Versuchen *Sie* mal, einen Gangster in die Mangel zu nehmen, wenn es Sie genau in dem Augenblick erwischt, wo er dabei ist, mit einem Geständnis überzukommen. Das beeinträchtigt meine Arbeit ganz gewaltig, kann ich Ihnen sagen.«

Der Arzt betrachtete ihn mißtrauisch und dachte sehnsüchtig an die Zeit zurück, da Patienten noch nicht widersprachen und Polizeibeamte aus einem anderen Holz geschnitzt waren als Flint. Außerdem befremdete ihn der Ausdruck »in die Mangel nehmen«.

»Dann müssen wir eben ein anderes Medikament bei Ihnen ausprobieren«, sagte er. Die Reaktion des Inspektors war verblüffend.

»Ein anderes Medikament bei mir ausprobieren?« wiederholte der streitsüchtig. »Was bilden Sie sich eigentlich ein? Glauben Sie vielleicht, ich habe Lust, Experimente mit mir anstellen zu lassen? Ich bin doch kein verdammtes Kaninchen.«

»Wohl kaum«, entgegnete der Arzt und verdoppelte des Inspektors Dosis an Betablockern, freilich unter anderem Präparatnamen, verschrieb ihm zusätzlich Pillen zum Abbau der Symptome in den Fingern und ein neues Diuretikum mit anderer Bezeichnung. Als Flint von der Apotheke ins Büro zurückging, kam er sich vor wie ein wandelndes Medizinschränkchen.

Eine Woche später war es ihm nahezu unmöglich, zu beschreiben, wie er sich fühlte. »Ich kann nur sagen, hundeübel«, antwortete er Sergeant Yates, der so unklug gewesen war, danach zu fragen. »Ich muß in den letzten sechs Wochen mehr Wasser gelassen haben als der Assuan-Damm. Und eines habe ich dabei festgestellt, nämlich, daß es in diesem beschissenen Kaff nicht genug öffentliche Toiletten gibt.«

»Ich hätte gedacht, sie müßten eigentlich ausreichen, um den Bedarf zu decken«, sagte Sergeant Yates, der vor einigen Jahren eine äußerst unerquickliche Begegnung mit einem uniformierten Polizisten gehabt hatte, der ihn verhaftete, als er in Zivil in der öffentlichen Bedürfnisanstalt vor dem Kino herumlungerte, um einen echten Klappenbummler dingfest zu machen.

»Dann denken Sie lieber noch mal nach«, herrschte Flint ihn an. »Mich hat es gestern in der Canton Street erwischt, und glauben Sie, ich hätte eine gefunden? Nicht ums Verrecken. Mußte mich in einen Durchgang zwischen zwei Häuser quetschen und wäre um ein Haar von einer Frau erwischt worden, die gerade Wäsche aus dem Fenster hängte. Eines Tages werden sie mich noch wegen Exhibitionismus einsacken.«

»Apropos, unser exhibitionistischer Freund scheint sein Revier runter zum Fluß verlagert zu haben. Diesmal hat er sein Glück bei einer Frau um die fünfzig versucht.«

»Wenigstens mal was anderes als diese Wilt-Brut und Stadtrat Birkenshaw. Kann sie das Stinktier denn wenigstens beschreiben?«

»Sie hat gesagt, sie konnte es nicht genau sehen, weil er am anderen Ufer stand, aber sie hatte den Eindruck, besonders groß sei es nicht gewesen.«

»Es? Wieso es?« plärrte Flint. »*Es* interessiert mich nicht. Ich rede von seiner Visage. Wie zum Teufel sollen wir diesen Verrückten Ihrer Ansicht nach denn sonst identifizieren? Sollen wir vielleicht eine Pimmelparade abhalten und die Opfer bitten, sich die Dinger genau anzusehen? Demnächst werden Sie noch eine Liste mit Identifikationsmerkmalen für Penisse einführen.«

»Sein Gesicht konnte sie nicht erkennen, weil er zu Boden sah.«

»Und pißte, wage ich zu behaupten. Wahrscheinlich schluckte

er dieselben Scheißtabletten wie ich. Jedenfalls würde ich der Aussage eines mittelalterlichen Weibsstücks nicht unbedingt glauben. In dem Alter sind die alle ganz verrückt nach Sex. Ich weiß, wovon ich rede, das können Sie mir glauben. Meine Alte ist völlig versessen darauf, und dabei sag ich ihr schon die ganze Zeit, daß dieser verfluchte Quacksalber meinen Blutdruck so runtergedrückt hat, daß ich das verdammte Ding nicht mal hochkriegen könnte, wenn ich wollte. Und wissen Sie, was sie gesagt hat?«

»Nein«, sagte Sergeant Yates, der das Thema ziemlich abstoßend fand. Außerdem war offensichtlich, daß er nicht wußte, was Mrs. Flint gesagt hatte, und es auch gar nicht hören wollte. Überhaupt überstieg die Vorstellung, daß irgend jemand den Inspektor begehrte, sein Fassungsvermögen. »Sie hatte doch tatsächlich die Unverschämtheit zu sagen, dann solle ich es eben andersrum machen.«

»Andersrum?« entfuhr es Yates unwillkürlich.

»Die neunundsechziger Nummer. Ekelhaft. Und wahrscheinlich gesetzwidrig. Und wenn einer glaubt, daß ich in meinem Alter da hinunterrutsche, noch dazu bei meiner Ollen, dann hat er nicht mehr alle verdammten Stacheln am Kaktus.«

»Das möchte ich meinen«, entgegnete der Sergeant mitleidig. Eigentlich hatte er den alten Flint immer ganz gern gemocht, aber es gab einfach Grenzen. In dem verzweifelten Bemühen, das Gespräch auf einen etwas dezenteren Gegenstand zu lenken, warf er den Namen des Leiters des Drogendezernats in die Debatte. Das war buchstäblich Rettung in letzter Minute, denn der Inspektor hatte soeben mit einer drastischen Schilderung von Mrs. Flints Stimulierungsversuchen begonnen. »Hodge? Was will denn dieser verdammte Schleimscheißer jetzt schon wieder?« knurrte Flint, der die beiden Themen spielend miteinander verbinden konnte.

»Eine Abhöranlage installieren«, sagte Yates. »Glaubt, er ist einem Heroinsyndikat auf der Spur. Ziemlich dicker Fisch.«

»Wo?«

»Sagt er nicht, jedenfalls mir nicht.«

»Und dazu will er meine Genehmigung? Da muß er schon den Polizeichef persönlich fragen, ich habe damit nichts zu tun. Oder doch?« Plötzlich dämmerte es Flint, daß das möglicherweise ein subtiler Seitenhieb wegen seines Sohnes war. »Wenn dieser Bastard

36

glaubt, daß er mir das Wasser abgraben kann . . .«, murmelte er und stockte.

»Das wird ihm wohl kaum gelingen«, meinte Yates nicht ohne Schadenfreude, »solange Sie diese Tabletten schlucken.«

Aber Flint hatte gar nicht zugehört. Seine Gedanken waren in eine Richtung abgeschweift, die mehr, als ihm bewußt war, von Betablockern, Vasodilatatoren und all dem anderen Zeug, mit dem er sich vollpumpte, diktiert wurde. Dazu kamen sein kreatürlicher Haß auf Hodge und die angestauten Sorgen um Job und Familie – eine Kombination, die ihn zu einem ausgesprochen unangenehmen Menschen werden ließ. Falls der Leiter des Drogendezernats glaubte, ihm eins auswischen zu können, dann war er auf dem Holzweg. »Es gibt mehr Möglichkeiten, einer Katze das Maul zu stopfen, als sie mit Sahne zu füttern«, sagte er und grinste grimmig.

Sergeant Yates sah ihn zweifelnd an. »Muß es nicht andersrum heißen?« fragte er und bereute noch im selben Atemzug jegliche Anspielung auf andersrum. Er hatte die Nase voll von Mrs. Flints verquerem Sexualleben.

»Ganz recht«, sagte der Inspektor. »Wir werden dieses Stopfei bis zum Kragen mit Sahne füllen. Irgendeine Ahnung, wen er anzapfen will?«

»So was würde er mir nie sagen. Er steht auf dem Standpunkt, daß man Uniformierten nicht über den Weg trauen kann, und natürlich darf da nichts durchsickern.«

Dieses Wort gab Inspektor Flint den Rest. Er schoß von seinem Stuhl hoch und fand Sekunden später wenigstens vorübergehend Erleichterung auf der Toilette.

Als er in sein Büro zurückkehrte, war seine Verstimmung einer fast schwachsinnigen Fröhlichkeit gewichen. »Sagen Sie Hodge, daß wir zu jeglicher Kooperation bereit sind«, wies er den Sergeant an. »Wir helfen ihm nur zu gern.«

»Sind Sie da sicher?«

»Natürlich bin ich sicher. Er braucht nur zu mir kommen. Sagen Sie ihm das.«

»Wenn Sie meinen«, sagte Yates und verließ verwirrt das Zimmer. Flint saß in einem durch die Medikamente verursachten Zustand der Betäubung da. An seinem begrenzten Horizont leuchtete ein einziger heller Fleck: Wenn dieser Mistkerl Hodge sich die Kar-

37

riere versauen wollte, indem er ohne Genehmigung mit Wanzen operierte, würde Flint alles tun, um ihn dabei zu unterstützen. Gestärkt durch diese plötzliche Woge von Optimismus, schob er sich gedankenverloren einen weiteren Betablocker in den Mund.

Kapitel 3

Mittlerweile entwickelten sich die Dinge bereits in eine Richtung, die dem Inspektor noch mehr Anlaß zu Optimismus gegeben hätten. Wilt war mit seinem Auftritt in der Sitzung des Krisenstabs vollauf zufrieden. Sollte Mr. Scudd wirklich soviel Einfluß beim Erziehungsminister haben, wie er behauptete, dann konnte das eine gründliche Untersuchung durch die Schulinspektoren Ihrer Majestät bedeuten. Wilt war diese Aussicht sehr willkommen. Er hatte schon oft über die Vorteile einer solchen Konfrontation nachgedacht. Zum einen würde ihn das in die Lage versetzen, vom Minister eine deutliche Aussage dazu zu fordern, was er denn eigentlich unter Allgemeinbildung verstand, jedenfalls wohl kaum Kommunikative Techniken und Progrediente Ausdrucksstrategien. Schon seit jenem denkwürdigen Tag vor rund zwanzig Jahren, als er ins Lehrerkollegium der Berufsschule eintrat, hatte Wilt keine genaue inhaltliche Vorstellung mit dem Begriff Allgemeinbildung zu verbinden vermocht, und niemand hatte ihm bisher so recht auf die Sprünge helfen können. Angefangen hatte er mit dem recht sonderbaren, von Mr. Morris, dem damaligen Leiter der Abteilung stammenden Diktum, daß seine Aufgabe darin bestünde, »Eintagslehrlinge«, also solche, die einen Tag in der Woche vom Arbeitgeber für die Schule freibekamen, »der Kultur auszuliefern«, was bedeutet hatte, die armen Teufel *Herr der Fliegen* und *Candide* lesen zu lassen, anschließend darüber zu diskutieren, worum es ihrer Ansicht nach in diesen Büchern ging, und deren Meinung die eigene entgegenzusetzen. Soweit Wilt feststellen konnte, war die ganze Unternehmung völlig unergiebig, und falls, wie Morris es ausgedrückt hatte, überhaupt die Rede davon sein konnte, daß jemand einer Sache ausgeliefert war, dann die Lehrer der kollektiven Barbarei der Lehrlinge, die für jede Menge Nervenzusammenbrüche und die große Anzahl jener verantwortlich war, die als Milchmänner mit Hochschulabschluß endeten. Sein eigener Versuch, den Lehrplan in praktischere Bahnen zu lenken – etwa wie man Steuerformulare ausfüllt, Arbeitslosenunterstützung beantragt und sich mit etwas Selbstvertrauen durch den bürokratischen Dschungel bewegt, der den Wohlfahrtsstaat für die Mittelklasse und halbgebildete Emporkömmlinge in ein Sparschwein und für die, welche die göttliche Vorsehung arm gemacht hatte, in einen unverständlichen und demütigenden Alptraum aus Formularen und Fachjargons verwandelt hatte – war dank der hirnrissigen Theorien der sogenannten Erziehungswissenschaftler der sechziger Jahre wie Dr. Mayfield und der gleichermaßen irrationalen Finanzpolitik der siebziger Jahre gescheitert. Wilt hatte bei seinen Protesten nachdrücklich darauf bestanden, daß die Allgemeinbildung keine Videokameras und Arsenale audiovisueller Geräte brauchte, sondern statt dessen sehr viel mehr mit einer klaren Aussage über Sinn und Zweck dieses Faches anfangen könnte.

Das war nun wiederum ein unkluges Ansinnen gewesen. Sowohl Dr. Mayfield als auch der Bezirksinspektor hatten Memoranden vorgelegt, die niemand verstehen konnte, und es hatte ein Dutzend Ausschußsitzungen gegeben, auf denen keinerlei Beschlüsse gefaßt wurden, außer dem, daß man die Videokameras, nachdem sie nun schon mal da waren, ebensogut benützen konnte, und daß »Kommunikative Techniken« und »Progrediente Ausdrucksstrategien« dem Zeitgeist besser entsprächen als »Allgemeinbildung«. Der audiovisuelle Krempel fiel damals den Sparmaßnahmen zum Opfer, und die Tatsache, daß überflüssige Lehrkräfte aus akademischen Fachbereichen nicht einfach auf die Straße gesetzt werden konnten, hatte dazu geführt, daß Wilt noch mehr Knallköpfe zugeteilt bekam. Sollten Ihrer Majestät Schulinspektoren sich tatsächlich dazu herablassen, die Lehranstalt mit ihrem Besuch zu beehren, würde es ihnen womöglich gelingen, die durch nutzlose Bremser verursachte Blockierung zu beseitigen und wieder vernünftige Zustände herzustellen, was Wilt ausgesprochen begrüßt hätte. Abgesehen davon bildete er sich ziemlich viel darauf ein, bei Auseinandersetzungen seine Position behaupten zu können.

Sein Optimismus war allerdings verfrüht. Nachdem er sich geschlagene fünfzig Minuten von Elektrotechniker I über die Bedeutung des Kabelfernsehens hatte belehren lassen, war er kaum in sein Büro zurückgekehrt, als auch schon die Tür aufsprang und seine Sekretärin, Mrs. Bristol, völlig aufgelöst hereinstürzte. »Mr. Wilt«, rief sie beschwörend, »Sie müssen sofort kommen. Sie ist wieder da, und es ist nicht das erste Mal.«

»Was ist nicht das erste Mal?« fragte Wilt hinter einem Stapel Zeitschriften hervor, in die er noch nie einen Blick geworfen hatte.

»Daß ich sie da gesehen habe.«

»Wen und wo?«

»Sie. Im Klo.«

»Im Klo?« wiederholte Wilt, inständig hoffend, daß Mrs. Bristol nicht wieder eine ihrer Anwandlungen bekommen hatte. Vor einiger Zeit war sie völlig ausgerastet, als eines der Mädchen in Kuchen III in aller Unschuld verkündet hatte, daß es sich gerade drei Käsestangen reingeschoben habe. »Ich weiß nicht, wovon Sie reden.«

Mrs. Bristol, wie es schien, ebensowenig. »Sie hat dieses Nadeldings und . . .« Ihre Stimme versagte.

»Nadeldings?«

»Spritze«, hauchte Mrs. Bristol, »und sie steckte in ihrem Arm und ist voller Blut und . . .«

«O mein Gott«, sagte Wilt und eilte an ihr vorbei zur Tür.

»Welches Klo?«

»Das für Lehrerinnen.«

Wilt blieb wie angewurzelt stehen. »Wollen Sie damit sagen, daß sich eine Angehörige des Lehrkörpers auf der Damentoilette mit Heroin vollpumpt?«

Mrs. Bristol war drauf und dran, wieder auszuflippen. »Wenn es eine Lehrerin gewesen wäre, hätte ich sie erkannt. Es war ein Mädchen. So tun Sie doch etwas, Mr. Wilt. Vielleicht verletzt sie sich sonst noch.«

»Da können Sie Gift drauf nehmen«, sagte Wilt, schoß über den Gang zur Treppe, eilte die Stufen hinab zur Damentoilette auf dem Treppenabsatz und stürzte hinein. Drinnen sah er sich sechs Kabinentüren, einer Reihe Waschbecken, einem langen Spiegel und einem Papierhandtuchspender gegenüber. Keine Spur von einem Mädchen. Andererseits war die dritte Tür verriegelt, und dahinter gab jemand gewisse Geräusche von sich. Wilt zögerte. In einer weniger verzweifelten Situation hätte er mögli-

41

cherweise angenommen, daß Mr. Rusker, dessen Frau eine Ballaststoff-Fanatikerin war, wieder mal einen seiner problematischen Tage hatte. Aber schließlich benützte Mr. Rusker nicht die Damentoilette.

Vielleicht konnte er einen flüchtigen Blick erhaschen, wenn er sich hinkniete. Wilt entschied sich dagegen. Erstens wollte er gar keinen Blick erhaschen, und zweitens dämmerte ihm allmählich, daß er sich in einer, gelinde gesagt, heiklen Situation befand und der Versuch, sich zu bücken, um unter einer Tür in der Damentoilette hindurchzuspähen, durchaus falsch interpretiert werden konnte. Es war daher besser, draußen zu waren. Das Mädchen – so es sich tatsächlich um eines handelte und nicht nur um eine Ausgeburt von Mrs. Bristols blühender Phantasie – mußte ja irgendwann herauskommen.

Nach einem letzten Blick in den Abfallbehälter, der keine Spritze zutage förderte, schlich Wilt auf Zehenspitzen zur Tür. Er erreichte sie aber nicht. Hinter ihm öffnete sich die verschlossene Tür.

»Hab ich mir's doch gedacht«, dröhnte eine Stimme. »Ein schmutziger Voyeur!« Wilt kannte dieses Organ. Es gehörte Miss Hare, einer altgedienten Sportlehrerin, die er im Lehrerzimmer einmal ziemlich unüberhörbar mit Frankensteins Braut verglichen hatte. Eine Sekunde später wurde ihm der Arm auf den Rücken gedreht, und sein Gesicht machte Bekanntschaft mit der gekachelten Wand.

»Sie kleiner Perversling«, tönte Miss Hare und zog damit vorschnell die häßlichste und aus Wilts Sicht am wenigsten wünschenswerte Schlußfolgerung. Miss Hare war wahrhaftig die allerletzte Person, die Wilt heimlich hätte beobachten wollen. Nur ein Perverser wäre dazu fähig gewesen. Doch war der Augenblick kaum geeignet, das kundzutun.

»Ich habe nur nachgeschaut . . .«, begann er, doch ganz offensichtlich hatte Miss Hare sein Späßchen von wegen Frankensteins Braut nicht vergessen.

»Ihre Erklärungen können Sie sich für die Polizei aufsparen«, schrie sie und unterstrich ihre Worte, indem sie sein Gesicht erneut gegen die Kacheln knallte. Sie war – im Gegensatz zu Wilt – noch immer mit Hingabe bei der Sache, als sich die Tür auftat und Mrs.

Stoley, eine Geographielehrerin hereinkam. »Diesen Voyeur habe ich auf frischer Tat ertappt«, erklärte Miss Hare. »Rufen Sie die Polizei.« Mit dem Gesicht zur Wand versuchte Wilt, die Sache aus seiner Perspektive darzustellen – ohne Erfolg. Mit Miss Hares wuchtigem Knie in seinem schmalen Rücken hatte er keine Chance, zumal ihm auch noch sein Stiftzahn herausfiel.

»Aber das ist doch Mr. Wilt«, meinte Mrs. Stoley verunsichert.

»Natürlich ist das Wilt. Und das hier sieht ihm verdammt ähnlich.«

»Also . . .«, begann Mrs. Stoley, die das nicht so ohne weiteres nachvollziehen konnte.

»Um alles in der Welt, so gehen Sie doch schon endlich, sonst entwischt mir dieses Früchtchen womöglich noch!«

»Versuche ich das denn?« murmelte Wilt und mußte sich dafür erneut die Nase schmerzhaft gegen die Wand rammen lassen.

»Wenn Sie meinen . . .«, sagte Mrs. Stoley und verließ die Toilette.

Als sie fünf Minuten später mit dem Direktor und dessen Stellvertreter zurückkam, hatte Miss Hare Wilt auf den Boden verfrachtet und kniete über ihm.

»Was zum Teufel ist hier los?« wollte der Direktor wissen.

Miss Hare stand auf. »Ich hab ihn erwischt, wie er unter der Tür nach meinen fraulichen Stellen linste«, sagte sie. »Und als ich ihn mir vorknöpfte, versuchte er zu fliehen.«

»Stimmt gar nicht«, sagte Wilt, während er sich seinen Stiftzahn angelte und ihn unklugerweise wieder in den Mund steckte. Ihm haftete der Geschmack extrem starken Desinfektionsmittels an, das nicht unbedingt als Mundwasser konzipiert worden war und allmählich seiner Zunge zusetzte. Als er daraufhin einen Ausfall Richtung Waschbecken unternahm, demonstrierte ihm Miss Hare, was ein halber Nelson ist.

»Lassen Sie mich um Himmels willen los«, brüllte Wilt, der mittlerweile überzeugt war, an akuter Karbolvergiftung zu sterben. »Das Ganze ist ein schrecklicher Irrtum.«

»Ihrer«, gab Miss Hare zurück und schnitt ihm die Luftzufuhr ab.

Zweifelnd betrachtete der Direktor das ungleiche Paar. Unter anderen Umständen hätte er Wilts Mißgeschick durchaus genossen, doch mitansehen zu müssen, wie der von einem Muskelweib wie Miss Hare, deren Rock zu allem Überfluß noch heruntergerutscht war, erdrosselt wurde, war mehr, als er verkraften konnte.

»Ich hielte es für das beste, den Kollegen loszulassen«, sagte er, als Wilts Gesicht immer dunkler anlief und ihm schon die Zunge heraushing. »Er scheint ziemlich übel zu bluten.«

»Geschieht ihm recht«, meinte Miss Hare und ließ ihn nur widerwillig los und zu Atem kommen. Wilt stolperte ans nächste Waschbecken und drehte den Hahn auf.

»Wilt«, sagte der Direktor, »was hat das zu bedeuten?« Doch Wilt hatte seinen Stiftzahn wieder rausgeholt und versuchte verzweifelt, sich den Mund unter dem Wasserstrahl auszuspülen.

»Sollten wir nicht besser die Ankunft der Polizei abwarten, bevor er eine Aussage macht?« fragte Miss Hare.

»Polizei?« schrien der Direktor und sein Stellvertreter wie aus einem Mund. »Sie meinen doch nicht im Ernst, daß man die Polizei rufen sollte, um sich mit dieser . . . hm . . . Geschichte zu befassen.«

»Aber ich«, stieß Wilt gurgelnd hervor. Jetzt war sogar Miss Hare verblüfft.

»Sie?« fragte sie ungläubig. »Erst haben Sie die Unverschämtheit, hier reinzukommen, um sich . . .«

»Fleischklöße zu begucken«, ergänzte Wilt, dessen Zunge allmählich wieder auf Normalgröße geschrumpft war, obwohl sie noch immer wie eine frisch desinfizierte Kloschüssel schmeckte.

»Wie können Sie es wagen«, schrie Miss Hare und war drauf und dran, ihn wieder in den Schwitzkasten zu nehmen, als sich der Stellvertretende einmischte.

»Bevor wir übereilt handeln, sollten wir doch erst Wilts Version hören, finden Sie nicht?«

Miss Hare fand das offenbar nicht, stoppte jedoch ihren neuerlichen Angriff. »Ich habe Ihnen doch bereits klipp und klar erklärt, was er gemacht hat«, sagte sie.

»Ja, aber lassen Sie mich trotzdem . . .«

»Er hatte sich gebückt und linste unter der Tür durch«, fuhr Miss Hare unbarmherzig fort.

»Stimmt nicht«, sagte Wilt.

»Sie — unterstehen Sie sich, so zu lügen! Ich habe schon immer gewußt, daß Sie völlig pervers sind. Erinnern Sie sich noch an diese widerliche Geschichte mit der Puppe?« sagte sie zum Direktor gewandt, den man daran nun wahrhaftig nicht erinnern mußte. Doch statt ihm antwortete Wilt.

»Mrs. Bristol«, murmelte er, während er sich die Nase mit einem Papierhandtuch abtupfte, »Mrs. Bristol hat damit angefangen.«

»Mrs. Bristol?«

»Wilts Sekretärin«, erklärte der Stellvertretende.

»Soll das vielleicht heißen, daß Sie Ihre Sekretärin hier drinnen gesucht haben?« fragte der Direktor. »Wollen Sie das damit sagen?«

»Nein, will ich nicht. Ich will damit sagen, daß Mrs. Bristol Ihnen erklären wird, warum ich hier bin, und ich möchte, daß Sie es aus ihrem Mund hören, bevor mir dieser mit Anabolika getriebene Bulldozer noch sämtliche Knochen im Leib zermalmt.«

»Ich denke nicht daran, mich derart beschimpfen zu lassen, noch dazu von einem . . .«

»Dann ziehen Sie vielleicht besser Ihren Rock hoch«, sagte der Stellvertretende, dessen Sympathie eindeutig Wilt galt.

Der kleine Trupp setzte sich treppauf in Bewegung, vorbei an einer Englischklasse, die gerade eine Stunde von Mr. Gallen über »Das Element der ländlichen Idylle in Wordsworths *Prelude*« hinter sich hatte und folglich auf das urbane Element in Form von Wilts blutender Nase völlig unvorbereitet war.

Mrs. Bristol erging es nicht anders. »O je, Mr. Wilt, was haben Sie sich denn getan?« fragte sie. »Sie hat Sie doch nicht etwa angegriffen?«

»Sagen Sie's ihnen«, drängte Wilt. »Sagen *Sie* es ihnen.«

»Was soll ich denn sagen?«

»Was Sie mir gesagt haben«, fuhr Mr. Wilt sie an, doch Mrs. Bristol war viel zu besorgt um seinen Zustand, und die Anwesenheit des Direktors samt Stellvertreter hatte sie noch nervöser gemacht. »Sie meinen die Sache mit . . .«

»Ich meine . . . scheren Sie sich nicht drum, was ich meine«, herrschte Wilt sie an. »Sagen Sie denen einfach, was ich in der Damentoilette gemacht habe, und damit hat's sich.«

Jetzt spiegelte Mrs. Bristols Gesicht totale Verwirrung wider. »Aber das weiß ich doch nicht«, sagte sie. »Ich war ja nicht dort.«

»Ich weiß verdammt gut, daß Sie nicht dort waren. Was die Herren wissen wollen, ist, warum *ich* dort war.«

»Also . . .«, begann Mrs. Bristol, um sogleich den Faden wieder zu verlieren. »Haben Sie es ihnen denn nicht gesagt?«

»O heilige Einfalt«, rief Wilt, »können Sie es denn nicht endlich ausspucken? Ich stehe hier und werde von Miss Harenstein da drüben beschuldigt . . .«

»Wenn Sie mich noch mal so nennen, wird Ihre eigene Mutter Sie nicht wiedererkennen«, fauchte Miss Hare ihn an.

»Da sie seit zehn Jahren tot ist, halte ich das nicht für ausgeschlossen«, entgegnete Wilt und zog sich hinter seinen Schreibtisch zurück. Als es schließlich gelungen war, der sportlichen Dame Einhalt zu gebieten, versuchte der Direktor, endlich Licht in diese zunehmend verworrenere Situation zu bringen. »Könnte mir jetzt bitte jemand erklären, was es mit dieser unerquicklichen Angelegenheit auf sich hat?« fragte er.

»Wenn jemand das kann, dann sie«, sagte Wilt, während er auf seine Sekretärin zeigte. »Immerhin hat sie mich hingehetzt.«

»Sie hingehetzt, Mr. Wilt? Dergleichen habe ich nie getan. Ich habe doch nur gesagt, daß in der Damentoilette ein Mädchen mit einer Injektionsspritze ist und daß ich nicht weiß, wer sie ist und . . .« Eingeschüchtert durch den entsetzten Ausdruck auf dem Gesicht des Direktors hielt sie inne. »Habe ich etwas Falsches gesagt?«

»Sie haben in der Damentoilette ein Mädchen mit einer Injektionsspritze gesehen? Und haben Mr. Wilt davon berichtet?«

Mrs. Bristol nickte benommen.

»Wenn Sie ›Mädchen‹ sagen, dann darf ich wohl annehmen, daß Sie keine Angehörige des Lehrkörpers meinen?«

»Ganz recht. Sonst hätte ich sie sicher erkannt, obwohl ich ihr Gesicht nicht zu sehen bekam. Und dann hatte sie diese scheußliche Spritze voller Blut und . . .« Sie warf Wilt einen hilfesuchenden Blick zu.

»Sie haben gesagt, daß sie sich Drogen spritzte?«

»Solange ich in dieser Toilette war, war sonst niemand drin«, stellte Miss Hare fest. »Das hätte ich doch gehört.«

»Möglicherweise war es ja jemand mit Diabetes«, meinte der Stellvertretende. »Vielleicht eine ältere Schülerin, die aus naheliegenden Gründen nicht das Schülerklo benützen wollte.«

»Ja, natürlich«, sagte Wilt. »Schließlich wissen wir doch alle, daß

Diabetiker mit blutgefüllten Spritzen rumlaufen. Sie hat offensichtlich angezogen, um die maximale Dosis zu kriegen.«

»Angezogen?« wiederholte der Direktor kraftlos.

»Die Junkies machen das so«, erklärte der Stellvertretende.

»Sie injizieren sich was, und dann . . .«

»Ich will es gar nicht wissen«, sagte der Direktor.

»Also, wenn sie Heroin gedrückt hat . . .«

»Heroin! Das fehlte uns gerade noch«, sagte der Direktor und setzte sich völlig niedergeschmettert hin.

»Wenn Sie mich fragen«, sagte Miss Hare, »dann ist die ganze Geschichte reine Einbildung. Ich war zehn Minuten da drinnen . . .«

»Und was haben Sie getan, außer mich kampfunfähig zu machen?« fragte Wilt.

»Etwas Weibliches, falls Sie es unbedingt wissen wollen.«

»Wie zum Beispiel Aufbaupräparate schlucken. Also da muß ich Ihnen sagen, als ich hinunterging – und ich war nicht länger als . . .«

Zur Abwechslung unterbrach ihn jetzt Mrs. Bristol. »Hinuter, haben Sie hinunter gesagt?«

»Natürlich habe ich hinunter gesagt. Was haben Sie denn erwartet? Vielleicht hinauf?«

»Aber die Toilette ist doch im vierten Stock, nicht im zweiten. Und dort war's auch.«

»Das sagen Sie jetzt! Und wohin zum Teufel bin ich Ihrer Meinung nach gegangen?«

»Also ich gehe immer nach oben«, sagte Mrs. Bristol. »Das hält mich fit, wie Sie wissen. Ich meine, schließlich braucht unsereins ja ein bißchen Bewegung und . . .«

»Halten Sie doch endlich die Klappe«, sagte Wilt und wischte sich die Nase mit seinem blutverschmierten Taschentuch ab.

»Also, damit die Sache klar ist«, sagte der Direktor, dem es an der Zeit schien, seine Autorität geltend zu machen. »Mrs. Bristol sagt Wilt, daß da oben ein Mädchen ist, das sich irgendwas reinpumpt, und anstatt hinaufzugehen, begibt Wilt sich hinunter in die Toilette im zweiten Stock und . . .«

». . . wird dort von dem Schwarzgürtel, Miss Harenstein, zu Brei geschlagen«, fuhr Wilt fort, der das Ruder nun endgültig an sich riß. »Und dabei ist noch keiner auf die schlaue Idee gekommen,

47

nach oben zu gehen und nachzusehen, ob dieser Junkie noch da ist.«

Aber der Stellvertretende war bereits verschwunden.

»Wenn mich dieser kleine Kotzbrocken noch einmal Harenstein nennt . . .«, fauchte Miss Hare drohend. »Ich finde jedenfalls nach wie vor, daß wir die Polizei rufen sollten. Ich meine, warum ist Wilt denn hinuntergegangen und nicht hinauf? Ich finde das sehr sonderbar.«

»Weil ich nicht auf die Damen-, oder in Ihrem Fall die Bisexuellen-Toilette gehe. Darum.«

»Da haben wir's«, sagte der Direktor. »Anscheinend war das Ganze doch nur ein Mißverständnis, und wenn wir jetzt alle die Ruhe bewahren . . .«

Der Stellvertretende kam zurück. »Keine Spur von einem Mädchen«, verkündete er.

Der Direktor erhob sich. »Damit wäre die Sache ja wohl erledigt. Offenbar war alles nur ein Irrtum. Mrs. Bristol hat sich vielleicht nur eingebildet . . .« Doch welche verleumderischen Vermutungen hinsichtlich Mrs. Bristols Einbildung ihm auch auf der Zunge liegen mochten, sie wurden durch die folgenden Worte des Stellvertretenden im Keim erstickt.

»Aber im Abfalleimer habe ich das da gefunden«, sagte er und hielt ein blutbeflecktes Papierhandtuch hoch, das aussah wie Wilts Taschentuch.

Der Direktor betrachtete es angewidert. »Das beweist wohl kaum etwas. Frauen bluten eben gelegentlich.«

»Dann nennen Sie's halt einen Monatsfetzen und vergessen das Ganze«, sagte Wilt giftig. Es nervte ihn schon zur Genüge, daß er selbst blutete.

Miss Hare fuhr herum. »Das ist wieder typisch für einen zotenreißenden Sexisten wie Sie«, herrschte sie ihn an.

»Ich habe nur interpretiert, was der Direktor . . .«

»Und außerdem wäre da noch das da«, unterbrach ihn der Stellvertretende und förderte eine Injektionsnadel zutage.

Jetzt warf sich Mrs. Bristol in die Brust. »Na also, was habe ich Ihnen gesagt. Gar nichts habe ich mir eingebildet. Da oben war ein Mädchen und hat sich etwas gespritzt, und ich habe sie gesehen. Und was werden Sie jetzt unternehmen?«

»Wir dürfen keine voreiligen Schlüsse ziehen, nur weil . . .«, begann der Direktor.

»Rufen Sie die Polizei. Ich verlange, daß Sie die Polizei rufen«, sagte Miss Hare, wild entschlossen, die Gelegenheit beim Schopf zu ergreifen, um ihre Meinung über Wilt und dreckige Voyeure in alle Welt hinauszuposaunen.

»Miss Harenstein«, sagte der Direktor, der nicht umhin konnte, Wilts Gefühle für die Sportlehrerin zu teilen, »diese Angelegenheit erfordert einen kühlen Kopf.«

»Mein Name ist Miss Hare, und wenn Sie nicht genug Anstand besitzen . . . Und wo, zum Kuckuck, gehen *Sie* hin?«

Wilt hatte die günstige Gelegenheit genutzt, um sich zur Tür zu schleichen. »Auf die Herrentoilette, um festzustellen, wieviel Schaden Sie angerichtet haben, dann zur Blutbank zum Auftanken und danach, falls ich das noch schaffe, zu meinem Arzt und dem prozeßgierigsten Anwalt, den ich auftreiben kann, um Sie wegen übler Nachrede und Körperverletzung vor den Kadi zu bringen.« Und bevor Miss Hare ihn erwischen konnte, war Wilt über den Korridor geflüchtet und hatte sich in der Herrentoilette verschanzt.

Nun ließ Miss Hare ihre Wut am Direktor aus. »So, das genügt«, schrie sie. »Wenn Sie jetzt nicht auf der Stelle die Polizei rufen, dann tue ich es. Ich wünsche, daß die Tatsachen klar und deutlich festgehalten werden, damit für den Fall, daß sich dieser kleine Sexteufel auch nur in die Nähe eines Anwalts wagt, die Öffentlichkeit erfährt, was für eine Sorte von Leuten hier unterrichtet. Ich bestehe darauf, daß diese ganze abscheuliche Angelegenheit in aller Offenheit behandelt wird.«

Das freilich war so ziemlich das letzte, was der Direktor wollte. »Ich halte das wirklich nicht für klug«, sagte er. »Immerhin ist es doch möglich, daß Wilt ein ganz natürlicher Fehler unterlaufen ist.«

Aber Miss Hare war nicht zu besänftigen. »Der Fehler, den Wilt gemacht hat, war durchaus nicht normal. Und außerdem *hat* Mrs. Bristol ja ein Mädchen gesehen, das sich Heroin spritzte.«

»Das wissen wir nicht. Möglicherweise gibt es auch dafür eine ganz einfache Erklärung.«

»Das wird die Polizei schon feststellen, wenn sie erst die zu der

Nadel gehörige Spritze gefunden hat«, sagte Miss Hare unnachgiebig. »Also, wer ruft jetzt an, Sie oder ich?«

»Wenn Sie mich so fragen, dann bleibt uns wohl keine andere Wahl«, sagte der Direktor und warf ihr einen haßerfüllten Blick zu, während er den Hörer abnahm.

Kapitel 4

Wilt betastete vor dem Spiegel der Herrentoilette sein Gesicht. Es sah genauso übel aus, wie es sich anfühlte. Seine Nase war geschwollen, übers Kinn liefen breite Blutspuren, und außerdem hatte Miss Hare es geschafft, daß eine alte Verletzung über seinem rechten Auge wieder aufgebrochen war. Wilt wusch sich das Gesicht und dachte trübsinnig an Tetanus. Er nahm seinen Stiftzahn heraus und inspizierte seine Zunge. Auch wenn sie nicht, wie er erwartet hatte, doppelt so dick war wie sonst, schmeckte sie doch noch immer nach Desinfektionsmittel. Während er sich unter dem Wasserhahn den Mund ausspülte, kam ihm der zumindest für einen Augenblick erheiternde Gedanke, daß ein Tetanusbazillus bei einer derartigen Radikalkur wohl keinerlei Überlebenschance hatte. Er steckte den Stiftzahn wieder an seinen Platz und stellte sich wieder einmal die Frage, wieso er eigentlich Mißverständnisse und Katastrophen wie ein Magnet anzog.

Das Gesicht im Spiegel blieb ihm die Antwort schuldig. Es war ein recht durchschnittliches Gesicht, und Henry gab sich keineswegs der Illusion hin, es sei von klassischem Schnitt. Doch war es bei aller Gewöhnlichkeit eben doch die Fassade, hinter der ein außerordentlicher Verstand lauerte. In früheren Jahren hatte er mit der Vorstellung kokettiert, es sei ein origineller Verstand oder zumindest ein individueller. Nicht, daß ihm das viel geholfen hätte. Jeder Verstand war irgendwie individuell, aber das allein machte noch niemanden so anfällig für Unannehmlichkeiten, um es milde auszudrücken. Nein, der eigentliche Grund war der, daß ihm einfach das Gefühl für die eigene Autorität abging.

»Du läßt einfach zu, daß dir solche Dinge passieren«, sagte er zu dem Gesicht im Spiegel. »Allmählich wird es Zeit, daß du selbst die Initiative ergreifst.« Doch noch während er das sagte, wußte er, daß es nie so weit kommen würde. Er konnte einfach kein dominierender Mensch sein, kein Machtmensch, dessen Befehlen man gehorchte, ohne Fragen zu stellen. Das entsprach nicht seiner Natur. Genauer gesagt, fehlte ihm der Antrieb und das Durchhaltevermögen, sich mit Details auseinanderzusetzen, Haarspaltereien in Verfahrensfragen zu betreiben, Verbündete zu gewinnen und Gegenspieler auszumanövrieren – mit anderen Worten, seine Aufmerksamkeit darauf zu konzentrieren, wie man Macht gewinnt. Schlimmer noch, er verachtete Menschen mit derartigen Ambitionen. Ihr Horizont beschränkte sich auf eine Welt, in der nur sie allein zählten, egal, was die anderen Menschen wollten. Solche Typen gab es überall, und überall hockten sie in Ausschüssen rum und spielten sich auf, mutmaßlich am schlimmsten in der Berufsschule. Es war höchste Zeit, ihnen Paroli zu bieten. Vielleicht würde er eines Tages . . .

Der Stellvertretende platzte herein und riß ihn aus seinen Tagträumen. »Ah, da bist du ja, Henry«, sagte er. »Ich dachte, ich sage dir lieber gleich, daß wir die Polizei rufen mußten.«

»Weswegen denn?« fragte Wilt, plötzlich beunruhigt von dem Gedanken, daß Miss Hares Anschuldigungen Eva zu Ohren kommen könnten.

»Drogen.«

»Ach so. Das kommt etwas spät, findest du nicht? Das läuft doch schon, solange ich denken kann.«

»Willst du damit sagen, daß du davon gewußt hast?«

»Ich dachte, das haben alle. Ist doch ein offenes Geheimnis. Abgesehen davon liegt es auf der Hand, daß es unter so vielen Schülern auch ein paar Junkies geben muß«, sagte Wilt und verdrückte sich, während der Stellvertretende noch am Pissoir beschäftigt war. Fünf Minuten später hatte er die Berufsschule verlassen und sich wieder jenen spekulativen Gedankengängen hingegeben, die einen Großteil der Zeit, die er mit sich allein war, in Anspruch nahmen. Warum machte er sich zum Beispiel so viele Gedanken über Macht und Einfluß, wenn er doch eigentlich gar nicht bereit war, in dieser Beziehung etwas zu unternehmen? Schließlich bekam er ein anständiges Gehalt. Es wäre sogar ausgesprochen gut gewesen, hätte Eva nicht so viel für die Erziehung der Vierlinge ausgegeben – er hatte objektiv betrachtet keinen Grund zur Klage. Objektiv betrachtet. Aber was hieß das schon? Was zählte, war doch, wie man sich fühlte. Und in dieser Beziehung befand sich Henry auf einem Tiefpunkt – selbst an Tagen, an denen ihm Miss Hare das Gesicht nicht plattgedrückt hatte.

Peter Braintree war das wandelnde Gegenbeispiel. Der hatte nicht im mindesten das Gefühl von Vergeblichkeit oder mangelnder Macht. Er hatte sogar eine Beförderung abgelehnt, weil das bedeutet hätte, den Unterricht aufzugeben und statt dessen Verwaltungsaufgaben zu übernehmen. Nein, der war vollauf damit zufrieden, seine Stunden über englische Literatur abzuhalten, dann nach Hause zu Betty und den Kindern zu gehen und seine Abende damit zu verbringen, die Aufsätze seiner Schüler zu korrigieren und anschließend Eisenbahn zu spielen oder Modellflugzeuge zu bauen. Und an den Wochenenden zog er los, um sich ein Fußballspiel anzuschauen oder Kricket zu spielen. Und während der Ferien war es dasselbe. Die Braintrees fuhren immer zum Zelten und Wandern und kamen fröhlich wieder zurück, ohne daß sich irgendwelche Familienkräche oder Katastrophen ereignet hätten, die anscheinend unvermeidbarer Bestandteil der Wiltschen Familienausflüge waren. In gewisser Weise beneidete Wilt seinen Freund, wenngleich er zugeben mußte, daß dabei auch etwas Verachtung mitschwang, die, wie er sehr wohl wußte, völlig ungerechtfertigt war. In einer modernen Welt genügte es nicht, einfach nur zufrieden zu sein und zu hoffen, daß sich am Ende alles zum Besten entwickeln würde. Nach Wilts Erfahrung wendete sich alles zum Schlimmsten, und das war in diesem Fall Miss Hare. Wenn er andererseits wirklich einmal versuchte, etwas zu *tun*, dann war das Ergebnis katastrophal. Einen Mittelweg schien es nicht zu geben.

Er schlug sich noch immer mit diesem Problem herum, als er die Bilton Street überquerte und in die Hillbrow Avenue einbog. Auch hier ließen alle Anzeichen darauf schließen, daß fast alle mit ihrem Los zufrieden waren. Die Kirschbäume blühten, und der Bürgersteig war mit rosa und weißen Blütenblättern wie mit Konfetti übersät. Wilt musterte die einzelnen Vorgärten. Die meisten waren mit Goldlack bepflanzt und sehr gepflegt, einige allerdings – wo vorwiegend Akademiker wohnten – verwildert und von Unkraut überwuchert. An der Ecke Pritchard Street werkelte Mr. Sands zwischen seinen Erikas und Azaleen herum und bewies damit einer desinteressierten Welt, daß ein in Ruhestand lebender Bankmanager durchaus Befriedigung daraus ziehen konnte, Pflanzen, die eigentlich sauren Boden bevorzugen, auch auf eher alkalischem Untergrund gedeihen zu sehen. Mr. Sands hatte Wilt irgendwann die damit verbundenen Schwierigkeiten erklärt und ihm die Notwendigkeit, die ganze oberste Erdschicht durch Torf zu ersetzen, um den pH-Wert zu senken, auseinandergesetzt. Da Wilt keine Ahnung hatte, was pH bedeutete, begriff er auch nicht, wovon Mr. Sands sprach; abgesehen davon interessierte er sich ohnehin mehr für Sands Charakter und das Geheimnis seiner Zufriedenheit. Vierzig Jahre hatte dieser Mann damit verbracht, fasziniert, wie man annehmen darf, die Bewegung von Geld von einem Konto auf ein anderes und die Schwankungen der Zinssätze zu verfolgen und Darlehen und Überziehungskredite zu gewähren, und jetzt schien er über nichts anderes mehr reden zu wollen als über die Bedürfnisse seiner Kamelien und kleinen Koniferen. Dieser Wandel war Wilt ebenso unbegreiflich wie der Charakter von Mrs. Cranley, die einst eine so spektakuläre Rolle bei einem Prozeß gespielt hatte, in dem es um ein Bordell in Mayfair gegangen war, nun aber im Kirchenchor von St. Stephens sang und Kindergeschichten schrieb, die in ihrer erbärmlichen Naivität und Sentimentalität einfach abstoßend waren. Das alles überstieg Wilts Fassungsvermögen. Seine Beobachtungen ließen nur einen Schluß zu: Menschen konnten ihr Leben von einer Sekunde auf die andere völlig umstellen, und sie taten das auch. Und wenn *sie* es konnten, gab es keinen Grund, warum er es nicht können sollte. Gestärkt durch diese Erkenntnis, schritt er beherzt aus, wild entschlossen, den Zwillingen heute abend keinerlei Unfug durchgehen zu lassen.

Wie üblich kam alles ganz anders. Kaum hatte er die Haustür geöffnet, als sie ihn auch schon belagerten.

»O Daddy, was hast du denn mit deinem Gesicht angestellt?« wollte Josephine wissen.

»Nichts«, wich Wilt aus und versuchte, nach oben zu flüchten, bevor sie mit der eigentlichen Inquisition beginnen konnten. Er brauchte dringend ein Bad, und seine Kleider stanken nach Desinfektionsmittel. Doch Emmeline, die mitten auf der Treppe mit ihrem Hamster spielte, vertrat ihm den Weg.

»Tritt bloß nicht auf Percival«, sagte sie. »Sie ist schwanger.«

»Schwanger?« Einen Augenblick lang war Wilt wirklich perplex. »Kann er doch gar nicht. Das ist unmöglich.«

»Percival ist eine Sie, und das ist eben so.«

»Eine Sie? Aber der Mann in der Tierhandlung hat mir garantiert, daß das Ding ein Männchen ist. Ich habe ihn extra danach gefragt.«

»Percival ist kein Ding«, korrigierte ihn Emmeline streng. »Sie ist eine werdende Mami.«

»Besser nicht«, sagte Wilt. »Ich werde nämlich keinesfalls dulden, daß durch eine Bevölkerungsexplosion unser Haus mit Hamstern überschwemmt wird. Und außerdem, woher willst du das mit Percival denn wissen?«

»Weil wir sie zu Julians Hamster in den Käfig gesteckt haben, um zu sehen, ob sie sich bis aufs Blut bekämpfen, wie das Buch behauptet. Aber Percival verfiel in Trance und tat überhaupt nichts.«

»Kluger Kerl«, fand Wilt, der sich unter diesen schrecklichen Umständen sofort mit Percival identifizierte.

»Sie ist kein Kerl. Hamstermamis fallen immer in Trance, wenn sie's besorgt haben wollen.«

»Besorgt?« fragte Wilt unvorsichtigerweise.

»Was du mit Mami jeden Sonntag morgen machst und wo sie danach ganz komisch wird.«

»Gütiger Himmel«, seufzte Wilt und verfluchte Eva dafür, daß sie nie die Schlafzimmertür schloß. Außerdem schaffte ihn diese Mischung aus präziser Beobachtung und Kindergeschwätz. »Kümmere dich nicht um das, was wir tun. Ich möchte jetzt ...«

»Fällt Mami denn auch in Trance?« fragte Penelope, die mit einer Puppe im Kinderwagen die Treppe herunterkam.

»Ich bin nicht gewillt, das jetzt zu erörtern«, sagte Henry. »Ich brauche ein Bad, und zwar sofort.«

»Geht nicht«, sagte Josephine. »Sammy kriegt gerade die Haare gewaschen. Sie hat Läuse, und du riechst auch komisch. Was hast du denn da auf dem Kragen?«

»Und auf deinem ganzen Hemd?« ergänzte Penelope.

»Blut«, sagte Wilt und gab dem Wort einen möglichst bedrohlichen Unterton. Als er sich am Kinderwagen vorbeizwängte und ins Schlafzimmer ging, überlegte er, woran es eigentlich lag, daß die Vierlinge auf so unangenehme Weise über kollektive Autorität verfügten. Vier einzelne Töchter hätten nicht annähernd soviel

55

Selbstbewußtsein an den Tag gelegt. Außerdem hatten die Vierlinge zweifellos Evas Fähigkeit geerbt, aus jeder Sache das denkbar Schlechteste zu machen. Als er sich auszog, hörte er, wie Penelope durch die Badezimmertür Eva die frohe Botschaft seines Mißgeschicks hinterbrachte.

»Daddy ist heimgekommen und riecht nach Desinfektionsmittel, und außerdem hat er sich das Gesicht zerschnitten.«

»Jetzt zieht er die Hose aus, und sein ganzes Hemd ist voller Blut«, ergänzte Josephine.

»Großartig«, murmelte Wilt. »Gleich wird sie hereinschießen wie eine verbrühte Katze.«

Doch das geschah erst nach Emmelines Mitteilung, Daddy habe gesagt, Mami fiele in Trance, wenn sie gevögelt werden wollte.

»Ich dulde dieses Wort nicht«, schrie Wilt. »Das habe ich dir nicht nur einmal, sondern schon hunderttausendmal gesagt; und ich habe mit keinem Wort erwähnt, daß deine verdammte Mutter in Trance fällt. Ich habe vielmehr gesagt . . .«

»Wie hast du mich genannt?« kreischte Eva und stürmte aus dem Bad. Henry zog seine Hose wieder hoch und seufzte. Auf dem Treppenabsatz schilderte Emmeline ihrer Mutter mit klinischer Präzision das Paarungsverhalten weiblicher Hamster, wobei sie diese Beschreibung Wilt in den Mund legte.

»Ich habe dich nicht als verdammten Hamster bezeichnet«, rief Henry. »Das ist nichts als eine Lüge. Ich habe sowieso keine Ahnung von diesen Scheißviechern und möchte sie auch auf gar keinen Fall . . .«

»Da hast du's«, kreischte Eva. »Erst sagst du den Kindern, sie sollen keine dreckigen Wörter in den Mund nehmen, und im nächsten Augenblick benützt du sie selbst. Du kannst doch nicht von ihnen erwarten, daß sie . . .«

»Jedenfalls erwarte ich nicht von ihnen, daß sie lügen. Das ist weitaus schlimmer als die Ausdrücke, mit denen sie um sich werfen. Außerdem hat Penelope damit angefangen. Ich . . .«

»Und du hast absolut nicht das Recht, unser Sexualleben vor ihnen auszubreiten.«

»Das habe ich nicht und beabsichtige ich auch nicht! Ich teilte ihnen lediglich mit, ich würde es nicht zulassen, daß das Haus von diesen verdammten Hamstern überschwemmt wird. Der Mann in der Tierhandlung hat mir diese schwachsinnige Ratte als Männchen verkauft und nicht als Brutmaschine.«

»Jetzt wirst du auch noch abscheulich sexistisch«, schrie Eva.

Wilt blickte sich wütend im Schlafzimmer um. »Ich bin nicht im geringsten sexistisch«, verkündete er schließlich. »Es ist nur zufällig eine wohlbekannte Tatsache, daß Hamster . . .«

Doch Eva packte die Gelegenheit beim Schopf. »O doch, bist du schon. So, wie du daherredest, sollte man denken, daß Frauen die einzigen sind, die du-weißt-schon-was wollen.«

»Verschone mich bitte mit du-weißt-schon-was. Diese vier kleinen Schlampen da draußen wissen schon sehr genau was, und ohne dieses blödsinnige du-weißt-schon-was . . .«

»Wie kannst du es wagen, deine eigenen Töchter als Schlampen zu bezeichnen? Was für ein abscheuliches Wort!«

»Paßt aber«, sagte Wilt. »Und was das betrifft, daß sie meine eigenen Töchter sind, so kann ich dir nur sagen . . .«

»Tu's lieber nicht«, meinte Eva.

Wilt unterließ es. Wenn man bei Eva zu weit ging, konnte man nie wissen, was passieren würde. Außerdem hatte er für heute die Nase voll von Frauen-Power. »Also gut, ich entschuldige mich«, sagte er. »Es war dumm von mir, so was zu sagen.«

»Das möchte ich meinen«, sagte Eva, die damit kurz vor dem Siedepunkt wieder abkühlte und sein Hemd vom Boden aufhob. »Wie, zum Kuckuck, ist das ganze Blut auf dein neues Hemd gekommen?«

»Bin im Klo ausgerutscht und hingefallen«, sagte Wilt, dem der Zeitpunkt für einen detaillierteren Bericht denkbar ungünstig erschien. »Daher rührt auch der Geruch.«

»Im Klo?« fragte Eva mißtrauisch. »Du bist im Klo ausgerutscht?«

Wilt knirschte mit den Zähnen. Er konnte sich eine Unzahl schrecklicher Folgen ausmalen, wenn die Wahrheit ans Licht kam, aber jetzt hatte er sich bereits festgelegt.

»Auf einem Stück Seife«, sagte er. »Irgendein Idiot hat es auf dem Boden liegen lassen.«

»Und ein anderer Idiot ist draufgetreten«, sagte Eva, während sie Wilts Jackett und Hose nahm und das Bündel in einem Plastikwaschkorb verschwinden ließ. »Die Sachen kannst du morgen auf dem Weg zur Schule in die Reinigung bringen.«

57

»Schon recht«, sagte Wilt und setzte sich Richtung Bad in Bewegung.

»Da kannst du jetzt noch nicht rein. Ich bin noch dabei, Samantha die Haare zu waschen, und ich werde nicht zulassen, daß du splitternackt rumläufst.«

»Dann gehe ich eben mit der Unterhose unter die Dusche«, sagte Wilt und war auch schon hinter dem Duschvorhang verschwunden. Draußen ließ sich Penelope gerade darüber aus, daß weibliche Hamster nach dem Kopulieren die Männchen häufig in die Hoden bissen.

»Wundert mich, daß sie überhaupt so lange warten«, murmelte Wilt und seifte geistesabwesend seine Unterhose ein.

»Glaube bloß nicht, daß ich das nicht gehört habe«, sagte Eva und drehte den Heißwasserhahn am Waschbecken auf, so daß Wilt hinter seinem Duschvorhang unter einem Schwall kalten Wassers erschauerte. Mit einem verzweifelten Seufzer riß er den Vorhang zur Seite und stieg aus der Dusche.

»Daddy schäumt an der Unterhose«, quietschten die Vierlinge hellauf begeistert.

Wilt stürzte wütend auf sie los. »Er wird gleich noch ganz woanders schäumen, wenn ihr euch nicht auf der Stelle verpißt«, brüllte er.

Eva drehte das heiße Wasser wieder ab. »Man kann dich wirklich nicht als leuchtendes Vorbild für die Kinder bezeichnen«, sagte sie. »Du solltest dich schämen.«

»Warum, zum Teufel, sollte ich? Ich habe einen beschissenen Tag in der Schule hinter mir, und jetzt muß ich noch ins Gefängnis, um diesem unsäglichen McCullam was einzutrichtern. Und kaum begebe ich mich hier in den Schoß meiner Menagerie, da . . .«

Drunten an der Haustür läutete es Sturm. »Das ist garantiert Mr. Leach von nebenan, der sich wieder mal beschweren will«, meinte Eva.

»Der Mistkerl«, knurrte Wilt und stieg wieder in die Dusche.

Diesmal erlebte er, was es heißt, sich zu verbrühen.

Kapitel 5

Auch für andere Leute in Ipford erhitzte sich die Situation zusehends. Zum Beispiel für den Direktor der Berufsschule. Er war
gerade nach Hause gekommen und hatte in der Hoffnung, die alp-
traumhaften Erinnerungen an diesen katastrophalen Tag hinunter-
spülen zu können, seine Hausbar geöffnet, als das Telefon klingelte. Sein Stellvertreter war dran.

»Ich fürchte, ich habe ziemlich beunruhigende Nachrichten«,
sagte der mit einer kummervollen Genugtuung, die dem Direktor
nicht verborgen blieb. Er verband sie immer mit Beerdigungen.
»Es geht um das Mädchen, das wir gesucht haben . . .«

Der Direktor griff nach der Ginflasche, wodurch ihm der Rest
des Satzes entging. Als er die Muschel wieder ans Ohr hielt, bekam
er gerade noch etwas von wegen Heizungsraum mit. »Wiederholen
Sie das«, sagte er, wobei er die Flasche zwischen die Knie klemmte
und versuchte, sie einhändig zu öffnen.

»Ich sagte, daß der Hausmeister sie im Heizungskeller gefunden
hat.«

»Im Heizungskeller? Was hat sie denn da gemacht?«

»Sie ist gestorben«, sagte der Stellvertretende, wobei er einen
noch feierlich-düstereren Ton anschlug.

»Sie ist tot?« Jetzt hatte der Direktor die Flasche offen und goß
sich einen großen Gin ein. Das war noch schlimmer, als er erwartet
hatte.

»Ich fürchte, ja«, murmelte der Stellvertretende.

»Und wo ist sie jetzt?« fragte der Direktor in der Hoffnung, das
Unheil doch noch irgendwie abwenden zu können.

»Nach wie vor im Heizungskeller.«

»Nach wie vor im . . . Aber, um Himmels willen, wenn sie in dem
Zustand ist, warum zum Teufel haben Sie sie dann nicht ins Krankenhaus geschafft?«

»Sie ist nicht in diesem Zustand«, sagte der Stellvertretende und machte eine Pause. Auch er hatte einen harten Tag hinter sich. »Ich habe gesagt, daß sie gestorben ist. Tatsache ist, sie ist tot.«

»O mein Gott«, stöhnte der Direktor und kippte den Gin pur hinunter. Das war besser als nichts. »Heißt das, sie ist an einer Überdosis gestorben?«

»Wahrscheinlich. Ich nehme an, die Polizei wird das feststellen.«

Der Direktor verleibte sich den restlichen Schluck Gin ein. »Wann ist es passiert?«

»Vor etwa einer Stunde.«

»Vor einer Stunde? Da war ich ja noch in meinem Büro. Warum, zum Teufel, hat man mich nicht verständigt?«

»Der Hausmeister glaubte zunächst, sie sei betrunken, und holte Mrs. Ruckner. Sie war gerade in der Hauswirtschaft im Morris-Block und hatte eine Klasse Ethnisches Sticken und . . .«

»Das spielt doch jetzt keine Rolle«, unterbrach ihn der Direktor barsch. »Da wird ein Mädchen tot auf dem Schulgelände gefunden, und Sie müssen sich über Mrs. Ruckner und Ethnisches Sticken auslassen.«

»Ich lasse mich nicht über Mrs. Ruckner aus«, entgegnete der Stellvertretende mit vorsichtigem Trotz, »sondern ich versuche nur zu erklären . . .«

»Schon gut, ich habe verstanden. Also was haben Sie mit ihr gemacht?«

»Mit wem? Mit Mrs. Ruckner?«

»Nein, mit dem Mädchen, zum Kuckuck! Außerdem haben Sie keinen Grund, eine Lippe zu riskieren.«

»Wenn Sie in diesem Ton mit mir reden wollen, dann ist es wohl besser, Sie kommen her und überzeugen sich selbst«, sagte der Stellvertretende und legte auf.

»Du Aas«, sagte der Direktor, nicht ahnend, daß sich seine Frau, die soeben hereingekommen war, davon angesprochen fühlte.

Auch auf dem Polizeirevier in Ipford herrschte eine ziemlich gereizte Atmosphäre. »Versuchen Sie bloß nicht, mir das aufs Auge zu drücken«, knurrte Flint, der gerade von einem ergebnislosen Besuch in der psychiatrischen Klinik zurückgekehrt war, wo er einen vernommen hatte, der behauptete, er sei der Phantom-Blitzer. »Das ist Sache von Hodge. Der ist für Drogen zuständig, und außerdem habe ich von dieser verdammten Berufsschule die Nase gestrichen voll.«

»Inspektor Hodge ist irgendwo unterwegs«, entgegnete der Sergeant, »und man hat ausdrücklich Sie verlangt. Sie persönlich.«

»Die Masche zieht bei mir nicht«, sagte Flint. »Da hat Sie doch jemand auf den Arm genommen. Ich bin mit Sicherheit der letzte, den die sehen wollen. Und das beruht auf Gegenseitigkeit.«

»Nein, Sir, es handelt sich um keinen Scherz. Der Stellvertreter des Direktors war persönlich dran. Heißt Avon. Mein Junge geht dahin, deshalb weiß ich das.«

Flint starrte ihn ungläubig an. »Ihr Sohn geht in dieses Irrenhaus. Und das lassen Sie zu? Sie sind wohl nicht ganz bei Trost. Ich würde meinen Sohn nicht einmal in die Nähe lassen.«

»Kann schon sein«, sagte der Sergeant und verkniff sich taktvoll die Bemerkung, daß Flints Sprößling, da er seine fünf Jahre abbrummen mußte, vorerst wohl kaum irgendwohin gehen würde. »Trotzdem, meiner lernt Installateur, und da muß er eben einmal die Woche in die Berufsschule. Ihm bleibt auch gar nichts anderes übrig. Das ist Gesetz.«

»Wenn Sie meine Meinung hören wollen, dann sollte es ein Gesetz geben, das junge Leute vor den Himmelhunden schützt, die dort unterrichten. Wenn ich bloß an diesen Wilt denke . . .« Völlig verzweifelt schüttelte er den Kopf.

»Mr. Avon deutete an, man sei dringend auf Ihre Diskretion angewiesen oder so ähnlich«, fuhr der Sergeant fort. »Außerdem steht die Todesursache ja noch gar nicht genau fest. Ich meine, es muß ja keine Überdosis gewesen sein.«

Flint richtete sich auf. »Von wegen Diskretion – die können die sich an den Arsch schmieren«, murmelte er. »Trotzdem wäre ein schöner Mord zur Abwechslung mal nicht übel.« Er stand auf, ging hinunter zum Wagenpark und fuhr in die Nott Road zur Berufsschule. Vor dem Tor parkte ein Streifenwagen. Flint ignorierte das und stellte sein Auto ungeniert auf den eigens für den Schatzmeister reservierten Platz. Dann betrat er das Gebäude mit jenem geminderten Selbstvertrauen, das sich bei ihm jedesmal einstellte, wenn er die Schwelle der Berufsschule überschritt. Der Stellvertretende erwartete ihn schon in der Halle. »Inspektor, ich bin ja so froh, daß Sie kommen konnten.«

Flint beäugte ihn mißtrauisch. Seine früheren Besuche waren beileibe nicht willkommen gewesen. »Also, wo ist die Leiche?« fragte er forsch und registrierte voll Zufriedenheit, wie der Stellvertretende sich wand.

»Nun ja . . . im Heizungskeller«, sagte er. »Aber zunächst ist da noch die Frage der Diskretion. Wenn wir allzu großes Aufsehen vermeiden könnten, wäre das wirklich äußerst hilfreich.«

Inspektor Flints Stimmung besserte sich schlagartig. Wenn diese Bagage eine solche Heidenangst vor Publicity hatte und um Diskretion um jeden Preis zu winseln begann, dann mußte die Scheiße ja so richtig fein am Dampfen sein. »Falls Wilt damit irgend etwas zu tun hat . . .«, begann er, aber der Stellvertretende schüttelte sofort den Kopf.

»Nichts dergleichen, das kann ich Ihnen versichern«, sagte er. »Zumindest nicht direkt.«

»Was soll denn das heißen, nicht direkt?« fragte Flint argwöhnisch. Bei Wilt war niemals etwas direkt.

»Nun ja, er war der erste, der von Miss Lynchknowle und der Überdosis erfuhr, aber er rannte ins falsche Klo.«

»Soso, ins falsche Klo?« sagte Flint und verzog das Gesicht zu einem spöttischen Grinsen. Eine Sekunde später war es wie weggeblasen. Er witterte Unrat. »Miss wer?«

»Lynchknowle. Das meinte ich ja . . . also deshalb erfordert die Sache Diskretion. Ich meine . . .«

»Das müssen Sie mir nicht erst sagen. Ich weiß Bescheid. Und ob ich Bescheid weiß«, sagte Flint um einiges gröber, als dem Stellvertretenden lieb war. »Die Tochter des Lord Lieutenant wird hier erledigt, und Sie wollen nicht, daß er . . .« Er hielt inne und sah den Stellvertretenden durchdringend an. »Was hatte sie hier überhaupt zu suchen? Behaupten Sie bloß nicht, daß sie mit einem Ihrer sogenannten Studenten verbandelt war.«

»Sie war eine unserer Schülerinnen«, sagte der Stellvertretende, wobei er versuchte, angesichts der unverhohlenen Skepsis Flints eine gewisse Würde zu wahren. »Sie war Fortgeschrittene Seks III und . . .«

»Fortgeschrittene Sex III? Was für ein Kursus ist denn das, zum Teufel? Fleisch I war schon abstoßend genug, wenn man bedenkt, daß man da eine ganze Ladung Metzgerjungen vor sich hatte, aber wenn Sie mir erzählen wollen, daß Sie einen Kurs für Prostituierte abhalten und eine davon Lord Lynchknowles Göre ist . . .«

»Fortgeschrittene Sekretärinnen«, stieß der Stellvertretende hervor, »ein sehr renommierter Kurs. Mit ausgezeichneten Ergebnissen.«

»Wie zum Beispiel Todesfällen«, sagte Flint. »Also gut, dann wollen wir uns mal Ihr jüngstes Opfer ansehen.«

In der Gewißheit, daß es doch ein Fehler gewesen war, ausgerechnet Flint zu rufen, ging der Stellvertretende voran.

Doch der Inspektor war noch nicht fertig. »Wie mein Kollege mir sagte, haben Sie eine selbstapplizierte ÜD erwähnt. Das stimmt doch, oder?«

»ÜD?«

»Überdosis.«

»Natürlich. Sie werden doch nicht allen Ernstes unterstellen wollen, Miss Lynchknowles könnte an etwas anderem als . . .«

Inspektor Flint fingerte an seinem Schnurrbart herum. »Ich sehe mich nicht in der Lage, irgend etwas zu unterstellen. Noch nicht. Ich frage mich nur, warum Sie behaupten, sie sei an Drogen gestorben.«

»Weil Mrs. Bristol gesehen hat, wie sich ein Mädchen im Lehrerinnen-WC etwas spritzte, und daraufhin Wilt geholt hat . . .«

»Warum ausgerechnet den? Wilt wäre der letzte, den ich holen würde.«

»Mrs. Bristol ist Wilts Sekretärin«, sagte der Stellvertretende und ging dann dazu über, Flint den verworrenen Hergang der Ereignisse zu erklären, der mit grimmiger Miene zuhörte. Erbaut zeigte sich der Inspektor lediglich von jenem Teil der Geschichte, in dem Miss Hare Flint fertiggemacht hatte. Anscheinend war das eine Frau ganz nach seinem Herzen. Der Rest entsprach seinen Vorurteilen gegenüber der Berufsschule.

»Eines ist sicher«, sagte er, als der Stellvertretende seinen Bericht beendet hatte, »ich ziehe keinerlei Schlußfolgerungen, bevor ich nicht eine gründliche Untersuchung durchgeführt habe. Und wenn ich gründlich sage, dann meine ich das auch. So, wie Sie die Sache dargestellt haben, ergibt es keinen Sinn. Ein nicht identifiziertes Mädchen verpaßt sich in der Toilette einen Schuß, und als nächstes wird Mrs. Lynchknowle tot im Heizungskeller aufgefunden. Wieso gehen Sie eigentlich davon aus, daß es sich um dasselbe Mädchen handelt?«

Der Stellvertretende meinte, das erschiene ihm nur logisch.

»Mir aber ganz und gar nicht«, sagte Flint. »Und was hat sie im Heizungskeller gemacht?«

Der Stellvertretende blickte unglücklich auf die Tür am Fuß der Treppe und widerstand der Versuchung zu sagen, sie sei gestorben. Beim Direktor mochte das noch angehen, aber Inspektor Flints Verhalten ließ nicht vermuten, daß er auf derartige Aussagen sonderlich freundlich reagieren würde. »Keine Ahnung. Vielleicht hatte sie einfach das Bedürfnis, einen dunklen, warmen Ort aufzusuchen.«

»Vielleicht auch nicht«, gab Flint zurück. »Aber wie dem auch sei, ich werde es bald wissen.«

»Ich hoffe nur, Sie werden diskret vorgehen«, sagte der Stellvertretende. »Ich meine, schließlich ist es eine sehr delikate . . .«

»Scheiß auf Diskretion«, sagte Flint. »Was mich interessiert, ist die Wahrheit.«

Als zwanzig Minuten später der Direktor eintraf, zeigte sich nur allzu deutlich, daß Flints Suche nach der Wahrheit ziemlich beängstigende Dimensionen angenommen hatte. Tatsache war, daß Mrs. Ruckner, die mit den Feinheiten ethnischen Stickens besser vertraut war als mit Wiederbelebungstechniken, den Körper hinter den Heizungskessel hatte rutschen lassen. Daß man diesen daraufhin nicht sofort abgeschaltet hatte, verlieh der ganzen Szene einen makabren Anstrich. Flint hatte ausdrücklich verboten, die Tote von der Stelle zu bewegen, bevor nicht der Photograph in Aktion getreten war, der sie aus jedem nur erdenklichen Blickwinkel ablichtete. Über den Polizeiarzt hinaus hatte der Inspektor auch noch gerichtsmedizinische Spezialisten und Fingerabdruck-Experten vom Morddezernat angefordert. Auf dem Parkplatz standen ein Krankenwagen und jede Menge Polizeifahrzeuge, und innerhalb der Gebäude wimmelte es nur so von Uniformierten. Und all das passierte vor den Augen der Schüler, die sich zu den Abendkursen einfanden. Dem Direktor kam es vor, als verfolge der Inspektor die Absicht, möglichst viel unliebsame Aufmerksamkeit auf die Sache zu lenken.

»Ist der Mann denn übergeschnappt?« fragte er verärgert seinen Stellvertretenden, während er über ein weißes Band stieg, das jemand vor den Stufen zum Heizungskeller ausgelegt hatte.

»Er sagt, er behandelt das Ganze so lange wie einen Mordfall, bis sich das Gegenteil herausgestellt hat«, entgegnete der Stellvertretende kläglich. »Ich an Ihrer Stelle würde übrigens erst gar nicht da hinuntergehen.«

»Warum zum Teufel denn nicht?«

»Nun, zum einen liegt da eine Leiche, und . . .«

»Ich war schließlich Soldat«, sagte der Direktor, der den Krieg mitgemacht hatte und dies bei jeder Gelegenheit anbrachte. »Kein Grund, zimperlich zu sein.«

»Wenn Sie meinen. Trotzdem . . .«

Doch der Direktor war bereits die Treppe hinuntergeeilt und hatte sich in den Heizungskeller begeben. Wenige Sekunden später wurde er in recht elender Verfassung herausbegleitet. »Lieber Himmel! Sie hätten mir wirklich sagen können, daß die an Ort und Stelle eine Autopsie durchführen«, murmelte er. »Warum zum Teufel ist sie in einem solchen Zustand?«

»Ich glaube fast, Mrs. Ruckner . . .«

»Mrs. Ruckner? Mrs. Ruckner?« gurgelte der Direktor und versuchte vergeblich, das, was er soeben gesehen hatte, mit dem zarten Figürchen der Teilzeit-Dozentin für Ethnisches Sticken in Verbindung zu bringen. »Was zum Kuckuck hat Mrs. Ruckner mit diesem . . . diesem . . .«

Doch bevor er seine Frage präzisieren konnte, kam Inspektor Flint auf die beiden zu. »Nun, wenigstens haben wir diesmal eine echte Leiche«, meinte er fröhlich und mit sicherem Gefühl für den richtigen Zeitpunkt. »Hübsche Abwechslung für die Schule, finden Sie nicht?«

Der Direktor blickte ihn haßerfüllt an. Im Gegensatz zu Flint war er keineswegs erbaut von der Vorstellung, daß echte Leichen in seiner Schule herumlagen. »Also hören Sie, Inspektor . . .«, setzte er an, in der Absicht, eine gewisse Autorität geltend zu machen.

Doch da hatte Flint schon eine Pappschachtel geöffnet, die er ihm unter die Nase hielt. »Ich meine, Sie sollten lieber erst einen Blick da hineinwerfen«, sagte er maliziös. »Ist das vielleicht die Sorte Lektüre, die Sie Ihren Schülern empfehlen?«

Mit einer Mischung aus Entsetzen und Faszination starrte der Direktor auf die Pappschachtel. Nach dem Titelblatt der obersten Zeitschrift zu schließen – abgebildet waren zwei Frauen, eine Folterbank, ein ekelerregender, mit Ketten gefesselter Hermaphrodit und ein . . . der Direktor wollte lieber nicht daran denken, wonach es aussah –, war die ganze Schachtel mit Schweinigeleien gefüllt, und er konnte nur hoffen, daß seine Schüler so etwas gar nicht kannten, geschweige denn lasen.

»Auf keinen Fall«, sagte er. »Das ist ja regelrecht Pornographie!«

»Schweinisch-scharfes Zeug«, sagte Flint. »Und dort, wo ich das gefunden habe, gibt es noch mehr von der Sorte. Das wirft ein ganz neues Licht auf den Fall, nicht wahr?«

»Auch das noch!« murmelte der Direktor, während Flint quer über den Hof davontrottete. »Bleibt uns denn gar nichts erspart? Und dieser Hundesohn scheint diese abscheuliche Angelegenheit auch noch höchst amüsant zu finden.«

»Wahrscheinlich hängt das mit dieser schauerlichen Geschichte zusammen, die Wilt vor ein paar Jahren angezettelt hat«, meinte der Stellvertretende. »Die hat er wohl nie vergessen können.«

»Ich auch nicht«, entgegnete der Direktor und ließ seinen düsteren Blick über den Gebäudekomplex wandern. Einst hatte er gehofft, sich hier einen Namen zu machen. Und in gewisser Weise war ihm das sogar gelungen – dank einer Reihe von Ereignissen, die sich, für ihn jedenfalls, mit Wilt verbanden. In diesem einen Punkt war er mit dem Inspektor einer Meinung. Der kleine Saukerl gehörte hinter Schloß und Riegel.

Und genau da war Wilt zu diesem Zeitpunkt. Damit Eva nichts davon erfuhr, daß er seine Freitagabende auf dem amerikanischen Luftwaffenstützpunkt Baconheath verbrachte, opferte er seine Montage, um einem gewissen Mr. McCullam im Gefängnis von Ipford Unterricht zu geben, und ließ sie in dem Glauben, daß es vier Tage später ebenso war. Das trug ihm zwar ein schlechtes Gewissen ein, ließ sich aber halbwegs durch den Umstand rechtfertigen, daß Eva, wenn sie schon auf einer exklusiven Erziehung inklusive Computer für vier Töchter bestand, nicht im Ernst erwarten konnte, daß sein Gehalt, zwar aufgebessert durch Ihrer Majestät

Gefängnisverwaltung, dafür ohne weiteres ausreichte. Die Vorlesungen auf dem Luftwaffenstützpunkt stopften dieses Loch; abgesehen davon war Mr. McCullams Gesellschaft Strafe genug, was dazu beitrug, Wilts Schuldgefühle abzubauen. Andererseits bemühte sich dieser Musterschüler redlich, in Henry neue zu wecken. Nachdem ein Soziologiedozent von der Volkshochschule McCullam eine solide Grundlage in kritischer Gesellschaftswissenschaft vermittelt hatte, wurden Wilts pädagogische Versuche, ihm E. M. Forster und *Howards End* schmackhaft zu machen, andauernd durch beißende Bemerkungen des Häftlings über die sozioökonomische Unterprivilegierung, die ihn zu dem gemacht hatte, was er war, torpediert. Und auch seine Ansichten über den Klassenkampf, die Notwendigkeit einer vorzugsweise blutigen Revolution und die völlige Umverteilung von Eigentum gingen ihm recht flüssig von den Lippen.

Nachdem McCullam sein ganzes Leben damit zugebracht hatte, diese Umverteilung auf entschieden illegale und unangenehme Weise durchzusetzen – er beförderte dabei vier Menschen vom Leben zum Tode und bediente sich einer Lötlampe als Argumentationshilfe bei mehreren in seiner Schuld stehenden Herrschaften, was ihm den Spitznamen »Feuerwerks-Harry« und fünfundzwanzig Jahre von einem mit gesellschaftlichen Vorurteilen behafteten Richter einbrachte –, waren Wilt seine Argumente etwas suspekt.

Auch Mr. McCullams plötzliche Stimmungsumschwünge behagten ihm nicht sonderlich. Sie reichten von jämmerlichem Selbstmitleid und der Behauptung, man triebe ihn absichtlich in die totale Verblödung, über Anfälle religiöser Inbrunst bis hin zu blutrünstigen Kriegserklärungen, in deren Verlauf er drohte, die elenden Drogenfahnder, die ihn hinter Gitter gebracht hatten, bei lebendigem Leib zu braten.

Im großen und ganzen war Henry jener McCullam am liebsten, bei dem sich die Zeichen zunehmender geistiger Verblödung bemerkbar machten, und er war heilfroh, daß der Unterricht unter dem Schutz eines kräftigen Drahtgitters und eines noch kräftigeren Wärters abgehalten wurde. Speziell nach seinem Zusammenstoß mit Miss Hare und der verbalen Prügel, die er von Eva bezogen hatte, tat ihm diese augenfällige Sicherheit gut – zumal Mr. McCullam heute abend auch alles andere als friedlich gestimmt war.

»Hören Sie«, sagte er heiser zu Wilt, »Sie haben doch keine Ahnung, oder? Bilden sich ein, alles zu wissen, aber gesessen haben sie nicht. Ebensowenig wie dieser Edward Morgan Forster. Der war auch so ein bourgeoiser Kümmerling.«

»Kann schon sein«, meinte Wilt, der gleich gemerkt hatte, daß es diesmal wenig ratsam war, Mr. McCullam allzu nachdrücklich aufzufordern, beim Thema zu bleiben. »Vielleicht hat ihm aber auch gerade seine Herkunft jene Sensibilität beschert, die erforderlich ist, um . . .«

»Von wegen Sensibilität! Hat mit einem Bullen zusammengehaust, so sensibel war er, dieser Dreckskerl.«

Wilt erschien diese Version über das Privatleben des großen Schriftstellers ziemlich fragwürdig. Dem Gefängniswärter offenbar ebenfalls. »Mit einem Bullen?« fragte Wilt daher. »Das kann ich mir eigentlich nicht so recht vorstellen. Sind Sie denn da sicher?«

»Logisch. Buckingham hieß das Schwein.«

»Ach der«, sagte Wilt und verfluchte sich dafür, daß er diesen Menschen auch noch dazu animiert hatte, Forsters Biographie zum besseren Verständnis von dessen Romanen zu lesen. Es hätte ihm eigentlich klar sein müssen, daß Feuerwerks-Harry, der Polizisten nicht verknusen konnte, so auf den darin erwähnten Buckingham reagieren würde. »Wie dem auch sei, wenn wir sein Werk vom Standpunkt des Schriftstellers aus betrachten, eines Beobachters der gesellschaftlichen Szene und . . .«

Doch darauf ließ sich McCullam nicht ein. »Die gesellschaftliche Szene, daß ich nicht lache. Die meiste Zeit hat er doch damit verbracht, sein eigenes Arschloch zu betrachten.«

»Also, metaphorisch könnte man das wohl . . .«

»Wörtlich«, knurrte McCullam und blätterte ein paar Seiten um. »Wie steht's damit? Zweiter Januar: ›. . . wiege mich in der Vorstellung, daß ich hinreißend schön bin . . . bla, bla . . . würde mir trotzdem gerne die Nase pudern, solange man es nicht merkt . . . bla, bla . . . der After ist haarumwuchert . . .‹ Das steht so in dem Tagebuch dieses bekenntniswütigen narzißtischen Schwulen.«

»Muß wohl einen Spiegel benutzt haben«, sagte Wilt, den diese Enthüllungen vorübergehend aus dem Konzept warfen. »Trotzdem spiegeln seine Romane . . .«

»Ich weiß genau, was Sie jetzt sagen werden«, unterbrach ihn

McCullam. »Für seine Zeit waren sie von gesellschaftlicher Relevanz. Blödsinn. Einlochen hätten sie ihn können, weil er mit einem dieser dreckigen staatlichen Ordnungshüter herumgesauigelt hat. Seine Bücher haben ungefähr soviel gesellschaftliche Relevanz wie die der beknackten Barbara Cartland. Und was das für Zeug ist, wissen wir doch alle, oder? Literarischer Spargel.«

»Literarischer Spargel?«

»Stubenmädchens Wonne«, sagte Mr. McCullam seltsam genüßlich.

»Eine interessante Theorie«, entgegnete Wilt, der keine Ahnung hatte, wovon sein grobschlächtiges Gegenüber eigentlich sprach, »obwohl ich persönlich eher zu der Ansicht neigen würde, daß Barbara Cartlands Werk reiner Eskapismus ist, während . . .«

»Jetzt reicht's aber«, mischte sich der Gefängniswärter ein. »Ich möchte dieses Wort nicht noch einmal hören. Schließlich sollen Sie über Bücher reden.«

»Hören Sie auf Wilberforce«, sagte McCullam, ohne seinen bohrenden Blick von Wilt abzuwenden. »Hat ein phantastisches Vokabular, der Kerl, finden Sie nicht?«

Der Wärter hinter ihm richtete sich auf. »Sie wissen ganz genau, daß ich nicht Wilberforce heiße«, zischte er.

»Wenn's so ist, dann habe ich ja auch gar nicht von Ihnen geredet«, sagte McCullam. »Schließlich weiß doch jeder, daß Sie Mr. Gerard sind und nicht so ein beschissener Schwachkopf, der sich von jemand anders die Rennergebnisse vorlesen lassen muß. Also, wie Mr. Wilt bereits sagte . . .«

Wilt versuchte sich zu erinnern. »Daß Barbara Cartland Lesefutter für Unterbelichtete ist«, gab ihm McCullam das Stichwort.

»Ach ja. Ihrer Theorie zufolge ist also die Lektüre von Liebesromanen für das Bewußtsein der Arbeiterklasse sogar noch schädlicher als . . . was ist denn los?«

Mr. McCullam schickte ein schreckliches Grinsen durch das Drahtgitter. »Der Kerl hat sich doch glatt verpißt«, zischte er. »Hab ich mir fast gedacht. Steht auf meiner Schmiergeldliste, und seine Frau liest Barbara Cartland, deshalb kann er sich das nicht mit anhören. Da, stecken Sie das ein.«

Wilt betrachtete das zusammengerollte Blatt Papier, das McCullam durchs Gitter schob. »Was ist das?«

»Mein wöchentlicher Aufsatz.«

»Aber den schreiben Sie doch in Ihr Arbeitsheft.«

»Betrachten Sie es als solches«, sagte McCullam, »und stecken Sie's schnell ein.«

»Ich werde keine . . .«

Mr. McCullam setzte wieder sein grimmiges Gesicht auf. »Sie werden«, sagte er.

Wilt schob das Röllchen in seine Tasche, und Feuerwerks-Harry entspannte sich. »Verdienen wohl nicht sonderlich viel, oder?« fragte er. »Wohnen in einer Doppelhaushälfte und fahren einen Escort. Kein großes Haus mit einem Jag in der Auffahrt, was?«

»Kann man nicht behaupten«, meinte Wilt, der noch nie mit einem Jaguar geliebäugelt hatte. Eva war in einem kleinen Wagen schon gefährlich genug.

»Na also. Hier kriegen Sie die Chance, sich 50 R zu verdienen.«

»50 R?«

»Riesen. In bar«, sagte McCullam und warf einen Blick auf die Tür hinter sich. Desgleichen Wilt, der sich von dort Hilfe erhoffte. Aber der Wärter war spurlos verschwunden.

»Bargeld?«

»Alte Scheine. Kleine Scheinchen, Herkunft nicht nachweisbar. Richtig?«

»Falsch«, sagte Wilt fest. »Wenn Sie glauben, daß Sie mich schmieren können . . .«

»Schleimscheißer«, sagte McCullam mit einem häßlichen Grunzen. »Sie haben eine Frau und vier Töchter und wohnen in einem Backsteinhaus, Adresse Oakhurst Avenue 45. Sie fahren einen Escort, Farbe blasse Hundekacke, Nummernschild HPR 791 M. Bankkonto bei Lloyds, Kontonummer 0737 . . . soll ich weitermachen?«

Wilt reichte es. Schwerfällig erhob er sich, aber Mr. McCullam war noch nicht mit ihm fertig. »Setzen Sie sich hin, solange Sie noch Knie haben«, zischte er. »Und Töchter.«

Wilt gehorchte. Auf einmal fühlte er sich ziemlich schwach. »Was wollen Sie von mir?« fragte er.

McCullam lächelte. »Nichts. Gar nichts. Sie gehen jetzt einfach nach Hause und schauen sich dieses Blatt Papier an, und dann ist alles in Butter.«

»Und wenn ich das nicht tue?« fragte Wilt, dem immer mulmiger zumute wurde.

»Der plötzliche Verlust geliebter Menschen ist eine traurige Sache«, sagte McCullam. »Sehr traurig, besonders für einen Krüppel.«

Wilt starrte durch das Drahtgitter und fragte sich nicht zum erstenmal in seinem Leben – aber nach McCullams Andeutungen möglicherweise zum letztenmal –, was nur daran schuld war, daß er das Schreckliche wie ein Magnet anzog. Und McCullam war schrecklich – schrecklich, skrupellos und durch und durch schlecht.

»Ich möchte trotzdem wissen, was auf dem Papier steht«, sagte Wilt.

»Nichts«, sagte McCullam, »es ist nur ein Zeichen. Also so, wie ich das sehe, war Forster das typische Produkt seiner mittelständischen Umgebung. Jede Menge Kies, und gelebt hat er mit seiner alten Ma . . .«

»Ich pfeife auf E. M. Forsters Mutter«, sagte Wilt. »Was ich wissen will, ist, wie Sie auf die Idee kommen, ich würde . . .«

Doch die Rückkehr des Wärters bereitete jeglicher Hoffnung auf eine Erörterung seiner Zukunft ein Ende.

»Sie können Ihren Unterricht beenden, wir machen jetzt dicht.«

»Bis nächste Woche, Mr. Wilt«, sagte McCullam und warf ihm noch einen gehässigen Blick zu, bevor er wieder in seine Zelle zurückgeführt wurde. Wilt bezweifelte das, denn er war fest entschlossen, dieses Schwein nach Möglichkeit nie mehr wiederzusehen. Daß dieser mordende Berufsverbrecher lediglich fünfundzwanzig Jahre abbrummen mußte, war eine viel zu milde Strafe. Lebenslänglich sollte tatsächlich auch lebenslänglich und keinen Tag weniger bedeuten.

In jämmerlichem Zustand schleppte Wilt sich den Gang entlang, ohne auch nur eine Sekunde lang das Papier in seiner Tasche und die grausigen Alternativen, vor denen er stand, zu vergessen. Das Nächstliegende wäre gewesen, dem Aufseher an der Pforte über McCullams Drohungen Bericht zu erstatten. Allerdings hatte der Bastard behauptet, ein Wärter stünde auf seiner Schmiergeldliste, und wenn es einer war, konnten es ebensogut auch mehrere sein. Und wenn er über die vergangenen Monate nachdachte, fielen Wilt etliche Gelegenheiten ein, bei denen McCullam angedeutet hatte,

71

daß sein Einfluß im Gefängnis nicht unerheblich sei. Und draußen offenbar auch, denn sonst hätte er wohl kaum die Nummer von Wilts Bankkonto gewußt. Nein, da mußte er sich schon an jemanden in leitender Position wenden, nicht an einen kleinen Vollzugsbeamten.

»Na, war die Sitzung mit Feuerwerks-Harry nett?« fragte der Wärter am Ende des Ganges mit, wie es Wilt vorkam, unheilschwangerer Betonung. Ja, er mußte unbedingt mit einem der Verantwortlichen reden.

Am Hauptausgang war es noch schlimmer. »Irgendwas anzumelden, Mr. Wilt?« fragte der Wärter fröhlich grinsend. »Wir können Sie ja wohl kaum dazu überreden hierzubleiben, oder?«

»Ganz bestimmt nicht«, gab Wilt rasch zurück.

»Ach wissen Sie, Sie könnten es schlimmer treffen, als sich bei uns einzuquartieren. Alles modern und komfortabel. Glotze, und der Fraß ist heutzutage gar nicht so übel. Eine hübsche kleine Zelle mit ein paar freundlichen Leidensgenossen. Wirklich ein recht gesundes Leben. Nichts von all dem Streß draußen . . .«

Aber Wilt wollte nichts mehr davon hören. Er trat hinaus in das, was er bislang als Freiheit betrachtet hatte. Jetzt schien es ihm nicht mehr so frei. Selbst die in die Abendsonne getauchten Häuser auf der anderen Straßenseite hatten ihre bescheidene Anziehungskraft verloren; ihre Fenster waren leer und wirkten drohend. Er stieg in seinen Wagen und fuhr etwa eine Meile auf der Gill Road weiter, bog dann in eine Seitenstraße ein und hielt an. Nachdem er sich vergewissert hatte, daß er unbeobachtet war, holte er das Blatt Papier aus seiner Tasche und entrollte es. Es war völlig leer. Leer? Was hatte das zu bedeuten? Er hielt es gegen das Licht und betrachtete es genauer. Soweit er feststellen konnte, stand absolut nichts darauf. Und auch als er es waagerecht in Augenhöhe hielt und mit zusammengekniffenen Augen prüfte, konnte er keinerlei Spuren auf der Oberfläche entdecken, die darauf hinwiesen, daß jemand eine Nachricht mit einem Streichholz oder dem stumpfen Ende eines Stiftes darauf geschrieben hatte. Auf dem Bürgersteig kam ihm ein Mann entgegen. Schuldbewußt ließ Wilt das Papier auf den Boden fallen, zog einen Stadtplan aus dem Handschuhfach und tat so, als würde er nach einer Straße suchen, bis der Mann vorbeigegangen war. Anschließend vergewisserte er sich noch mit einem

Blick in den Rückspiegel, daß die Luft auch wirklich rein war, bevor er das Papier wieder aufhob. Doch es war und blieb ein leeres Blatt Notizpapier, an einer Kante ausgefranst, als hätte jemand es hastig von einem Block abgerissen. Vielleicht hatte dieser McCullam unsichtbare Tinte benutzt. Unsichtbare Tinte? Wie zum Teufel konnte der im Gefängnis an unsichtbare Tinte gelangen? Eigentlich unmöglich, es sei denn ... in Wilts literarischem Gedächtnis regte sich etwas. Hatte nicht Graham Greene irgendwo mal erwähnt, er habe als Spion im Zweiten Weltkrieg Zitronensaft statt Tinte verwendet? Oder war das Muggeridge gewesen? Nicht, daß das eine Rolle spielte.

Unsichtbare Tinte sollte unsichtbar sein, und wenn dieser Drecksack die Absicht gehabt hätte, ihm etwas mitzuteilen, hätte er ihm das schon verklickert. Außer natürlich, er war völlig meschugge, und in Wilts Augen war jeder, der vier Menschen über den Jordan befördert und weitere im Zuge der Beschaffungsmaßnahmen für seinen Lebensunterhalt mit einer Lötlampe malträtiert hatte, ohne Zweifel ein Irrer. Nicht, daß das McCullam im mindesten entlastet hätte. Der Kerl war ein Mörder, ob er nun zurechnungsfähig war oder nicht, und je eher sich dessen eigene Prophezeiung bewahrheitete, er werde absichtlich in die totale Verblödung getrieben, um so besser. Ein Pech nur, daß er nicht gleich als Kretin geboren worden war.

Ziemlich verzweifelt fuhr Wilt weiter zum *Glasbläser,* um in Ruhe bei einem Bier nachzudenken.

Kapitel 6

»Also gut, alles abblasen«, sagte Inspektor Flint, während er den Plastikbecher mit Kaffee aus dem Automaten holte und wieder in sein Büro trottete.

»Alles abblasen?« fragte Sergeant Yates, der ihm dicht auf den Fersen blieb.

»Genau das habe ich gesagt. Ich wußte von Anfang an, daß es eine Überdosis war. Lag doch auf der Hand. Hab diesen alten Windbeuteln trotzdem einen abscheulichen Schrecken eingejagt, aber ein bißchen knallharte Realität kann denen nicht schaden. Leben da in einer beschissenen Traumwelt, in der alles hübsch ordentlich und hygienisch ist, weil man's in Worte gekleidet hat. Und mit Worten läßt sich bekanntlich alles wegreden.«

»So habe ich das noch gar nicht betrachtet«, meinte Yates.

Der Inspektor holte eines der Magazine aus der Pappschachtel und betrachtete eine Aufnahme von drei grotesk verschlungenen Gestalten. »Verdammt ekelhaft«, kommentierte er.

Sergeant Yates schaute ihm über die Schulter. »Man sollte nicht glauben, daß Leute den Nerv haben, bei so was Fotos von sich schießen zu lassen.«

»Jeder, der dergleichen tut, sollte erschossen werden, wenn Sie mich fragen«, sagte Flint. »Natürlich ist das alles nur gestellt. Praktisch geht das ja unmöglich. Dabei würde man ja abbrechen oder sonst was. Dieses Zeug da habe übrigens ich im Heizungskeller gefunden. Hat diesem undurchsichtigen Direktor gar nicht gefallen. Er ist ziemlich blaß um die Nase geworden.«

»Sind aber doch nicht seine, oder?« fragte Yates.

Flint klappte das Heftchen zu und ließ es wieder in die Schachtel plumpsen. »Das kann man nie wissen, mein Sohn, das kann man nie wissen. Zumindest nicht bei sogenannten gebildeten Leuten. Bei denen wird alles hinter Worten versteckt. Von außen gesehen sind sie ganz in Ordnung, aber was sich da drin abspielt, ist oft schon sehr eigenartig.« Flint tippte sich mit dem Finger bedeutungsvoll an die Stirn. »Und das ist was ganz anderes.«

»Muß wohl«, entgegnete Yates. »Besonders dann, wenn es so übertrieben hygienisch zugeht.«

Flint sah ihn mißtrauisch an. Er wußte nie, ob Sergeant Yates wirklich so dämlich war, wie er wirkte. »Versuchen Sie jetzt, komisch zu sein, oder was?«

»Keineswegs. Nur haben Sie erst gesagt, daß die in einer hygienischen Traumwelt von Wörtern leben, und dann, daß sie nicht ganz richtig im Kopf sind. Ich habe das nur unter einen Hut gebracht.«

»Lassen Sie es bleiben«, riet ihm Flint. »Versuchen Sie es erst gar nicht. Holen Sie mir lieber Hodge her. Das Drogendezernat kann sich dieses Schlamassels annehmen, und ich wünsche ihm viel Glück dabei.« Der Sergeant trollte sich, und Flint, in die Betrachtung seiner bleichen Finger versunken, bewegte in seinem Kopf sonderbare Gedanken über Hodge, die Berufsschule und die möglichen Folgen dessen, daß er den Leiter des Drogendezernates und jene höllische Anstalt zusammengebracht hatte. Und er dachte an Wilt. Das waren interessante Aussichten, vor allem, wenn er an Hodges Antrag auf Genehmigung des Einsatzes von Abhörgeräten und dessen rundum verschwörerisches Gehabe dachte. Der ließ sich nicht in die Karten schauen, dieser Inspektor Hodge, nur bisher hatte es ihm einen Dreck genützt. Aber was der konnte, konnte Flint schon lange; und bei einem derart undurchdringlichen Dickicht aus Fehlinformationen und Widersprüchlichkeiten mußten die Berufsschule und Wilt dahinterstecken. Flint kehrte die Reihenfolge um. Wilt und die Berufsschule. Und Wilt stand mit dem toten Mädchen in vager Verbindung, wenn auch nur dadurch, daß er die falsche Toilette gestürmt hatte. Dieses Stichwort lenkte Flints Aufmerksamkeit auf seine eigenen unmittelbaren Bedürfnisse. Diese verdammten Pillen forderten wieder ihren Tribut. Er eilte den Gang hinunter zur Toilette. Als er dann so dastand und die gekachelte Wand anstarrte, auf die jemand gekritzelt hatte, »Werfen Sie Ihre Zigarettenkippen nicht in das Pissoir, sonst weichen sie auf und brennen nicht mehr«, wich sein Abscheu einer plötzlichen Inspiration. Aus diesem Geschreibsel ließ sich etwas lernen, vorausgesetzt, man begriff den Zusammenhang zwischen einer vernünftigen Aufforderung und einer extrem widerlichen

Unterstellung richtig. Wieder fiel ihm das Wort »widersprüchlich« ein. Diesen mistigen Inspektor Hodge auf Wilt anzusetzen war ungefähr dasselbe, wie zwei Katzen am Schwanz zusammenzubinden und abzuwarten, welche das Rennen machte. Und wenn das nicht Wilt sein würde, hatte er sich in dem kleinen Scheißkerl empfindlich getäuscht. Aber Wilt hatte ja im Hintergrund noch Eva und diese abscheulichen Vierlinge, und wenn diese Kombination es insgesamt nicht schaffte, Hodges Karriere ebenso endgültig zu verpfuschen wie zuvor die seine, dann verdiente der Kollege wahrhaftig eine Beförderung. Mit dem köstlichen Gedanken, sich auf diese Weise auch noch an Wilt rächen zu können, kehrte er in sein Büro zurück, wo er sich an den Schreibtisch setzte und sich dem Kritzeln von hoffnungslos verworrenen Figuren widmete. Und Verwirrung war genau das, was er stiften wollte.

Während er glücklich seinen rachsüchtigen Tagträumen nachhing, kehrte Yates zurück. »Hodge war nicht an seinem Platz«, berichtete er. »Hat aber eine Nachricht hinterlassen, er werde bald zurück sein.«

»Typisch«, sagte Flint. »Wahrscheinlich hängt der Saukerl irgendwo in einem Café herum und kann sich nicht entscheiden, welche Biene er stechen soll.«

Yates seufzte. Seitdem Flint diese beknackten Pimmelblocker, oder wie immer das Zeug hieß, einnahm, hatte er nur noch Puppen im Kopf. »Und warum sollte er das nicht dürfen?« fragte er.

»Weil das genau die Art ist, wie der Schweinehund arbeitet. Ein richtig fieser Bulle. Steckt irgend so eine Puppe in den Sack, weil sie Marihuana geraucht hat, und versucht sie dann zur Fixerin abzustempeln. Glotzt einfach zuviel in die Röhre.« Flint wurde vom Schrillen des Telefons unterbrochen.

»Kräftige Heroindosis«, gab der Mann vom Labor durch, »aber das war gewissermaßen nur die Vorspeise. Sie hat noch was zu sich genommen, das wir noch nicht eindeutig identifiziert haben. Könnte eventuell irgendein neues Zeug sein, möglicherweise aber auch Leichenbalsam.«

»Leichenbalsam?« wiederholte Flint ehrlich – und verständlicherweise – entrüstet. »Was zum Teufel hätte sie denn damit anfangen sollen?«

»Das ist eine Bezeichnung für eines dieser Halluzinogene wie

LSD, nur schlimmer. Jedenfalls geben wir Ihnen Bescheid, sobald wir mehr wissen.«

»Nein«, sagte Flint. »Wenden Sie sich direkt an Hodge. Das ist jetzt sein Bier.«

Er legte den Hörer auf und schüttelte betrübt den Kopf. »Angeblich hat sie sich Heroin und ein anderes Drecksszeug gespritzt, das Leichenbalsam heißt«, sagte er zu Yates. »Es ist doch nicht zu fassen. Leichenbalsam! Ich weiß wirklich nicht, wohin das noch führen soll.«

Fünfzig Meilen vom Polizeirevier entfernt war Lord Lynchknowles Dinner rüde durch die Ankunft eines Streifenwagens und die Nachricht vom Tod seiner Tochter unterbrochen worden. Am meisten daran ärgerte ihn die Tatsache, daß sie zwischen das Makrelensoufflé und die Wildpastete hineingeplatzt war und weinseits zwischen einen exzellenten Montrachet und einen Château-Lafite 1962, beides kostbare Flaschen, die er geöffnet hatte, um dem Innenminister und zwei alten Freunden aus dem Auswärtigen Amt zu imponieren. So hatte er denn auch nicht die Absicht, sich das Essen vorzeitig durch die Verkündung dieser Nachricht verderben zu lassen. Lieber nahm er es in Kauf, daß ihm seine Frau anschließend eine häßliche Szene machte, nur weil er mit der ungeschickten Bemerkung, es sei nichts Wichtiges, wieder an die Tafel zurückgekehrt war.

Natürlich konnte er sich noch immer darauf hinausreden, daß Gastfreundschaft den Vorrang hatte, der alte Freddie immerhin der Innenminister und er selbst nicht gewillt war, diesen Lafite 1962 verkommen zu lassen, doch wußte er genau, daß Hilary nachher ein Höllentheater veranstalten würde. Grübelnd saß er später vor dem Stiltonkäse auf seinem Teller und wünschte sich von ganzem Herzen, er hätte sie nie geheiratet. Wenn er auf die vergangenen Jahre zurückblickte, mußte er zugeben, daß seine Mutter recht gehabt hatte, als sie ihn vor dem minderwertigen Blut, das in den Adern dieser Puckerton-Sippe kreiste, gewarnt hatte.

»Du mußt dir darüber im klaren sein, daß man schlechtes Blut nicht ausmendeln kann«, hatte sie erklärt, und als Züchterin von Bullterriern wußte sie recht gut, wovon sie sprach. »Am Ende schlägt es doch durch, denk an meine Worte.«

Und es schlug durch. Bei dieser verdammten Penny. Das blöde Huhn hätte besser bei der Springreiterei bleiben sollen, anstatt sich in den Kopf zu setzen, so was wie eine Intellektuelle zu werden, auf diese hundsmiserable Berufsschule in Ipford abzuhauen und sich dort unter den Plebs zu mischen. Und das war alles Hilarys Schuld, weil sie dem Mädchen auch noch zugeredet hatte. Sie freilich würde das nicht so sehen und das Ganze ihm anlasten. Daher blieb ihm wohl nichts anderes übrig, als etwas zu unternehmen, um sie wenigstens leidlich zu beschwichtigen. Vielleicht sollte er den Polizeidirektor anrufen und Charles zum Einschreiten bewegen. Seine Augen wanderten um den Tisch und blieben nachdenklich am Innenminister hängen. Das war die Lösung: ein Wort mit Freddie, bevor der ging, damit die Polizei direkt von oben Zunder bekam.

Bis es ihm gelungen war, den Innenminister zu sprechen – ein schier unmögliches Vorhaben, das ihn schließlich dazu zwang, Freddie im Dunkeln vor dem Garderobenzimmer aufzulauern und unfreiwillig Zeuge einiger sehr offenherziger Bemerkungen der für diesen Abend angeheuerten Serviermädchen über sich selbst zu werden –, hatte sich Lord Lynchknowle in eine beachtliche Empörung hineingesteigert, die sich allerdings im wesentlichen auf das Gemeinwohl bezog. »Das ist nicht einfach nur eine persönliche Angelegenheit, Freddie«, erklärte er dem Innenminister, als dieser endlich davon überzeugt war, daß Lynchknowles Tochter wirklich tot war und ihr Vater sich nicht einen jener makabren Späße erlaubt hatte, für die er schon als Schüler berüchtigt gewesen war. »In dieser grauenhaften Berufsschule war das Kind den Drogenhausierern doch auf Gedeih und Verderb ausgeliefert. Du mußt dem ein Ende machen.«

»Natürlich, natürlich«, entgegnete der Innenminister und suchte Rückhalt an einem Garderobenständer voller Spazierstöcke und Schirme. »Ich bin zutiefst betrübt . . .«

»Es nützt gar nichts, wenn ihr verdammten Politiker betrübt seid«, fuhr Lynchknowle fort, während er ihn in die Regenmäntel drängte. »Allmählich kann ich die Unzufriedenheit des einfachen Mannes von der Straße mit dem parlamentarischen System recht gut verstehen.« (Was der Innenminister bezweifelte.) »Aber mit Worten lassen sich Mißstände nicht beseitigen.« (Das bezweifelte der Innenminister nicht.) »Und deshalb will ich Taten sehen.«

»Wirst du, Percy«, versicherte ihm der Innenminister. »Das garantiere ich dir. Ich werde gleich morgen früh als erstes die Topleute von Scotland Yard auf den Fall ansetzen, verlaß dich drauf.« Er holte das kleine Notizbuch aus der Tasche, mit dem er gewöhnlich einflußreiche Parteigänger zu beruhigen pflegte. »Wie hieß noch mal der Ort?«

»Ipford«, sagte Lord Lynchknowle mit unvermindertem Groll.

»Und sie ging dort auf die Universität?«

»In die Berufsschule.«

»Tatsächlich?« entgegenete der Innenminister, wobei er seinen Tonfall gerade ausreichend veränderte, um Lord Lynchknowles Entschlossenheit zu bremsen.

»An allem ist nur ihre Mutter schuld«, verteidigte der sich.

»Natürlich. Aber trotzdem, wenn man seinen Töchtern den Besuch einer technisch orientierten Berufsschule gestattet – nicht, daß ich etwas dagegen hätte, du verstehst, aber ein Mann in deiner Position kann gar nicht vorsichtig genug sein . . .«

Lady Lynchknowle, die sich in der Halle aufhielt, hatte diesen letzten Satz unglücklicherweise aufgeschnappt.

»Was habt Ihr zwei Männer denn da in der Ecke zu tuscheln?« fragte sie schrill.

»Nichts, Liebling, gar nichts«, sagte Lord Lynchknowle. Eine Stunde später, nachdem die Gäste gegangen waren, sollte er diese Bemerkung bitter bereuen.

»Nichts?« kreischte Lady Lynchknowle, die sich inzwischen von den völlig unerwarteten Beileidsbezeugungen des Innenministers erholt hatte. »Du wagst es, dich hinzustellen und Pennys Tod als nichts zu bezeichnen?«

»Aber ich stehe doch gar nicht, meine Liebe«, erwiderte Lynchknowle aus den Tiefen eines Sessels. Aber so leicht ließ sich seine Frau nicht ablenken.

»Und du bist während des ganzen Essens dagehockt und hast gewußt, daß sie irgendwo auf einer Marmorplatte liegt? Ich habe ja schon immer gewußt, daß du ein gefühlloses Schwein bist, aber . . .«

»Was zum Teufel hätte ich denn sonst tun sollen?« schrie Lynchknowle, bevor sie richtig in Fahrt kommen konnte. »Vielleicht an die Tafel zurückkehren und verkünden, daß deine Tochter ein Junkie war? Du wärst da wohl begeistert gewesen, oder? Ich kann mir lebhaft vorstellen, wie du . . .«

»Kannst du nicht«, gellte seine Frau so durchdringend, daß man es bis in den Dienstbotentrakt hören konnte. Lynchknowle wuchtete sich aus seinem Sessel und knallte die Tür zu.

»Und glaube bloß nicht, daß du . . .«

»Halt den Mund«, bellte er. »Ich habe mit Freddie gesprochen, und er wird Scotland Yard auf den Fall ansetzen, und jetzt werde ich Charles anrufen. Als Polizeidirektor kann er . . .«

»Und was soll das? Er kann sie mir auch nicht zurückbringen!«

»Das kann niemand, verdammt noch mal. Und wenn du ihr nicht den Floh in ihren hohlen Kopf gesetzt hättest, daß sie in der Lage sei, sich selbst ihren Lebensunterhalt zu verdienen, wo doch sonnenklar war, daß sie dumm wie Schifferscheiße ist, wäre das Ganze nicht passiert.« Lord Lynchknowle griff zum Telefonhörer und wählte die Nummer des Polizeidirektors.

Zur selben Zeit hing im *Glasbläser* auch Wilt am Telefon. Er hatte geraume Zeit über Möglichkeiten nachgedacht, wie man McCullams mutmaßlich schauderhaften Pläne vereiteln konnte, ohne der Gefängnisverwaltung gegenüber die eigene Identität preiszugeben. Keine einfache Aufgabe.

Nach zwei doppelten Whisky hatte Henry die nötige Courage beisammen, und im Gefängnis angerufen. Er hatte sich geweigert, seinen Namen zu nennen, und nach der Privatnummer des Gefängnisdirektors gefragt. Im Telefonbuch stand sie nämlich nicht. »Die ist geheim«, erklärte der diensthabende Beamte.

»Natürlich«, gab Wilt zurück. »Deshalb frage ich ja.«

»Und deshalb kann ich sie Ihnen nicht geben. Wenn es der Wunsch des Direktors wäre, jeden Verbrecher wissen zu lassen, wo er seine Drohungen gegen ihn loswerden kann, dann hätte er dafür gesorgt, daß sie drinsteht. Meinen Sie nicht?«

»Schon«, gab Wilt zu. »Wenn aber andererseits ein ehrlicher Bürger von einem Ihrer Insassen bedroht wird, wie, zum Kuckuck, soll er den Gefängnisdirektor davon unterrichten, daß ein Massenausbruch bevorsteht?«

»Massenausbruch? Was wissen Sie von einem geplanten Massenausbruch?«

»Genug, um den Gefängnisdirektor sprechen zu wollen.« Es entstand eine Pause, in deren Verlauf der Gefängnisbeamte das Gehörte ventilierte, während Wilt eine Münze nachwarf.

»Und warum können Sie es mir nicht sagen?« fragte der Beamte schließlich.

Wilt ignorierte die Frage. »Hören Sie zu«, sagte er mit einer verzweifelten Eindringlichkeit, die dem Bewußtsein entsprang, daß er schon zu weit gegangen war, um noch einen Rückzieher machen zu können, und daß er den Mann vom Ernst der Lage einfach überzeugen mußte – andernfalls würden McCullams Komplizen bald etwas Abscheuliches mit seinen Knien anstellen. »Ich versichere Ihnen, daß es sich um eine äußerst ernste Angelegenheit handelt. Ich wünsche den Direktor persönlich zu sprechen. In zehn Minuten werde ich zurückrufen. Verstanden?«

»Es könnte sein, daß ich ihn nicht so schnell erreichen kann, Sir«, erwiderte der Beamte, dem die echte Verzweiflung in der Stimme nicht entgangen war. »Wenn Sie mir Ihre Nummer geben, dann werde ich dafür sorgen, daß er Sie zurückruft.«

»Ipford 23194«, sagte Wilt. »Und ich spaße nicht.«

»Nein, Sir«, entgegnete der Beamte. »Ich werde mich so schnell wie möglich bei Ihnen melden.«

Wilt hängte auf und kehrte mit dem unbehaglichen Gefühl an die Bar zurück, daß er jetzt eine Sache ins Rollen gebracht hatte, die furchtbare Folgen haben konnte. Er trank seinen Whisky aus und bestellte einen neuen, um darin den Gedanken zu ertränken, daß er dem Beamten die Telefonnummer einer Kneipe gegeben hatte, in der man ihn gut kannte. Zumindest hat ihm das gezeigt, daß ich es ernst meine, dachte er und überlegte, warum die bürokratische Mentalität jegliche Kommunikation so verdammt schwierig machte. Hauptsache, er konnte jetzt so schnell wie möglich mit dem Gefängnisdirektor Kontakt aufnehmen und ihm die Situation erklären. Sobald man McCullam in ein anderes Gefängnis verlegt hätte, wäre er selbst aus der Schußlinie.

In Ihrer Majestät Gefängnis zu Ipford waren aufgrund der Nachricht, daß ein Massenausbruch unmittelbar bevorstand, sofort entsprechende Gegenmaßnahmen eingeleitet worden. Der Oberaufseher, den man aus dem Bett geholt hatte, versuchte, den Direktor anzurufen. »Der verfluchte Mensch muß zum Essen ausgegangen sein«, schimpfte er, nachdem er es ein paar Minuten lang umsonst hatte klingeln lassen. »Sind Sie sicher, daß es kein übler Scherz war?«

Der diensthabende Beamte schüttelte den Kopf. »Klang mir ziemlich echt«, sagte er. »Gepflegte Sprache und deutlich verängstigt. Mir ist sogar, als wäre mir die Stimme bekannt.«

»Bekannt?«

»Ich könnte nicht sagen, wem sie gehört, aber der Klang war mir irgendwie vertraut. Außerdem, wenn das ganze ein Streich war, warum hätte der Mann mir dann so bereitwillig seine Telefonnummer gegeben?«

Der Oberaufseher warf einen Blick auf die Nummer und wählte. Die Leitung war besetzt. Kein Wunder. In der Kneipe am anderen Ende schäkerte ein Mädchen mit ihrem Freund. »Und warum hat er seinen Namen nicht genannt?«

»Klang, wie schon erwähnt, als hätte er eine Höllenangst. Sagte was, von wegen er würde bedroht. Und bei einigen dieser Schweine, die wir hier haben . . .«

Das brauchte man dem Oberaufseher weiß Gott nicht zu sagen. »Schon gut. Wir werden keinerlei Risiko eingehen. Setzen Sie den Notstandsplan in Kraft, und zwar auf der Stelle, und versuchen Sie, den verdammten Direktor zu erreichen.«

Als der Gefängnisdirektor eine halbe Stunde später nach Hause kam, klingelte das Telefon in seinem Arbeitszimmer. »Ja, was gibt's?«

»Geplanter Massenausbruch«, berichtete der Beamte. »Ein Mann . . .«

Aber der Direktor wartete gar nicht ab. Seit Jahren lebte er in der panischen Angst, daß etwas Derartiges passieren könnte. »Bin sofort da«, schrie er und rannte zum Wagen. Bis er das Gefängnis erreichte, hatte das Heulen von Polizeisirenen und das Auftauchen mehrerer Feuerlöschzüge, die Richtung Gefängnis rasten, seine Angst zur Panik gesteigert. Als er auf das Tor zulief, wurde er von drei Polizisten angehalten.

»Was glauben Sie, wo es hier hingeht?« herrschte ihn ein Sergeant an. Der Direktor blitzte ihn wütend an.

»Da ich zufällig der Direktor bin«, sagte er, »der Direktor dieses

Gefängnisses, werden Sie wohl verstehen, daß ich hineingehe. Wenn Sie also jetzt so freundlich wären, mich vorbeizulassen.«

»Können Sie sich ausweisen, Sir?« fragte der Sergeant. »Ich habe Befehl, niemanden rein- und niemanden rauszulassen.«

Der Direktor durchwühlte die Taschen seines Anzugs und förderte eine Fünfpfundnote und einen Kamm zutage. »Also schauen Sie her . . .«, begann er, aber der Sergeant schaute bereits auf den Geldschein. Den Kamm ignorierte er.

»An Ihrer Stelle würde ich das lieber nicht versuchen«, sagte er.

»Was versuchen? Anscheinend habe ich sonst nichts dabei.«

»Sie haben's gehört, Wachtmeister«, sagte der Sergeant. »Versuchte Bestechung eines . . .«

»Bestechung . . . Was fällt Ihnen ein? Wer hat hier was von Bestechung gesagt?« explodierte der Direktor. »Sie fragen mich, ob ich einen Ausweis bei mir habe, und als ich versuche, einen zu finden, faseln Sie etwas von Bestechung. Holen Sie jetzt, verdammt noch mal, den Pförtner, der soll mich identifizieren.«

Es bedurfte weiterer fünf Minuten des Protestes, bis der Direktor endlich eingelassen wurde. Inzwischen waren seine Nerven nicht mehr in der Verfassung, die der Situation angemessen gewesen wäre. »Sie haben das getan?« schrie er wenig später den Oberaufseher an.

»Alle Männer aus den oberen Etagen in die unteren Zellen verlegt, Sir. Für den Fall, daß sie versuchen sollten, aufs Dach zu gelangen. Natürlich geht es da ein bißchen eng zu . . .«

»Eng? Es waren doch sowieso schon vier pro Einmann-Zelle. Wollen Sie damit sagen, daß es jetzt acht sind? Ein Wunder, daß die nicht schon längst randalieren.« Er wurde durch laute Schreie aus Block C unterbrochen. Nachdem Gefängnisoberaufseher Blaggs in Richtung des Tumults davongestürzt war, versuchte der Direktor sich einen Überblick zu verschaffen. Aber das war ein fast ebenso schwieriges Unterfangen, wie ins Gefängnis zu gelangen. Im dritten Stock des A-Flügels tobte offenbar eine Schlacht. »Kommt wohl daher, daß sie Fidley und Gosling zu Standforth und Haydow gesteckt haben«, meinte der Wachhabende im Büro.

»Fidley und . . . – Blaggs hat zwei Kindsmörder mit ein paar grundsoliden, ehrlichen Bankräubern zusammengesperrt? Er muß verrückt sein. Wie lange hat es gedauert, bis sie tot waren?«

»Ich glaube nicht, daß sie schon tot sind«, sagte der Beamte mit mehr Enttäuschung in der Stimme, als der Direktor gutheißen konnte. »Die letzte Nachricht lautete, daß es gelungen sei, Haydow daran zu hindern, Fidley zu kastrieren. Das war der Punkt, an dem Mr. Blaggs beschloß, einzuschreiten.«

»Soll das heißen, dieser Hirnamputierte hat solange gewartet?« fragte der Direktor.

»Nicht ganz, Sir. Wissen Sie, da gab es dieses Feuer in Block D . . .«

»Feuer in Block D? Was für ein Feuer?«

»Moore hat seine Matratze angezündet, Sir, und bis . . .«

Aber der Direktor hörte nicht mehr hin. Er wußte nur zu gut, daß seine Karriere auf dem Spiel stand. Daß Blaggs, dieser Wahnsinnige, Beihilfe zum Mord geleistet hatte, indem er die ganzen Schweinehunde aus dem Hochsicherheitstrakt in eine Zelle sperrte, genügte völlig, um ihn als Vorgesetzten zu erledigen. Gerade wollte er sich die Gewißheit darüber verschaffen, als Oberaufseher Blaggs zurückkam. »Alles unter Kontrolle, Sir«, verkündete er stolz.

»Unter Kontrolle?« stieß der Direktor hervor. »Unter Kontrolle? Wenn Sie glauben, die Vorstellung, die der Innenminister mit ›unter Kontrolle‹ verbindet, bestünde darin, daß Kindsmörder von anderen Häftlingen kastriert werden, dann kann ich Ihnen versichern, daß Sie hinsichtlich der geltenden Dienstvorschriften nicht auf dem laufenden sind. Und wie stehts mit dem Sicherheitstrakt?«

»Kein Grund zur Beunruhigung, Sir. Die schlafen wie die Säuglinge.«

»Seltsam«, sagte der Direktor. »Wenn ein Ausbruchsversuch geplant wäre, sollte man doch meinen, daß die auf alle Fälle die Finger im Spiel haben. Sind Sie sicher, daß das kein Bluff ist?«

»Absolut, Sir«, sagte Blaggs fröhlich. »Das erste, was ich machte, als reine Vorsichtsmaßnahme, Sir, war, daß ich in deren Kakao dieses doppelt starke Schlafmittel getan habe.«

»Jesus, Maria und Joseph«, seufzte der Direktor und stellte sich vor, welche Folgen es haben würde, wenn etwas von Blaggs Großversuch mit präventiver Ruhigstellung zur Howard-Liga für Strafvollzugsreform durchsickern würde. »Haben Sie ›doppelt stark‹ gesagt?«

84

Der Oberaufseher nickte. »Dasselbe Zeug, das wir damals Fidley verpaßt haben, als er diesen Shirley Temple-Film sah und völlig ausflippte. Auf eines können Sie jedenfalls Gift nehmen: Der kriegt heute nacht keinen mehr hoch, nicht, wenn er klug ist!«

»Aber das war doch doppelt starkes Phenobarbital«, krächzte der Direktor.

»Ganz genau, Sir. Dementsprechend habe ich denen auch die doppelte Dosis verabreicht, die auf der Packung angegeben stand. Fielen um wie die Zinnsoldaten.«

Der Direktor zweifelte nicht im mindesten daran. »Sie sind also wirklich hingegangen und haben diesen Männern die vierfache Normaldosis gegeben«, stöhnte er, »und die Hunde damit wahrscheinlich umgebracht. Das Zeug ist tödlich. So was habe ich Ihnen im Leben nie aufgetragen.«

Gefängnisoberaufseher Blaggs war völlig niedergeschlagen. »Ich habe nur das getan, was mir am sinnvollsten erschien, Sir. Schließlich stellen diese Schweine eine Bedrohung für die Gesellschaft dar. Die Hälfte von ihnen sind psychopathische Killer.«

»Offenbar nicht die einzigen Psychopathen hier«, murmelte der Direktor. Er wollte gerade ein Ärzteteam anfordern, um den Verbrechern, die Blaggs außer Gefecht gesetzt hatte, die Mägen auspumpen zu lassen, als sich der Beamte, der am Telefon saß, einmischte. »Wir können doch jederzeit behaupten, daß Wilson sie vergiftet hat«, meinte er. »Genau davor haben die doch alle eine Heidenangst. Erinnern Sie sich noch, wie die damals diesen fiesen Streik inszeniert haben und unser Mr. Blaggs daraufhin Wilson als Geschirrspüler in die Küche geschickt hat?«

Der Direktor erinnerte sich sehr wohl, obwohl er es vorgezogen hätte, diese Episode zu vergessen. Es war ihm schon damals wahnwitzig erschienen, einen Giftmörder auch nur in die Nähe der Küche zu lassen.

»Der Trick hat hervorragend funktioniert, Sir. Die haben auf der Stelle aufgehört, ihre Zellen zu versauen.«

»Und gingen statt dessen in Hungerstreik«, entgegnete der Direktor.

»Und was Wilson angeht, so war der auch nicht sonderlich begeistert von der Aktion«, bemerkte der Aufseher, der diese Geschichte offenbar in angenehmer Erinnerung hatte. »Meinte, wir hätten nicht das Recht, ihn mit Boxhandschuhen Teller abwaschen zu lassen. War ganz schön aufgebracht . . .«

»Halten Sie endlich den Mund«, schrie ihn der Direktor an. Sein Versuch, diese irrwitzige Situation halbwegs in den Griff zu bekommen, wurde vom Klingeln des Telefons unterbrochen.

»Für Sie, Sir«, sagte der Oberaufseher bedeutungsvoll.

Der Direktor riß ihm den Hörer aus der Hand. »Wie ich höre, haben Sie mir etwas über einen Ausbruchsplan zu berichten«, sagte er, merkte dann aber, daß er zum Summton eines automatischen Münzfernsprechers sprach. Noch bevor er den Oberaufseher fragen konnte, woher er wußte, daß es für ihn war, fiel die Münze, und die Verbindung kam zustande. Der Direktor wiederholte seine Feststellung.

»Deshalb rufe ich Sie an«, sagte der Anrufer. »Ist denn etwas an dem Gerücht dran?«

»Ist etwas an dem . . .«, sagte der Direktor. »Wie, zum Teufel, soll ich das wissen? Sie haben mit der Sache doch angefangen!«

»Das ist mir neu«, entgegnete der Mann. »Ich spreche doch mit dem Gefängnis von Ipford, oder?«

»Natürlich ist hier das Gefängnis von Ipford, und obendrein bin ich der Direktor. Wer, zum Kuckuck, dachten Sie denn, daß ich sei?«

»Niemand«, sagte der Mann perplex. »Überhaupt niemand, das heißt, um genau zu sein . . . Sie klingen überhaupt nicht wie ein Gefängnisdirektor. Aber sei dem, wie ihm wolle, ich will ja auch nur herausfinden, ob es einen Ausbruch gegeben hat oder nicht.«

»Hören Sie zu«, sagte der Direktor, der allmählich die Zweifel des Anrufers über seine eigene Identität teilte, »Sie haben doch heute schon mal angerufen und behauptet, Sie hätten Informationen über einen geplanten Ausbruch und . . .«

»Was habe ich? Sie haben wohl nicht alle Tassen im Schrank. Ich war während der letzten drei lausigen Stunden damit beschäftigt, über einen in der Bliston Road liegengebliebenen Tieflader einen Artikel zu schreiben, und wenn Sie glauben, ich hätte dabei Zeit gehabt, Sie anzurufen, dann muß bei Ihnen eine Scheißschraube locker sein.«

Der Direktor kämpfte noch mit der ungewöhnlichen Alliteration, als ihm aufging, daß da irgend etwas nicht stimmen konnte.

»Mit wem spreche ich denn eigentlich?« fragte er unter Aufbringung seines letzten Quentchens Geduld.

»Mein Name ist Nailtes«, antwortete der Mann. »Ich bin von der *Ipford Evening News* . . .«

Der Direktor knallte den Hörer auf die Gabel. »Ein feiner Schlamassel, in den Sie uns da hineingeritten haben«, schrie er Blaggs an. »Das war die *Evening News,* die wissen wollte, ob es einen Ausbruch gegeben hat.«

Oberaufseher Blaggs setzte pflichtschuldigst ein betretenes Gesicht auf. »Es tut mir leid, wenn es da einen Irrtum gegeben haben sollte . . .«, setzte er an und beschwor damit ein weiteres Donnerwetter auf sich herab.

»Irrtum? Irrtum?« brüllte der Direktor. »Irgendein Verrückter ruft an und tischt Ihnen ein schwachsinniges Märchen von wegen einem Ausbruch auf, und Sie gehen hin und vergiften . . .« Doch jegliche weitere Diskussion wurde durch das Eintreffen neuer Katastrophenmeldungen abgeschnitten. Drei Safeknacker, die man aus einer ohnehin überbelegten und nur für einen einzigen viktorianischen Sträfling gedachten Zelle in eine andere verlegt hatte, in der bereits vier schwule Hehler aus Glasgow wegen schwerer Körperverletzung einsaßen, hatten Wilts Prophezeiung von einem Ausbruch wahrgemacht und verlangten nun, zu ihrem Schutz mit heterosexuellen Mördern zusammengesperrt zu werden.

Der Direktor stieß dazu, als sie sich deshalb gerade mit den Aufsehern in Block B stritten. »Wir denken nicht daran, uns mit einer Horde Arschficker zusammensperren zu lassen«, sagte ihr Sprecher.

»Das ist nur eine vorübergehende Maßnahme«, versuchte der Direktor sie zu beschwichtigen. »Morgen früh . . .«

». . . haben wir alle AIDS«, sagte der Safeknacker.

»AIDS?«

»Erworbenes Immunschwäche-Syndrom. Wir wollen zu sauberen, anständigen Mördern, nicht zu diesen dreckigen, analherpesverseuchten Schweinen. Ein Ding drehen und dafür eine Knaststrafe abbrummen ist eine Sache, aber sich von diesen schottischen Saukerlen auch noch den Hintern polieren lassen zu müssen, geht zu weit. Schließlich ist das ein Gefängnis und kein Schwulenpuff.«

Als es dem Direktor endlich gelungen war, sie zu beruhigen und in ihre eigene Zelle zurückzuverfrachten, begann er selbst Zweifel an diesem Ort zu hegen. In seinen Augen glich das Gefängnis eher einem Irrenhaus. Als er anschließend den Sicherheitstrakt aufsuchte, verschlimmerte sich dieser Eindruck noch. Über dem in Flutlicht getauchten Gebäude lastete Grabesstille. Als er die Zellentüren abschritt, kam er sich wie in einem Leichenschauhaus vor. In welche Zelle er auch blickte, die Männer, die er unter anderen Umständen nur zu gern tot gesehen hätte, erweckten den Eindruck, als wären sie es. Nur gelegentliche schauerliche Schnarchtöne verrieten das Gegenteil. Fast ausnahmslos hingen die Insassen über die Ränder ihrer Pritschen oder lagen in grotesken Verrenkungen am Boden, als ob bereits die Totenstarre eingesetzt hätte.

»Laßt mich nur erst das Schwein finden, das uns das eingebrockt hat«, murmelte er. »Ich werde . . . ich werde . . . ich werde . . .« Er gab es auf. Im Rahmen der gesetzlichen Bestrafungsmöglichkeiten gab es nichts, was für dieses Verbrechen angemessen gewesen wäre.

Kapitel 7

Als Wilt den *Glasbläser* verließ, hatten diverse Biere und die Unmöglichkeit, auch nur in die Nähe des Telefons zu gelangen, seine Verzweiflung gedämpft. Nach drei Whisky war er zum Bier übergegangen. Dieser Wechsel hatte es ihm erschwert, gleichzeitig an zwei Orten zu sein, was wohl Voraussetzung dafür gewesen wäre, das Telefon unbesetzt vorzufinden. Während der ersten halben Stunde hatte ein junges Mädchen ausgiebig mit ihrem Freund geplaudert, und als Wilt von der Toilette zurückgekommen war, hatte ein aggressiver junger Kerl ihren Platz eingenommen und ihn angezischt, er solle 'ne Fliege machen. Anschließend schien es eine Verschwörung zu geben, um ihn vom Telefon fernzuhalten. Ständig telefonierte jemand anderes, so daß Wilt sich schließlich an die Bar setzte, ein Bier nach dem anderen kippte und alles in allem zu dem Schluß gelangte, daß die Situation gar nicht so hoffnungslos war, auch wenn er jetzt nach Hause laufen mußte, anstatt zu fahren.

»McCullam, der Bastard, hockt im Gefängnis«, versicherte er sich selbst, als er die Kneipe verließ. »Und außerdem kommt er die nächsten zwanzig Jahre nicht raus. Also brauchst du dir gar keine Sorgen zu machen, denn der kann dir ja doch nichts anhaben.«

Trotzdem sah er sich auf seinem Weg, der durch schmale Straßen zum Fluß hinunterführte, immer wieder um, um sich zu vergewissern, daß er nicht verfolgt wurde. Doch abgesehen von einem Mann mit einem kleinen Hund und einem Pärchen, das an ihm vorbeiradelte, war er allein unterwegs und konnte nichts irgendwie Bedrohliches entdecken. Das würde sicher später kommen. Wilt ließ seiner Phantasie freien Lauf.

Wahrscheinlich hatte ihm McCullam das Blatt Papier als Geheimzeichen dafür mitgegeben, daß er eine Art Verbindungsmann darstellte. Aber dem konnte er sich leicht entziehen, indem er einfach nicht mehr in die Nähe des verdammten Gefängnisses ging. Die Folge könnte, was Eva betraf, freilich ein bißchen ekelhaft werden. Er mußte sich an den Montagabenden eben dünnmachen und so tun, als würde er nach wie vor den verhaßten McCullam unterrichten. Das dürfte nicht allzu schwierig werden; außerdem war Eva so mit den Vierlingen und deren sogenannter Erziehung beschäftigt, daß sie kaum Notiz von dem nahm, was er machte. Hauptsache war, daß er noch diesen Job im Stützpunkt besaß, der das eigentliche Geld einbrachte.

Doch vorerst gab es dringlichere Probleme zu lösen. Etwa, was er Eva erzählen sollte, wenn er heimkam. Als er auf die Uhr sah, stellte er fest, daß es Mitternacht war. Nach Mitternacht und ohne Wagen – dafür würde Eva sicher eine Erklärung verlangen. Was war das nur für eine beschissene Welt, in der er seine Tage damit verbrachte, sich mit idiotischen Bürokraten herumzuschlagen, die sich in Angelegenheiten der Berufsschule einmischten, sich abends von Verrückten im Gefängnis bedrohen lassen mußte und nach alledem nach Hause kam, wo ihn eine Frau, die nicht glauben konnte, daß er den ganzen Tag auch nur einen Handstreich getan hatte, auch noch zum Lügen zwang. In einer derart grausamen Welt hinterließ nur der Grausame Spuren. Der Grausame und der Schlaue, Leute mit Energie und Entschlossenheit. Wilt blieb unter einer Straßenlaterne stehen und betrachtete zum zweiten Mal an diesem Tag die Erikas und Azaleen in Mr. Sands Garten, diesmal allerdings begleitet vom Aufwallen jener gefährlichen Energie und Entschlußkraft, die das Bier und die Irrationalität der Welt in ihm weckten. Er würde sich durchsetzen. Er würde etwas tun, um sich von der Masse der trägen, einfältigen Leute abzuheben, die sich mit dem zufriedengaben, was ihnen das Leben zuteilte, und danach wahrscheinlich in Vergessenheit gerieten (Wilt war sich da nie so ganz sicher), ohne mehr als die trügerischen Erinnerungen ihrer Kinder und verblassende Schnappschüsse im Familienalbum zu hinterlassen. Wilt hingegen würde . . . Also wie auch immer, Wilt würde Wilt sein, was immer das bedeutete. Gleich morgen früh mußte er darüber nachdenken.

Zuvor würde er sich erst mal Eva vorknöpfen. Er würde sich von ihr keinerlei Unsinn wie ›Wo bist du gewesen?‹ oder ›Was hast du denn diesmal wieder angestellt?‹ gefallen lassen. Er würde ihr sagen, sie solle sich um ihren eigenen Kram . . . Nein, das funktionierte nicht. Das war genau jene Art von Provokation, auf die sein

90

Weib nur wartete und die Eva nur dazu aufstacheln würde, ihn die halbe Nacht mit fruchtlosen Diskussionen darüber wachzuhalten, was mit ihrer Ehe nicht stimmte. Wilt wußte, was mit ihrer Ehe nicht stimmte; sie dauerte bereits zwanzig Jahre, und Eva mußte Vierlinge bekommen anstatt eins nach dem anderen. Das war typisch für sie. Bloß keine halben Sachen! Aber das war nicht der springende Punkt. Oder doch? Vielleicht hatte sie Vierlinge bekommen, um sich damit auf einem ganz infamen genetischen Weg dafür schadlos zu halten, daß sie nur eine halbe Portion geheiratet hatte. Wilts Gedanken rasten unversehens in eine ganz andere Richtung davon; er dachte über die Tatsache nach – falls es überhaupt eine war –, daß im Anschluß an Kriege die männlichen Geburtenziffern in die Höhe schossen, als würde die Natur automatisch einen Ausgleich für die Männerknappheit schaffen. Doch wenn die Natur derart intelligent war, hätte sie wahrhaftig Besseres leisten können, als ihn für Eva attraktiv zu machen und umgekehrt. Von diesem Gedankengang lenkte ihn eine andere Eigenschaft der Natur ab. Diesmal war es ihr Ruf. Aber in einen Rosenstrauch würde er nicht noch mal pinkeln. Einmal genügte.

Er beschleunigte seine Schritte und sperrte Sekunden später lautlos die Tür zur Oakhurst Avenue 45 auf, fest entschlossen, falls Eva noch wach sein sollte, zu behaupten, der Wagen sei liegengeblieben und er habe ihn in die Werkstatt gebracht. Schließlich war es immer noch besser, schlau zu sein, als grausam. Doch so, wie die Dinge lagen, erübrigte sich jegliche Ausrede. Eva, die den Abend damit verbracht hatte, die Klamotten der Vierlinge zu stopfen, und bei der Gelegenheit entdeckt hatte, daß sie Schlitze in ihre Unterhosen geschnitten hatten, um damit eine Lanze für die sexuelle Gleichberechtigung zu brechen, schlief tief und fest. Behutsam legte sich Wilt neben sie ins Bett. Noch lange lag er im Dunkeln wach und sinnierte über Energie und Entschlußkraft.

Auch auf der Polizeiwache schwirrte die Luft nur so vor Energie und Entschlußkraft. Lord Lynchknowles Telefonat mit dem Polizeidirektor und die Nachricht, der Innenminister habe die Hilfe von Scotland Yard zugesagt, hatten dem Polizeichef mächtig Beine gemacht und ihn in Windeseile aus seinem Sessel vor dem Fernseher zum Zweck einer dringenden Besprechung ins Revier befördert.

»Ich will Ergebnisse sehen, und es ist mir ganz gleich, wie Sie die kriegen«, lautete seine wenig durchdachte Anweisung an die versammelte Mannschaft. »Ich werde nicht dulden, daß wir in den Ruf geraten, das Fenland-Pendant zu Soho oder Piccadilly Circus zu sein oder wo sie sonst diesen Dreck verschieben. Ist das klar? Ich will Taten sehen.«

Flint grinste. Zum einen war er froh über Inspektor Hodges Anwesenheit. Außerdem konnte er guten Gewissens behaupten, daß er umgehend die Berufsschule aufgesucht und sehr gründliche Nachforschungen hinsichtlich der Todesursache angestellt hatte. »Ich glaube, sämtliche Einzelheiten der Voruntersuchung finden Sie in meinem Bericht, Sir«, sagte er. »Der Tod trat infolge einer massiven Überdosis Heroin und einer Substanz ein, die man als Leichenbalsam bezeichnet. Hodge ist das sicher ein Begriff.«

»Es handelt sich dabei um Phencyclidin«, erklärte dieser. »PCP kennt man auch unter einer ganzen Reihe von Namen wie Supergras, Engelsstaub und Killerkraut.«

Die diversen Namen waren dem Polizeichef völlig schnurz. »Und was bewirkt der Dreck, abgesehen davon natürlich, daß er Kinder umbringt?«

»PCP ähnelt in gewisser Weise LSD, ist nur ungleich schlimmer«, sagte Hodge. »Führt unweigerlich zu Psychosen und ruiniert ziemlich rasch die grauen Zellen. Das Zeug ist schlicht und einfach mörderisch.«

»Zu dem Ergebnis sind wir auch schon gelangt«, sagte der Polizeichef. »Woher sie den Stoff bekommen hat, will ich wissen. Ich und der Polizeidirektor *und* der Innenminister.«

»Schwer zu sagen«, meinte Hodge. »Gehört an sich zur Yankee-Szene und ist bei uns hier bisher noch nicht aufgetaucht.«

»Dann ist das Mädchen also in den Staaten gewesen und hat es von dort mitgebracht. Wollen Sie das damit sagen?«

»In diesem Fall hätte sie das Zeug gekannt und vermutlich die Finger davon gelassen«, sagte Hodge.

»Ich nehme an, sie könnte es von jemand von der Uni gekriegt haben.«

»Egal, woher sie es hatte«, sagte der Polizeichef finster, »ich verlange, daß diese Quelle ausfindig gemacht wird, und zwar schnell. Ich erwarte, daß diese Stadt in puncto Heroin und jeder anderen

Droge sauber ist, bevor uns Scotland Yard aufs Dach steigt und beweist, daß wir nichts anderes sind als eine Horde Bauerntölpel. Das sind nicht meine Worte, sondern die des Polizeidirektors. Nun gut, wir sind also ganz sicher, daß sie sich das Zeug selbst gespritzt hat? Sie kann nicht vielleicht . . . Man hat es ihr nicht gegen ihren Willen verabreicht?«

»Nach unserem derzeitigen Erkenntnisstand kann dies verneint werden«, sagte Flint, der den Versuch sehr wohl durchschaute, die Untersuchung in seine Richtung zu lenken, um so zu verhindern, daß Lord Lynchknowles Name mit der Drogenszene in Verbindung gebracht wurde. »Das Mädchen wurde in einer Lehrertoilette in der Berufsschule gesehen, wie sie sich selbst den Schuß verpaßt hat. Falls Schuß das richtige Wort ist«, fügte Flint hinzu und richtete seinen Blick auf Hodge, in der Hoffnung, die unangenehme Aufgabe, sich Scotland Yard vom Leib zu halten und gleichzeitig die Lynchknowles abzuschirmen, auf diesen abwälzen zu können.

Den Polizeichef interessierte das nicht sonderlich. »Wie auch immer«, sagte er. »Es besteht also keinerlei Verdacht, daß etwas faul ist?«

Flint schüttelte den Kopf. Der ganze widerliche Drogenhandel war faul, doch war dies kaum der geeignete Zeitpunkt, diese Frage zu erörtern. Wichtig war in Flints Augen jetzt einzig und allein, Hodge bis über beide Ohren in dieses Problem zu verwickeln. Wenn er diesen Fall erst versaut hatte, lag sein Kopf wirklich unter dem Fallbeil. »Also wenn Sie mich fragen«, sagte er, »so finde ich es schon bezeichnend, daß das Mädchen die Lehrertoilette benutzt hat. Möglich, daß es da eine Verbindung gibt.«

»Was für eine denn?« wollte der Polizeichef wissen.

»Also, ich behaupte nicht, daß es eine gibt, und ich behaupte auch nicht, daß es keine gibt«, sagte Flint mit, wie er fand, subtiler Zweideutigkeit. »Ich sage lediglich, daß möglicherweise jemand vom Lehrkörper damit zu tun hat.«

»Womit zu tun hat, zum Kuckuck noch mal?«

»Mit dem Dealen«, sagte Flint. »Vielleicht ist es gerade deshalb so schwierig, einen Anhaltspunkt zu finden, woher das Zeug stammt. Niemand würde einen Lehrer verdächtigen, mit dem Dreckszeug zu handeln, oder?« Er hielt kurz inne, bevor er den Köder auslegte. »Nehmen Sie Wilt zum Beispiel, Mr. Henry Wilt.

Also dem würde ich keinen Fingerbreit über den Weg trauen und selbst dann niemals den Rücken zukehren. Es ist ja nicht das erste Mal, daß er uns Ärger macht. Die Akte, die ich über diesen Saukerl habe, ist so dick wie ein Telefonbuch, wenn nicht noch dicker. Und dabei ist er der Leiter der Abteilung Allgemeinbildung. Sie sollten bloß mal ein paar von den Versagern sehen, aus denen seine Truppe besteht. Mir ist unbegreiflich, wieso Lord Lynchknowle seine Tochter überhaupt in die Berufsschule gehen ließ.« Wieder legte er eine Pause ein. Aus den Augenwinkeln konnte er sehen, daß Inspektor Hodge sich eifrig Notizen machte. Der Bastard hatte den Köder geschluckt – und der Polizeichef ebenfalls.

»Da könnte was dran sein, Inspektor«, sagte der. »Viele Lehrer sind Fossile aus den sechziger und siebziger Jahren und dieser ganzen verrotteten Szene. Und die Tatsache, daß sie in der Lehrertoilette gesichtet wurde . . .« Das war es, was den Ausschlag gab. Am Ende der Sitzung war Hodge damit beauftragt, die Berufsschule gründlich unter die Lupe zu nehmen, und er hatte die Genehmigung in der Tasche, zu diesem Zweck Maulwürfe anzusetzen.

»Lassen Sie mir eine Liste der Namen zukommen, damit ich sie nach oben weiterleiten kann«, sagte der Polizeichef. »Nachdem der Innenminister die Hand im Spiel hat, sollte es da keine Schwierigkeiten geben; aber bringen Sie mir um Himmels Willen bald Ergebnisse.«

»Verstanden, Sir«, sagte Inspektor Hodge und eilte beglückt in sein Büro.

Desgleichen Flint. Bevor er die Wache verließ, suchte er den Leiter des Drogendezernats mit Wilts Akte auf. »Falls Ihnen das etwas nützt . . .«, sagte er und ließ sie scheinbar widerwillig auf dessen Schreibtisch fallen. »Und sollte ich Ihnen sonst irgendwie behilflich sein können, so lassen Sie es mich ruhig wissen.«

»Das werde ich«, sagte Inspektor Hodge, der das genaue Gegenteil beabsichtigte. Daß Flint keine Lorbeeren für die Lösung des Falls einheimsen würde, war für ihn so sicher wie das Amen in der Kirche. Und so kam es, daß Hodge, während Flint nach Hause fuhr und sich vor dem Zubettgehen unklugerweise noch ein dunkles Bier gönnte, in seinem Büro saß und die Kampagne vorbereitete, die ihm seine Beförderung einbringen sollte.

Zwei Stunden später hockte er noch immer da. Draußen waren

94

die Straßenlaternen ausgegangen, und ganz Ipford schlief, aber Hodge, von beruflichen Hoffnungen und Ehrgeiz erfüllt, werkelte noch immer vor sich hin. Er hatte Flints Bericht über die Auffindung der Leiche recht sorgfältig studiert und ausnahmsweise keinen Fehler in den Schlußfolgerungen des Inspektors entdecken können, zumal sie auch durch den vorläufigen Bericht der Gerichtsmedizin bestätigt wurden. Das Opfer war an einer Überdosis Heroin, versetzt mit Leichenbalsam, gestorben. Für letzteren interessierte sich Hodge ganz besonders.

»Amerikanisch«, murmelte er wieder und befragte den Polizeicomputer nach dem Verbreitungsgrad dieser Substanz in Großbritannien. Völlig unerheblich, wie er vermutet hatte. Trotzdem war diese Droge extrem gefährlich; sie war in den Staaten so rapide in Umlauf gekommen, daß man von ihr bereits als von der Syphilis der Drogenszene sprach. Wenn er diesen Fall knackte, würde der Name Hodge nicht nur in ganz Ipford bekannt sein, sondern über den Lord Lieutenant bis zum Innenminister vordringen und ... Träumerisch verfolgte Hodge den Triumphzug seines Namens. Als er schließlich wieder in die Gegenwart zurückkehrte, öffnete er, von Zweifeln geplagt, Wilts Akte. Zur Zeit der Gummipuppenaffäre und ihrer verheerenden Folgen für Flints Karriere war er zwar noch nicht in Ipford gewesen, hatte jedoch in der Kantine davon gehört, wobei im Kollegenkreis Einigkeit darüber herrschte, daß Mr. Henry Wilt Inspektor Flint ganz schön zum Narren gehalten hatte. »Der hat ihn sauber auflaufen lassen«, lautete das allgemeine Urteil, obwohl niemals geklärt worden war, was Wilt eigentlich wirklich im Schilde geführt hatte. Immerhin lief keiner, der alle Tassen im Schrank hatte, durch die Gegend und versenkte eine aufblasbare und mit den Kleidern der eigenen Frau drapierte Plastikpuppe in ein Bohrloch, in das tags darauf zwanzig Tonnen Beton gekippt wurden. Aber genau das hatte Wilt getan. Daraus folgte, daß Wilt entweder nicht ganz bei Trost war oder daß er damit ein anderes Verbrechen getarnt und jeden diesbezüglichen Verdacht von sich abgelenkt hatte. Wie auch immer – jedenfalls war der Sausack davongekommen und hatte Flint die Suppe gehörig versalzen. Also hegte Flint einen berechtigten Groll gegen diesen Bastard. Auch das war allgemein bekannt.

Von daher war das Mißtrauen, mit dem sich Hodge Wilts Akte

zuwandte und das Vernehmungsprotokoll las, durchaus berechtigt. Beim Lesen stellte sich allmählich ein gewisser düsterer Respekt vor Wilt ein. Obwohl man ihn tagelang nicht hatte schlafen lassen und mit Fragen bombardiert hatte, war der Kerl nicht um ein Jota von seiner Geschichte abgewichen; und er hatte Flint als den Trottel abgestempelt, der er ja auch war. Daß daher dieser Wilt Flint ein Dorn im Auge war, leuchtete Hodge natürlich ein. Doch vor allem sagte ihm seine Intuition, daß Wilt irgend etwas ausgefressen haben mußte. Es konnte gar nicht anders sein. Nur war der für den alten Schwachkopf eben zu schlau gewesen. Was wiederum erklärte, warum Flint bereit gewesen war, ihm die Akte auszuhändigen. Er wollte, daß dieser Wilt geschnappt wurde, was ja auch durchaus verständlich war. Dennoch wunderte Hodge etwas, daß der Kollege trotz seiner unverhohlenen Antipathie ihm gegenüber die Akte so bereitwillig herausgerückt hatte, aus der detailliert hervorging, was für ein Einfaltspinsel Flint war. Da mußte noch etwas anderes dahinterstecken. Vielleicht wußte der Alte, wann er sich geschlagen geben mußte. Geschlagen sah der in letzter Zeit wirklich aus und klang auch danach. Möglich, daß die Aushändigung der Akte ein schweigendes Eingeständnis dieser Tatsache war. Hodge lächelte in sich hinein. Er hatte immer gewußt, daß er der bessere Mann war und eines Tages Gelegenheit haben würde, das zu beweisen. Und jetzt war es soweit.

Er wandte sich wieder Flints Bericht über Miss Lynchknowle zu und ging ihn sorgfältig durch. Er fand nichts an Flints Methoden auszusetzen; erst als er an die Stelle kam, die von Wilt und der Toilette handelte, sah Inspektor Hodge, wo der alte Mann einen Fehler begangen hatte. Er las sie ein zweites Mal. »Der Direktor sagte aus, Wilt sei in die Toilette im zweiten Stock gegangen, obwohl er die im vierten Stock hätte aufsuchen sollen.« Und weiter unten: »Wilts Sekretärin, Mrs. Bristol, erklärte, sie habe zu Wilt gesagt, er solle sich in das Lehrerinnen-WC im vierten Stock begeben, wo sie zuvor das Mädchen gesehen habe.« Das paßte durchaus zusammen und war vermutlich wieder einer von Mr. Wilts schlauen kleinen Schachzügen – die falsche Toilette aufzusuchen. Aber Flint war das nicht aufgefallen, sonst hätte er den Kerl dazu vernommen. Hodge nahm sich vor, jeden von Wilts Schritten zu überprüfen, heimlich natürlich, denn es hatte schließlich keinen

96

Sinn, den Mann kopfscheu zu machen. Hodge schrieb sich weitere Stichpunkte auf. »Vorhandensein von Substanzen zur Herstellung von Leichenbalsam im Schullabor? Überprüfen!« war einer. »Heroinquelle« ein anderer. Und während er sich auf erforderliche Einzelmaßnahmen konzentrierte, wanderte ein Teil seiner Gedanken auf anderen Pfaden davon, bewegte sich in einer so romantisch klingenden Gegend wie dem »Goldenen Dreieck«, jenem im Dschungel gelegenen Grenzgebiet im Norden Thailands, gegenüber von Birma und Laos; wechselte dann hinüber in die pakistanischen Laboratorien, aus denen Heroin der Güteklasse »Golden Crescent« nach Europa kam. In Hodges Vorstellung waren nächtens lauter kleine, dunkelhäutige Männer – Pakistanis, Türken, Iraner und Araber – auf Eseln, mit Containerlastern oder gelegentlich per Schiff mit Zielrichtung Großbritannien unterwegs. Im Schutz der Dunkelheit vollzog sich der obskure und unheilbringende Transport der tödlichen Opiate, finanziert von Männern, die in riesigen Villen lebten, vornehmen Clubs angehörten und protzige Jachten besaßen. Und dann war da die »Sizilianische Connection« mit fast täglichen Mafia-Morden in den Straßen von Palermo; und schließlich die Dealer in England, armselige Knilche wie Flints Sohn, der jetzt in Bedford einsaß. Möglicherweise war ja dieser mißratene Sohn die Erklärung für Flints verändertes Verhalten. Aber das romantische Bild ferner Länder und böser Männer blieb beherrschend, und Hodge war bei alledem die beherrschende Figur: der einsame Streiter im Kampf gegen das heimtückischste aller Verbrechen.

Die Wirklichkeit freilich sah anders aus und stimmte mit Hodges geistiger Geographie lediglich darin überein, daß Heroin wirklich aus Asien und Sizilien kam und die grausame Pest der Drogenabhängigkeit nach Europa gebracht hatte, der nur ein äußerst entschlossenes und kluges Vorgehen der Polizei und internationale Kooperation Einhalt gebieten konnten. Nur mit dem klugen Vorgehen war das im Falle des Inspektors so eine Sache. Trotz seiner Position war er weder intelligent, noch verfügte er über mehr als eine lebhafte Phantasie. Statt Intelligenz herrschte bei ihm nur Entschlossenheit, die Entschlossenheit eines Mannes ohne Familie, der nur wenig Freunde hatte, dafür aber eine Aufgabe. Und so arbeitete Inspektor Hodge die halbe Nacht weiter an der Vorbereitung der Schritte, die er zu unternehmen gedachte. Es war vier Uhr früh, als er endlich das Polizeirevier verließ und um die Ecke in seine Wohnung ging, um noch ein paar Stunden zu schlafen. Selbst dann noch lag er im Dunkeln da und freute sich diebisch über Flints bevorstehende Niederlage. Der Scheißkerl kriegt endlich seine wohlverdiente Strafe, dachte er vor dem Einschlafen.

Inspektor Flint, derzeit auf der anderen Seite von Ipford in seinem kleinen Haus mit gepflegtem Garten, der durch einen hübsch symmetrischen Goldfischteich mit einem steinernen Cherub in der Mitte auffiel, hätte unter umgekehrtem Betrachtungswinkel dem durchaus zugestimmt. Doch im Augenblick beschäftigten ihn die Folgen von dunklem Bier und diesen verdammten Pißpillen weitaus mehr als Hodges Zukunft. In dieser Beziehung war er recht zuversichtlich. Als er wieder ins Bett stieg, überlegte er, ob es nicht klug wäre, etwas Urlaub zu nehmen. Er hatte noch vierzehn Tage gut, und außerdem konnte er mit Fug und Recht behaupten, sein Arzt habe ihm geraten, etwas langsamer zu treten. Ein Ausflug an die Costa Brava, oder vielleicht nach Malta? Das einzige Problem dabei war, daß Mrs. Flint in der Hitze leicht lüstern wurde. Zum Glück waren das inzwischen die einzigen Gelegenheiten. Vielleicht wäre Cornwall doch besser. Andererseits wäre es wirklich schade, sich entgehen zu lassen, wie Hodge auf die Schnauze fiel; und wenn Wilt diesen Hosenscheißer nicht fix und fertig machte, dann wollte Flint einen Besen fressen. Soviel zum Thema: zwei Katzen am Schwanz zusammenbinden!

Und so zog sich die Nacht dahin. Im Gefängnis nahmen die Ereignisse, die Wilts Anruf ausgelöst hatte, ihren Lauf. Um zwei Uhr steckte ein zweiter Sträfling aus Block D seine Matratze in Brand, die jedoch sogleich von einem Wirtschaftsbetrüger mit Hilfe des Toilettenkübels gelöscht wurde. Die Situation im Hochsicherheitstrakt allerdings war weitaus kritischer. Zu seiner Überraschung mußte der Direktor in McCullams Zelle zwei hellwache Sträflinge entdecken. Da es McCullams Zelle war, hütete er sich, sie in Begleitung von weniger als sechs Aufsehern zu betreten, und sechs Aufseher waren natürlich schwer aufzutreiben, teils, weil sie die Bedenken des Direktors teilten, und teils, weil sie woanders zu tun hatten. In Ermangelung dieser Rückendeckung sah sich der Direktor dazu gezwungen, sich mit McCullams Kameraden durch die Zellentür zu unterhalten. Die zwei hießen allgemein »der Bulle« und »der Bär« und fungierten als McCullams Leibwächter.

»Warum schlafen Sie beide denn nicht?« wollte der Direktor wissen.

»Vielleicht, weil Sie das verdammte Licht angedreht haben«, sagte der Bulle, der einst den Fehler begangen hatte, sich hoffnungslos in die Frau eines Bankdirektors zu verlieben, nur um sich Hörner aufsetzen lassen zu müssen, nachdem er ihre kühnsten Träume erfüllt, ihren Mann ermordet und die Bank um fünfzigtausend Pfund erleichtert hatte. Geheiratet hatte sie dann einen Börsenmakler.

»Das ist keine Art, mit mir zu reden«, sagte der Gefängnisdirektor, während er mißtrauisch durch das Guckloch linste. Im Gegensatz zu den anderen beiden Häftlingen schien McCullam tief zu schlafen. Eine Hand hing schlaff über den Rand seiner Pritsche, und sein Gesicht war unnatürlich bleich, was den Direktor in Anbetracht der Tatsache, daß der Schweinehund gewöhnlich eine krebsrote Hautfarbe hatte, beunruhigte. Wenn irgend jemand für einen Ausbruchsversuch in Frage kam, dann McCullam, das hätte er schwören können. Doch in diesem Fall... Der Direktor war nicht ganz sicher, was McCullam getan hätte, aber ganz bestimmt hätte er nicht mit so einem abscheulich grauen Gesicht dagelegen und fest geschlafen, während der Bulle und der Bär hellwach waren. Irgendwas war eindeutig faul.

»McCullam«, schrie der Direktor. »McCullam, wachen Sie auf.«

McCullam rührte sich nicht. »Verdammt«, rief der Bär und setzte sich auf. »Was zum Teufel ist denn los?«

»McCullam«, brüllte der Direktor, »ich befehle Ihnen aufzuwachen.«

»Sie haben wohl einen Sprung in der Schüssel«, schrie der Bulle zurück. »Es ist mitten in der Nacht, verdammt, und da muß so ein Schwachkopf verrückt spielen und rumplärren und die Leute aufwecken. Wir haben auch unsere Scheißrechte, damit Sie's wissen, auch wenn wir im Knast hocken, und Mac wird das gar nicht gefallen.«

Der Direktor biß die Zähne zusammen und zählte bis zehn. Sich einen Schwachkopf nennen zu lassen, gefiel ihm auch nicht gerade. »Ich versuche mich nur davon zu überzeugen, daß Mr. McCullam in Ordnung ist«, sagte er. »Also seien Sie jetzt so freundlich und wecken ihn auf.«

»In Ordnung? Was heißt in Ordnung? Warum sollte er nicht in Ordnung sein?« fragte der Bär.

Der Direktor blieb ihm die Antwort schuldig. »Es ist nur eine Vorsichtsmaßnahme«, sagte er. Daß sich McCullam weigerte, irgendein Lebenszeichen von sich zu geben – Haltung und Gesichtsfarbe ließen sogar das Gegenteil vermuten –, ging ihm an die Nieren. Bei jedem anderen hätte er die Zellentür geöffnet und wäre hineingegangen. Aber diesem Dreckskerl war es zuzutrauen, daß er simulierte und möglicherweise vorhatte, den erstbesten Wärter, der die Zelle aufschloß, mit Unterstützung von Bulle und Bär zu überwältigen. Während er im stillen den Gefängnisoberaufseher dafür verfluchte, daß er ihm das Leben so sauer machte, eilte der Direktor los, um Hilfe zu holen. Hinter ihm posaunten der Bulle und der Bär lauthals ihre Ansichten über Schwachköpfe hinaus, die die ganze Scheißnacht lang das Scheißlicht anließen, bis es ihnen in den Sinn kam, daß es vielleicht wirklich angebracht war, mal nach McCullam zu sehen. Im nächsten Augenblick gellte ein Schrei durch den ganzen Sicherheitsblock.

»Er ist tot«, brüllte der Bär, während der Bulle einen unbeholfenen Versuch unternahm, McCullam wiederzubeleben, indem er ihn dem unterzog, was er für künstliche Beatmung hielt; das sah so aus, daß er sich auf McCullams Körper warf und ihm damit auch noch das letzte Restchen Luft aus den Lungen herausquetschte.

»Gib ihm schon den verdammten Lebenskuß«, befahl ihm der Bär, aber der Bulle hatte so seine Bedenken. Für den Fall, daß McCullam nicht tot war, wollte er um keinen Preis derjenige sein, der ihn küßte, wenn er das Bewußtsein wiedererlangte, und falls McCullam ins Gras gebissen hatte, verspürte er wenig Lust, eine Leiche zu küssen.

»Elender Jammerlappen«, brüllte der Bär, als der Bulle seine Einstellung in dieser Sache kundtat. »Weg da, laß mich mal ran.« Aber McCullams Kälte ließ ihn zurückschaudern. »Ihr verdammten Mörder«, schrie er durch die Zellentür.

»Diesmal haben Sie's geschafft«, sagte der Direktor. Er hatte den Oberaufseher im Büro bei einer Tasse Tee angetroffen. »Sie und Ihre höllischen Beruhigungsmittel.«

»Ich?« fragte der Oberaufseher.

Der Direktor holte tief Luft. »Entweder ist McCullam tot oder er simuliert sehr überzeugend. Holen Sie mir zehn Aufseher und den Arzt. Wenn wir uns beeilen, ist er vielleicht noch zu retten.«

Sie liefen den Gang hinunter, doch der Oberaufseher mußte erst noch überzeugt werden. »Ich habe ihm dieselbe Dosis wie allen anderen gegeben. Der macht Ihnen nur was vor.«

Selbst als sie zehn Aufseher aufgetrieben hatten und vor der Zellentür standen, versuchte er die Angelegenheit noch hinauszuzögern. »Ich schlage vor, Sie überlassen das uns, Sir«, sagte er. »Wenn sie Geiseln nehmen, sollten Sie wenigstens draußen sein, um die Verhandlung zu führen. Sie wissen ja, daß wir es mit drei äußerst gefährlichen Männern zu tun haben.« Der Direktor hatte da so seine Zweifel. Zwei schienen ihm wahrscheinlicher.

Oberaufseher Blaggs schaute durch das Guckloch in die Zelle. »Könnte sich das Gesicht mit Kreide oder so etwas angeschmiert haben«, meinte er. »Der ist ein ganz gerissener Hund.«

»Und hat sich dabei auf Nimmerwiedersehen abgenippelt?«

»Der macht nie halbe Sachen, unser Mac«, meinte der Oberaufseher. »Also, auf geht's. Weg von der Tür, ihr da drinnen. Wir kommen rein.« Einen Augenblick später war die Zelle voller Gefängnisaufseher, und in dem Handgemenge, das folgte, bekam der ehemalige McCullam post mortem einige Schrammen ab, die nicht gerade dazu beitrugen, sein Aussehen zu verbessern. Inzwischen gab es keinen Zweifel mehr, daß er tot war. Und es bedurfte wohl kaum des Gefängnisarztes, um festzustellen, daß der Tod infolge einer akuten Barbitursäurevergiftung eingetreten war.

»Woher hätte ich denn wissen sollen, daß der Bulle und der Bär ihm ihre Portion Kakao auch noch geben?« klagte der Oberaufseher bei einer sofort einberufenen Krisensitzung im Büro des Direktors.

»Das werden Sie dem Untersuchungsbeauftragten des Innenministeriums schon genauer erklären müssen«, sagte der Direktor.

Sie wurden von einem Gefängnisbeamten unterbrochen, der

meldete, man habe in McCullams verdreckter Matratze ein Drogendepot entdeckt. Der Direktor blickte hinaus in den dämmernden Morgen und seufzte.

»Ach, und noch was, Sir«, fuhr der Beamte fort. »Mr. Coven im Büro ist wieder eingefallen, wo er diese Stimme am Telefon schon mal gehört hat. Sie kam ihm ja gleich bekannt vor. Er meint, es war Mr. Wilt.«

»Mr. Wilt?« fragte der Direktor. »Wer zum Teufel ist Mr. Wilt?«

»Ein Lehrer von der Berufsschule, der McCullam Englischunterricht gegeben hat. Kommt jeden Montag.«

»McCullam? Er hat McCullam Englischunterricht gegeben? Und Coven ist sicher, daß er der Anrufer war?« Trotz seiner Erschöpfung war der Direktor jetzt hellwach.

»Ganz sicher, Sir. Sagte gleich, die Stimme käme ihm bekannt vor, und als er hörte, daß Feuerwerks-Harry ins Gras gebissen hatte, brachte er beides miteinander in Verbindung.«

Das hatte auch der Direktor getan. Und da seine Karriere auf dem Spiel stand, galt es, schnell und entschlossen zu handeln. »Also gut«, sagte er und setzte auf die Diskretion des Luftzugs, der unter der Tür entwich. »McCullam ist an einer Lebensmittelvergiftung gestorben. Das ist die offizielle Version. Als nächstes . . .«

»Was soll das heißen, Lebensmittelvergiftung?« fragte der Gefängnisarzt. »Der Tod ist infolge einer Überdosis von Phenylethylbarbitursäure eingetreten, und ich werde mir nicht nachsagen lassen . . .«

»Und wo war das Gift? In seinem Kakao natürlich«, schnauzte ihn der Direktor an. »Und wenn Kakao kein Lebensmittel ist, dann weiß ich nicht, was sonst. Also geben wir das Ganze als Lebensmittelvergiftung aus.« Er machte eine Pause und sah den Arzt durchdringend an. »Es sei denn, Sie wollen als der Arzt gelten, der um ein Haar sechsunddreißig Sträflinge vergiftet hat.«

»Ich? Ich habe überhaupt nichts damit zu tun. Dieser Schafskopf da hat die Kerle eingeschläfert.« Er zeigte auf Oberaufseher Blaggs, aber der hatte bereits eine Hintertür entdeckt.

»Auf Ihre Anweisung«, sagte er mit einem bedeutungsvollen Blick zum Direktor hin. »Schließlich hätte ich ja gar nicht an das Zeug rankommen können, wenn Sie es nicht genehmigt hätten, oder? Sie halten den Arzneischrank im Krankenrevier doch immer verschlossen. Wäre ja auch unverantwortlich, das nicht zu tun.«

»Aber ich habe niemals...«, hob der Arzt an, wurde jedoch vom Direktor unterbrochen.

»Ich fürchte, daß Mr. Blaggs da ganz recht hat«, sagte er. »Aber natürlich steht es Ihnen frei, diese Tatsachen vor dem Untersuchungsausschuß zu bestreiten. Die Presse würde das sicher ganz schön hochspielen. GEFÄNGNISARZT VERGIFTET HÄFTLING, würde sich in der *Sun* sicher gut machen, glauben Sie nicht?«

»Nachdem man Drogen in seiner Zelle gefunden hat, könnten wir doch sagen, er sei an einer Überdosis gestorben«, schlug der Arzt vor.

Kapitel 8

»Es ist völlig zwecklos zu behaupten, du seist gestern abend nicht spät nach Hause gekommen, weil du das nämlich bist«, sagte Eva. Sie saßen beim Frühstück, wo Wilt wie üblich von seinen Lieben einem Kreuzverhör unterzogen wurde. An anderen Tagen überließ Eva es den Vierlingen, ihm das Essen zu vermiesen, indem sie ihn mit Fragen über Computer oder Biochemie löcherten, wovon er absolut keine Ahnung hatte. Doch an diesem Morgen bot ihr der nichtvorhandene Wagen die Gelegenheit, ihre eigenen Fragen anzubringen.

»Ich habe nicht behauptet, daß ich nicht spät gekommen bin«, sagte Wilt, mit dem Mund voller Müsli. Eva hielt es nach wie vor mit Gesundheitskost, und ihr selbstgemachtes Müsli, das dazu bestimmt war, eine ausreichende Versorgung mit Ballaststoffen zu gewährleisten, bewirkte dies und noch mehr.

»Das ist eine doppelte Verneinung«, konstatierte Emmeline.

Wilt warf ihr einen unheilverkündenden Blick zu. »Das weiß ich«, sagte er und spuckte die Hülse eines Sonnenblumenkerns aus.

»Dann hast du nicht die Wahrheit gesagt«, fuhr Emmeline fort. »Zweimal negativ ergibt positiv; du hast nicht behauptet, daß du spät nach Hause gekommen bist.«

»Und ich habe nicht behauptet, daß es nicht so war«, entgegnete Wilt, dem die Logik seiner Tochter zu schaffen machte, während er gleichzeitig mit der Zunge versuchte, seine Zahnprothese von einem darunter befindlichen Müsli-Körnchen zu befreien. Das Zeug geriet aber auch wirklich überallhin.

»Du brauchst gar nicht so zu nuscheln«, sagte Eva. »Ich will nur wissen, wo der Wagen ist.«

»Das habe ich dir doch schon gesagt. Er steht auf dem Parkplatz. Ich werde einen Mechaniker hinschicken, damit er nachsieht, was mit der Kiste los ist.«

»Das hättest du auch schon gestern abend tun können. Wie stellst du dir denn vor, wie ich jetzt die Mädchen in die Schule bringen soll?«

»Ich nehme an, sie könnten ebensogut zu Fuß gehen«, sagte Wilt und beförderte mit den Fingern eine Rosine aus dem Mund und betrachtete sie gereizt. »Das ist bekanntlich eine ausgesprochen gesunde Fortbewegungsart. Diese Mini-Trockenpflaume scheint allerdings nach einem verkümmerten Leben eines geschwefelten Todes gestorben zu sein. Trotzdem möchte ich wissen, warum diese Reformkost soviel Zeug enthält, das einen früher oder später unweigerlich umbringt. Nimm nur mal dieses . . .«

»Deine Kommentare interessieren mich nicht«, sagte Eva. »Du versuchst bloß, dich aus der Affäre zu ziehen, aber wenn du erwartest, daß ich . . .«

»Daß du zu Fuß gehst?« fiel Wilt ihr ins Wort. »Das verhüte der Himmel. Das adipöse Gewebe, mit dem du . . .«

»Paß bloß auf, was du sagst, Henry Wilt«, begann Eva, wurde jedoch sofort von Penelope unterbrochen.

»Was ist adipös?«

»Mami«, sagte Wilt. »Und bedeuten tut es fett.«

»Ich bin nicht fett«, sagte Eva mit Bestimmtheit, »und wenn du glaubst, daß ich meine kostbare Zeit damit vergeude, zweimal am Tag drei Meilen hin und drei Meilen zurück zu gehen, bist du im Irrtum.«

»Wie üblich«, entgegnete Wilt. »Natürlich. Wie konnte ich vergessen, daß ich bei dem Geschlechterarrangement in diesem Haushalt nur eine Minorität von eins darstelle.«

»Was ist ein Geschlechterarrangement?« wollte Samantha wissen.

»Sex«, sagte Wilt verbittert und stand vom Tisch auf.

Eva schnaubte verächtlich. Sie war grundsätzlich nicht willens, im Beisein der Vierlinge über Sex zu sprechen. »Für dich ist das alles gut und schön«, sagte sie und kehrte damit zum Problem des Wagens zurück, das ihr echten Kummer verursachte. »Du brauchst ja nur . . .«

»Den Bus nehmen«, sagte Wilt und stürzte aus dem Haus, bevor Eva eine passende Entgegnung einfiel. Aber nicht einmal das war nötig. Er wurde von Chesterton aus der Abteilung Elektronik auf-

105

gelesen und hörte sich sein Gemecker wegen finanzieller Kürzungen und seine Beschwerden darüber an, warum sie nicht statt dessen bei Kommunikative Techniken kürzten und ein paar Nieten aus der Allgemeinbildung hinauswarfen.

»Na ja, du weißt ja, wie das ist«, sagte Wilt, als er vor dem Schulgebäude ausstieg. »Wir müssen die Ungenauigkeiten der Wissenschaft wieder wettmachen.«

»Ich wußte gar nicht, daß es welche gibt«, erwiderte Chesterton.

»Das menschliche Element«, sagte Wilt rätselhaft und ging durch die Bibliothek zum Lift und dann in sein Zimmer. Dort wartete das menschliche Element bereits auf ihn.

»Du kommst spät, Henry«, sagte der Stellvertretende.

Wilt betrachtete ihn genauer. Normalerweise kam er ziemlich gut mit dem Stellvertretenden aus. »Du siehst auch nicht ganz taufrisch aus«, sagte er. »Wenn ich dich nicht reden gehört hätte, hätte ich dich sogar für eine aufrecht stehende Leiche gehalten. Oder hat dich deine Alte so hart rangenommen?«

Der Stellvertretende schauderte. Er hatte das Grauen, das ihm die erste richtige Leiche, die nicht schon wohlverpackt im Sarg lag, eingeflößt hatte, immer noch nicht überwunden, und die Erinnerung daran in Cognac zu ertränken, war auch keine gute Idee gewesen. »Wo zum Teufel hast du dich gestern abend rumgetrieben?«

»Ach, da und dort, das kennst du doch«, sagte Wilt. Er hatte nicht die Absicht, den Stellvertretenden wissen zu lassen, daß er außer Haus unterrichtete.

»Nein, kenne ich nicht«, entgegnete der Stellvertretende. »Ich habe versucht, dich zu Hause anzurufen, erwischte aber nur einen verteufelten Anrufbeantworter.«

»Das muß der Computer gewesen sein«, sagte Wilt. »Die Vierlinge haben da so ein Programm. Es läuft auf Band, glaube ich. Eigentlich ganz praktisch. Wurdest du aufgefordert, dich zu verpissen?«

»Wiederholt«, sagte der Stellvertretende.

»Die Wunder der Technik. Ich habe mir gerade angehört, wie Chesterton sich begeistert über . . .«

»Und ich habe gerade dem Polizeiinspektor zum Thema Miss Lynchknowle zugehört«, schnitt ihm der Stellvertretende das Wort ab.

106

»Er wünscht dich zu sprechen.«

Wilt schluckte. Miss Lynchknowle hatte nichts mit dem Gefängnis zu tun. Aber was sollte dann das Ganze? So schnell konnten sie doch gar nicht auf ihn gekommen sein. Oder doch?

»Miss Lynchknowle? Was ist denn mit ihr?«

»Willst du damit sagen, du hast es noch nicht gehört?«

»Was gehört?« sagte Wilt.

»Sie ist das Mädchen aus der Toilette«, sagte der Stellvertretende. »Sie wurde gestern abend tot im Heizungskeller aufgefunden.«

»O Gott«, sagte Wilt. »Wie schrecklich.«

»Ja. Jedenfalls ist gestern abend die Polizei hier überall herumgeschwirrt, und heute morgen kam ein neuer Mann. Er möchte ein Wörtchen mit dir reden.«

Sie gingen über den Gang zum Büro des Direktors. Dort wartete Inspektor Hodge mit einem Polizisten. »Nur eine Routineangelegenheit, Mr. Wilt«, sagte er, nachdem der Stellvertretende die Tür geschlossen hatte. »Wir haben bereits mit Mrs. Bristol und einigen Mitgliedern des Lehrkörpers gesprochen. Soviel ich verstanden habe, wurde die verstorbene Miss Lynchknowle von Ihnen unterrichtet.«

Wilt nickte. Seine früheren Erfahrungen mit der Polizei waren nicht dazu angetan, ihn mehr sagen zu lassen als unbedingt nötig. Die Himmelhunde suchten sich ja doch immer die Interpretation heraus, die für einen selbst die beschissenste war. »Sie haben sie in Englisch unterrichtet?« fuhr der Inspektor fort.

»Ich unterrichte Fortgeschrittene Sekretärinnen III in Englisch, stimmt«, sagte Wilt.

»Donnerstag, nachmittags um 14.15 Uhr?«

Wieder nickte Wilt.

»Und haben Sie irgend etwas Seltsames an ihr bemerkt?«

»Etwas Seltsames?«

»Irgendeinen Hinweis darauf, daß sie Drogen nahm, Sir.«

Wilt versuchte zu überlegen. In seinen Augen nahmen die Fortgeschrittenen Sekretärinnen sich alle etwas seltsam aus, zumindest im Rahmen der Berufsschule. Zum einen stammten sie im Gegensatz zu seinen anderen Schülern meist aus »besseren Familien« und schienen mit ihren Dauerwellen und ihrem Gerede über

107

ihre Mamis und besonders Papis, die allesamt reiche Farmer oder irgendwas bei der Armee waren, geradewegs aus den fünfziger Jahren zu stammen. »Sie war wohl schon etwas anders als die Mädchen in ihrer Klasse«, sagte er schließlich. »Da war zum Beispiel diese Ente.«

»Ente?« sagte Hodge.

»Ja, sie brachte immer eine Ente mit in die Schule, die Humphrey hieß. Verdammter Unfug, eine Ente in den Unterricht mitzuschleifen, aber ich nehme an, das pelzige kleine Ding war für sie ein Trost.«

»Pelzig?« sagte Hodge. »Enten sind doch nicht pelzig. Die haben Federn.«

»Diese nicht«, entgegnete Wilt. »Die war wie ein Teddybär. Ausgestopft, wissen Sie. Sie werden doch nicht im Ernst glauben, daß ich mir von einer echten Ente das ganze Klassenzimmer vollscheißen lasse, oder?«

Inspektor Hodge sagte nichts. Er begann eine Abneigung gegen Wilt zu bekommen.

»Abgesehen von dieser Eigenheit kann ich mich an nichts Besonderes im Zusammenhang mit ihr erinnern. Ich will damit sagen, sie hatte weder Zuckungen, noch war sie auffallend blaß, noch gab es plötzliche Stimmungsumschwünge, wie man sie oft bei Junkies antrifft.«

»Verstehe«, sagte Hodge und verkniff sich die Bemerkung, daß Mr. Wilt hinsichtlich der Symptome ausnehmend gut informiert schien. »Und würden Sie sagen, daß viele Schüler Drogen nehmen?«

»Mir ist da nichts bekannt«, sagte Wilt. »Obwohl, wenn ich es mir recht überlege, müßte es bei der Riesenanzahl eigentlich welche geben. Aber ich weiß es nicht und kenne mich in der Szene auch nicht aus.«

»Natürlich, Sir«, sagte der Inspektor mit geheucheltem Respekt.

»Und jetzt, wenn Sie nichts dagegen haben«, sagte Wilt, »muß ich wieder an die Arbeit.« Der Inspektor hatte nichts dagegen.

»Da ist nicht viel zu holen«, meinte der Sergeant, als Wilt gegangen war.

»Bei solch ausgefuchsten Saukerlen nie«, sagte Hodge.

»Ich begreife noch immer nicht, warum Sie ihn nicht danach gefragt haben, warum er in die falsche Toilette gegangen ist und was die Sekretärin gesagt hat.«

Hodge lächelte. »Wenn Sie es wirklich wissen wollen – weil ich nicht die Absicht habe, auch nur das geringste Mißtrauen bei ihm zu wecken. Deshalb. Ich habe mich über Mr. Wilt informiert. Ein ganz gerissener Typ. Hat den alten Flint total fertiggemacht. Und warum? Ich werde es Ihnen sagen. Weil Flint so dumm war, das zu tun, was Wilt wollte. Er hat ihn eingelocht und durch die Mühle gedreht, und Mr. Wilt ist mit einem verdammten Mord ungeschoren davongekommen. Aber ich laß mich mit der Tour nicht reinlegen.«

»Aber er hat doch gar keinen Mord begangen. Es war nur so eine alberne aufblasbare Puppe, die er da vergraben hat«, sagte der Sergeant.

»Ach, kommen Sie. Sie werden doch nicht glauben, daß der Strolch das ohne Grund getan hat? Das stinkt doch zum Himmel. Nein, er hat ein anderes Ding gedreht und brauchte ein Deckmäntelchen, er und seine Alte, also haben sie diesen Ballon steigen lassen, und Flint ist darauf reingefallen. Dieser alte Saftsack würde einen Köder nicht mal dann erkennen, wenn er ihm direkt unter seinen verfluchten Rüssel gehalten würde. Er war so damit beschäftigt, Wilt wegen dieser Puppe die Hölle heißzumachen, daß er den Wald vor lauter Bäumen nicht mehr sah.«

Sergeant Runk kämpfte sich durch die diversen Metaphern, ohne daraus recht schlau zu werden. »Aber trotzdem«, sagte er schließlich, »kann ich mir nicht vorstellen, daß ein Dozent mit Drogen zu tun hat, jedenfalls nicht mit Dealen. Wo bleibt denn der aufwendige Lebensstil? Kein Riesenhaus und kein dickes Auto. Kein exklusiver Club. Das paßt einfach nicht zusammen.«

»Und auch kein üppiges Gehalt«, sagte Hodge. »Vielleicht spart er ja fürs Alter. Jedenfalls werden wir ihn überprüfen, ohne daß er es merkt.«

»Ich möchte meinen, wir hätten da ein paar aussichtsreichere Kandidaten«, sagte der Sergeant. »Wie steht's denn mit diesem Makropolis oder wie der Kerl aus dem griechischen Restaurant heißt, den Sie angezapft haben? Wir wissen, daß er mit Heroin zu tun hatte. Und dann ist da dieser affenschlaue Typ mit der Garage in der Silton Road, den wir wegen dieser anderen Sache am Wickel hatten. Der hing doch selbst an der Nadel.«

»Schon, bloß im Moment sitzt er doch ein, oder? Und Mr. Makropolis ist derzeit außer Landes. Ich behaupte ja auch gar nicht, daß es Wilt ist. Das Mädchen könnte ebensogut in London gewesen sein und sich dort das Zeug besorgt haben. In diesem Fall wäre es dann nicht mehr unser Bier. Ich meine ja nur, daß Mr. Wilt mich interessiert und daß ich ein Auge auf ihn haben werde, mehr nicht.«

Sein Interesse an Wilt sollte noch zunehmen, als er eine Stunde später auf die Polizeiwache zurückkehrte. »Der Chef will Sie sprechen«, sagte der diensthabende Sergeant. »Er hat Besuch vom Gefängnisdirektor.«

»Gefängnisdirektor?« sagte Hodge. »Was will *der* denn?«

»Sie«, sagte der Sergeant.

Inspektor Hodge ignorierte den Scherz und begab sich in das Büro des Polizeichefs. Als er es eine halbe Stunde später verließ, wimmelte es in seinem Kopf nur so von Indizien, die allesamt höchst eigenartig auf Wilt deuteten. Wilt hat einen der berüchtigtsten Verbrecher in ganz Großbritannien unterrichtet, der zum Glück an einer Überdosis seiner eigenen Drogen gestorben war. (Die Gefängnisverwaltung hatte zu Oberaufseher Blaggs' unsäglicher Erleichterung beschlossen, im Zusammenhang mit der Todesursache das Phenobarbital unerwähnt zu lassen und statt dessen auf das enorme Heroindepot in McCullams Matratze zu verweisen.) Ausgerechnet exakt zu dem Zeitpunkt, an dem Miss Lynchknowles Leiche entdeckt wurde, war Wilt zusammen mit McCullam in einem Raum eingesperrt gewesen. Und dann hatte Wilt, bezeichnenderweise, innerhalb der nächsten Stunde nach Verlassen des Gefängnisses und wahrscheinlich, nachdem er erfahren hatte, daß sich die Polizei für die Berufsschule interessierte, mit einer erfundenen Geschichte über einen Massenausbruch anonym im Gefängnis angerufen, worauf McCullam prompt eine Überdosis nahm.

Wenn diese Einzelheiten nicht nahezu die Gewißheit ergaben, daß Wilt in die Sache verwickelt war, dann wollte Hodge einen Besen fressen. Und wenn er das dazuzählte, was er über Wilts Vergangenheit wußte, dann war er hundertprozentig sicher. Allerdings gab es doch noch die lästige kleine Sache mit den Beweisen. Das war einer der Nachteile des englischen Rechtssystems, und

Hodge hätte bei seinem Kreuzzug gegen die Unterwelt nur zu gern das erforderliche Verfahren abgeschafft, das darin bestand, zuerst den Kronanwalt dazu zu bewegen, Anklage zu erheben, und dann Beweise vorzulegen, die einen senilen Richter und humanitätsduselige Geschworene, die zur Hälfte auch noch bestochen waren, von der Schuld eines offensichtlichen Verbrechers überzeugten. Daß Wilt einer war, war nicht ganz so offensichtlich. Der Bastard war ein Ausbund an Gerissenheit, und um ihn einzubuchten, brauchte man knallharte Beweise.

»Hören Sie«, sagte Hodge zu Sergeant Runk und der Handvoll Polizisten in Zivil, aus denen seine private Verbrechensbekämpfungstruppe bestand, »ich wünsche keinerlei Aufsehen; die ganze Sache hat streng geheim zu bleiben, und wenn ich geheim sage, meine ich auch geheim. Niemand, nicht einmal der Chef, darf davon erfahren, deshalb werden wir der Operation auch den Decknamen Flint geben. Auf diese Weise wird niemand Verdacht schöpfen. Auf der Wache kann jeder den Namen Flint erwähnen, ohne daß dies auffällt. Das ist das eine. Zweitens möchte ich, daß Mr. Wilt rund um die Uhr beschattet wird. Seine Frau ebenfalls. Und keine Schlamperei. Ich will von jetzt an über jeden Schritt dieser Leute bei Tag und Nacht genauestens informiert werden.«

»Wird das nicht ein bißchen schwierig?« fragte Sergeant Runk. »Tag *und* Nacht. Es gibt keine Möglichkeit, einen Maulwurf ins Haus zu schleusen und . . .«

»Dann werden wir es eben verwanzen«, sagte Hodge. »Das kommt später. Zuerst werden wir ihre Lebensgewohnheiten stundenplanmäßig erfassen. Verstanden?«

»Verstanden«, echote das Team. Dieses Verfahren hatten sie bereits bei einem Fischbudenbesitzer und seiner Familie angewandt, den Hodge des Handels mit Sadopornos verdächtigt hatte; bei einem pensionierten Chorleiter – diesmal wegen kleiner Jungen; und bei einem Mr. und einer Mrs. Pateli, die ihm aufgrund ihres Namens suspekt waren. In keinem Fall hatte die minutiöse Erfassung der Lebensgewohnheiten den Verdacht des Inspektors bestätigt – er war ja auch jedesmal völlig aus der Luft gegriffen –, hatte jedoch so unbestreitbare Tatsachen ergeben wie die, daß der Fischhändler seine Bude jeden Tag außer Sonntag um sechs Uhr früh aufmachte, daß der Chorleiter eine glückliche und leidenschaftli-

111

che Affäre mit der Gattin eines Ringers und abgesehen davon eine fast an Allergie grenzende Aversion gegen kleine Jungen hatte, daß die Patelis jeden Donnerstag die öffentliche Bibliothek aufsuchten, daß sich Mr. Pateli ganztags ehrenamtlich um geistig Behinderte kümmerte, während Mrs. Pateli für »Essen auf Rädern« tätig war. Hodge hatte den zeitlichen und finanziellen Aufwand damit gerechtfertigt, daß er behauptete, es handle sich um Übungen für den Ernstfall.

»Und jetzt passen Sie auf«, fuhr Hodge fort. »Wenn wir diese Sache aufklären, bevor Scotland Yard das Ruder übernimmt, stehen wir hervorragend da. Wir werden unsere Überwachungsmaßnahmen auch auf die Berufsschule ausdehnen. Zu dem Zweck werde ich anschließend den Direktor aufsuchen. Pete und Reg werden sich in die Mensa und in die Aufenthaltsräume für Studenten hokken und sich als höhere Semester ausgeben, die man in Essex oder einer anderen Universität wegen Drogenmißbrauchs geschaßt hat.«

Innerhalb einer Stunde war die Operation Flint angelaufen. Pete und Reg, die sich dem Anlaß entsprechend in eine Lederkluft geworfen hatten, die auch die hartgesottensten Hell's Angels verschreckt hätte, hatten mit ihrer Sprache und der selbstverständlichen Annahme, daß alle hier Heroin nahmen, bereits für Leere im Aufenthaltsraum der Berufsschule gesorgt. Im Büro des Direktors erzielte Inspektor Hodge bei diesem und seinem Stellvertretenden mehr oder minder dieselbe Wirkung; beide fanden die Vorstellung, daß die Berufsschule die zentrale Verteilerstelle für Drogen in Fenland sein sollte, ausgesprochen schreckenerregend. Und daß man ihnen jetzt fünfzehn minderbemittelte Bullen als fortgeschrittene Semester unterschieben wollte, gefiel ihnen auch nicht sonderlich.

»Um diese Jahreszeit?« sagte der Direktor. »Es ist April, zum Kuckuck. Um diese Zeit nehmen wir keine höheren Semester auf. Wir nehmen überhaupt keine Studenten auf, wenn Sie's genau wissen wollen. Die kommen erst wieder im September. Und außerdem, wo zum Teufel sollen wir sie denn hinstecken?«

»Wir könnten sie doch wohl jederzeit als ›Lehrassistenten‹ einführen«, meinte der Stellvertretende. »Auf diese Weise könnten sie sich beliebig in alle Klassen hineinsetzen, ohne viel sagen zu müssen.«

112

»Wird trotzdem verdammt seltsam aussehen«, meinte der Direktor. »Und offen gesagt, gefällt mir das überhaupt nicht.« Doch schließlich gab der Einwand des Inspektors, daß das, was sich in der Berufsschule ereignet hatte, weder dem Lord Lieutenant gefiel, noch dem Polizeidirektor, noch, was am allerschlimmsten war, dem Innenminister, den Ausschlag.

»Mein Gott, was für ein gräßlicher Mensch«, bemerkte der Direktor, als Hodge gegangen war. »Ich fand schon Flint ziemlich übel, aber der da ist es noch mehr. Ich möchte nur wissen, warum Polizisten so unangenehm sind. In meiner Jugend waren sie ganz anders.«

»Die Kriminellen wohl auch«, meinte der Stellvertretende. »Schließlich kann es keinen großen Spaß machen, ständig abgesägten Schrotflinten und Rowdies, die mit Molotow-Cocktails um sich schmeißen, ausgesetzt zu sein. Den Mann möchte ich sehen, der unter diesen Umständen nicht zum Ekelpaket wird.«

»Sonderbar«, sagte der Direktor, ohne sich weiter dazu zu äußern.

Inzwischen ließ Hodge die Wilts bereits überwachen. »Was hat sich bisher getan?« fragte er Sergeant Runk.

»Wilt ist noch in der Schule, so daß wir uns noch nicht an seine Fersen heften konnten, und die Gnädige hat außer Einkaufen nichts Besonderes gemacht.«

Doch bereits während er das sagte, gab Evas Verhalten Anlaß zu verstärktem Verdacht. Es war ihr plötzlich in den Sinn gekommen, Frau Dr. Kores wegen eines Termins anzurufen. Sie hatte keine Ahnung, woher die Inspiration kam; aber sicher ging sie zum Teil auf das Konto eines Artikels über Sex und die Menopause mit dem Titel »Keine Pause in der Pause – die Bedeutung des Vorspiels in den Vierzigern«, den sie gerade in ihrem Supermarktblättchen gelesen hatte, und teils zu Lasten eines Blicks, den sie beim Anstehen an der Kasse von Patrick Mottram erhascht hatte. Patrick, der sonst dort immer die hübschesten Mädchen anquatschte, hatte diesmal jedoch mit Schokoladenriegeln geliebäugelt, um sich schließlich mit den glasigen Augen eines Mannes fortzustehlen, für den der heimliche Verzehr eines halben Pfunds Trauben-Nuß-Schokolade den Höhepunkt sinnlichen Genusses darstellte. Wenn

113

Dr. Kores es schaffte, den größten Schürzenjäger von ganz Ipford auf ein derart schauerliches Niveau zu reduzieren, bestand durchaus Hoffnung, daß sie bei Henry das Gegenteil bewirken konnte.

Beim Lunch hatte Eva den Artikel ein zweites Mal gelesen und war wie immer, wenn es um Sex ging, verunsichert. Alle ihre Freundinnen schienen zuviel davon zu haben, entweder mit ihren Männern oder mit sonst jemandem, und offenbar war das wichtig, denn sonst würde nicht soviel darüber geschrieben und geredet. Trotzdem fiel es Eva noch immer schwer, dies mit der Erziehung, die sie in ihrem Elternhaus genossen hatte, in Einklang zu bringen. Ohne Zweifel hatte ihre Mutter falsch gelegen, als sie darauf bestand, sie müsse bis zu ihrer Heirat Jungfrau bleiben. Das hatte Eva inzwischen deutlich erkannt. Bei den Vierlingen würde sie sich sicher anders verhalten. Nicht, daß sie aus ihnen kleine Flittchen machen wollte, wie die Hatten-Gören, die sich mit vierzehn schminkten und mit Kerlen auf Motorrädern durch die Gegend sausten. Aber später, wenn sie achtzehn waren und die Universität besuchten, dann war nichts dagegen zu sagen. Sie sollten Erfahrungen haben, bevor sie heirateten, anstatt zu heiraten, um... Eva bremste sich. So stimmt es eben auch nicht. Sie hatte Henry nicht nur wegen dem Sex geheiratet. Sie waren wirklich ineinander verliebt gewesen. Natürlich hatte Henry sie betatscht und an ihr herumgefummelt, aber nie so schlimm wie andere Jungen, mit denen sie gegangen war. Eigentlich war er eher scheu und verlegen gewesen, so daß sie ihn ermutigen mußte. Mavis hatte ganz recht, sie ein Vollblutweib zu nennen. Sie hatte Spaß am Sex, aber nur mit Henry. Sie würde sich keinen Seitensprung leisten, und schon gar nicht, solange die Vierlinge im Hause waren. Man mußte mit gutem Beispiel vorangehen, und kaputte Familien waren eine schlimme Sache. Andererseits galt das auch für Familien, in denen sich die Eltern ständig in den Haaren lagen und einander haßten. So gesehen hatte eine Scheidung auch ihr Gutes. Nicht, daß ihre Ehe durch dererlei Dinge in Gefahr gewesen wäre. Aber irgendwie hatte sie auch ein Recht auf ein erfüllteres Liebesleben, und wenn Henry zu schüchtern war, jemanden um Hilfe zu bitten – und zweifellos war das der Fall –, dann mußte sie es eben an seiner Stelle tun. Also hatte sie Dr. Kores angerufen und zu ihrer Überraschung gleich einen Termin um halb drei bekommen.

114

Eva hatte sich auf den Weg gemacht, ohne die aus zwei Wagen und vier Polizisten bestehende Eskorte zu bemerken, und war am Ende der Perry Road in den Bus Richtung Silton gestiegen, der sie zu Dr. Kores' verwilderter Kräuterfarm brachte. Sie hat wohl kaum die Zeit, alles in Ordnung zu halten, dachte Eva, als sie sich den Weg an mehreren verfallenen Gewächshäusern und einem verrosteten Pflug vorbei zum Haus bahnte. Trotzdem war sie über den Mangel an Organisation entsetzt. Wäre es ihr Garten gewesen, er hätte nicht so ausgesehen. Andererseits tendierte alles Organische dahin, seinen eigenen Weg zu gehen, und außerdem stand Dr. Kores entschieden im Ruf einer Exzentrikerin. Eva war darauf gefaßt, ein in ein Schultertuch gehülltes vertrocknetes Weiblein anzutreffen, als sich die Tür öffnete und eine streng wirkende Frau im weißen Mantel sie durch eine seltsam getönte dunkle Brille betrachtete.

»Mrs. Wilt?« sagte sie und führte Eva durch einen Gang in ein Sprechzimmer. Eva blickte sich etwas ängstlich um, während die Ärztin ihren Sitz hinter dem Schreibtisch einnahm. »Sie haben also Probleme?« fragte sie.

Eva setzte sich. »Ja«, sagte sie, wobei sie am Verschluß ihrer Handtasche herumspielte und wünschte, daß sie nicht gekommen wäre.

»Mit ihrem Mann, haben Sie gesagt, nicht wahr?«

»Also eigentlich nicht mit ihm«, entgegnete Eva, die plötzlich das Bedürfnis verspürte, Henry zu verteidigen. Schließlich war es nicht seine Schuld, daß er weniger impulsiv war als einige andere Männer. »Es ist nur so, daß er . . . also . . . er ist nicht so aktiv, wie er sein könnte.«

»Sexuell aktiv?« Eva nickte.

»Wie alt?« fuhr Dr. Kores fort.

»Sie meinen Henry? Dreiundvierzig. Im März wird er vierundvierzig. Er ist ein . . .«

Aber Dr. Kores interessierte sich offenbar nicht für Wilts Sternzeichen. »Und das sexuelle Gefälle war steil?«

»Ich denke schon«, sagte Eva und überlegte, was ein sexuelles Gefälle sein mochte.

»Wöchentliches Aktivmaximum, bitte.«

Besorgt betrachtete Eva eine schiefhängende Lampe und ver-

suchte nachzudenken. »Nun, als wir jung verheiratet waren . . .«
Sie stockte.

»Weiter«, befahl Dr. Kores.

»Also, ich erinnere mich, daß Henry es in einer Nacht dreimal
getan hat«, platzte es aus Eva heraus. »Natürlich hat er das nur
einmal gemacht.«

Der Kugelschreiber der Ärztin hielt inne. »Bitte erklären Sie
das«, sagte sie. »Zuerst haben Sie gesagt, daß er dreimal pro Nacht
sexuell aktiv war. Und dann sagten Sie, er war es nur einmal. Meinen Sie damit, daß es nur beim erstenmal zu einem Samenerguß
kam?«

»Ich weiß es wirklich nicht«, sagte Eva. »Das ist nicht so leicht zu
sagen, oder?«

Dr. Kores betrachtete sie zweifelnd. »Lassen Sie es mich anders
ausdrücken: Gab es beim Klimax jedes einzelnen Verkehrs einen
penilen Spasmus?«

»Ich denke schon«, sagte Eva. »Aber es ist schon zu lange her,
und ich erinnere mich nur noch, daß er am nächsten Tag hundemü-
de war.«

»In welchem Jahr hat das stattgefunden?« fragte die Ärztin,
nachdem sie »peniler Spasmus ungewiß« notiert hatte.

»1963. Im Juli«, sagte Eva. »Ich erinnere mich daran, weil wir
einen Wanderurlaub in den Bergen machten, und Henry meinte, er
hätte vorerst genug vom Gipfelstürmen.«

»Sehr amüsant«, entgegnete Dr. Kores trocken. »Und das war
seine sexuelle Maximalleistung?«

»An seinem Geburtstag 1970 hat er es zweimal gemacht . . .«

»Und das Plateau war wie oft pro Woche?« fragte Dr. Kores, die
es offenbar gar nicht soweit kommen lassen wollte, daß Eva auch
nur entfernt Menschliches in das Gespräch einschmuggelte.

»Das Plateau? Ja also, früher war das ein- oder zweimal, aber
jetzt habe ich Glück, wenn's einmal im Monat passiert, und manchmal dauert es sogar noch länger.«

Dr. Kores fuhr sich mit der Zunge über die schmalen Lippen und
legte den Stift nieder. »Mrs. Wilt«, sagte sie dann, wobei sie die
Ellenbogen auf dem Schreibtisch aufstützte und mit Fingerspitzen
und Daumen ein Dreieck formte, »ich beschäftige mich ausschließlich mit den Problemen der Frau in einem von Männern dominier-

116

ten gesellschaftlichen Kontext, und offen gesagt, empfinde ich Ihre Einstellung zu Ihrer Beziehung mit Ihrem Mann als übertrieben unterwürfig.«

»Meinen Sie wirklich?« sagte Eva und lebte sichtlich auf. »Henry sagt immer, ich sei zu herrschsüchtig.«

»Bitte«, sagte die Ärztin auf eine Art, die einem Schaudern sehr nahe kam, »ich bin nicht im mindesten an den Ansichten Ihres Mannes oder an seiner Person interessiert. Wenn Sie sich damit beschäftigen, dann ist das Ihre Sache. Meine ist es, Ihnen als einem völlig unabhängigen Wesen zu helfen, und wenn ich ehrlich sein soll, dann finde ich Ihre Selbstverdinglichung äußerst widerwärtig.«

»Tut mir leid«, sagte Eva und überlegte, was in Dreiteufelsnamen mit »Selbst-Verdinglichung« gemeint war.

»Sie haben zum Beispiel wiederholt gesagt, ich zitiere: ›Er hat es dreimal getan‹, und dann wieder: ›Er hat es zweimal gemacht . . .‹«

»Aber das hat er«, protestierte Eva.

»Und wer war das ›Es‹? Sie vielleicht?« fragte die Ärztin heftig.

»So habe ich das nicht gemeint«, begann Eva, aber jetzt war Dr. Kores nicht mehr zu bremsen. »Allein das Wort ›tun‹ oder ›machen‹ signalisiert ein stillschweigendes Einverständnis zu ehelicher Vergewaltigung. Was würde Ihr Mann sagen, wenn Sie es mit ihm ›tun‹ würden?«

»Oh, ich glaube nicht, daß Henry das mögen würde«, sagte Eva. »Ich meine, er ist nicht sehr groß und . . .«

»Wenn Sie nichts dagegen haben«, unterbrach sie die Ärztin, »von Größe ist hier nicht die Rede. Entscheidend ist die Einstellung. Und ich bin nur bereit, Ihnen zu helfen, wenn Sie sich ganz entschieden dazu durchringen, sich selbst als den Führer in Ihrer Beziehung zu betrachten.« Die Augen hinter der blaugetönten Brille verengten sich.

»Ich werde es ganz bestimmt versuchen«, sagte Eva.

»Es wird Ihnen gelingen«, sagte die Ärztin prophetisch. »Das ist das Entscheidende. Sprechen Sie mir nach: ›Es wird mir gelingen.‹«

»Es wird mir gelingen«, wiederholte Eva.

»Ich bin die Überlegene«, sagte Dr. Kores.

»Ja«, sagte Eva.

»Nicht ›ja‹«, zischte die Ärztin, die jetzt noch seltsamer in Evas Augen starrte, »sondern ›Ich bin die Überlegene‹.«

»Ich bin die Überlegene«, sagte Eva gehorsam.

»Jetzt beides.«

»Beides«, sagte Eva.

»Aber nicht doch. Ich möchte, daß Sie beide Aussagen wiederholen. Zuerst . . .«

»Es wird mir gelingen«, sagte Eva, die endlich begriffen hatte. »Ich bin die Überlegene.«

»Nochmals.«

»Es wird mir gelingen. Ich bin die Überlegene.«

»Gut«, sagte Dr. Kores. »Es ist von vitalem Interesse, daß Sie die richtige psychische Einstellung entwickeln, wenn ich Ihnen helfen soll. Sie werden diese autogenen Instruktionen dreihundertmal am Tag wiederholen. Haben Sie verstanden?«

»Ja«, sagte Eva. »Ich bin die Überlegene. Es wird mir gelingen.«

»Noch mal«, sagte die Ärztin.

Während der folgenden fünf Minuten saß Eva reglos auf ihrem Stuhl und wiederholte diese Aussagen, während Dr. Kores ihr, ohne die Wimpern zu bewegen, in die Augen starrte. »Genug«, sagte sie schließlich. »Sie verstehen doch, was das bedeutet?«

»So ungefähr«, sagte Eva. »Es hat mit dem zu tun, was Mavis Mottram immer sagt, daß Frauen die führende Rolle in der Welt übernehmen müssen, nicht wahr?«

Dr. Kores setzte sich mit einem dünnen Lächeln in ihrem Stuhl zurück. »Mrs. Wilt«, sagte sie, »seit fünfunddreißig Jahren habe ich mich ununterbrochen mit der sexuellen Überlegenheit des weiblichen Elements in der Welt der Säugetiere beschäftigt. Schon als Kind haben mich die Paarungsgewohnheiten der Arachnida inspiriert – meine Mutter war eine Expertin auf diesem Gebiet, bevor sie unglücklicherweise meinen Vater heiratete, Sie verstehen.«

Eva nickte. Zum Glück war ihr entgangen, daß Dr. Kores von Spinnen sprach, doch war sie so fasziniert davon, absolut nichts zu verstehen, daß ihr alles, was Dr. Kores sagte, ungeheuer bedeutsam erschien. Dabei dachte sie an die Zukunft der Vierlinge.

»Aber bei meiner eigenen Arbeit«, fuhr die Ärztin fort, »habe ich mich auf die höheren Lebensformen und ganz speziell auf die ungleich höher entwickelten Fähigkeiten der Weibchen im Überlebensbereich konzentriert. Die Rolle des Männchens ist auf jeder Entwicklungsstufe eine untergeordnete, wohingegen das Weibchen eine Anpassungsfähigkeit aufweist, die die Erhaltung der Spezies gewährleistet. Einzig und allein beim Menschen, und auch da nur im gesellschaftlichen und weniger im rein biologischen Kontext, hat sich dieses Verhältnis umgekehrt. Diese Umkehrung ist durch das wettbewerbsorientierte und militaristische Wesen einer Gesellschaft verursacht worden, in der die brutale Gewalt des Männlichen eine Rechtfertigung für die Unterdrückung des Weiblichen gefunden hat. Stimmen Sie mir da zu?«

»Ja, ich denke schon«, sagte Eva, die dieser Argumentation nur schwer folgen konnte, aber einsah, daß sie irgendwie vernünftig war.

»Gut«, sagte Dr. Kores. »Womit wir jetzt bei einer weltweiten Krise angelangt sind, die darin besteht, daß durch den männlichen Mißbrauch des wissenschaftlichen Fortschritts für militärische Zwecke die Vernichtung des Lebens auf der Erde möglich und wahrscheinlich geworden ist.« Sie machte eine Pause, um Eva diesen Gedanken nachvollziehen zu lassen. »Zum Glück hat die Wissenschaft die Mittel zu diesem Zweck auch in unsere Hände gelegt. In der automatisierten Gesellschaft unserer Zeit hat die rein physische Kraft des Mannes ihre Vorteile eingebüßt. Der Mann ist überflüssig geworden. Im Zeitalter des Computers wird es die Frau sein, die die Macht in Händen hält. Sie haben sicher über die Forschungsarbeiten im St. Andrew's gelesen. Man hat nachgewiesen, daß Frauen einen größeren Corpus callosum haben als Männer.«

»Corpus callosum«, sagte Eva.

»Eine Milliarde Gehirnzellen, Nervenfasern, die die beiden Gehirnhälften miteinander verbinden und für den Informationstransfer entscheidend sind. Bei der Arbeit mit Computern ist dieser Austausch von größter Wichtigkeit. Er könnte für das elektronische Zeitalter durchaus dieselbe Bedeutung haben wie der Muskel für das Zeitalter der physischen . . .«

In diesem Stil dozierte Dr. Kores noch zwanzig Minuten weiter, schwankend zwischen einer schon fast schwachsinnigen Leidenschaft für alles Weibliche, rationalen Argumenten und der Feststellung von Tatsachen. Für Eva, die von jeher dazu neigte, derart enthusiastisch vorgebrachte Meinungen unkritisch zu überneh-

men, schien diese Frau all das zu verkörpern, was an der intellektu-
ellen Welt, der sie nie angehört hatte, größte Bewunderung verdiente. Erst als die Ärztin allmählich auf ihrem Stuhl zusammen-
sackte, fiel Eva wieder ein, warum sie eigentlich gekommen war.
»Was Henry betrifft . . .«, warf sie zögernd ein.

Noch einen Augenblick verweilte Dr. Kores gedanklich in einer
Zukunft, in der es wahrscheinlich keine Männer mehr gab, bevor
sie sich mühsam in die Gegenwart zurückzwang. »Ach ja, Ihr
Mann«, sagte sie noch etwas geistesabwesend. »Sie brauchen etwas, das ihn sexuell stimuliert, ja?«

»Wenn das möglich ist«, sagte Eva. »Er hat noch nie . . .«

Aber Dr. Kores unterbrach sie mit einem rauhen Lachen. »Mrs.
Wilt«, sagte sie, »haben Sie je die Möglichkeit in Betracht gezogen,
daß Ihr Mann nur scheinbar unter einem Mangel an sexueller Akti-
vität leidet?«

»Ich verstehe nicht ganz.«

»Vielleicht eine andere Frau?«

»O nein«, sagte Eva. »Das paßt nicht zu ihm. Ehrlich nicht.«

»Oder latente Homosexualität?«

»Wenn er so einer wäre, hätte er mich doch nicht geheiratet,
oder?« sagte Eva aufrichtig schockiert.

Dr. Kores betrachtete sie kritisch. In Augenblicken wie diesem
wurde ihr Glaube an die angeborene Überlegenheit des Weiblichen auf eine harte Probe gestellt. »Solche Fälle sind bekannt«,
preßte sie zwischen zusammengebissenen Zähnen hervor und wollte gerade zu einer Erörterung des Familienlebens von Oscar Wilde
ansetzen, als es draußen läutete.

»Entschuldigen Sie mich einen Augenblick«, sagte sie und eilte
hinaus. Durch eine andere Tür kam sie wieder herein. »Mein Labor«, erklärte sie. »Ich habe da ein Präparat, das sich wohltuend
auswirken könnte. Die Dosierung ist allerdings eine heikle Angelegenheit. Wie viele Medikamente enthält auch dieses Bestandtei-
le, die, im Übermaß eingenommen, eine deutliche Kontraindika-
tion hervorrufen. Ich muß Sie dringend davor warnen, die angege-
bene Dosis von fünf Millilitern zu überschreiten. Damit Sie sie
ganz genau abmessen können, habe ich Ihnen eine Spritze dazuge-
legt. Bei dieser Dosierung wird das Präparat zu dem gewünschten
Erfolg führen. Wird sie jedoch überschritten, kann ich dafür kei-

nerlei Verantwortung übernehmen. Sie werden die Angelegenheit natürlich äußerst vertraulich behandeln. Als Wissenschaftlerin kann ich nicht für die unsachgemäße Anwendung einer bewährten Arznei verantwortlich gemacht werden.«

Eva steckte die Plastikflasche in ihre Tasche und verabschiedete sich. Als sie an dem rostigen Pflug und den verkommenen Gewächshäusern vorbeikam, kreiste in ihrem Kopf ein Wirbel widersprüchlicher Eindrücke. Irgendwie war Dr. Kores doch ein seltsames Wesen. Aber nicht das, was sie gesagt hatte, erschien ihr so seltsam – Eva wußte wohl, daß ihre Worte unbedingt vernünftig waren –, sondern wie sie es gesagt hatte und wie sie sich benahm. Sie mußte das mit Mavis diskutieren. Wie auch immer, als sie an der Bushaltestelle stand, überraschte sie sich dabei, wie sie fast willenlos wiederholte: »Ich bin die Überlegene. Es wird mir gelingen.«

Zwei von Inspektor Hodges Zivilfahndern beobachteten sie aus einer Entfernung von hundert Metern und notierten sich Zeit und Ort. Die Erfassung des Wiltschen Familienalltags – der Ernstfall – hatte begonnen.

Kapitel 9

Und sie ging weiter. Zwei Tage lang ließen Beschatter-Teams die Wilts nicht aus den Augen und erstatteten Inspektor Hodge Bericht. Für diesen waren die Signale unzweideutig. Als geradezu vernichtenden Beweis wertete er Evas Besuch bei Dr. Kores.

»Kräuterfarm? Sie hat eine Kräuterfarm in Silton aufgesucht?« sagte der Inspektor ungläubig. Nach achtundvierzig nahezu schlaflosen Stunden und ebenso vielen Tassen schwarzen Kaffees hätte er selbst etwas alternative Medizin brauchen können.

»Und sie kam mit einer großen Plastikflasche heraus?«

»Anscheinend«, sagte der Detektiv. Mit Eva Schritt zu halten, hatte seinen Tribut gefordert. Und die Vierlinge auch. »Soweit ich weiß, ist sie mit einer Flasche hineingegangen. Wir haben nur gesehen, wie sie sie aus der Tasche zog, als sie auf den Bus wartete.«

Hodge ignorierte die dahintersteckende Logik. Was ihn betraf, so waren Verdächtige, die Kräuterfarmen aufsuchten und danach Flaschen in ihren Taschen verschwinden ließen, auf alle Fälle schuldig.

Doch noch weit mehr interessierte ihn die Meldung, daß eine gewisse Mavis Mottram sich am Spätnachmittag in der Oakhurst Avenue 45 eingefunden hatte. »Subjekt holt Kinder um 15.30 Uhr von der Schule ab«, las er im Bericht seiner Leute, »kommt nach Hause, und eine Frau fährt in einem Mini vor.«

»Korrekt.«

»Wie sieht sie aus?«

»Höchstens vierzig. Dunkle Haare. Einssechzig groß. Blauer Anorak, Khakihosen und Legwarmers. Betritt das Haus um 15.55 Uhr verläßt es um 16.20 Uhr.«

»Also könnte sie die Flasche mitgenommen haben?«

»Könnte schon, denke ich, aber sie hatte weder eine Tasche bei sich, noch war sonst etwas davon zu sehen.«

»Und was geschah dann?«

»Nichts, bis der Mann von nebenan um 17.30 Uhr heimkam. Aber das steht alles in meinem Bericht.«

»Das weiß ich«, sagte Hodge, »ich versuche mir nur ein Bild zu machen. Woher wußten Sie, daß er Gamer heißt?«

»Ich müßte verdammt taub gewesen sein, um nicht zu hören, wie sie es ihm gegeben hat, ganz zu schweigen von seiner Frau, die völlig aus dem Häuschen war.«

»Was ist denn passiert?«

»Dieser Gamer geht bei Nummer 43 rein«, sagte der Detektiv, »und fünf Minuten später stürzt er wieder heraus wie eine verbrühte Katze, und seine Frau versucht ihn aufzuhalten. Er rast rüber zu den Wilts und versucht, durch deren Gartentor zum Hintereingang des Hauses zu gelangen. Schiebt den Riegel zurück und liegt im nächsten Augenblick flach auf dem Rücken im Blumenbeet, zuckt, als hätte er den Veitstanz, und seine Alte kreischt, als hätten sie ihn umgebracht.«

»Sie wollen damit also sagen, daß das Gartentor unter Strom stand?« sagte Hodge.

»Ich nicht. Er hat es gesagt, als er wieder sprechen konnte, das heißt, zu zucken aufgehört hatte. Mrs. Wilt kommt raus und will wissen, was er in ihrem Goldlack zu suchen hat. Inzwischen hat er sich mühsam wieder aufgerappelt und brüllt sie an, ihre gottverfluchte Satansbrut – das sind seine Worte, nicht meine – habe versucht, ihn zu ermorden, indem sie eine kleine Statue aus seinem Garten gestohlen und sie in ihrem eigenen aufgestellt und dann auch noch das Gartentürchen an das verdammte Hauptstromkabel angeschlossen hätten. Und Mrs. Wilt sagt ihm, er solle doch nicht so albern sein und vielleicht die Freundlichkeit haben, sich vor ihren Töchtern keiner so dreckigen Sprache zu bedienen. Danach ging alles ein bißchen durcheinander. Er wollte seine Statue zurück, und sie sagte, sie habe sie gar nicht und würde sie nicht einmal geschenkt haben wollen, weil sie schmutzig ist.«

»Schmutzig?« murmelte Hodge. »Was ist daran schmutzig?«

»Wissen sie, das ist so ein kleines Manneken Pis. Stand an seinem Teich. Sie nannte ihn deswegen praktisch einen Perversen. Und seine Frau fleht ihn die ganze Zeit an, er soll doch endlich ins Haus kommen und sich das blöde Dings aus dem Kopf schlagen, schließlich könnte er sich ein neues anschaffen, sobald sie das Haus ver-

123

kauft hätten. Das brachte ihn völlig aus der Fassung. ›Das Haus verkaufen?‹ schrie er. ›Wem denn? Nicht einmal ein total Bekloppter würde ein Haus neben diesen verdammten Wilts kaufen.‹ In dem Punkt hatte er wahrscheinlich recht.«

»Und wie ging das Ganze aus?« fragte Hodge und notierte sich in Gedanken, daß er in Mr. Gamer einen Verbündeten gefunden hatte.

»Sie besteht darauf, daß er durchs Haus kommt, in den Garten geht und selbst nach der Statue schaut, weil sie es nicht hinnehmen will, daß er ihre Mädchen diebisch nennt.«

»Und ist er gegangen?« fragte Hodge skeptisch.

»Zögernd«, entgegnete der Detektiv. »Kam recht niedergeschmettert heraus und schwor, er hätte sie ganz bestimmt dort gesehen, und wenn sie nicht glauben wollte, daß die Gören versucht hatten, ihn umzubringen, warum funktionierte dann kein einziges Licht im Haus? Damit hatte er sie! Und dann wies er sie noch auf ein Stück Draht hin, das am Schuhabkratzer vor dem Gartentor befestigt war.«

»Interessant«, meinte Hodge. »Und war es das wirklich?«

»Muß wohl, denn sie wurde plötzlich ganz aufgeregt, vor allem als er sagte, das sei ein Beweismittel, das er der Polizei zeigen wolle.«

»Überrascht mich nicht, wo sie diese Flasche mit Stoff noch im Haus hatten«, sagte Hodge. »Da ist es kein Wunder, daß sie das Gartentor präpariert haben.« Inzwischen hatte sich nämlich in seinem Hirn eine neue Theorie herausentwickelt. »Glauben Sie mir, diesmal sind wir auf einer heißen Spur.«

Selbst der Polizeichef, der Flints Standpunkt teilte, daß Inspektor Hodge eine größere Bedrohung für die Öffentlichkeit darstellte als die Hälfte der kleinen Gauner, die er hinter Schloß und Riegel brachte, und daher den Kerl mit Handkuß als Verkehrspolizisten eingesetzt hätte, mußte zugeben, daß der Inspektor diesmal allem Anschein nach ausnahmsweise auf dem richtigen Weg war. »Dieser Wilt muß einfach Dreck am Stecken haben«, murmelte er, während er den Bericht über Wilts außerordentliche Unternehmungen während der Mittagspause durchlas. Als Wilt das Schulgebäude verließ, um den Escort vom Parkplatz hinter dem *Glasbläser* abzuholen, hatte er Ausschau nach McCullams Verbündeten gehalten, die zwei Detektive in ihrem unauffälligen Wagen sofort entdeckt und sie mit einer Sachkenntnis, die aus alten Fernsehkrimis stammte, abzuschütteln versucht. Das Ergebnis konnte sich sehen lassen: Henry lief zwei Seitenstraßen zurück, verschwand dann in schmalen Häusergassen, erstand anschließend in belebten Geschäften eine Anzahl völlig überflüssiger Artikel und verriegelte zu guter Letzt noch den Vordereingang eines Drogeriemarktes, bevor er ihn durch den Hinterausgang verließ und Kurs auf die Kneipe nahm.

»Rückkehr zum Schulparkplatz um 14.15 Uhr«, las der Polizeichef. »Und wo ist er zwischenzeitlich gewesen?«

»Ich fürchte, da hatten wir ihn verloren«, sagte Hodge. »Der Mann ist ein Profi. Wir wissen lediglich, daß er bei seiner Rückkehr ziemlich schnell fuhr und dann praktisch ins Schulgebäude gerannt ist.«

Auch Wilts Verhalten beim Verlassen der Schule an diesem Abend war keineswegs dazu angetan, Vertrauen in seine Unschuld zu wecken. Jemand, der zum Haupttor mit dunkler Brille, hochgeschlagenem Mantelkragen und einer Perücke herausmarschierte (Wilt hatte sie sich in der Abteilung Theater ausgeliehen) und dann eine halbe Stunde auf einer Bank neben der Bowling-Bahn im Midway Park hockte und aufmerksam den vorbeifließenden Verkehr beobachtete, bevor er sich zum Schulparkplatz zurückschlich, hatte sich ohne Zweifel selbst in die Kategorie der Hauptverdächtigen manövriert.

»Glauben Sie, er hat auf jemanden gewartet?« fragte der Polizeichef.

»Halte es für wahrscheinlicher, daß er die anderen gewarnt hat«, meinte Hodge. »Bin sicher, daß sie ein Signalsystem benützen. Seine Komplizen fahren vorbei, sehen ihn da sitzen und wissen Bescheid.«

»So wird es wohl sein«, sagte der Polizeichef, dem auch nichts Vernünftigeres einfiel. »Dann dürfen wir also mit einer baldigen Verhaftung rechnen. Ich werde den Polizeidirektor davon unterrichten.«

»Das würde ich nicht sagen, Sir«, meinte Hodge, »sondern lediglich, daß wir eine heiße Spur verfolgen. Wenn ich mich nicht täusche, haben wir es mit einem perfekt organisierten Syndikat zu tun. Ich möchte keine vorschnelle Verhaftung vornehmen, weil uns dieser Mann möglicherweise zum Kopf des ganzen Ringes führt.«

»So ist das also«, sagte der Polizeichef finster. Er hatte gehofft, Hodge würde sich bei der Bearbeitung dieses Falles als so unfähig erweisen, daß er das CID einschalten könnte. Statt dessen schien dieser furchtbare Kerl auch noch Erfolg damit zu haben. Und wenn das passierte, würde er zweifellos um Beförderung nachsuchen und die auch bekommen. Hoffentlich woanders. Falls nicht, würde der Polizeichef selbst seine Versetzung beantragen. Aber noch gab es die Chance, daß Hodge die Sache vermasselte.

In der Berufsschule war ihm das bereits gelungen. Daß er darauf bestanden hatte, Polizisten einzuschleusen, die er als Lehrassistenten oder gar als angehende Lehrer tarnte, wirkte sich auf die Moral des Lehrkörpers verheerend aus.

»Ich halte es nicht mehr aus«, erklärte Dr. Cox, Leiter der Naturwissenschaften, dem Direktor. »Es ist schon schlimm genug, den Schülern, die wir so kriegen, etwas beizubringen, ohne daß dauernd einer herumhängt, der einen Bunsenbrenner nicht von einem Flammenwerfer unterscheiden kann und praktisch das ganze Labor im dritten Stock niedergebrannt hat. Und was seine pädagogischen Talente angeht . . .«

»Aber er braucht doch gar nichts zu sagen. Schließlich sind diese Leute nur hier, um zu beobachten.«

»Theoretisch«, entgegnete Dr. Cox. »In der Praxis sieht das so aus, daß er meine Schüler ständig beiseite nimmt und sie fragt, ob sie ihm nicht Leichenbalsam besorgen könnten. Man könnte meinen, wir seien ein Bestattungsinstitut.«

Der Direktor klärte ihn über den Begriff Leichenbalsam auf.

»Allmächtiger, kein Wunder, daß dieser niederträchtige Kerl gestern abend noch länger dableiben wollte, um im Chemiesaal Inventur zu machen.«

In Botanik war es nicht viel anders. »Woher hätte ich denn wissen sollen, daß sie von der Polizei ist?« beklagte sich Miss Ryfield. »Und außerdem hatte ich keine Ahnung, daß die Schüler in den Gewächshäusern Marihuana in Blumentöpfen ziehen. Sie scheint mich als verantwortlich dafür zu halten.«

Einzig und allein Dr. Board betrachtete die Situation völlig gelassen. Dank der Tatsache, daß keiner der Polizisten Französisch sprach, waren seiner Abteilung derartige Einschleusungen erspart geblieben.

»Schließlich haben wir das Jahr 1984«, verkündete er in einer ad hoc einberufenen Sitzung im Lehrerzimmer, »und soweit ich es beurteilen kann, hat sich die Disziplin enorm verbessert.«

»Nicht in meiner Abteilung«, widersprach Mr. Sperey vom Bauwesen.

»Bei den Gipsern und Maurern sind fünf Leute zusammengeschlagen worden, und Mr. Gilders liegt mit Verletzungen, die von einer Fahrradkette stammen, im Krankenhaus.«

»Von einer Fahrradkette?«

»Jemand titulierte den jungen Heini von der Polizei als elendes Schwein, und Mr. Gilders versuchte zu intervenieren.«

»Ich nehme an, etliche Lehrlinge sind wegen Mitführens von derartigen Schlagwaffen verhaftet worden«, sagte Dr. Mayfield.

Der Leiter des Bauwesens schüttelte den Kopf. »Nein, der mit der Fahrradkette war der Polyp. Aber denken Sie sich nichts dabei, den haben sie nachher ganz schön zugerichtet«, fügte er mit sichtlicher Genugtuung hinzu.

Die energischsten Nachforschungen freilich ließ Hodge bei den Fortgeschrittenen Sekretärinnen anstellen. »Wenn das noch lange so weitergeht, werden unsere Examensergebnisse grauenhaft ausfallen«, beschwerte sich Miss Dill. »Sie machen sich keine Vorstellung, wie negativ sich das auf die Tippleistungen der Mädchen auswirkt, wenn sie einzeln aus der Klasse geholt und verhört werden. Es scheint allgemein der Eindruck zu herrschen, daß diese Schule die reinste Lasterhöhle ist.«

»Sieht fast so aus«, sagte Dr. Board. »Aber wie üblich haben die Zeitungen alles ganz verkehrt dargestellt. Die Seite drei hier hat immerhin was zu bieten.« Er zog ein Exemplar der *Sun* hervor und tippte auf ein Aktfoto von Miss Lynchknowle, das im vergangenen Sommer in Barbados aufgenommen worden war. Die dazugehörige Schlagzeile lautete: DROGENERBIN TOT IN DER SCHULE AUFGEFUNDEN.

»Natürlich habe ich die Zeitungen gesehen. Die Berichterstattung ist eine Schande«, sagte der Direktor vor den Mitgliedern des

Erziehungsausschusses. Dieser war ursprünglich einberufen worden, um den bevorstehenden Besuch von Ihrer Majestät Schulinspektoren zu besprechen, befaßte sich jetzt aber im wesentlichen mit der jüngsten Krise. »Was ich besonders betonen möchte, ist, daß es sich hier um einen absoluten Einzelfall handelt und . . .«

»Aber durchaus nicht«, widersprach Stadtrat Blighte-Smythe. »Ich habe hier eine Liste von Katastrophen, die die Schule seit Ihrer Amtsübernahme heimgesucht haben. Erst war da die abscheuliche Geschichte mit dem Dozenten für Allgemeinbildung, der . . .«

Mrs. Chatterway, die unermüdlich progressive Ansichten propagierte, fuhr dazwischen. »Ich glaube kaum, daß es irgend etwas nützt, sich mit der Vergangenheit aufzuhalten«, sagte sie.

»Warum nicht?« fragte Mr. Squidley. »Es ist höchste Zeit, daß jemand für das, was sich hier abspielt, zur Verantwortung gezogen wird. Als Bürger und Steuerzahler haben wir Anspruch auf eine anständige Berufsausbildung für unsere Kinder und . . .«

»Wie viele Kinder haben Sie denn auf der Berufsschule?« hakte Mrs. Chatterway sofort ein.

Mr. Squidley musterte sie entrüstet. »Keines, Gott sei Dank. Ich würde nie und nimmer auch nur eines meiner Kinder in die Nähe dieser Anstalt kommen lassen.«

»Wir wollen doch wenigstens bei der Sache bleiben«, meinte der Erziehungsoberinspektor.

»Bin ich«, sagte Mr. Squidley, »und die Sache ist nämlich die, daß ich als Arbeitgeber nicht bereit bin, gutes Geld in die Ausbildung von Lehrlingen zu investieren, die dann von einem Haufen fünftklassiger akademischer Schwachköpfe zu Junkies gemacht werden.«

»Das muß ich ganz energisch zurückweisen«, protestierte der Direktor. »Erstens war Miss Lynchknowle kein Lehrling, und zweitens haben wir ein paar extrem engagierte . . .«

»Gefährliche Irre«, ergänzte Stadtrat Blighte-Smythe.

»Engagierte Lehrer, wollte ich sagen.«

»Was zweifellos für die Tatsache verantwortlich ist, daß der Sekretär des Erziehungsministers auf den Einsatz einer Untersuchungskommission drängt, die die Unterweisung im Marxismus-Leninismus in der Abteilung Allgemeinbildung unter die Lupe nehmen soll. Wenn das kein deutlicher Hinweis darauf ist, daß etwas faul ist, dann weiß ich wirklich nicht . . .«

»Ich erhebe Einspruch. Ich erhebe ganz entschieden Einspruch«, sagte Mrs. Chatterway. »Der wahre Grund für das ganze Problem liegt in den ständigen Etatkürzungen. Wenn wir unseren jungen Mitmenschen ein angemessenes Gefühl für gesellschaftliche Verantwortung und Sorge und Anteilnahme vermitteln wollen . . .«

»O Gott, nicht schon wieder«, murmelte Mr. Squidley. »Wenn auch nur die Hälfte der Lümmel, die ich einstellen muß, wenigstens lesen und schreiben könnte . . .«

Der Direktor warf dem Erziehungsoberinspektor einen vielsagenden Blick zu. Der Erziehungsausschuß würde zu keinem vernünftigen Ergebnis gelangen. Wie üblich.

Wilt blickte nervös aus dem Fenster seines Hauses in der Oakhurst Avenue 45. Seit er in der Mittagspause entdeckt hatte, daß er beschattet wurde, stand er unter Hochspannung. Beim Nachhausefahren hatte er sogar so angestrengt in den Rückspiegel geschaut, daß er die rote Ampel an der Nott Road übersehen hatte und ein als solches nicht erkennbares Polizeifahrzeug gerammt hatte, das vorsichtshalber vor ihm hergefahren war. Der sich anschließende Wortwechsel mit den zwei Männern in Zivil, die glücklicherweise unbewaffnet waren, hatte erheblich zu seiner Befürchtung beigetragen, daß sein Leben in Gefahr war.

Eva hatte wenig Mitgefühl gezeigt. »Du paßt aber auch wirklich nie auf, wo du hinfährst«, sagte sie, als er ihr erklärte, warum der Wagen eine verbogene Stoßstange und eine eingedrückte Kühlerhaube hatte. »Es ist hoffnungslos mit dir.«

»Du würdest dir auch ziemlich hoffnungslos vorkommen, wenn du so einen Tag hinter dir hättest wie ich«, sagte Wilt und holte sich eine Flasche Selbstgebrautes aus dem Kühlschrank. Er nahm einen Schluck von dem Zeug und betrachtete mißtrauisch sein Glas.

»Muß den verdammten Zucker vergessen haben oder sonst was«, murmelte er, doch Eva lenkte das Gespräch rasch auf den Zwischenfall mit Mr. Gamer. Wilt hörte nur halb zu. Normalerweise schmeckte sein Bier anders, und so schal war es sonst auch nicht.

»Als könnten Kinder in dem Alter eine so gewichtige Statue

129

überhaupt über den Zaun heben«, sagte Eva und setzte damit den Schlußpunkt hinter ihren haarsträubend einseitigen Bericht.

Mühsam riß Wilt seine Aufmerksamkeit von dem Bier los. »Ach, ich weiß nicht recht. Wahrscheinlich haben wir da die Erklärung für die sonderbaren Experimente, die sie gestern mit Mr. Boykins' Flaschenzug anstellten. Ich hatte mich schon gewundert, warum sie sich plötzlich so für Physik interessierten.«

»Aber zu behaupten, sie hätten versucht, ihn mit einem Stromstoß ins Jenseits zu befördern . . .«, sagte Eva empört.

»Dann erkläre mir einmal, warum im ganzen Haus kein einziges Licht ging. Die Hauptsicherung war durchgebrannt, darum. Und behaupte jetzt bloß nicht, eine Maus habe sich wieder im Toaster verirrt, denn da habe ich bereits nachgesehen. Außerdem sind wegen dieser Maus damals nicht gleich alle Sicherungen durchgebrannt, und wenn ich mich nicht dagegen gewehrt hätte, statt Toast mit Marmelade verkohlte Mausreste zum Frühstück vorgesetzt zu bekommen, hättest du es überhaupt nie gemerkt.«

»Das war etwas ganz anderes«, sagte Eva. »Das arme Ding ist da hineingeraten, weil es Krümel gesucht hat. Nur deshalb mußte es sterben.«

»Und Mr. Gamer war verdammt nahe dran, ebenfalls zu sterben, weil er sein verfluchtes Gartenzierstück gesucht hat«, sagte Wilt. »Und ich kann dir genau sagen, wer deine Brut auf diese Idee gebracht hat: das elende Mäusevieh. Niemand sonst. Eines Tages werden sie noch den elektrischen Stuhl entdecken, und dann komme ich nach Hause und finde den kleinen Radley mit einer Pfanne auf dem Kopf und einem Riesending von einem Kabel, das aus der Steckdose am Herd kommt.«

»So was würden sie nie tun«, sagte Eva. »Dazu sind sie zu vernünftig. Du betrachtest alles immer nur von der schlimmsten Seite.«

»Ich betrachte nur die Realität«, sagte Wilt, »und was ich da sehe, sind vier lebensgefährliche Gören. Im Vergleich zu denen gäbe so manche Kindsmörderin eine recht brauchbare Kindergärtnerin ab.«

»Du bist einfach abscheulich«, sagte Eva.

»Dieses Gesöff hier auch«, sagte Wilt, während er eine zweite Flasche öffnete. Er nahm einen Schluck und begann zu fluchen, doch seine Worte gingen im Lärm des Mixers unter, den Eva zum einen angedreht hatte, um Äpfel und Karotten zu pürieren, weil das für die Vierlinge so gesund war, zum anderen aber auch, um ihrem Ärger Ausdruck zu verleihen. Henry konnte einfach nie zugeben, daß die Mädchen klug und intelligent und brav waren. In seinen Augen waren sie immer nur schlecht.

Schlecht war auch das Bier. Evas Entschluß, jeder Flasche von Wilts bestem Bitter fünf Milliliter von Dr. Kores' Sexualstimulans beizumischen, hatte dem Zeug nicht nur eine neue Geschmacksnuance verliehen, sondern es auch schal werden lassen.

»Muß bei diesem Kasten wohl die Deckel nicht richtig zugeschraubt haben«, murmelte Wilt, als der Mixer zum Stehen kam.

»Was hast du gesagt?« fragte Eva unfreundlich. Sie hatte Wilt immer im Verdacht, daß er die Geräuschkulisse des Mixers oder der Kaffeemühle dazu benutzte, seiner ehrlichen Meinung Ausdruck zu verleihen.

»Gar nichts«, sagte Wilt, der das Thema Bier lieber nicht anschnitt. Eva hielt ihm ständig Vorträge darüber, was es mit seiner Leber anstellte; diesmal glaubte er ihr ausnahmsweise. Andererseits beabsichtigte er für den Fall, daß McCullams Schlägerriege ihn vermöbeln wollte, von vornherein betrunken zu sein, auch wenn die Brühe sonderbar schmeckte. Besser als nichts war sie allemal.

Am anderen Ende von Ipford saß Inspektor Flint vor der Glotze und sah sich geistesabwesend einen Film über den Lebenszyklus der Riesenschildkröte an. Dabei interessierten ihn Schildkröten und deren Sexualleben nicht die Bohne. So ziemlich das einzige, was ihn für sie einnahm, war die Tatsache, daß sie so vernünftig waren, sich nicht um ihre Nachkommen zu kümmern, sondern die Eier irgendwo weit weg am Strand liegenließen, bis die kleinen Kerle ausschlüpften oder, besser noch, von irgendwelchen Raubtieren gefressen wurden. Immerhin lebten diese Biester zweihundert Jahre und litten wohl kaum unter Bluthochdruck.

An dieser Stelle kehrten seine Gedanken zu Hodge und der kleinen Lynchknowle zurück. Nachdem er den Leiter des Drogendezernats mit der Nase auf den Morast an Widersprüchlichkeiten gestoßen hatte, der Wilts ausgesprochene Stärke war, dämmerte es

ihm allmählich, daß er vielleicht ein paar Lorbeeren ernten könnte, wenn er den Fall selbst löste. Zum einen hatte Wilt nichts mit
Drogen zu tun. Flint war sich dessen ganz sicher. Er wußte zwar,
daß Wilt etwas im Schilde führte – ganz klarer Fall –, aber sein
Bulleninstinkt sagte ihm, daß Drogen nicht zu ihm paßten.

Also hatte jemand anders das Mädchen mit dem Zeug versorgt,
das sie umbrachte. Mit der Ausdauer einer die Tiefen des Pazifik
durchpflügenden Riesenschildkröte ging Flint die Fakten durch.
Das Mädchen war an Heroin und PCP gestorben: eine unumstößli-
che Tatsache. Wilt unterrichtete diesen Bastard McCullam (auch
an Drogen krepiert): noch eine Tatsache. Wilt hat im Gefängnis
angerufen: keine Tatsache, sondern nur eine Wahrscheinlichkeit.
Allerdings eine recht interessante Wahrscheinlichkeit, denn wenn
man sich Wilt aus dem Fall wegdachte, gab es absolut keine Anhaltspunkte mehr. Flint nahm die Zeitung und betrachtete das Foto
der Toten. Das aus Barbados. Smarte Typen, die Hälfte davon dro-
gensüchtig. Wenn sie das Zeug aus diesen Kreisen bezog, hatte
Hodge nicht die geringste Chance. Die hielten dicht. Vielleicht
lohnte es sich trotzdem, sich die bisherigen Ermittlungsergebnisse
anzusehen. Flint schaltete den Fernseher aus und ging in die Diele.
»Ich geh nur mal raus, um mir die Füße zu vertreten«, rief er seiner
Frau zu. Die Antwort war ein grimmiges Schweigen. Mrs. Flint war
es schnurz, was er mit seinen Füßen anstellte.

Zwanzig Minuten später saß er mit dem Bericht über die Befragung von Lord und Lady Lynchknowle in seinem Büro. Natürlich
hatten die keinen blassen Schimmer gehabt, daß Linda Drogen
nahm. Flint kannte diese Symptome und das Bedürfnis, sich von
aller Schuld reinzuwaschen. »Ungefähr soviel elterliche Fürsorge
wie bei diesen beknackten Schildkröten«, murmelte er und wandte
sich der Befragung des Mädchens zu, das die Wohnung mit Miss
Lynchknowle geteilt hatte.

Diesmal gab es positivere Anhaltspunkte. Nein, Penny war ewig
lang nicht mehr in London gewesen. Fuhr überhaupt nirgends hin,
nicht mal an den Wochenenden nach Hause. Besuchte gelegentlich
Discos, war aber eine ausgesprochene Einzelgängerin und hat ihrem Freund von der Universität vor Weihnachten den Laufpaß gegeben et cetera. Auch keine Besuche in letzter Zeit. Ab und an
ging sie abends in ein Café oder machte einen Spaziergang am

Fluß. Auf dem Rückweg vom Kino hatte sie Penny dort zweimal gesehen. Wo genau? In der Nähe der Marina. Flint notierte sich das und desgleichen die Tatsache, daß der Sergeant, der sie aufgesucht hatte, die richtigen Fragen gestellt hatte. Dann schrieb er sich die Namen von einigen Cafés auf. Es hatte keinen Sinn, ihnen einen Besuch abzustatten, denn darum würde sich bereits Hodge kümmern, und außerdem lag es nicht in Flints Absicht, daß sein Interesse an diesem Fall sichtbar wurde. Vor allem aber wußte er, daß er seiner Intuition folgen mußte, seiner »Nase«, die er sich durch langjährige Erfahrung erworben hatte; und die sagte ihm eindeutig, daß Wilt, was immer er auf dem Kerbholz haben mochte – und darüber hatte der Inspektor seine eigenen Ansichten – nichts mit Drogen zu tun hatte. Trotzdem hätte er zu gern gewußt, ob Wilt an jenem Abend, als McCullam eine Überdosis nahm, im Gefängnis angerufen hatte. Auch hier handelte es sich um ein sonderbares Zusammentreffen. Es würde ein Kinderspiel sein, Mr. Blaggs diese Informationen aus der Nase zu ziehen. Flint kannte den Gefängnisoberaufseher seit Jahren und hatte häufig das Vergnügen gehabt, Häftlinge dessen zweifelhafter Obhut anzuvertrauen.

Und deshalb hielt er sich in einer Kneipe in der Nähe des Gefängnisses auf und unterhielt sich mit dem Oberaufseher in einer Offenheit über Wilt, die nicht gerade dazu beigetragen hätte, diesen zu beruhigen.

»Wenn Sie meine Meinung hören wollen«, sagte Mr. Blaggs, »dann ist das Unterrichten von Verbrechern asozial. Es verhilft ihnen zu mehr Köpfchen, als sie brauchen, und macht euren Job nur schwieriger, wenn sie wieder rauskommen, habe ich recht?«

Flint mußte dem zustimmen. »Aber Sie glauben nicht, daß Wilt irgendwas mit dem Drogendepot in Macs Zelle zu tun hat?« fragte er.

»Wilt? Nie im Leben. Der will die Menschheit beglücken, weiter nichts. Das heißt natürlich nicht, daß diese Kerle nicht ziemlich blöde sind. Und ob sie das sind! Was ich damit sagen will, ist, daß Knast Knast sein sollte und kein Mädchenpensionat, in dem aus unterbelichteten, kleinen Dieben erstklassige Bankräuber mit Juraabschluß gemacht werden.«

»Aber dafür hat Mac doch nicht gebüffelt, oder?« fragte Flint.

Mr. Blaggs lachte. »Brauchte er auch nicht«, meinte er. »Der hatte draußen genug Zaster und besoldete gleich eine ganze Handvoll Paragraphenreiter.«

»Und worauf stützt sich die Annahme, daß Wilt der Anrufer war?« fragte Flint.

»Auf Bill Coven, der den Anruf entgegengenommen hat«, sagte Blaggs und blickte vielsagend auf sein leeres Glas. Flint bestellte noch zwei Halbe. »Es kam ihm nur so vor, als hätte er Wilts Stimme erkannt«, fuhr Blaggs zufrieden fort, weil er für seine Informationen auch entsprechend honoriert wurde. »Könnte auch jemand anders gewesen sein.«

Flint bezahlte das Bier und überlegte sich die nächste Frage. »Und Sie haben keine Ahnung, wie Mac an den Stoff gekommen ist?« sagte er schließlich.

»Das weiß ich genau«, entgegnete Blaggs stolz. »Es stammt von noch so einem Menschheitsbeglücker, bloß daß es sich diesmal um einen Scheißbesucher handelt. Wenn Sie mich fragen, sollte man Besucher rigoros . . .«

»Ein Besucher?« unterbrach ihn Flint, bevor ihm der Oberaufseher seine Ansichten über ein anständiges Gefängnissystem unterbreiten konnte, die auf eine verschärfte Einzelhaft für sämtliche Insassen und das obligatorische Aufknüpfen von Mördern, Frauenschändern sowie eines jeden, der einen Gefängnisbeamten beleidigte, hinausliefen. »Sie meinen also einen ganz normalen Gefängnisbesucher?«

»Durchaus nicht. Ich meine diese verdammten Menschenfreunde mit ihrem Helferkomplex, diese wohltätigen Wichtigtuer. Die kommen rein und behandeln uns Beamte, als hätten wir die Scheißverbrechen begangen und als seien die Sträflinge allesamt arme Waisenkinder, die als Säuglinge nicht genug Brustwarzen zu lutschen kriegten. Also, McCullam hat so eine beknackte Knasttante – Jardin heißt sie – soweit gebracht, daß sie ihn mit dem Zeug versorgt hat.«

»Lieber Himmel«, sagte Flint. »Und wieso hat sie das getan?«

»Aus Angst«, sagte Blaggs. »Ein paar von den fieseren Spießgesellen, die Mac draußen hat, haben ihr mit Rasierklingen und einer Flasche Salpetersäure einen Besuch abgestattet und gedroht, aus ihr eine Mischung aus Hundenahrung und einer Leprakranken mit Akne zu machen, falls sie nicht . . . Alles klar?«

»Ja«, sagte Flint, der Mitgefühl mit der Dame bekommen hatte, obwohl er sich beim besten Willen nicht vorstellen konnte, wie ein Leprakranker mit Akne aussah. »Und Sie wollen sagen, sie ist einfach angekommen und hat alles zugegeben?«

»Du lieber Himmel, nein«, sagte Blaggs. »Sie fing damit an, daß wir Mister – was sagen Sie dazu, *Mister?* – McCullam selbst erledigt hätten und behauptete praktisch, ich hätte den Saukerl eigenhändig umgebracht – nicht, daß mir das was ausgemacht hätte! Also haben wir sie in die Leichenhalle hinuntergeführt. Natürlich machte der Gefängnisquacksalber zufällig gerade eine Autopsie und fuhrwerkte auch noch mit einer Säge herum – anscheinend war er nicht sonderlich begeistert von dem, was er da fand, und meinte, von irgendwelchem Quatsch, von wegen jemand hätte dem Schweinehund was angetan, wolle er nichts hören. Nachdem sie dann wieder zu sich gekommen war und er sagte, das Schwein sei an einer Überdosis gestorben und jeder, der was anderes behauptet, würde wegen Verleumdung vor Gericht landen, brach sie zusammen. Schwamm in Tränen und rutschte vor dem Direktor fast auf den Knien. Und dann packte sie aus und erzählte, daß sie seit Monaten Heroin ins Gefängnis geschafft hat. Und es täte ihr ja so irrsinnig leid.«

»Das möchte ich meinen«, sagte Flint. »Wann kommt sie vor Gericht?«

Traurig schluckte Mr. Blaggs sein Bier hinunter. »Gar nicht«, brummte er.

»Gar nicht? Aber das Einschmuggeln von Sachen ins Gefängnis, von Drogen ganz zu schweigen, ist ein kriminelles Delikt.«

»Mir brauchen Sie das nicht zu sagen«, entgegnete Blaggs. »Andererseits will der Gefängnisdirektor keinen Skandal, kann sich auch gar keinen leisten, und überhaupt hat sie der Gesellschaft ja gewissermaßen einen Dienst erwiesen, indem sie den Schweinehund dorthin verfrachtet hat, wo er hingehört.«

»So ist das also«, sagte Flint. »Weiß Hodge darüber Bescheid?«

Der Gefängnisoberaufseher schüttelte den Kopf. »Wie ich schon sagte, wünscht der Direktor keinerlei Aufsehen. Außerdem hat sie behauptet, sie hätte das Zeug für Talkumpuder gehalten. Das kann

135

sie ihrer Großmutter erzählen, aber Sie wissen ja selbst, wie ein Winkeladvokat seine Verteidigung darauf aufbauen und die gesamte Gefängnisverwaltung blamieren würde, und so weiter. Nachlässigkeit auf der ganzen Linie.«

»Hat sie gesagt, woher sie das Heroin bekam?« fragte Flint.

»Hat es nachts hinter einer Telefonzelle in der London Road abgeholt. Die Lieferanten hat sie nie zu Gesicht bekommen.«

»Es werden wohl auch kaum dieselben Kerle gewesen sein, die sie bedrohten.«

Als der Inspektor schließlich die Kneipe verließ, war er glücklich und zufrieden. Hodge war auf der falschen Fährte, und Flint hatte eine von schlechtem Gewissen gepeinigte Gefängnistante, die er ausquetschen konnte. Nicht einmal die Wirkung von vier halben Litern bestem Bitter, die von diesen verdammten Pißpillen durch seinen Körper geschwemmt wurden, bereitete ihm Sorgen. Er hatte bereits einen Nachhauseweg ausgetüftelt, der ihn an drei relativ sauberen öffentlichen Toiletten vorbeiführte.

Kapitel 10

Doch während sich Flints Laune erheblich gebessert hatte, konnte man das von Inspektor Hodge nicht behaupten. Seine Theorien in bezug auf Wilt waren durch den Unfall am Ende der Nott Road erschüttert worden. »Der Bastard muß wissen, daß wir hinter ihm her sind, wenn er sich so mit der Besatzung des Streifenwagens anlegt«, sagte er zu Sergeant Runk. »Also was macht er deshalb?«

»Führt sich wie ein Idiot auf«, sagte der Sergeant, dem das lange Aufbleiben schlecht bekam und der deshalb heute morgen zu keinem klaren Gedanken fähig war.

»Er legt es auf eine frühzeitige Verhaftung an, weil er weiß, daß wir keine stichhaltigen Beweise haben und ihn daher wieder laufenlassen müssen.«

»Und was bezweckt er damit?«

»Wenn wir ihn uns dann das nächste Mal holen, kann er wegen Belästigung und seiner Scheiß-Bürgerrechte ein Mordsgezeter anfangen«, sagte Hodge.

»Als Vorgehensweise etwas merkwürdig«, meinte Runk.

»Und wie steht es damit, daß er seine Frau zu einer Kräuterfarm schickt, um dort eine Ladung Stoff abzuholen – ausgerechnet am Tag, nachdem ein Mädchen an diesem Dreckszeug gestorben ist? Ist das nicht auch ein bißchen seltsam?« wollte Hodge wissen.

»Zweifellos«, sagte Runk. »Eigentlich kann ich mir gar nichts Seltsameres vorstellen. Jeder normale Kriminelle würde zunächst mal auf Tauchstation gehen.«

Inspektor Hodge lächelte gereizt. »Genau. Aber wir haben es nicht mit einem gewöhnlichen Kriminellen zu tun. Darauf will ich hinaus. Wir haben da so ziemlich den schlauesten Fuchs vor uns, den ich je zu stellen hatte.«

Sergeant Runk sah das nicht so. »Nicht, wenn er seine Alte losschickt, um eine Flasche von dem Zeug zu besorgen, während wir sie beschatten. Von wegen schlau. Saudumm ist das!«

Hodge schüttelte betrübt den Kopf. Es war von jeher schwierig gewesen, dem Sergeant die Komplexität eines Verbrechergehirns begreiflich zu machen. »Und was ist, wenn das Zeug in dieser Flasche, die sie bei sich trug, nicht das Mindeste mit Drogen zu tun hat?« fragte er.

Sergeant Runk riß seine Gedanken von weichen Betten los und versuchte sich zu konzentrieren. »Dann war das Ganze wohl eher Zeitverschwendung«, war alles, was ihm dazu einfiel.

»Und diente dazu, uns in die Irre zu führen«, sagte Hodge. »Das ist seine Taktik. Um das zu erkennen, braucht man sich nur Wilts Akte ansehen. Nehmen Sie zum Beispiel diesen Affenzirkus mit der Puppe. Da hat er den alten Flint nach Strich und Faden ins Bockshorn gejagt, und warum? Weil der blöde Hirsch ihn in Untersuchungshaft sperrte, obwohl das einzige Beweisstück, mit dem er aufwarten konnte, eine aufblasbare Puppe mit Mrs. Wilts Klamotten in einem Bohrloch war, mit zwanzig Tonnen Beton darüber. Und wo weilte die echte Mrs. Wilt die ganze Woche über? Auf einem Boot mit ein paar amerikanischen Hippies, die bis über beide Ohren im Drogenhandel steckten, und Flint läßt sie ungeschoren außer Landes flüchten, ohne sie zuvor wegen ihres tatsächlichen Treibens an der Küste in die Mangel zu nehmen. Stank doch gegen den Wind, daß die schmuggelten und Wilt das ganze Ablenkungsmanöver nur inszeniert hatte, damit Flint eine Zeitlang mit dem Ausbuddeln der Plastikpuppe beschäftigt war. So ein schlauer Fuchs ist dieser Wilt.«

»So, wie Sie es darstellen, klingt es ganz einleuchtend«, meinte Runk. »Und Sie gehen davon aus, daß er jetzt dieselbe Taktik anwendet?«

»Wie bei den Leoparden«, sagte Hodge.

»Leoparden?«

»Die können ihr Fellmuster auch nicht ändern.«

»Ach so«, sagte der Sergeant, der um diese nachtschlafende Zeit auch ohne derlei assoziative Auslassungen hätte auskommen können.

»Nur hat er es diesmal nicht mit so einem verkalkten Dünnbrettbohrer wie Flint zu tun«, sagte Hodge, den seine einleuchtende Argumentation inzwischen selbst völlig überzeugt hatte. »Diesmal bekommt er es mit mir zu tun.«

»Das ändert die Situation grundlegend. Apropos veränderte Situation, ich würde jetzt ganz gern gehen . . .«

»Ja, und zwar in die Oakhurst Avenue 45«, entschied Hodge. »Da werden Sie sich jetzt nämlich hinbegeben. Ich möchte, daß in den Wagen dieses Klugscheißers Wilt ein Sender eingebaut wird und wir unsere Observierer abziehen können. Diesmal werden wir die Sache ganz und gar elektronisch durchziehen.«

»Nicht mit mir«, widersprach Runk trotzig. »Ich bin doch nicht lebensmüde und fummle am Auto von dem Kerl herum. Außerdem habe ich eine Frau und drei Kinder, für die ich . . .«

»Was zum Teufel hat denn Ihre Familie damit zu tun?« fragte Hodge. »Alles, was ich sage, ist, daß wir mal da vorbeischauen, während die schlafen . . .«

»Schlafen? Ja glauben Sie denn, daß ein Kerl, der sein Gartentor unter Strom setzt, was mit seinem verdammten Wagen riskiert? Sie können machen, was Sie wollen, aber ich denke nicht im Traum daran, mich von einem Verrückten, der seinen Wagen an die Überlandleitung angeschlossen hat, als Häufchen Asche vor meinen Schöpfer expedieren zu lassen. Weder für Sie, noch für sonst jemand.«

Aber Hodge war nicht zu bremsen. »Wir können das ja vorher abchecken«, meinte er beharrlich.

»Wie denn?« fragte Runk, der inzwischen hellwach geworden war. »Sollen wir vielleicht einen Polizeihund an die Karre pinkeln lassen, um zu sehen, ob 32 000 Volt durch seinen Pimmel schießen? Sie machen wohl Witze.«

»Durchaus nicht«, sagte Hodge. »Ich habe das Sagen, und Sie gehen jetzt los und holen die erforderliche Ausrüstung.«

Eine halbe Stunde später stemmte ein total entnervter Sergeant in dicken Gummistiefeln und stromisolierten Gummihandschuhen die Tür von Wilts Wagen auf. Zuvor war er viermal rundrum gegangen, um sich zu vergewissern, daß keine Drähte zum Wagen verliefen, und hatte diesen dann mit einem Kupferstab geerdet. Obwohl er damit eigentlich sämtliche Risiken ausgeschaltet hatte, war er doch gelinde überrascht, daß das Ding nicht explodierte.

»Also gut, wo wollen Sie denn das Bandgerät hinhaben?« fragte er, als der Inspektor sich endlich zu ihm gesellt hatte.

»Irgendwo, wo wir wieder leicht rankommen«, flüsterte Hodge.

Runk tastete die Unterseite des Armaturenbrettes nach einer geeigneten Stelle ab. »Nein, zu auffällig«, fand Hodge. »Tun Sie's unter seinen Sitz.«

»Ganz wie Sie meinen«, sagte Runk und stopfte das Tonband zwischen die Sprungfedern. Je schneller er wieder aus dem verdammten Wagen rauskam, je besser. »Und wie steht's mit dem Sender?«

»Einer kommt in den Kofferraum und der andere . . .«

»Der andere?« wunderte sich Runk. »Wollen Sie unbedingt, daß er von einem dieser Meßwagen, die hinter nicht angemeldeten Fernsehgeräten herspüren, aufgestöbert wird? Diese Dinger haben eine Reichweite von fünf Meilen.«

»Ich will kein Risiko eingehen«, sagte Hodge. »Wenn er einen entdeckt, wird er nicht noch nach einem zweiten suchen.«

»Es sei denn, er bringt seinen Wagen zur Inspektion.«

»Verfrachten Sie ihn irgendwohin, wo niemand nachschaut.« Schließlich und endlich und auch dann erst nach langem Hin und Her brachte der Sergeant einen Sender mit Hilfe eines Magnets in einer Ecke des Kofferraums an. Er krabbelte gerade unter den Wagen, als die Lichter in Wilts Schlafzimmer angingen. »Habe ich Ihnen nicht gesagt, daß dieser Schweinehund kein Risiko eingeht«, flüsterte Runk in heller Aufregung, als sich der Inspektor gewaltsam neben ihn zwängte. »Jetzt sind wir dran.«

Hodge sagte gar nichts. Mit dem Gesicht platt auf einem öligen Teerfleck und etwas anderem, was ganz abscheulich nach Katze stank, war er nicht in der Lage, sich zu äußern.

Wilt erging es ebenso. In dem Bemühen, auf ein Bier zu treffen, das nicht sonderbar schmeckte, hatte er still und heimlich sechs Flaschen geleert. Die Wirkung war durchschlagend. Trotz seines benebelten Kopfes hatte Henry eindeutig das Gefühl, daß so etwas wie ein Bataillon kriegerischer Ameisen von seinem Penis Besitz ergriffen hatte und sich darin tummelte. Entweder das, oder eine der schwachsinnigen Vierlinge hatte ihm, während er schlief, die elektrische Zahnbürste hineingeschoben. Doch das war unwahrscheinlich. Aber andererseits war auch die Empfindung, die er hatte, nicht im mindesten wahrscheinlich. Als er die Nachttischlampe anknipste und die Decke zurückwarf, um festzustellen, was in

Dreiteufelsnamen los war, stach ihm ein enorm großes rotes Spitzenhöschen in die Augen. Eva in roten Höschen? Stand sie etwa auch in Flammen?

Wilt stolperte aus dem Bett und kämpfte einen aussichtslosen Kampf mit der verknoteten Kordel seiner Schlafanzughose, bevor er das verdammte Ding mit Gewalt herunterriß und den Lichtkegel auf das störende Organ richtete, um die Ursache seiner Pein zu identifizieren. Der verfluchte Kerl (Wilt hatte seinem Penis stets ein gewisses Maß an Autonomie zugebilligt, beziehungsweise, um genauer zu sein, sich nie ganz und gar mit dessen Aktivitäten identifiziert) sah völlig normal aus, fühlte sich aber nicht im entferntesten normal an. Vielleicht half es, wenn er Cold Cream draufstrich . . .

Er schlurfte zu Evas Frisiertisch hinüber und stöberte in ihrem Kosmetikarsenal. Wo zum Kuckuck bewahrte sie den Cold Cream bloß auf? Schließlich entschied er sich für eine Feuchtigkeitscreme. Die mußte es auch tun. Sie tat es aber nicht. Nachdem er sich und das Bettzeug mit der Hälfte des Töpfchens eingeschmiert hatte, war das Brennen noch schlimmer geworden. Was immer da los war, es spielte sich innendrin ab. Die Ameisen krochen nicht hinein, die Scheißkerle wühlten sich heraus. Einen wahnwitzigen Augenblick lang spielte er mit dem Gedanken, sie mit Hilfe einer Sprühdose mit Insektenkiller herauszuspülen, überlegte es sich dann aber anders. Der Himmel mochte wissen, was eine unter Druck stehende Ladung des Insektizides mit seiner Blase anstellen würde, und außerdem war das verdammte Ding sowieso schon voll genug. Vielleicht half es, wenn er pinkeln ging . . . Mit dem Töpfchen Feuchtigkeitscreme in der Hand schleppte Henry sich ins Bad. Muß ein total Irrer gewesen sein, der auf die Idee kam, das als ›sich erleichtern‹ zu bezeichnen, dachte er, als er fertig war. Die einzige Erleichterung bestand für ihn darin, daß er weder Blut gepißt hatte, noch Ameisen in der Kloschüssel rumschwammen. Ansonsten hatte es nichts geholfen. Wenn überhaupt, hatte es die Sache höchstens noch verschlimmert. »Das verdammte Ding wird jeden Augenblick in Flammen aufgehen«, murmelte Wilt und überlegte schon, ob er den Duschschlauch als Feuerlöscher benützen sollte, als ihm eine bessere Idee kam. Feuchtigkeitscreme von außen draufzuschmieren brachte nichts. Er brauchte das Zeug inwendig. Aber wie zum Teufel sollte er es dahin kriegen? Sein Blick fiel auf eine Tube Zahnpasta. Das war's, was er brauchte. Nein, doch nicht. Nicht Zahnpasta. Feuchtigkeitscreme. Warum verpackten sie das Zeug eigentlich nicht in Tuben?

Wilt öffnete das Arzneischränkchen und wühlte zwischen alten Rasierern, Aspirinschächtelchen und Hustensäften herum, in der Hoffnung, eine Tube mit irgendwas zu entdecken, das sich einigermaßen zum Einspritzen in seinen Penis eignete, aber außer Evas Haarentferner . . . »Teuflisches Zeug«, murmelte Wilt, der sich aus Versehen mal die Zähne damit geputzt hatte. »Dieses Entlaubungsmittel kommt nicht noch mal irgendwo an mich dran.« Damit blieb nur die Feuchtigkeitscreme oder gar nichts. Und gar nichts war keine Lösung. Von einer neuen Woge der Verzweiflung erfaßt, schlurfte er mit dem Cremetöpfchen in der Hand aus dem Bad, mühte sich die Treppen hinunter in die Küche und kramte in der Schublade neben der Spüle herum. Einen Augenblick später hatte er gefunden, wonach er suchte.

Eva drehte sich oben im Bett um. Sie hatte schon eine Zeitlang das vage Gefühl gehabt, daß es ihr kalt am Rücken war, ohne jedoch richtig aufzuwachen. Doch nun merkte sie, daß außerdem das Licht brannte, der Platz neben ihr leer und die Decke zurückgeschlagen war. Das erklärte, warum sie gefroren hatte. Offenbar war Henry aufs Klo gegangen. Eva zog die Decke hoch und wartete auf seine Rückkehr. Vielleicht war er in der Stimmung, sie zu lieben. Schließlich hatte er zwei Flaschen Bier mit Dr. Kores' Aphrodisiakum getrunken, und sie hatte ihr rotes Höschen angezogen, und außerdem war es viel angenehmer, sich mitten in der Nacht zu lieben, wenn die Vierlinge fest schliefen, als am Sonntag morgen, wenn dem nicht so war und sie aufstehen und die Tür zusperren mußten, um ungestört zu sein. Selbst das funktionierte nicht immer. Nie würde Eva jenen schauerlichen Tag vergessen, an dem Henry soweit war und ihr plötzlich Rauch in die Nase stieg und die Vierlinge ein Höllengeschrei anstimmten. »Feuer! Feuer!« hatten sie geplärrt, und sie und Henry waren wie von der Tarantel gestochen aus dem Bett geschossen und auf den Gang gestürzt, wo die Vierlinge um Evas mit brennenden Zeitungen gefüllten Marmeladentopf herumhüpften. Es war eine der seltenen Gelegenheiten gewesen, bei denen sie Henry mit seiner Forderung nach einer gehörigen Tracht Prügel recht geben mußte. Nicht, daß die Vierlinge sie auch bezogen hätten. Sie waren die Treppe hinunter und zur Haustür raus, bevor Wilt sie erwischen konnte, und da er keinen Faden am Leib trug, war auch eine Verfolgung ausgeschlossen. Nein, nachts war es schon viel angenehmer, und Eva überlegte gerade, ob sie ihr Höschen schon jetzt ausziehen oder doch noch damit warten sollte, als lautes Geklirr ihren Gedankengang unterbrach.

Eva kletterte aus dem Bett, schlüpfte in ihren Morgenmantel und ging hinunter, um nachzusehen, was los war. Im nächsten Augenblick waren sämtliche Gedanken an Liebe wie weggeblasen. Henry stand mitten in der Küche und hielt in einer Hand ihre Tortenspritze und in der anderen seinen Penis. Die beiden schienen irgendwie miteinander verbunden.

Eva rang nach Worten. »Was glaubst du eigentlich, was du da machst?« fuhr sie ihn an, als sie die Sprache wiederfand.

Wilt drehte ihr ein scharlachrotes Gesicht zu. »Machen?« fragte er im vollen Bewußtsein dessen, daß die Situation alle möglichen Interpretationen zuließ, von denen keine sonderlich hübsch war.

»Genau das habe ich dich gefragt«, entgegnete Eva.

Wilt blickte auf die Spritze. »Also ich . . .«, setzte er an, aber Eva kam ihm zuvor.

»Das ist meine Tortenspritze!«

»Das weiß ich. Und das ist mein John Thomas«, gab Wilt zurück. Eva betrachtete beide Objekte gleichermaßen angewidert. Sie würde es nie mehr fertigbringen, eine Torte mit dieser Spritze zu verzieren, und wie sie Wilts John Thomas jemals auch nur einen Funken Attraktivität hatte abgewinnen können, war ihr jetzt unbegreiflich. »Und zu deiner Information«, fuhr er fort, »was da auf dem Boden liegt, ist deine Feuchtigkeitscreme.«

Eva blickte starr auf den Cremetopf. Selbst gemessen an den ungewöhnlichen Sitten, die in der Oakhurst Avenue 45 herrschten, hatte diese Verbindung – und Verbindung war genau das richtige Wort – von Wilts Dingsda und der Tortenspritze und dem Töpfchen Feuchtigkeitscreme auf dem Küchenboden etwas Verwirrendes an sich. Eva setzte sich auf einen Hocker.

»Und zu deiner weiteren Information«, fuhr Wilt fort, doch Eva schnitt ihm das Wort ab.

»Ich will nichts mehr hören«, sagte sie.

Wilt blickte sie fuchsteufelswild an. »Und ich will nichts mehr spüren«, fauchte er. »Wenn du glaubst, ich finde irgendeine Befriedigung darin, mir um drei Uhr früh dieses Zeug, das du dir ins Gesicht schmierst, mein Dingsbums hinaufzujagen, dann kann ich dir versichern, daß du im Irrtum bist.«

»Dann begreife ich nicht, warum du es tust«, sagte Eva, die allmählich selbst ein scheußliches Gefühl beschlich.

»Weil ich, wenn ich es nicht besser wüßte, annehmen würde, daß mir irgendein verdammter Sadist Pfeffer in meine Wasserleitung gestreut hat, darum.«

»Pfeffer?«

»Oder zerstoßenes Glas oder Currypulver«, sagte Wilt. »Tu noch eine Prise scharfen Senf dazu, dann kannst du dir ungefähr vorstellen, wie es insgesamt aussieht. Vielmehr sich anfühlt. Auf alle Fälle abscheulich. Und wenn du jetzt nichts dagegen hättest, dann . . .«

Aber bevor er sich wieder an der Tortenspritze zu schaffen machen konnte, stoppte ihn Eva. »Da muß es doch ein Gegenmittel geben«, sagte sie. »Ich rufe Dr. Kores an.«

Henry fielen schier die Augen aus dem Kopf. »Was willst du tun?« fragte er.

»Ich sagte, ich werde . . .«

»Ich hab dich schon verstanden«, schrie Wilt. »Du hast gesagt, du würdest diese verfluchte Kräuterhexe Dr. Kores anrufen, und ich will wissen, warum.«

Evas Blick irrte verzweifelt in der Küche umher, fand aber weder Trost bei ihrem Mixer noch bei den über dem Herd hängenden Pfannen und schon gar nicht beim Kräuterkalender an der Wand. Dieses verdammte Weib hatte Henry vergiftet, und es war alles ihre Schuld, weil sie auf Mavis gehört hatte. Henry starrte sie so unheilverkündend an, daß sie auf der Stelle handeln mußte. »Ich finde, du solltest einen Arzt aufsuchen«, sagte sie. »Es könnte ja was Ernstes sein.«

»Könnte?« schrie Wilt, der allmählich in Panik geriet. »Es *ist* verdammt ernst! Und du hast mir noch immer nicht gesagt . . .«

»Also, wenn du es unbedingt wissen willst«, unterbrach ihn Eva und holte zum Gegenschlag aus, »du hättest nicht soviel Bier trinken sollen.«

»Bier? Mein Gott, du Miststück! Ich wußte doch, daß mit dem

Dreckszeug was nicht stimmt«, schrie Wilt und stürzte quer durch die Küche auf sie zu.

»Ich meinte ja nur ...«, begann Eva und verschanzte sich dann hinter dem Holztisch, um der Spritze zu entgehen. Die Vierlinge waren ihre Rettung.

»Was macht denn Daddy mit der ganzen Creme auf seinen Genitalien?« fragte Emmeline. Wilt blieb wie angewurzelt stehen und starrte auf die vier Gesichter im Türrahmen. Wie üblich wendeten die Vierlinge eine Taktik an, die ihn jedesmal in die Klemme brachte. Die Kombination des niedlichen Wortes »Daddy« – zumal in der Betonung, die Emmeline ihm gab – mit dem anatomischen Fachausdruck zielte darauf ab, ihn aus der Fassung zu bringen. Und dann noch die objektive Frage anstelle einer direkten Anrede. Einen Moment lang zögerte er, und Eva nutzte die Gelegenheit.

»Das geht euch nichts an«, sagte sie und versperrte ihnen die Sicht. »Es ist nur so, daß es eurem Vater im Augenblick nicht ganz gut geht und ...«

»So ist es recht«, schrie Wilt, der sich vorstellen konnte, was jetzt kam, »schieb nur mir alle Schuld in die Schuhe!«

»Das tue ich doch gar nicht«, sagte Eva über die Schultern hinweg. »Es ist ...«

»... nur so, daß du mir irgendwelches Teufelszeug ins Bier mogelst, mich damit um ein Haar vergiftest und dann auch noch die Unverschämtheit besitzt, denen zu sagen, es ginge mir nicht besonders gut. Das kann man wahrhaftig behaupten. Ich bin ...«

Ein lautes Klopfen von nebenan brachte ihn aus dem Konzept. Als Wilt die Spritze auf das Bild des »Lachenden Kavaliers« schleuderte, das seine Schwiegermutter ihnen geschenkt hatte, als sie ihr Haus verkaufte, und das seine Frau, wie sie stets behauptete, an ihre glückliche Kindheit erinnerte, scheuchte Eva die Vierlinge nach oben. Als sie wieder herunterkam, hatte Wilt Zuflucht zu Eiswürfeln genommen.

»Ich finde wirklich, du solltest einen Arzt aufsuchen«, sagte sie.

»Das hätte ich tun sollen, bevor ich dich geheiratet habe«, sagte Wilt. »Ich nehme an, dir ist klar, daß ich mausetot sein könnte. Was zum Kuckuck hast du bloß in mein Bier getan?«

Eva war völlig geknickt. »Ich wollte nur unserer Ehe helfen«, sagte sie, »und Mavis Mottram meinte ...«

145

»Ich werde dieses Weib erwürgen!«

»Sie sagte, Dr. Kores hätte Patrick geholfen und . . .«

»Patrick geholfen?« wiederholte Wilt, den diese Enthüllung einen Augenblick von seinem in Eis gepackten Penis ablenkte. »Als er mir das letztemal über den Weg lief, sah er aus, als könnte er einen BH brauchen. Sagte auch noch was davon, daß er sich nicht mehr so oft rasieren müsse.«

»Genau das meine ich. Dr. Kores hat Mavis etwas gegeben, um seine sexuelle Leidenschaft abzukühlen, und ich dachte . . .« Sie stockte.

Henry warf ihr einen drohenden Blick zu. »Mach nur weiter, auch wenn ich dein ›dachte‹ ziemlich bezweifle.«

»Nun, daß sie vielleicht etwas hat, das dich aufpeppen . . .«

»Aufpeppen?« sagte Wilt. »Warum nennst du das Kind nicht gleich beim Namen und sagst scharfmachen? Und außerdem, warum, zum Teufel, sollte ich das brauchen? Ich bin ein schwer arbeitender Mann – oder war es zumindest – mit vier verdammten Töchtern, und nicht ein siebzehnjähriger, hirnloser sexueller Nonstop-Rammler.«

»Ich dachte nur . . . Ich meine, es kam mir der Gedanke, daß sie, nachdem sie soviel für Patrick tun konnte . . .« (Wilt schnaubte verächtlich) ». . . vielleicht auch uns zu einem . . . also, einem erfüllteren Sexualleben verhelfen könnte.«

»Indem sie mich mit Spanischer Fliege vergiftet? Das ist vielleicht eine Erfüllung«, sagte Wilt. »Und jetzt laß dir eines gesagt sein: Zu deiner Information, ich bin keine verdammte Sexmaschine, und wenn du dir die Art Liebesleben in den Kopf setzt, auf die du nach Ansicht dieser idiotischen Frauenzeitschriften, die du liest, ein Anrecht hast – fünfzehnmal die Woche oder so was – dann suchst du dir besser einen anderen Mann, weil ich verdammt sein will, wenn ich das schaffe. Und so, wie ich mich jetzt fühle, hast du Glück, wenn ich es überhaupt je wieder schaffe.«

»O Henry!«

»Hau ab!« sagte Wilt und humpelte samt seiner mit Eiswürfeln gefüllten Rührschüssel auf das untere Klo. Die zumindest schienen ihm zu helfen, denn die Schmerzen ließen allmählich nach, zumindest ein wenig.

Als die Meinungsverschiedenheiten im Haus erstarben, begaben sich Inspektor Hodge und der Sergeant wieder zu ihrem Wagen, der weiter unten in der Oakhurst Avenue stand. Sie hatten nicht hören können, was gesprochen wurde, aber die Tatsache, daß es einen furchtbaren Krach gegeben hatte, bestärkte Hodge in seiner Ansicht, daß es sich bei den Wilts nicht um gewöhnliche Kriminelle handelte. »Der Druck macht sich allmählich bemerkbar«, erklärte er Sergeant Runk. »Wenn er sich jetzt nicht in ein oder zwei Tagen an seine Freunde wendet, dann bin ich nicht der Mann, für den ich mich halte.«

»Und wenn ich jetzt nicht bald etwas Schlaf bekomme, gilt dasselbe für mich«, entgegnete Runk. »Daß der Kerl von nebenan seine Haushälfte verkaufen will, überrascht mich auch nicht mehr. Muß ja die Hölle sein, Wand an Wand mit solchen Leuten zu wohnen.«

»Das braucht er nicht mehr lange«, sagte Hodge, den die Erwähnung von Mr. Gamer auf eine neue Idee gebracht hatte. Mit ein bißchen Unterstützung der Gamers wäre er in der Lage, alles mitzuhören, was sich im Hause der Wilts abspielte. Andererseits konnte er, nachdem er deren Wagen zu einem mobilen Radiosender umfunktioniert hatte, mit einer baldigen Verhaftung rechnen.

Kapitel 11

Während des ganzen folgenden Tages, den Wilt mit einer Wärmflasche, die er in einen Eisbeutel umfunktioniert hatte, indem er sie ins Gefrierfach des Kühlschranks gelegt hatte, im Bett verbrachte und Inspektor Hodge jeden von Evas Schritten verfolgte, trieb Flint Nachforschungen auf seine Weise. Er erkundigte sich in der Gerichtsmedizin und erfuhr, daß das in McCullams Zelle gefundene erstklassige Heroin völlig dem aus Miss Lynchknowles Wohnung entsprach und mit an Sicherheit grenzender Wahrscheinlichkeit aus derselben Quelle stammte. Flint verbrachte eine Stunde bei Mrs. Jardin, die McCullam im Gefängnis besucht hatte, und wunderte sich über ihr beachtliches Talent zur Selbsttäuschung, das es ihr bereits gestattete, die Schuld an McCullams Tod auf alle möglichen anderen Leute zu schieben. Der Gesellschaft lastete sie es an, daß er zum Verbrecher geworden war, dem Erziehungswesen die Schuld für seine völlig unzulängliche Bildung; Wirtschaft und Industrie das Versäumnis, ihm einen verantwortungsreichen Job zu verschaffen, dem Richter seine Verurteilung ...

»Er war ein Opfer der Lebensumstände«, sagte Mrs. Jardin.

»Das könnte man von jedem sagen«, meinte Flint und betrachtete ein Eckschränkchen mit Silberzeug, das den Schluß nahelegte, daß Mrs. Jardins Lebensumstände ihr das nötige Kleingeld boten, das Opfer ihrer eigenen Sentimentalität zu werden. »Nehmen Sie zum Beispiel die drei Männer, die Ihnen angedroht haben, Sie zu ...«

»Bitte nicht«, sagte Mrs. Jardin, die die Erinnerung daran schaudern ließ.

»Das waren doch auch Opfer, oder etwa nicht? Und ein tollwütiger Hund ist es ebenso, aber das ist auch kein Trost, wenn Sie von einem gebissen worden sind. Und Drogendealer gehören für mich in dieselbe Kategorie.« Mrs. Jardin mußte ihm recht geben.

»Sie würden sie also nicht wiedererkennen?« fragte Flint. »Na, wie sollten Sie auch, wenn sie sich Strümpfe übers Gesicht gezogen hatten, wie Sie behaupten.«

»Das hatten sie. Und Handschuhe.«

»Und sie haben Sie in die London Road geschleift und Ihnen gezeigt, wo das Zeug deponiert werden soll?«

»Hinter der Telefonzelle gegenüber der Abzweigung nach Brindlay. Ich sollte in die Telefonzelle gehen und so tun, als würde ich anrufen, und wenn die Luft rein war, sollte ich sie wieder verlassen, das Päckchen an mich nehmen und geradewegs nach Hause gehen. Sie sagten, sie würden mich nicht aus den Augen lassen.«

»Und wie ich annehme, ist es Ihnen nie in den Sinn gekommen, geradewegs zur Polizei zu gehen und Meldung zu erstatten?« fragte Flint.

»Aber natürlich. Das war mein erster Gedanke, aber sie behaupteten, sie hätten mehr als einen Beamten gekauft.«

Flint seufzte. Diese Taktik war uralt, und nach allem, was er so wußte, hatten die Saukerle nicht einmal gelogen. Heutzutage gab es weit mehr bestochene Bullen als früher, als er in den Polizeidienst eingetreten war, aber damals gab es ja auch nicht die großen organisierten Banden, noch das Geld, um Leute zu kaufen oder – falls das nicht funktionierte – einen Killer anzuwerben. Das waren eben noch die guten alten Zeiten, als für jeden ermordeten Polizisten einer aufgehängt wurde, auch wenn es den Falschen erwischte.

Jetzt gab es, dank solcher Humanitätsapostel wie Mrs. Jardin und einem Christie, der auf der Zeugenbank saß und den geistig unterbelichteten Evans für Morde, die Christie selbst begangen hatte, an den Strick lieferte, keine Abschreckung mehr. Die Welt, wie Flint sie noch gekannt hatte, war über Bord gegangen, und er konnte es dieser Dame eigentlich nicht verübeln, daß sie sich durch Drohungen hatte weichmachen lassen. Trotz allem würde er bleiben, was er immer gewesen war – ein aufrichtiger und hart arbeitender Polizeibeamter.

»Aber wir hätten Sie doch unter Polizeischutz stellen können«, sagte er, »und von dem Moment an, da Sie Ihre Besuche bei McCullam eingestellt hätten, wären Sie sowieso nicht mehr behelligt worden.«

»Das weiß ich jetzt auch«, sagte Mrs. Jardin, »aber damals hatte ich zuviel Angst, um klar denken zu können.«

Oder überhaupt, dachte Flint, sprach es aber nicht aus. Statt dessen konzentrierte er sich auf die Prozedur der Übergabe. Niemand deponierte eine Ladung Heroin hinter einer Telefonzelle, ohne sich zu vergewissern, daß sie auch abgeholt wurde. Andererseits würde niemand anschließend noch dort herumlungern. Folglich mußte noch ein Nachrichtenweg existieren. »Was wäre passiert, wenn Sie krank geworden wären?« fragte er. »Nehmen wir mal an, Sie hätten das Päckchen nicht abholen können, was dann?«

Mrs. Jardin sah ihn mit einer Mischung aus Verachtung und Irritation an, die sie anscheinend angesichts eines Menschen empfand, der sich so beharrlich auf praktische Aspekte konzentrierte und darüber die moralische Seite vernachlässigte. Außerdem war er ein Polizist und wenig gebildet. Polizisten erhielten keine Absolution als Opfer. »Ich weiß es nicht«, entgegnete sie.

Flint packte allmählich die Wut. »Steigen Sie bloß vom hohen Roß runter«, riet er ihr. »Sie können jammern, soviel Sie wollen, daß man Sie zu diesen Botengängen gezwungen hätte, aber wir können Sie jederzeit wegen Drogenhandels belangen und einbuchten. Also, wen sollten Sie anrufen?«

Mrs. Jardins Widerstand brach zusammen. »Den Namen weiß ich nicht. Ich mußte eine Nummer anrufen und . . .«

»Welche Nummer?«

»Eine Nummer eben. Ich kann mich nicht . . .«

»Holen Sie sie«, befahl Flint. Mrs. Jardin verließ das Zimmer, während Flint sich die Bücher in den Regalen besah. Die Titel sagten ihm ziemlich wenig; jedenfalls las oder kaufte sich zumindest Mrs. Jardin eine Unmenge Bücher über Soziologie, Wirtschaft, die Dritte Welt und Strafvollzugsreform. Doch das beeindruckte Flint wenig. Hätte die Frau wirklich etwas für die Verbesserung der Gefangenensituation tun wollen, hätte sie sich einen Job als Wärterin besorgt und von deren bescheidenem Lohn gelebt, anstatt nutzlose Gefängnisbesuche zu machen und sich über das klägliche Niveau des Gefängnispersonals aufzuhalten, das die Drecksarbeit für die Gesellschaft erledigen mußte. Würde man ihr hingegen mehr Steuern abknöpfen, um bessere Gefängnisse zu bauen, finge sie bald an zu zetern. Wenn das keine Scheinheiligkeit war.

Mrs. Jardin kam zurück. »Das ist die Nummer«, sagte sie und

reichte ihm einen Zettel. Flint warf einen Blick darauf. Es war die Nummer einer Londoner Telefonzelle.

»Und wann sollten Sie dort anrufen?«

»Am Abend, bevor ich das Päckchen abzuholen hatte, zwischen 21.30 Uhr und 21.40 Uhr.«

»Und wie oft haben Sie was abgeholt?«

»Nur dreimal.«

Er stand auf. Das Ganze war zwecklos. Die Leute würden wissen, daß Mac tot war, obwohl es nicht in der Zeitung gestanden hatte. Also gab es keinen Grund zu der Annahme, daß sie dort nochmals was deponierten; doch zumindest operierten sie außerhalb von London. Hodge war auf der falschen Fährte. Andererseits konnte man aber auch nicht behaupten, daß er sich auf der richtigen befand. Seine Spur endete bei Mrs. Jardin und einer öffentlichen Telefonzelle in London. Wäre McCullam noch am Leben . . .«

Flint verabschiedete sich und fuhr ins Gefängnis. »Ich würde gern einen Blick auf Macs Besucherliste werfen«, erklärte er Oberaufseher Blaggs und brachte dann eine halbe Stunde damit zu, sich Namen und Adressen zu notieren.

»Einer von denen muß Botschaften überbracht haben«, überlegte er laut, als er fertig war. »Nicht, daß ich mir irgend etwas davon verspreche, aber einen Versuch ist es doch wert.«

Auf der Polizeiwache überprüfte er dann die Namen mittels Zentralcomputer und suchte nach Querverweisen zur Drogenszene, aber das Verbindungsglied, auf das er hoffte – irgendein kleiner Krimineller aus Ipford oder Umgegend – fehlte. Sich London vorzunehmen, erschien ihm als Zeitverschwendung. Wenn er ehrlich war, mußte er zugeben, daß er seine Zeit auch in Ipford verschwendete, nur . . . nur daß ihm sein Gefühl da heftig widersprach. Und das ließ ihm keine Ruhe. Er saß in seinem Büro und ließ sich von diesem Instinkt leiten. Das Mädchen war von ihrer Wohnungsgenossin drunten bei der Marina gesehen worden. Mehrere Male sogar. Aber die Marina war genauso ein beliebiger Ort wie die Telefonzelle an der London Road. Er brauchte etwas Konkreteres, etwas, das er nachprüfen konnte.

Flint griff zum Telefon und wählte die Nummer der für Drogensucht zuständigen Abteilung des Ipforder Krankenhauses.

151

Als es Mittag wurde, stand Wilt auf und ging herum. Um genau zu sein, war er schon vorher ein paarmal aufgestanden und herumgegangen, einige Male, um sich eine frische Wärmflasche aus dem Kühlfach zu holen, meist allerdings voll grimmiger Entschlossenheit, sich nicht zu Tode zu masturbieren. Es war ja schön und gut, wenn Eva annahm, sie würde von der Wirkung dieses diabolischen Säftchens, das sie ihm ins Bier gemischt hatte, profitieren, aber so, wie Wilt die Dinge sah, verdiente eine Frau, die ihren Mann um ein Haar vergiftet hätte, auch die bescheidenen sexuellen Wohltaten nicht, zu denen er imstande war. Ließ man sie auch nur einen Hauch von Befriedigung aus diesem Experiment ziehen, würde er das nächstemal mit inneren Blutungen und einer Dauererektion im Krankenhaus landen. Dabei hatte er es ohnehin schon schwer genug mit seinem Penis.

Ich werde das verdammte Ding einfrieren, war Wilts erster Gedanke gewesen, und eine Zeitlang hatte das funktioniert, wenn auch schmerzvoll. Doch nach einiger Zeit war er eingeschlummert und eine Stunde später unter dem schauerlichen Eindruck aufgewacht, er habe sich auf eine Liebesaffäre mit einer frisch gefangenen Seezunge eingelassen. Wilt sprang von dem Ding herunter und brachte dann die Wärmflasche nach unten, um sie wieder ins Kühlfach zu legen, als ihm einfiel, daß das nicht sonderlich hygienisch war. Er war gerade dabei, sie abzuwaschen, als es an der Haustür klingelte. Wilt legte die Wärmflasche auf das Abtropfgestell, fischte sie, nachdem sie heruntergerutscht war, aus dem Spülbecken und versuchte schließlich, sie zwischen der umgedrehten Teekanne und einer Auflaufform festzuklemmen, bevor er an die Tür ging.

Es war nicht, wie erwartet, der Postbote, sondern Mavis Mottram. »Was tust du denn zu Hause?« fragte sie.

Wilt flüchtete hinter die Tür und zog seinen Morgenmantel fest zu. »Also, die Sache ist so . . .«, begann er.

Mavis schob sich an ihm vorbei und ging in die Küche. »Ich bin bloß rübergekommen, um nachzuschauen, ob Eva den Proviant für unser Unternehmen organisieren konnte.«

»Welches Unternehmen?« fragte Wilt und betrachtete sie haßerfüllt. Dieser Frau war es zu verdanken, daß Eva Dr. Kores aufgesucht hatte. Mavis ignorierte diese Frage. In ihrer Doppelrolle

152

als militante Feministin und Sekretärin der Bewegung ›Mütter gegen die Bombe‹ betrachtete sie Henry offenbar als Angehörigen der männlichen Unterspezies. »Kommt sie denn bald zurück?« fuhr sie unbeirrt fort.

Henry lächelte gereizt und machte die Küchentür hinter sich zu. Falls Mavis Mottram die Absicht hatte, ihn wie einen Trottel zu behandeln, wollte er ihre diesbezüglichen Erwartungen nicht enttäuschen. »Woher willst du wissen, daß sie nicht da ist?« fragte er, während er mit dem Daumen die Klinge eines ziemlich stumpfen Brotmessers prüfte.

»Der Wagen steht nicht draußen, und deshalb dachte ich . . . du nimmst ihn doch sonst . . .« Sie brach ab.

Wilt hängte das Brotmesser neben die Gemüsemesserchen an den magnetischen Halter. Es wirkte fehl am Platz. »Phallisch«, konstatierte er. »Hochinteressant.«

»Was ist?«

»Ganz wie bei Lawrence«, sagte Wilt und angelte die Tortenspritze aus dem Plastikeimer, wo sie in Desinfektionsmittel einweichte. Eva hatte sich eingeredet, sie könnte das Ding danach wieder benutzen.

»Wie bei Lawrence?« wiederholte Mavis sichtlich irritiert.

Wilt legte die Spritze auf die Arbeitsplatte und wischte sich die Hände ab. Da fiel sein Blick auf Evas Gummihandschuhe. »Ganz recht«, sagte er und streifte sich die Handschuhe über.

»Wovon zum Kuckuck redest du?« fragte Mavis, die plötzlich an die aufblasbare Puppe denken mußte. Sie schob sich um den Küchentisch herum in Richtung Tür, überlegte es sich aber dann anders. Im Morgenmantel, ohne Schlafanzughose und jetzt auch noch mit Gummihandschuhen und einer Tortenspritze in der Hand bot Henry einen höchst beunruhigenden Anblick. »Also, wenn du ihr sagst, sie solle mich anrufen, dann werde ich ihr das mit dem Proviant . . .« Ihre Stimme versagte.

Wilt lächelte wieder. Außerdem ließ er gelbliche Flüssigkeit aus der Spritze in die Luft schießen. In Mavis Mottrams Kopf tauchten Bilder von einem geisteskranken Arzt aus einem frühen Horrorfilm auf. »Du hast davon gesprochen, daß sie nicht hier ist«, sagte Wilt und machte ein paar Schritte rückwärts zur Tür. »Sprich weiter.«

»Worüber denn?« sagte Mavis mit deutlichem Zittern in der Stimme.

»Darüber, daß sie nicht hier ist. Ich finde dein Interesse äußerst seltsam, du nicht?«

»Seltsam?« murmelte Mavis, die verzweifelt versuchte, in seinen wirren Bemerkungen einen roten Faden als Anhaltspunkt für seine geistige Gesundheit zu entdecken. »Was ist denn daran seltsam? Offensichtlich ist sie beim Einkaufen und...«

»Offensichtlich?« fragte Wilt und stierte mit leerem Blick an ihr vorbei aus dem Fenster. »Ich würde nicht sagen, daß irgend etwas offensichtlich ist.«

Unversehens folgte Mavis seinem Blick in den Küchengarten, der ihr fast ebenso bedrohlich erschien wie Wilt mit seinen Gummihandschuhen und dieser verfluchten Spritze. Aber sie riß sich zusammen und zwang sich, ganz normal mit ihm zu sprechen. »Ich muß jetzt gehen«, sagte sie und bewegte sich auf die Tür zu.

Wilts starres Lächeln zersprang. »Doch jetzt noch nicht«, sagte er. »Warum setzen wir nicht Wasser auf und trinken eine Tasse Kaffee? Wenn Eva hier wäre, würdet ihr das doch auch tun. Ihr würdet euch hinsetzen und ein kleines Schwätzchen halten. Du und Eva, ihr hattet ja soviel gemeinsam.«

»Hattet?« sagte Mavis und wünschte im selben Augenblick sehnlichst, sie hätte den Mund gehalten. Wieder setzte Wilt sein schauriges Lächeln auf. »Also wenn *du* eine Tasse möchtest, ich hätte schon Zeit.« Sie nahm den elektrischen Wasserkessel und trug ihn hinüber zur Spüle. Im Spülbecken lag die Wärmflasche. Als Mavis sie herausnahm, erlebte sie die nächste abscheuliche Überraschung. Die Wärmflasche war nicht nur nicht warm, sie war eiskalt. Und jetzt begann Wilt, der hinter ihr stand, auch noch beängstigend zu knurren. Mavis zögerte eine Sekunde, bevor sie sich umdrehte. Diesmal gab es hinsichtlich der Bedrohung, mit der sie konfrontiert war, keinen Zweifel mehr: Sie starrte ihr aus den Falten von Henrys Morgenmantel entgegen. Mit einem Aufschrei stürzte Mavis zur Hintertür, riß sie auf, schoß hinaus und raste, begleitet vom Scheppern herunterfallender Mülltonnendeckel, durch das Gartentor zu ihrem Wagen.

Henry warf die Spritze wieder in den Eimer und versuchte, seine Hände aus den Gummihandschuhen zu befreien, indem er an den

Fingern zog. Das war nicht die beste Methode, und so dauerte es einige Zeit, bis er die lästigen Dinger wieder los war und sich eine neue Wärmflasche aus dem Kühlfach holen konnte. »Zum Teufel mit diesem Weib«, murmelte er, während er die Gummiflasche an seine rebellische Männlichkeit drückte und überlegte, was er als nächstes tun sollte. Wenn sie zur Polizei ging . . . Nein, das sah ihr nicht ähnlich, aber trotzdem war es sicherer, Vorsichtsmaßnahmen zu ergreifen. Hygiene hin oder her, er nahm die Wärmflasche aus der Spüle, warf sie ins Gefrierfach und schleppte sich nach oben. Wenigstens haben wir Mavis M. zum letztenmal gesehen, dachte er, als er wieder ins Bett schlüpfte. Das war zumindest ein kleiner Trost für den Ruf, der ihm zweifellos bereits voranzueilen begann. Doch wie üblich irrte er sich gewaltig.

Zwanzig Minuten später hielt Eva, die von Mavis auf dem Nach-hauseweg abgefangen worden war, vor dem Haus.

»Henry«, schrie sie, sobald sie die Haustür geöffnet hatte. »Komm sofort runter und erklär mir, was du mit Mavis angestellt hast.«

»Hau ab«, antwortete Wilt.

»Was hast du gesagt?«

»Nichts. Ich habe nur gestöhnt.«

»Nein, hast du nicht. Ich habe genau gehört, daß du etwas gesagt hast«, schimpfte Eva auf dem Weg nach oben.

Henry stieg aus dem Bett und gürtete seine Lenden mit der Wärmflasche. »Jetzt hör mir mal gut zu«, sagte er, bevor Eva zu Wort kommen konnte. »Ich habe die Nase voll von euch allen, dir, dieser schwachsinnigen Mavis Mottram, der Giftmischerin Kores, den Vierlingen und jenen verdammten Schnüfflern, die mir auf Schritt und Tritt folgen – eigentlich von der ganzen Welt, die sich darauf versteift, daß ich lieb und zahm und passiv bin, während alle anderen sich nur um ihren eigenen Kram kümmern und sich einen Dreck um die Folgen scheren. Erstens bin ich kein Ding, und zwei-tens werde ich mir ab jetzt nichts mehr gefallen lassen. Weder von dir noch von Mavis, noch, wo wir schon dabei sind, von den ver-dammten Vierlingen. Und ich gebe keinen Pfifferling darum, wenn du wie ein ausgetrockneter Schwamm die vorgekauten Meinungen aufsaugst, die irgendwelche Schreiberlinge über progressive Erzie-

hung und Sex im Greisenalter und Gesundheit durch den Genuß
von Schierling verbreiten . . .«

»Schierling ist giftig. Niemand . . .«, begann Eva, um ihn von seinem Zorn abzulenken.

»Und der ideologische Quatsch, mit dem du dir den Kopf voll-
stopfst, ist auch nichts anderes«, schrie Wilt. »Erlaubt sind Zyan-
kali, Seite-drei-Nackedeis für die sogenannte Intelligenz oder
brutale Videos für Arbeitslose, alles beschissene Placebos für
Leute, die weder denken noch empfinden können. Und falls du
nicht wissen solltest, was ein Placebo ist, dann schau im Lexikon
nach.«

Er machte eine Pause, um Luft zu holen, und Eva nutzte sofort
die Gelegenheit. »Du weißt recht gut, was ich von brutalen Videos
halte«, sagte sie, »und ich würde nicht im Traum die Mädchen so
was anschauen lassen.«

»So«, brüllte Wilt, »und wie steht es damit, daß ich und dieser
dämliche Mr. Gamer um ein Haar abgekratzt wären? Ist es dir je in
den Sinn gekommen, daß du auch ohne Videos mit diesen vier
Töchtern tatsächlich echte Monster hast, frühreife Horrorweiber?
Aber nein, die doch nicht. Die sind was ganz Besonderes, sind ein-
zigartig, überragende Genies. Und wir dürfen um Himmels willen
nichts tun, was ihre intellektuelle Entwicklung bremsen könnte,
etwa ihnen ein Minimum an Manieren beibringen oder wie man
sich halbwegs zivilisiert benimmt. O nein, wir sind ganz die modernen Bilderbucheltern, die gelassen mit ansehen, wie sich diese vier
kleinen, gemeinen Wilden in computersüchtige Technokraten ver-
wandeln, die ungefähr soviel Sinn für Moral entwickeln wie Ilse
Koch an ihren schlechten Tagen.«

»Wer ist denn Ilse Koch?« fragte Eva.

»Lediglich eine KZ-Massenmörderin«, sagte Wilt, »und komm
bloß nicht auf die Idee, daß ich auf einem reaktionären Trip nach
dem Motto ›Peitsche sie aus und knüpft sie auf‹ bin, denn das
stimmt nicht: Diese Idioten können ebenfalls nicht denken. Ich bin
der berühmte einfache Mann der Mitte, der nicht weiß, auf welche
Seite er sich schlagen soll. Aber bei Gott, ich denke nach! Oder
versuche es wenigstens. Und jetzt laß mich endlich in Frieden und
Unruhe und geh zu deiner Spießgesellin Mavis und sage ihr, wenn
sie in Zukunft vermeiden möchte, eine unfreiwillige Erektion zu

sehen, dann soll sie dir nicht den Rat geben, dich auch nur in die Nähe dieser Hexe Kores zu begeben.«

Als Eva nach unten ging, fühlte sie sich seltsam belebt. Es war schon lange her, seit sie erlebt hatte, daß Henry seine Gefühle so deutlich zum Ausdruck brachte, und obwohl sie nicht alles verstand, was er meinte, und seine Bemerkung über die Vierlinge für ausgesprochen unfair hielt, war es doch irgendwie beruhigend, daß er seine Autorität als Familienoberhaupt geltend machte. Das erleichterte ihr schlechtes Gewissen wegen des Besuchs bei dieser abscheulichen Dr. Kores mit ihrem albernen Geschwätz über... Was war das noch gewesen?... »die sexuelle Überlegenheit des weiblichen Elements in der Welt der Säugetiere«. Eva wollte gar nicht in jeder Beziehung überlegen sein, und außerdem war sie nicht bloß ein Säugetier. Sie war ein menschliches Wesen. Und das war doch wohl was anderes.

Kapitel 12

Was Inspektor Hodge am nächsten Abend war, ließ sich schwerlich sagen. Da Wilt das Haus nicht verlassen hatte, hatte der Inspektor zwei Tage größtenteils damit zugebracht, Eva und den mit Wanzen bestückten Escort in die Schule und zurück und auf ihren Wegen durch Ipford zu verfolgen.

»Das ist eine gute Übung«, erklärte er Sergeant Runk in dem Lieferwagen, den Hodge zu einer Peilstation umfunktioniert hatte.

»Wofür?« fragte der Sergeant und befestigte einen Markierungspunkt auf dem Stadtplan, um zu signalisieren, daß Eva jetzt hinter dem Kaufhaus Sainsbury's parkte. Zuvor war sie bereits bei Tesco's und Fine Fare gewesen. »Damit wir erfahren, wo man das billigste Waschpulver bekommt?«

»Für den Fall, daß er loszieht.«

»Falls überhaupt«, sagte Runk. »Bis jetzt hat er sich den ganzen Tag nicht aus dem Haus gerührt.«

»Er hat sie losgeschickt, um sich zu vergewissern, daß sie nicht beschattet wird«, sagte Hodge. »In der Zwischenzeit verhält er sich ruhig.«

»Dabei haben Sie gesagt, genau das täte er nicht«, sagte Runk. »Ich sagte, er würde, und Sie sagten . . .«

»Ich weiß, was ich gesagt habe. Aber das war, als er wußte, daß er verfolgt wurde. Inzwischen hat sich die Situation geändert.«

»Das kann man wohl behaupten«, sagte Runk. »Jetzt schickt uns der Mistbock auf eine Tour durch die Einkaufszentren, ohne daß wir einen Anhaltspunkt haben, was gespielt wird.«

Den bekamen sie an diesem Abend. Runk, der darauf bestanden hatte, den Nachmittag für ein Schläfchen freizubekommen, wenn er nachts arbeiten mußte, holte das Tonband unter dem Autositz hervor und ersetzte es durch ein neues. Das war um ein Uhr morgens. Eine halbe Stunde später lauschte Hodge, der seine Kindheit in einem Elternhaus verbracht hatte, in dem nie über Sex gespro-

158

chen wurde, den Vierlingen, wie sie im Auto Wilts Zustand mit einer Unverblümtheit erörterten, die ihn entsetzte. Wenn noch etwas nötig gewesen wäre, um ihn davon zu überzeugen, daß es sich bei Mr. und Mrs. Wilt um mit allen Wassern gewaschene Kriminelle handelte, dann Emmelines wiederholte Forderung, zu erfahren, warum Daddy mitten in der Nacht aufgestanden war und Tortenguß auf seinen Pimmel gestrichen hatte. Evas Erklärung war alles andere als befriedigend. »Er fühlte sich nicht ganz wohl, mein Liebes. Er hatte zuviel Bier getrunken und konnte nicht schlafen, und so ging er in die Küche hinunter, um nachzusehen, ob er nicht einen Kuchen verzieren könnte und ...«

»Mir würde die Sorte Kuchen, wie er sie verziert, nicht schmecken«, fuhr Samantha dazwischen. »Und außerdem benutzte er Gesichtscreme.«

»Ich weiß, mein Liebes, aber er hat geübt und dabei ging ein bißchen was daneben.«

»In seinen Schwanz?« wollte Penelope wissen, was Eva sofort zum Anlaß nahm, sie aufzufordern, dieses Wort nie wieder zu benutzen. »Das ist nicht nett«, sagte Eva. »Es ist nicht nett, solche Sachen zu sagen, und du wirst es auch niemandem in der Schule erzählen.«

»Es war auch nicht sehr nett von Daddy, die Tortenspritze zu nehmen, um sich Gesichtscreme in seinen Penis zu pumpen«, sagte Emmeline.

Als die Diskussion schließlich beendet war und Eva die Vierlinge vor der Schule abgesetzt hatte, war Hodge aschfahl im Gesicht. Auch Sergeant Runk fühlte sich nicht sonderlich wohl. »Ich kann es nicht glauben, ich kann einfach kein Wort glauben«, murmelte der Inspektor.

»Ich wollte, ich könnte dasselbe von mir behaupten«, sagte Runk. »Ich habe im Lauf meines Lebens schon manch Ekelhaftes gehört, aber diese Blase übertrifft alles Bisherige.«

»Verschonen Sie mich bloß mit diesem Wort«, sagte Hodge. »Ich glaube es noch immer nicht. Kein Mensch, der alle seine Sinne beisammen hat, würde so etwas tun. Die halten uns doch zum Narren.«

»Ich weiß nicht recht. Ich kannte mal einen Kerl, der seinen Stengel immer mit Erdbeermarmelade einschmierte, und seine Alte ...«

»Schnauze«, schrie Hodge. »Wenn es etwas gibt, was ich nicht ausstehen kann, dann Schweinigeleien. Damit bin ich für heute mehr als bedient.«

»So wie das geklungen hat, Wilt wohl auch, wenn er mit dem Schwanz im Eiskübel oder dergleichen herumläuft. Kann doch nicht nur Gesichtscreme oder Zuckerguß gewesen sein, was er da in seiner Spritze hatte.«

»Lieber Himmel«, sagte Hodge. »Sie wollen doch damit nicht andeuten, daß er mit Hilfe einer Tortenspritze gefixt hat? Da wäre er inzwischen ziemlich tot, und außerdem ginge das mit dem Scheißding vermutlich technisch nicht.«

»Doch, wenn er den Stoff mit Creme vermischt hat. Das wäre doch eine Erklärung, oder?«

»Möglicherweise«, gab Hodge zu. »Wenn es Leute gibt, die dieses Dreckszeug schnupfen, läßt sich schwer sagen, was man sonst noch damit anstellen kann. Nicht, daß es uns sehr viel weiterbringen würde, was er da macht.«

»Aber natürlich tut es das«, entgegnete der Sergeant, der plötzlich eine Möglichkeit sah, dem langweiligen nächtlichen Herumsitzen im Lieferwagen ein Ende zu machen. »Das bedeutet, daß er das Zeug im Haus hat.«

»Oder in seinem Rohr«, sagte Hodge.

»Wo auch immer. Jedenfalls muß genug rumliegen, um ihn sich vorzuknöpfen und in die Mangel zu nehmen.«

Doch der Inspektor hatte sich ehrgeizigere Ziele gesetzt. »Das wird uns verdammt viel nützen«, sagte er, »selbst wenn er alles zugibt. Hätten Sie mal nachgelesen, was er mit dem alten Flint gemacht hat, dann wüßten Sie . . .«

»Aber diesmal wäre es anders«, unterbrach ihn Runk. »Erst mal würden wir ihn kaltstellen. Brauchen ihn ja gar nicht verhören. Lassen ihn einfach drei Tage ohne Stoff in der Zelle schmoren, dann wird er schon blöken wie ein Scheißlämmchen.«

»Ja, und ich weiß auch, nach wem«, sagte der Inspektor. »Nach seinem verfluchten Sprachrohr.«

»Schon, aber seine Holde hätten wir ja auch, vergessen Sie das nicht. Und außerdem hätten wir diesmal knallharte Beweise, und man bräuchte nur Anklage erheben. Und bei einer Heroinsache würde er nicht auf Kaution freigelassen.«

»Stimmt«, sagte Hodge grimmig, »falls wir handfestes Beweismaterial hätten. Falls.«

»Das müßte sich doch ausreichend sichern lassen, wenn er das Zeug über seinen ganzen Pyjama gekleckert hat, wie diese Gören behaupten. Für unser Labor wäre das ein Kinderspiel. Nehmen Sie nur mal diese Tortenspritze. Und dann gibt es Handtücher und Wischlappen. Verdammt, das ganze Haus muß voll von dem Zeug sein. So, wie er damit rumgespritzt hat, müssen selbst die Flöhe auf der Katze süchtig sein.«

»Genau das macht mir Sorgen«, sagte Hodge. »Hat man je von einem Fixer gehört, der so mit dem Zeug umgeht? Undenkbar. Die sind verdammt vorsichtig; selbst wenn sie noch so unter Druck stehen. Wissen Sie, was ich denke?« Sergeant Runk schüttelte den Kopf. Seiner Meinung nach war der Inspektor dazu gar nicht fähig. »Ich denke, der Bastard versucht es wieder mit seinem alten Trick und legt es darauf an, daß wir ihn einsperren. Versucht, daß wir in die Falle gehen. Das erklärt alles.«

»Für meine Begriffe erklärt es gar nichts«, meinte Runk, der allmählich verzweifelte.

»Passen Sie mal auf«, sagte Hodge. »Was wir gerade auf diesem Tonband gehört haben, ist zu absurd, um glaubwürdig zu sein, stimmt's? Stimmt. Weder Sie noch ich haben je von einem Fixer gehört, der sich was in den Schwanz schießt. Aber dieser Wilt tut das offenbar. Und nicht nur das, sondern er veranstaltet mitten in der Nacht mit Hilfe einer Tortenspritze eine Riesensauerei und stellt sicher, daß seine Kinder ihn dabei in der Küche ertappen. Und warum? Weil er will, daß die kleinen Herzchen öffentlich ihre Schandmäuler aufreißen und wir Wind davon bekommen. Nur darum. Aber auf so was falle ich nicht rein. Ich werde mir Zeit lassen und warten, bis Mr. Klugscheißer Wilt mich zu seiner Quelle führt. Ein einzelner Pusher interessiert mich nicht; diesmal werde ich den ganzen verdammten Ring ausheben.«

Völlig zufrieden mit dieser Interpretation von Wilts recht ungewöhnlichem Verhalten, lehnte sich der Inspektor in seinem Stuhl zurück und schwelgte in zukünftigen Triumphgefühlen. Im Geiste sah er Wilt neben einem Dutzend großkalibriger Verbrecher, bei deren Anblick Flint die Augen aus dem Kopf fallen würden, auf der Anklagebank sitzen. Es waren schwerreiche Männer mit prot zigen Villen, die Golf spielten und den vornehmsten Clubs angehörten, und nachdem der Richter das Urteil gesprochen hatte, würde er Inspektor Hodge zu seiner brillanten Lösung dieses Falles gratulieren. Keiner würde es je wieder wagen, ihn als unfähig zu bezeichnen. Er würde berühmt sein, und sein Foto würde in allen Zeitungen erscheinen.

Wilts Gedanken bewegten sich in ähnlichen Bahnen, obwohl der Schwerpunkt woanders lag. Die Folgen von Evas Begeisterung für Liebestränke machten sich noch immer bemerkbar und hatten ihm, was ausgesprochen katastrophal war, allem Anschein nach zu einer Dauererektion verholfen. »Natürlich bin ich an das verfluchte Haus gefesselt«, sagte er, als Eva ihn anflehte, bei ihrem allwöchentlichen vormittäglichen Kaffeeklatsch bloß nicht im Morgenmantel durch die Gegend zu rennen. »Du erwartest doch nicht von mir, daß ich mit diesem Ding, das wie ein Ladestock vorsteht, in die Berufsschule gehe.«

»Ich möchte jedenfalls nicht, daß du dich vor Betty und den anderen so zur Schau stellst wie vor Mavis.«

»Mavis hat nur bekommen, was sie verdient«, sagte Wilt. »Ich habe sie ja nicht hereingebeten; sie ist einfach ins Haus marschiert, und wenn sie dich nicht auf diese Giftmischerin Kores gehetzt hätte, würde ich jetzt nicht mit einem um den Bauch geschnallten Kleiderbügel herumlaufen müssen, oder?«

»Und wozu dient der Kleiderbügel?«

»Um den Morgenmantel von dem entzündeten Ding fernzuhalten«, sagte Henry. »Wenn du wüßtest, was das für ein Gefühl ist, dieses ständige Reiben von Stoff, der einer kratzenden Decke gleicht, gegen die Spitze eines unter Druck stehenden und äußerst empfindlichen . . .«

»Ich will es gar nicht hören«, sagte Eva.

»Und ich will es nicht spüren«, gab Wilt zurück. »Daher der Kleiderbügel. Und hinzu kommt noch, daß ich beim Pinkeln jedesmal in die Knie gehen und mich gleichzeitig vorbeugen muß. Die reinste Höllenqual. Zweimal hab ich mir deswegen schon den Schädel angeschlagen, und mit dem Stuhlgang klappt's auch nicht. Ich kann mich nicht mal hinsetzen und lesen. Ich habe nur die Wahl, flach auf dem Rücken im Bett zu liegen und mir einen schützenden Papierkorb überzustülpen oder mit diesem Kleiderbügel rumzulaufen. Wenn das so weitergeht, mußt du noch einen Spezialsarg mit Periskop anfertigen lassen, wenn ich ins Gras beiße.«

Eva betrachtete ihn nachdenklich. »Wenn es so ernst ist, solltest du vielleicht doch einen Arzt aufsuchen.«

»Wie denn?« fuhr Wilt sie an. »Wenn du glaubst, daß ich auf die Straße gehe, solange ich aussehe wie ein schwangerer Geschlechtsumwandlungskünstler, dann vergiß es. Man würde mich auf halbem Weg verhaften, und die Lokalpresse hätte ihre Sensation. *Berufsschullehrer in Hochform.* Also mach du nur deine Tupperware-Party. Ich werde mich solange droben aufhalten.«

Behutsam ging Henry die Treppe hinauf ins Schlafzimmer und nahm Zuflucht unter seinem Papierkorb. Im selben Augenblick drangen Stimmen von unten zu ihm herauf. Evas Gemeinwohlkomitee trudelte allmählich ein. Wilt fragte sich, wie viele der Damen bereits Mavis' Version von der Episode in der Küche gehört hatten und sich insgeheim darüber freuten, daß Eva mit einem mordlüsternen Flitzer verheiratet war. Zugegeben hätten sie das freilich nie. Nein, es würde heißen: »Hast du schon die Geschichte von dem gräßlichen Mann der armen Eva gehört?« Oder: »Ich kann mir gar nicht vorstellen, wie die Ärmste es über sich bringt, unter ein und demselben Dach mit diesem schrecklichen Henry zu leben.« Aber in Wirklichkeit würden diese boshaften Bemerkungen auf Eva zielen. Und das geschah ihr vollkommen recht, besonders in Anbetracht der Tatsache, daß sie an seinem Bier mit dem giftigen Zeug von Dr. Kores herumgedoktert hatte. Wilt legte sich zurück, und als er über diese Ärztin nachdachte, versank er auf der Stelle in einen Tagtraum, in dem er sie auf eine horrende Summe verklagte wegen . . . Wie sollte man das eigentlich nennen? Gewaltsames Eindringen in die Penissphäre? Oder Verletzung der skrotalen Freiheit? Oder schlicht und einfach Vergiftung? Letzteres würde nicht hinhauen, weil Eva ihm das Zeug verpaßt hatte, das bei einer Verabreichung in der richtigen Dosis sicher keine so entsetzliche Wirkung zeitigte. Und natürlich konnte diese verdammte Kores nicht wissen, daß Eva nie halbe Sachen machte. Für sie galt, wenn etwas gut war, dann war es die doppelte Menge gleich zweimal. Selbst Charlie, der Kater, wußte das und hatte ein untrügliches Gespür dafür entwickelt, in dem Augenblick für mehrere Ta-

163

ge zu verschwinden, da Eva ihm ein Schälchen Sahne mit Entwur-
mungsmittel hinstellte. Schließlich war Charlie nicht dumm und
erinnerte sich offenbar noch gut daran, wie es war, als die doppelte Menge der empfohlenen Dosis in den Eingeweiden rumorte.
Nachdem die arme Kreatur eine Woche im hintersten Garten-
busch verbracht hatte, schleppte sie sich ins Haus zurück und wurde, da sie wie ein Bandwurm mit Pelzbesatz aussah, prompt auf
eine weitgehend aus Ölsardinen bestehende Super-Aufbaudiät
gesetzt.

Wenn ein Kater aus seinen Erfahrungen schlau werden konnte,
dann gab es für Henry keine Entschuldigung. Bloß mußte Charlie
nicht richtig mit Eva zusammenleben, sondern konnte beim ersten
Anzeichen von Ärger abhauen. »Glücklicher Knülch«, murmelte
Wilt und überlegte, was passieren würde, wenn er eines Abends
anrufen und sagen würde, er würde eine Woche lang nicht nach
Hause kommen. Er konnte sich den Wutausbruch am anderen Ende der Leitung lebhaft vorstellen; und falls er dann aufgelegt hätte,
ohne eine wirklich plausible Erklärung geliefert zu haben, wäre der
auch noch bei seiner Rückkehr nicht abgeklungen. Und warum?
Weil die Wahrheit immer zu verrückt oder zu unglaublich war. Fast
so unglaublich wie die Ereignisse dieser Woche, die mit diesem
Trottel des Erziehungsministers begonnen hatten und in Miss Hares Karatelektion in der Damentoilette, McCullams Drohungen
und den Männern, die ihn im Auto verfolgten, ihre Fortsetzung
fanden. Fügte man noch eine Überdosis Spanischer Fliege dazu,
dann hatte man eine Wahrheit, die kein Mensch glauben würde.
Trotzdem hatte es wenig Sinn, dazuliegen und über Ereignisse zu
spekulieren, an denen nichts zu ändern war.

»Nimm dir ein Beispiel an der Katze«, sagte Wilt zu sich selbst
und ging hinüber ins Bad, um vor dem Spiegel nachzusehen, wie
es seinem Penis ging. Der fühlte sich zweifellos besser, und als
Henry den Papierkorb entfernte, stellte er zu seiner Freude eine
gewisse Abschlaffung fest. Er ging unter die Dusche und rasierte
sich, und bis sich Evas Damenkränzchen aufgelöst hatte, war er in
der Lage, in seine Hose zu schlüpfen und hinunterzugehen. »Na,
wie war denn eure Gänseparty?« fragte er.

Eva griff die Provokation auf. »Wie ich sehe, hast du dein nor-
males, sexistisches Ich wiedererlangt. Außerdem war es überhaupt

keine Party. Die findet erst am nächsten Freitag statt. Und zwar hier.«

»Hier?«

»Ganz recht. Es soll ein Fest werden, bei dem es Preise für die beste Kostümierung und außerdem eine Tombola gibt, deren Erlös der Laienspielgruppe ›Harmonie‹ zukommen soll.«

»Gut, und ich werde allen Leuten, die du einlädst, im voraus eine Rechnung schicken, damit wir eine Versicherung abschließen können. Denk daran, was den Vurkells passiert ist, als Polly Merton sie verklagte, nachdem sie stockbesoffen die Treppe in deren Haus hinuntergefallen war.«

»Das war etwas ganz anderes«, sagte Eva. »Daran war einzig und allein Mary wegen des lockeren Treppenläufers schuld, weil sie sich ja nie richtig um das Haus gekümmert hat. Ordentlich war da nichts mehr.«

»Das kann man auch von Polly Merton behaupten, nachdem sie unten in der Diele angekommen war. Ein Wunder, daß sie sich nicht das Genick gebrochen hat«, sagte Wilt. »Trotzdem ist das nicht der springende Punkt. Das Haus der Vurkells war zwar eine Bruchbude, bloß weigerte sich die Versicherung deshalb zu zahlen, weil dort ein in der Police nicht aufgenommenes illegales Casino mit Roulettetisch betrieben würde.«

»Da hast du's«, sagte Eva. »Wir verstoßen gegen keinerlei Paragraphen, wenn wir eine Wohltätigkeitstombola veranstalten.«

»Ich an deiner Stelle würde das erst nachprüfen. Und was mich betrifft, mich kannst du streichen«, sagte Wilt. »Ich habe während der letzten zwei Tage genug Probleme mit meinen Intimteilen gehabt, auch ohne mich in diese Francis Drake-Kluft zu zwängen, mit der du mich letzte Weihnachten ausstaffiert hast.«

»Du hast darin sehr niedlich ausgesehen. Sogar Mr. Persner meinte, du hättest einen Preis verdient.«

»Das möchte ich meinen, und sei es nur dafür, daß ich in die mit Stroh ausgestopfte Hemdhose deiner Großmutter geschlüpft bin; aber sehr niedlich gefühlt habe ich mich darin wahrhaftig nicht. Jedenfalls muß ich an besagtem Abend meinen Häftling unterrichten.«

»Das könntest du doch ausnahmsweise mal absagen«, meinte Eva.

»Was, unmittelbar vor der Prüfung? Kommt nicht in Frage«, sagte Wilt. »Wenn du, ohne mich zu fragen, einen Haufen kostümierter Idioten aufforderst, unser Haus zu Wohltätigkeitszwecken zu stürmen, kannst du von mir nicht erwarten, daß ich meine Wohltätigkeitsarbeit sausen lasse.«

»Wenn das so ist, dann wirst du sicher auch heute abend nicht daheim bleiben«, meinte Eva. »Schließlich ist Freitag, und da darfst du dein gutes Werk doch nicht vernachlässigen, oder?«

»Lieber Himmel«, sagte Wilt, der jegliches Zeitgefühl verloren hatte. Es war tatsächlich Freitag, und er hatte vergessen, irgendwas für seine Vorlesung in Baconheath vorzubereiten. Angespornt durch Evas Sarkasmus und die Vorstellung, daß er sonst den nächsten Freitag in strohgefüllter Hemdhose oder als gestiefelter Kater in einem hauteng anliegenden schwarzen Trikot zubringen würde, verbrachte Wilt den Nachmittag mit der Überarbeitung alter Aufzeichnungen über »Britische Kultur und Britische Einrichtungen« und betitelte das Ganze: »Die Notwendigkeit von Ehrerbietung, Patriarchat und Klassengesellschaft.« Natürlich war das als Provokation gedacht.

Um sechs Uhr hatte er sein Abendessen beendet und fuhr eine halbe Stunde später schneller als üblich in Richtung Luftwaffenstützpunkt. Seine Männlichkeit war wieder aufmüpfig, und nur, indem er sie mit Hilfe einer langen elastischen Binde und einer Kricketballschachtel am Unterleib festband, konnte er sich halbwegs bequem bewegen und einen allzu unanständigen Eindruck vermeiden.

Die zwei Überwachungsfahrzeuge hefteten sich auf seine Spur, und Inspektor Hodge jubilierte. »Ich wußte es. Ich wußte es, daß er früher oder später den Bau verlassen würde«, sagte er zu Sergeant Runk, als sie den Signalen aus dem Escort lauschten. »Jetzt kommen wir endlich weiter.«

»Wenn er so schlau ist, wie Sie behaupten, könnte er uns wieder auf einen Holzweg führen«, meinte Runk.

Aber Hodge war in die Karte vertieft. Vor ihnen lag die Küste. Ansonsten gab es nur ein paar Dörfer, die öde Ebene von Fenland und... »Jetzt wird er jeden Augenblick nach Westen abbiegen«, kündigte er an. Bald waren seine Hoffnungen zur Gewißheit geworden. Henry Wilt fuhr geradewegs zum US-Luftwaffenstützpunkt Baconheath, und damit war die amerikanische Querverbindung hergestellt.

Im Gefängnis von Ipford hatte sich Inspektor Flint den Bullen vorgeknöpft. »Wie viele Jahre sind denn noch abzusitzen?« fragte er. »Zwölf?«

»Nicht, wenn ich Bewährung kriege«, sagte der Bulle. »Dann sind es nur acht. Und gute Führung wird mir auch zugebilligt.«

»Wurde«, sagte Flint. »Entfällt, weil du Mac um die Ecke gebracht hast.«

»Ich und Mac...? Nie im Leben. Das ist eine verdammte Lüge. Ich habe ihn überhaupt nicht angerührt. Er...«

»Der Bär hat was ganz anderes ausgesagt«, unterbrach ihn Flint und schlug eine Akte auf. »Er behauptet, Sie hätten diese Schlaftabletten gehortet, um Mac aus dem Weg zu räumen und seinen Platz einzunehmen. Wollen Sie seine Aussage lesen? Steht alles da, schwarz auf weiß und mit einer hübschen Unterschrift. Hier, werfen Sie einen Blick rein.«

Er schob ihm den Ordner über den Tisch, aber der Bulle war bereits aufgesprungen. »Mit diesem Scheißtrick können Sie mich nicht hereinlegen«, schrie er und wurde prompt vom Oberaufseher in seinen Stuhl zurückgeschleudert.

»Und ob ich das kann«, sagte Flint, indem er sich vorbeugte und seinen Blick auf die verängstigten Augen des Bullen heftete. »Du wolltest McCullams Stelle einnehmen, nicht wahr? Du warst neidisch auf ihn, habe ich recht? Bist gierig geworden. Hast dir gedacht, du kannst von hier drinnen ein hübsches kleines Unternehmen starten, und wenn du in acht Jahren rauskommst, hast du eine saftige Pension, die deine Witwe, vor jedem Zugriff sicher, auf die Seite geschafft hat.«

»Witwe?« Das Gesicht des Bullen war jetzt aschfahl. »Was soll das denn heißen, Witwe?«

Flint lächelte. »Wie ich schon sagte. Witwe. Denn nun wirst du überhaupt nicht mehr rauskommen. Aus den acht Jahren werden wieder zwölf, plus Lebenslänglich für den Mord an Mac, ergibt nach meiner Rechnung siebenundzwanzig, und diese ganzen siebenundzwanzig Jahre darfst du zu deiner eigenen Sicherheit in Einzelhaft verbringen. Was anderes kann ich mir nicht vorstellen, du vielleicht?«

167

Der Bulle sah ihn mitleidheischend an. »Sie werden mir da raushelfen.«

»Was du zu deiner Verteidigung vorzubringen hast, will ich gar nicht hören«, sagte Flint und stand auf. »Spar dir den Schmus für die Verhandlung auf. Vielleicht erwischst du ja einen netten Richter, der dir glaubt. Zumal bei deinen Vorstrafen. Tja, und dann würde ich mich an deiner Stelle nicht darauf verlassen, daß dein Weib dir beisteht. Die rennt nämlich seit sechs Monaten mit Joe Slavey herum, oder wußtest du das etwa nicht?«

Er ging auf die Tür zu, während der Bulle völlig am Boden zerstört war. »Ich hab's nicht getan, das schwöre ich bei Gott, ich war's nicht, Mr. Flint. Mac war für mich so was wie ein Bruder. Nie und nimmer hätte ich . . .«

Flint ging in die nächste Runde. »Ich kann dir nur raten, auf Unzurechnungsfähigkeit zu plädieren«, sagte er. »In Broadmoor bist du allemal besser dran. Zumindestens ich möchte, verdammt noch mal, nicht für den Rest meines irdischen Lebens Brady oder den Ripper als Nachbarn haben.« Für einen Augenblick noch verharrte er an der Tür. »Geben Sie mir Bescheid, falls er eine Aussage machen möchte«, sagte Flint zum Oberaufseher. »Ich könnte mir vorstellen, daß er uns weiterhelfen könnte . . .«

In der Tour fortzufahren war überflüssig. Selbst der Bulle hatte begriffen. »Was wollen Sie denn wissen?«

Flint überlegte einen Augenblick. Wenn er die Daumenschrauben zu schnell lockerte, würde er nur unbrauchbare Informationen erhalten. Andererseits mußte man das Eisen schmieden, solange es heiß war. »Alles«, sagte er. »Wie die Operationen ablaufen. Wer was tut. Wer die Verbindungsmänner sind. Alles, was du weißt. Jede verdammte Kleinigkeit!«

Der Bulle schluckte. »Ich weiß nicht alles«, sagte er und sah den Oberaufseher unglücklich an.

»Kümmern Sie sich nicht um mich«, sagte Blaggs. »Ich bin gar nicht hier. Ich gehöre gewissermaßen zum Mobiliar.«

»Fang damit an, wie Mac sich das Zeug beschaffte«, sagte Flint. Mit etwas zu beginnen, das er bereits wußte, erschien ihm am klügsten. Der Bulle packte aus, und Flint schrieb sich mit wachsender Zufriedenheit alles auf. Daß der Gefängnisbeamte Lane gekauft war, hatte er beispielsweise noch nicht gewußt.

»Sie schaffen's noch, daß man mich massakriert«, zeterte der Bulle, nachdem er alles ausgepackt hatte, was er über Mrs. Jardin wußte.

»Ich wüßte nicht, warum«, meinte Flint. »Mr. Blaggs hier wird nicht verraten, wer ihm was gesteckt hat, und bei deiner Verhandlung muß das auch nicht unbedingt zur Sprache kommen.«

»Himmel«, sagte der Bulle. »Sie wollen doch nicht noch weitermachen, oder?«

»Reden Sie«, sagte Flint unerbittlich. Als er drei Stunden später das Gefängnis verließ, war Inspektor Flint ein beinahe glücklicher Mensch. Klar, der Bulle hatte ihm zwar nicht alles erzählt, aber das hatte er auch gar nicht erwartet. Aller Wahrscheinlichkeit nach wußte der Hohlkopf auch nicht sehr viel mehr, aber er hatte Flint immerhin genug Namen genannt, die ihn weiterbrachten. Und das Beste war, daß er zuviel bereits ausgepackt hatte, um jetzt noch einen Rückzieher zu machen, falls die Androhung einer Mordanklage ihre Wirkung verlor. Der Bulle würde sich tatsächlich einigen anderen Häftlingen ans Messer liefern, wenn das durchsickerte. Als nächsten wollte sich Flint den Bären vorknöpfen.

Polizist zu sein ist manchmal schon ein schmutziges Geschäft, dachte er, als er auf die Polizeiwache zurückfuhr. Aber Drogen und Gewalt waren noch schmutziger. Flint ging in sein Büro und machte sich daran, ein paar Namen zu überprüfen.

Der Name Ted Lingon kam ihm irgendwie bekannt vor – in doppelter Hinsicht, wie sich herausstellte, als er seine Listen verglich. Lingon betrieb eine Autowerkstatt. Sehr vielversprechend. Aber wer war Annie Mosgrave?

Kapitel 13

»Wer?« fragte Major Glaushof.

»Irgendein Kerl, der abends Englisch oder so etwas unterrichtet. Heißt Wilt«, erklärte der diensthabende Lieutenant. »Henry Wilt.«

»Ich komm sofort rüber«, sagte Glaushof. Er legte den Hörer auf und ging ins Nebenzimmer zu seiner Frau.

»Bleib nicht auf, bis ich zurückkomme, Liebling«, sagte er. »Ich habe da ein Problem.«

»Ich auch«, entgegnete Mrs. Glaushof und lehnte sich in ihrem Sessel zurück, um sich *Dallas* anzuschauen. Es war irgendwie beruhigend zu wissen, daß es Texas noch gab und daß es da nicht so feucht und kalt war und die ganze Zeit regnete wie in diesem Baconheath, und daß die Menschen dort noch in ganz anderen Dimensionen dachten und handelten. Sie hätte eben doch keinen Sicherheitsoffizier eines Stützpunkts mit einer Vorliebe für deutsche Schäferhunde heiraten sollen. Wenn sie bloß daran dachte, für wie romantisch sie ihn gehalten hatte, als sie sich nach seiner Rückkehr aus dem Iran begegnet waren. Schöne Sicherheit dort. Hätte sie damals wissen müssen.

Draußen kletterte Glaushof mit drei Hunden in seinen Jeep und fuhr zwischen den Häusern hindurch auf das Tor zu den Zivilunterkünften zu. In sicherer Entfernung von Wilts geparktem Escort standen mehrere Männer. Glaushof gab sich Mühe, den Jeep mit quietschenden Reifen zum Stehen zu bringen, und stieg aus.

»Was ist los?« fragte er. »Eine Bombe?«

»Himmel, ich weiß es auch nicht«, sagte der Lieutenant, der an einem Empfänger horchte. »Kann alles mögliche sein.«

»Zum Beispiel, daß er seinen Autofunk angelassen hat«, erklärte ein Corporal, »nur daß es zwei sind, und beide senden außerdem Signale aus.«

»Kennen Sie vielleicht einen Tommy, der ständig zwei Funkge-

170

räte gleichzeitig laufen hat?« fragte der Lieutenant. »Undenkbar, und außerdem stimmt die Frequenz nicht. Viel zu hoch.«

»Also könnte es eine Bombe sein«, konstatierte Glaushof. »Warum, zum Teufel, haben Sie das Ding überhaupt reingelassen?«

Angesichts der Dunkelheit und der Aussicht, jeden Augenblick von einer im Auto verborgenen Höllenmaschine in Stücke gerissen zu werden, wich Glaushof zurück. Die kleine Gruppe folgte ihm.

»Der Kerl kommt jeden Freitag, hält seinen Kurs, trinkt einen Kaffee und geht wieder heim«, sagte der Lieutenant.

»Dann lassen Sie ihn also mit eingeschalteten Sendern durchfahren, einfach so, ohne ihn aufzuhalten«, sagte Glaushof. »Der hätte uns eine Beirut-Bombe ins Nest legen können.«

»Wir haben die Signale erst später aufgefangen.«

»Zu spät«, sagte Glaushof. »Ich werde kein Risiko eingehen. Lassen Sie die Sandlaster anfahren, aber ein bißchen dalli. Wir werden diesen Wagen abschirmen. Los, Bewegung.«

»Es ist keine Bombe«, sagte der Corporal, »nicht bei diesen Signalen. Bei einer Bombe würden die Signale reinkommen.«

»Wie auch immer«, sagte Glaushof, »der Wagen gefährdet die Sicherheit und muß abgeschirmt werden.«

»Ganz wie Sie wünschen, Major«, sagte der Corporal und ging über den Parkplatz davon. Einen Augenblick lang zögerte Glaushof und überlegte, was er sonst noch unternehmen sollte. Zumindest hatte er geistesgegenwärtig gehandelt, um den Stützpunkt und seine eigene Karriere nicht zu gefährden. Als Verantwortlicher für die Sicherheit des Stützpunktes war er schon immer gegen diese ausländischen Dozenten mit ihrem subversiven Gerede gewesen. Erst kürzlich hatte er einen Geographielehrer aufgespürt, der in seine Vorträge über die Veränderung der englischen Landschaft eine Menge Unsinn über die angeblichen Gefahren hatte einfließen lassen, die der Vogelwelt durch Fluglärmbelästigung und Kerosin drohten. Wenig später hatte Glaushof ihn als Mitglied von Greenpeace auffliegen lassen. Doch ein Wagen mit zwei Sendern, die ständig Signale gaben, deutete auf etwas weitaus Ernsteres hin, und etwas weitaus Ernsteres kam ihm gerade recht.

In Gedanken ging Glaushof eine Liste mit den Feinden der Freien Welt durch: Terroristen, russische Agenten, subversive Elemente, für den Frieden engagierte Frauen ... und was sonst noch kommt. Es spielte keine Rolle. Der springende Punkt war der, daß die Abwehr des Stützpunkts Mist gebaut hatte und es jetzt seine Aufgabe war, sie mit der Nase hineinzustoßen. Diese Aussicht erzeugte ein Lächeln auf Glaushofs Gesicht. Wenn es einen Menschen gab, den er verabscheute, dann den Abwehroffizier. Ihn, Glaushof, kannte niemand, aber dieser Colonel Urwin mit seinem Draht zum Pentagon und seiner Frau, die sich mit der des Stützpunktkommandeurs dicke tat, so daß die beiden am Samstagabend zum Bridge eingeladen wurden, der war natürlich eine große Nummer. Und kam von Yale. Zum Teufel mit ihm. Genau da gehörte er hin. »Dieser Kerl . . . wie heißt er noch mal?« fragte er den Lieutenant.

»Wilt«, sagte der Lieutenant.

»Wo halten Sie ihn denn fest?«

»Nirgends halten wir ihn fest«, sagte der Lieutenant. »Haben Sie sofort gerufen, als wir die Signale empfingen.«

»Also, wo ist er?«

»Nehme an, er hält da drüben irgendwo Unterricht«, sagte der Lieutenant. »Die Angaben zu seiner Person liegen in der Wache, Stundenplan und so weiter.«

Sie liefen über den Parkplatz zum Tor der Zivilunterkünfte, wo Glaushof sich die Eintragungen in Wilts Akte zeigen ließ. Sie waren kurz und wenig aufschlußreich. »Hörsaal 9«, sagte der Lieutenant. »Soll ich ihn hochnehmen lassen?«

»Nein«, entschied Glaushof, »noch nicht. Sorgen Sie nur dafür, daß niemand heraus kann, das ist alles.«

»Schafft er nie, höchstens, er klettert über den neuen Zaun«, entgegnete der Lieutenant, »kann mir aber nicht vorstellen, daß recht weit kommt. Ich habe nämlich den Strom angestellt.«

»Gut«, sagte Glaushof. »Sobald er rauskommt, halten Sie ihn fest.«

»Jawohl, Sir«, sagte der Lieutenant und ging los, um den Wachen Anweisungen zu geben, während Glaushof zum Telefonhörer griff und die Sicherheitspatrouille anrief. »Lassen Sie sofort Hörsaal 9 umstellen«, ordnete er an, »aber unternehmen Sie nichts, bevor ich da bin.«

Er saß da und betrachtete geistesabwesend eine an die Wand gepinnte Mittelseite aus *Playgirl,* auf der ein nackter Mann posierte.

Wenn man diesen Bastard Wilt zum Sprechen brachte, war Glaushofs Karriere gesichert. Wie also konnte man ihn in Stimmung bringen? Zunächst mußte er wissen, was sich in diesem Wagen befand. Während er noch überlegte, welche Taktik er anwenden sollte, ertönte in seinem Rücken das diskrete Hüsteln des Lieutenants. Glaushof reagierte ärgerlich. Der Unterton dieses Hüstelns gefiel ihm gar nicht. »Haben *Sie* das aufgehängt?« schnauzte er den Lieutenant an.

»Fehlanzeige«, sagte der Lieutenant, dem die Frage fast ebensowenig gefiel wie Glaushof das Hüsteln. »Nein, Sir, habe ich nicht. Es ist Captain Clodiak . . .«

»Es ist Captain Clodiak?« wiederholte Glaushof ungläubig und wandte dem Foto erneut seine Aufmerksamkeit zu. »Ich wußte schon, daß sie . . . er . . . das ist doch nicht Ihr Ernst, Lieutenant. Captain Clodiak habe ich eigentlich ganz anders in Erinnerung.«

»Sie hat es doch nur dahin gehängt, Sir. Sie mag eben solches Zeug.«

»Nun gut, wahrscheinlich ist sie eine ziemlich lebhafte Dame«, sagte Glaushof, um sich jeglichem Vorwurf, er habe sich diskriminierend geäußert, zu entziehen. Was eine aussichtsreiche Karriere anging, war dieses Attribut beinahe ebenso gefährlich wie die Bezeichnung Schlampe. Nicht nur beinahe, es war noch schlimmer.

»Ich gehöre der Gotteskirche an«, sagte der Lieutenant, »und unserem Glauben zufolge ist das gottlos.«

Doch Glaushof wollte sich in keine Diskussion verwickeln lassen. »Schon möglich«, sagte er. »Darüber können wir uns ein andermal unterhalten.« Er ging zum Parkplatz zurück, wo der Corporal inzwischen in Gesellschaft eines Majors und einiger Männer von dem Sprengungs- und Entschärfungskommando Wilts Wagen mit vier riesigen mit Sand gefüllten Lastern hatte umstellen und bei dieser Gelegenheit ein Dutzend anderer Fahrzeuge zur Seite räumen lassen. Beim Näherkommen wurde Glaushof von zwei plötzlich aufflammenden Suchscheinwerfern geblendet. »Ausmachen, verdammt noch mal«, brüllte er und tappte unsicher durch das gleißende Licht. »Sollen die bis Moskau sehen können, was wir hier tun?« In der Dunkelheit, die seiner Aufforderung folgte, knallte Glaushof gegen die Radnabe eines Kipplasters.

»Okay, dann gehe ich eben ohne Licht rein«, sagte der Corporal.

»Kein Problem. Sie halten es für eine Bombe, ich nicht. Bomben senden keine Funksignale aus.« Und bevor Glaushof ihn ermahnen konnte, in Zukunft nicht das fällige »Sir« wegzulassen, war der Corporal bereits zu Wilts Wagen hinübergegangen.

»Mr. Wilt«, sagte Mrs. Ofrey, »wären Sie so freundlich, uns die Rolle der Frau in der britischen Gesellschaft zu erläutern, unter besonderer Berücksichtigung ihrer Stellung im Berufsleben, wie wir sie bei der Sehr Ehrenwerten Premierministerin Mrs. Thatcher und . . .«

Henry sah sie verständnislos an und fragte sich, warum Mrs. Ofrey ihre Fragen immer von einem Kärtchen ablas und warum diese selten etwas mit dem zu tun hatten, worüber er gerade gesprochen hatte. Sie mußte den Rest der Woche damit zubringen, sie sich auszudenken. Und immer bezogen sich diese Fragen auf die Queen und Mrs. Thatcher, wahrscheinlich, weil Mrs. Ofrey einmal mit dem Herzog und der Herzogin von Bedford in Woburn Abbey diniert und deren Gastfreundschaft tiefe Spuren in ihr hinterlassen hatte. Doch zumindest an diesem Abend schenkte Henry ihr seine ungeteilte Aufmerksamkeit.

Von dem Augenblick an, da er den Hörsaal betreten hatte, kämpfte er mit Schwierigkeiten. Die Bandage um seine Lenden mußte sich während der Fahrt gelockert haben, und noch bevor er etwas dagegen unternehmen konnte, hatte sich ein Ende der elastischen Binde den Weg durch sein rechtes Hosenbein nach unten gebahnt. Um die Sache noch kritischer zu machen, war Captain Clodiak zu spät gekommen, hatte mit übergeschlagenen Beinen unmittelbar vor ihm Platz genommen und Wilt damit prompt gezwungen, sich gegen das Stehpult zu pressen, um eine zusätzliche Erektion zu unterdrücken, beziehungsweise die vorhandene zumindest vor seiner Zuhörerschaft zu verbergen. Indem er sich auf Mrs. Ofrey konzentrierte, war es ihm bisher gelungen, einen zweiten Blick auf Captain Clodiak zu vermeiden.

Doch auch die einseitige Konzentration auf Mrs. Ofrey hatte ebenfalls Nachteile. Trotz ihrer Vorliebe für absonderlich gemusterte Strickmodelle, die wahrscheinlich eine ganze Reihe schottischer Heimarbeiterinnen an der Westküste in Brot setzte, und ihrer recht bescheidenen Reize, die von der Wolle noch soweit gebremst wurden, daß sie eine Art Gegengift zu dem beängstigenden Schick von Captain Clodiak darstellte – Henry hatte bereits ihre Bluse und das, was er für ein Nahkampfhemd aus Shantung-Seide hielt, zur Kenntnis genommen –, war Mrs. Ofrey doch eine Frau. Jedenfalls legte sie offenbar Wert auf eine gewisse gesellschaftliche Exklusivität und saß ganz allein links von der übrigen Klasse, so daß Wilt, der sich die halbe Vorlesung lang ihr zugewandt hatte, schließlich einen steifen Hals bekam. Darauf hatte Wilt seine Aufmerksamkeit einem aknegesichtigen Verkäufer aus dem PX-Laden zugewandt, der ansonsten noch Karate- und Aerobic-Kurse belegt hatte und dessen Interesse an der britischen Kultur sich auf die Lüftung der Geheimnisse des Krickets beschränkte. Das hatte auch nicht sonderlich gut funktioniert; nach zehn Minuten nahezu ununterbrochenen Blickkontakts und Wilts abschätzigen Bemerkungen über die Auswirkungen des Frauenwahlrechts auf die Stimmverteilung in den Wahlen seit 1928 hatte der junge Mann begonnen, unbehaglich auf seinem Stuhl herumzurutschen, so daß Wilt plötzlich klar wurde, daß der Kerl glaubte, er wolle was von ihm. Und da er keine Lust hatte, sich von einem Karatejünger zu Brei schlagen zu lassen, hatte er versucht, seinen Blick abwechselnd auf Mrs. Ofrey und die rückwärtige Wand des Hörsaals zu heften, aber jedesmal schien es, als lächle Captain Clodiak ihm dabei nur noch bedeutungsvoller zu. In der Hoffnung, daß es ihm gelingen möge, die Stunde zu überstehen, ohne in der Hose zu ejakulieren, hatte sich Henry ans Stehpult geklammert. Diese Sorge beschäftigte ihn so sehr, daß er kaum bemerkte, daß Mrs. Ofrey am Ende ihrer Frage angelangt war. »Würden Sie mir denn da recht geben?« sagte sie in einer Weise, als gäbe sie ihm ein Stichwort.

»Also . . . hm . . . durchaus«, sagte Henry, der gar nicht aufgepaßt hatte, wie die Frage lautete. Hatte irgendwas damit zu tun, daß die Monarchie ein Matriarchat sei. »Ja, ich glaube grundsätzlich gehe ich da mit Ihnen konform«, sagte er und drückte sich noch fester ans Stehpult. »Andererseits dürfen wir, nur weil ein Land eine weibliche Regierungschefin hat, nicht automatisch annehmen, daß es nicht von Männern dominiert wird. Schließlich hatten wir im vorrömischen Britannien Königin Boadicea, und ich glaube wohl kaum, daß die Women's Lib damals eine große Rolle spielte, meinen Sie nicht auch?«

175

»Ich habe Sie nicht nach der feministischen Bewegung gefragt«, entgegnete Mrs. Ofrey mit einem giftigen Unterton, der verriet, daß sie eine typische Vertreterin der Vor-Eisenhower-Zeit war. »Meine Frage zielte auf die matriarchalische Natur der Monarchie hin.«

»Natürlich«, sagte Wilt, um Zeit zu gewinnen. Mit der Kricketballschachtel mußte etwas Schreckliches passiert sein. Er spürte das Ding nicht mehr. »Aber nur, weil wir eine Reihe von Königinnen hatten . . . Also, ich würde sagen, wir hatten fast so viele Königinnen wie Könige . . . es müssen sogar mehr gewesen sein, wenn man es recht bedenkt. Ist doch richtig, oder? Schließlich muß ja jeder König eine Königin gehabt haben . . .«

»Heinrich VIII. hatte gleich einen ganzen Schwung«, sagte eine Expertin für Astronavigation, deren Geschmack, was ihre Lektüre anbelangte, die Vermutung nahelegte, daß sie am liebsten in einer Art vollklimatisiertem und deodoriertem Mittelalter gelebt hätte. »Das muß schon ein Mann gewesen sein!«

»Zweifellos«, sagte Wilt, dankbar für diesen Einwurf. Auf diese Weise kam möglicherweise eine Diskussion in Gang, die ihm die Möglichkeit bot, diese verdammte Schachtel wiederzufinden. »Er hatte sogar fünf Frauen. Da war zunächst Katharina von . . .«

»Entschuldigen Sie die Frage, Mr. Wilt«, unterbrach ihn ein Ingenieur, »aber zählen alte Königinnen auch noch als Königinnen, wenn sie zum Beispiel Witwen sind? Ist die Witwe eines Königs immer noch eine Königin?«

»Sie ist eine Königinmutter«, sagte Wilt, der inzwischen die Hand in die Hosentasche gesteckt hatte und die Schachtel suchte. »Das ist natürlich eine rein titulare Bezeichnung. Sie . . .«

»Sagten Sie titular?« fragte Captain Clodiak, wobei sie dem Wort eine Bedeutung unterlegte, die Wilt niemals beabsichtigt hatte und jetzt schon gar nicht brauchen konnte. »Würde es Ihnen etwas ausmachen, näher zu erläutern, was titular bedeutet?«

»Näher erläutern?« sagte Wilt schwach. Doch bevor er noch antworten konnte, mischte sich der Ingenieur wieder ein.

»Verzeihen Sie, wenn ich Sie unterbreche, Mr. Wilt«, sagte er, »aber aus Ihrem Hosenbein hängt da irgendwas heraus.«

»Wirklich?« sagte Wilt und klammerte sich noch verzweifelter an sein Stehpult. Die Aufmerksamkeit der gesamten Zuhörerschaft war auf sein rechtes Bein gerichtet. Wilt versuchte es hinter dem linken zu verstecken.

»Und wie es aussieht, würde ich meinen, daß es für Sie etwas Wichtiges ist.«

Wilt wußte verdammt gut, daß dem so war. Mit einem Ruck ließ er das Stehpult los und packte das Hosenbein, doch sein Versuch, die Schachtel aufzuhalten, blieb erfolglos; das tückische Ding war ihm bereits entwischt. Einen Augenblick lang lugte es fast schüchtern unter dem Hosensaum hervor und rutschte dann auf seinen Schuh hinab. Wilts Hand schoß nach unten und verdeckte das Mistding; sofort anschließend versuchte er es in seine Hosentasche zu verfrachten. Aber die Schachtel ließ sich nicht bewegen. Sie war noch immer durch den Klebestreifen, den er verwendet hatte, fest mit der elastischen Binde verbunden. Als Henry versuchte, sie mit Gewalt loszureißen, wurde ihm klar, daß er Gefahr lief, seine Hosennaht zu sprengen. Und er begriff auch ziemlich schnell, daß das andere Ende der Bandage noch fest um seinen Leib saß und nicht daran dachte, sich zu lockern. Wenn er so weitermachte, würde er am Ende halbnackt vor der Klasse stehen und sich durch die Strangulation obendrein noch einen Bruch zuziehen. Andererseits konnte er schlecht so halb gebückt stehenbleiben, und jeder Versuch, das verdammte Ding von oben innen durch das Hosenbein hochzuziehen, mußte unweigerlich zu Fehlinterpretationen führen. Allem Anschein nach hatte seine mißliche Lage bereits Anlaß dazu gegeben. Trotz seiner ungewöhnlichen Stellung entging es Wilt nicht, daß Captain Clodiak aufgestanden war, daß ein Piepser ertönte und die Astronavigatorin etwas über mittelalterliche Hosenlätze sagte.

Der einzige, der einen konstruktiven Vorschlag einbrachte, war der Ingenieur. »Kann es sein, daß Sie da ein medizinisches Problem haben?« fragte er, ohne jedoch Wilts gequälte Antwort mitzubekommen, daß dies nicht der Fall sei. »Ich meine, wir haben hier die besten Voraussetzungen für die Behandlung von Infektionen der urogenitalen Zone diesseits von Frankfurt, und ich kann jederzeit einen Arzt rufen . . .«

Wilt ließ von der Schachtel ab und stand auf. So peinlich es war, wenn einem eine Kricketballschachtel aus der Hose hing, so schien es ihm doch noch unendlich weniger wünschenswert, sich in seinem gegenwärtigen Zustand von einem Militärarzt untersuchen zu lassen. Der Himmel mochte wissen, mit was der Mensch so eine Dauererektion behandeln würde. »Ich brauche keinen Arzt«, schrie er. »Es ist nur . . . also, ich habe Kricket gespielt, bevor ich hierherkam, und da ich nicht zu spät kommen wollte, habe ich in der Eile vergessen . . . Ich bin sicher, Sie verstehen das.«

Mrs. Ofrey verstand eindeutig nichts. Mit einer Bemerkung über den Mangel an Anstand heutzutage marschierte sie im Kielwasser von Captain Clodiak aus dem Hörsaal. Bevor Wilt noch Gelegenheit hatte zu sagen, daß er lediglich die Toilette aufsuchen mußte, hatte sich der pickelige Verkäufer eingemischt. »Sagen Sie, Mr. Wilt«, meinte er, »ich habe ja gar nicht gewußt, daß Sie Kricket spielen. Vor drei Wochen erst haben Sie behauptet, Sie könnten mir nicht erklären, was ihr Engländer unter einem Effetball versteht.«

»Ein andermal«, sagte Wilt, »jetzt brauche ich erst mal eine . . . äh . . . einen Waschraum.«

»Sind Sie sicher, Sie brauchen keinen . . .«

»Ganz sicher«, sagte Wilt. »Es fehlt mir absolut nichts. Es ist nur eine . . . Kümmern Sie sich nicht darum.«

Er stolperte aus dem Hörsaal und verbarrikadierte sich zum Kampf mit der Schachtel, der Bandage und seiner Hose in einem Toilettenabteil. Währenddessen diskutierten seine Kursteilnehmer die soeben erfolgte Demonstration britischer Kultur mit weitaus lebhafterem Interesse als dem, das sie Wilts Ausführungen über Wahlsysteme entgegengebracht hatten. »Und ich behaupte trotzdem, daß er keine Ahnung von Kricket hat«, sagte der PX-Angestellte, erntete jedoch heftigen Widerspruch seitens der Navigatorin und des Ingenieurs, die in erster Linie an Wilts medizinischem Zustand interessiert waren. »Ich hatte einen Onkel in Idaho, der ein Bruchband tragen mußte«, sagte der Ingenieur. »Das ist nichts Ungewöhnliches. Ist im Frühling von der Leiter gefallen, als er sein Haus angestrichen hat. So was kann ziemlich ernst sein.«

»Wie ich Ihnen gesagt habe, Major«, erklärte der Corporal, »zwei Sender, ein Tonband, keine Bombe.«

»Ganz sicher?« fragte Glaushof, bemüht, seine Enttäuschung in der Stimme nicht mitklingen zu lassen.

»Absolut«, versicherte der Corporal und wurde in seiner Aussage vom Major des Sprengkommandos bestätigt, der wissen wollte, ob er seinen Leuten Anweisung geben konnte, die Kipplaster wieder abzuziehen. Als sie wegrollten und Wilts Escort allein in der Mitte des Parkplatzes zurückblieb, versuchte Glaushof, aus der Situation wenigstens etwas Kapital zu schlagen. Schließlich war Colonel Urwin von der Abwehr übers Wochenende fort, und eine Krisensituation in seiner Abwesenheit wäre Glaushof nur recht gewesen.

»Es muß doch irgendeinen Grund geben, warum er mit dieser Ausrüstung hier reinfährt«, sagte er. »Haben Sie irgendeine Vermutung, Major?«

»Könnte ein Versuchsballon gewesen sein, um festzustellen, ob sie eine Bombe reinbringen und über Fernbedienung zünden können«, sagte der Major, dessen Spezialistentum zu einer etwas einseitigen Denkweise führte.

»Nur, daß das Ding gesendet und nicht empfangen hat«, meinte der Corporal. »Bei einer Bombe müßte das genau umgekehrt laufen. Und was ist mit dem Tonband?«

»Fällt nicht in meinen Bereich«, sagte der Major. »Sprengstoffmäßig ist es sauber. Dann werde ich jetzt mal meinen Bericht schreiben.«

Glaushof reagierte prompt. »Zusammen mit mir«, sagte er. »Sie werden ihn mit mir aufsetzen und mit sonst niemand. Die Sache muß geheim bleiben.«

»Dafür haben wir bereits mit den Sandlastern gesorgt – völlig unnötigerweise.«

»Sicher«, sagte Glaushof, »aber wir müssen trotzdem feststellen, was es damit auf sich hat. Ich bin für die Sicherheit verantwortlich, und es gefällt mir ganz und gar nicht, daß da irgend so ein britischer Bastard mit kompletter Ausrüstung einfach bei uns reinkommt. Entweder ist das Ganze ein Versuchsballon, wie Sie schon sagten, oder es ist was anderes.«

»Muß offenbar was anderes sein«, meinte der Corporal. »Das Bandgerät, das er da drin hat, ist so empfindlich, daß man damit auf zwanzig Meilen Entfernung zwei Läuse beim bumsen aufnehmen könnte.«

»Dann will seine Frau also Beweismittel für eine Scheidung«, vermutete der Major.

»Muß sie händeringend brauchen«, meinte der Corporal, »wenn sie zwei Sender und ein Tonband einsetzt. Außerdem ist das Zeug nicht im freien Handel erhältlich. Mir ist noch nie ein Zivilist untergekommen, der so raffinierte Homer benutzt hat.«

»Homer?« sagte Glaushof, der in Gedanken noch bei den bumsenden Läusen war. »Wie meinen Sie das, Homer?«

»Das ist eine Art Richtungsanzeiger, sie senden Signale aus, und zwei Leute fangen sie mit ihren Geräten auf und können den anderen damit genau orten.«

»Allmächtiger!« sagte Glaushof. »Wollen Sie damit sagen, daß die Russen diesen Wilt als Agenten losgeschickt haben könnten, um rauszukriegen, wo genau wir uns befinden?«

»Das tun sie bereits via Satellit mit Infrarot. Dazu brauchen sie keinen Kerl mit einem Sender«, sagte der Corporal. »Es sei denn, sie wollen ihn loswerden.«

»Ihn loswerden? Aber warum denn?«

»Weiß ich doch nicht«, fuhr der Corporal fort. »Sie sind der Sicherheitsmensch, ich bin nur Techniker, und wer was warum beabsichtigt, fällt nicht in mein Ressort. Ich kann dazu nur sagen, daß ich einen Agenten, der nicht erwischt werden soll, im Leben nicht mit solchen Signalen irgendwo reinschicken würde. Das ist ja, als würde man eine Scheißmaus mit einer Scheißkatze zusammensperren; die kann auch nicht zu quietschen aufhören.«

Aber Glaushof ließ sich nicht abbringen. »Tatsache ist doch, daß dieser Wilt ohne Genehmigung mit Spionageausrüstung hier reingekommen ist und nicht wieder rauskommt.«

»Damit werden sie aufgrund der Signale wissen, daß er hier ist«, sagte der Corporal.

Glaushof starrte ihn an. Der gesunde Menschenverstand dieses Mannes irritierte ihn gewaltig. Aber jetzt bot sich ihm die Gelegenheit, zurückzuschlagen. »Sie wollen damit doch wohl nicht sagen, daß diese Sender noch in Betrieb sind?« brüllte er.

»Aber sicher«, entgegnete der Corporal. »Sie haben mir und dem Major Befehl gegeben, den Wagen auf Bomben zu untersuchen. Vom Abstellen der Sender haben Sie nichts gesagt. Sie sagten ausdrücklich: Bomben.«

»Richtig«, bekräftigte der Major. »Genau das haben Sie gesagt. Bomben.«

»Ich weiß, daß ich Bomben gesagt habe«, schrie Glaushof, »glauben Sie vielleicht, das wüßte ich nicht?« Er hielt inne und wandte seine Aufmerksamkeit gereizt dem Wagen zu. Wenn die Sender noch in Betrieb waren, wußte wahrscheinlich der Feind bereits, daß sie den Mann entdeckt hatten, und in dem Fall . . . seine Gedanken rasten schnurstracks auf eine Katastrophe zu. Er mußte auf der Stelle eine Entscheidung treffen. »Also gut«, sagte er, »wir gehen rein und Sie gehen raus.«

Fünf Minuten später verließ der Corporal trotz heftiger Proteste, daß er nicht gewillt sei, irgendein beschissenes Auto, dessen Fahrtroute von irgendwelchen Scheißtypen verfolgt wurde, dreißig Meilen weit zu kutschieren, ohne eine Eskorte zu bekommen, den Luftwaffenstützpunkt in Wilts Wagen. Das Band des Recorders war durch ein neues ersetzt worden, doch ansonsten gab es nichts, was darauf hindeutete, daß sich jemand unbefugterweise an dem Wagen zu schaffen gemacht hatte. Glaushofs Anweisungen waren klar und deutlich gewesen. »Sie fahren die Karre auf dem schnellsten Weg zu seinem Haus zurück und lassen sie dort stehen«, hatte er dem Corporal befohlen. »Der Major wird Sie anschließend zurückbringen, und falls es unterwegs irgendwelche Probleme gibt, wird er sich darum kümmern. Wenn diese Bastarde wissen wollen, wo ihr Knabe steckt, können sie ihn zu Hause suchen. Ihn hier zu finden dürfte ihnen schwerfallen.«

»Mich aufzustöbern wird ihnen wohl kaum schwerfallen«, entgegnete der Corporal, obwohl er wußte, daß man einem Vorgesetzten nicht mit Argumenten kommen durfte. Er hätte sich lieber mit einer dümmlichen Unverschämtheit begnügen sollen.

Glaushof sah den beiden Fahrzeugen noch eine Weile nach, bis sie in der öden nächtlichen Landschaft verschwanden. Die ganze Sache hatte ihm von Anfang an nicht gefallen, aber jetzt hatte sie eine noch unheilvollere Wendung angenommen. Von der anderen Seite dieser trostlosen Ebene her blies der Wind aus Rußland und kam direkt vom Ural. In Glaushofs Vorstellung war es ein Pesthauch, der, nachdem er die Kuppen und Türmchen des Kreml umweht hatte, die Zukunft der Welt unmittelbar bedrohte. Und irgendwo da draußen hatte jetzt auch noch jemand seinen Horchposten bezogen. Glaushof wandte sich ab. Er würde diese sinistren Lauscher schon aufspüren.

Kapitel 14

»Ich habe alles abriegeln lassen, Sir. Er ist noch drinnen«, meldete Lieutenant Harah, als Glaushof schließlich zu Hörsaal 9 kam. Diese Auskunft hätte er sich sparen können, denn Glaushof hatte größte Mühe gehabt, sich durch den Kordon durchzukämpfen, mit dem der Lieutenant den Hörsaal umringt hatte. Unter anderen Umständen hätte er sich irritiert über dessen Gründlichkeit geäußert, in der die gegenwärtigen Situation respektierte er die Kompetenz seines Zweiten Diensthabenden. Als Leiter des APPT, des Anti-Peripherie-Penetrations-Trupps, hatte Lieutenant Harah die harten Trainingsprogramme in Fort Knox und in Panama absolviert, als britischer Bobby getarnt den Ernstfall im Greenham Common erlebt und sich einen Tapferkeitsorden verdient, nachdem ihn eine Mutter von vier Kindern ins Bein gebissen hatte – ein Erlebnis, dem Harah sein gesundes Vorurteil Frauen gegenüber verdankte. Glaushof schätzte seine Frauenfeindlichkeit. Zumindest bei einem Mann in Baconheath konnte man sich darauf verlassen, daß er Mona Glaushof nicht flachlegte, und Harah würde auch mit keiner von diesen KNA-Frauen herumschäkern, falls diese versuchen sollten, in Baconheath einzufallen.

Andererseits schien er diesmal wirklich zu weit gegangen zu sein. Abgesehen von den sechs Männern seiner Einsatztruppe, die in Gasmasken an der vorderen Tür zum Hörsaal standen, und jenen, die draußen unter den Fenstern Position bezogen hatten, gab es da ein kleines Grüppchen Frauen, das mit ausgestreckten Händen sich gegen die Wand des benachbarten Gebäudes stützte.

»Um wen handelt es sich?« fragte Glaushof und konnte sich des häßlichen Verdachtes nicht erwehren, Mrs. Ofreys schottische Stricksachen erkannt zu haben.

»Mutmaßliche Frauen«, sagte Lieutenant Harah.

»Was soll denn das heißen, ›mutmaßliche Frauen‹?« wollte Glaushof wissen. »Entweder sind es Frauen oder nicht.«

»Daß sie wie Frauen gekleidet sind, Sir«, erwiderte der Lieutenant, »bedeutet nicht, daß sie welche sind. Es könnte sich ja auch um verkleidete Terroristen handeln. Wünschen Sie, daß ich das überprüfe?«

»Nein«, sagte Glaushof und verfluchte sich innerlich dafür, daß er den Befehl gegeben hatte, das Gebäude hermetisch abzuriegeln, bevor er selbst vor Ort war. Es würde ohnehin keinen sonderlich guten Eindruck hinterlassen, daß die Frau des Verwaltungschefs mit gespreizten Beinen an die Wand gestellt und ihr ein Gewehrlauf an die Schläfe gedrückt wurde, aber an ihr auch noch Geschlechtsbestimmung durch Lieutenant Harah vornehmen zu lassen, würde alles noch verschlimmern. Andererseits konnte sich selbst Mrs. Ofrey kaum darüber beschweren, daß man sie vor einer möglichen Geiselnahme bewahrt hatte.

»Sind Sie sicher, daß er unmöglich entwischt sein kann?«

»Absolut«, sagte der Lieutenant. »Ich habe auf dem umliegenden Häuserblock Scharfschützen postiert, für den Fall, daß er über das Dach zu fliehen versucht, und sämtliche Versorgungstunnel sind abgeriegelt. Wir brauchen nichts weiter zu tun, als einen Kanister Agenten-Ex einzubringen, und dann hat's sich. Keine weiteren Probleme.«

Glaushof warf einen nervösen Blick auf die aufgereihten Frauen und hegte Zweifel. Ohne Probleme würde die Sache nicht abgehen, und da war es besser, wenn die Damen mitbekamen, wie ernst diese Probleme zu nehmen waren. »Ich bringe erst die Frauen in Sicherheit, und dann erst dringen Sie ein«, sagte er. »Und keine Schießerei, es sei denn, er feuert zuerst. Ich möchte diesen Kerl nämlich verhören. Verstanden?«

»Völlig, Sir«, erwiderte der Lieutenant. »Sobald er eine Nase voll Agenten-Ex erwischt hat, wird sein Finger vergebens nach dem Abzug suchen.«

»In Ordnung. Geben Sie mir fünf Minuten. Und dann gehen Sie«, sagte Glaushof und ging hinüber zu Mrs. Ofrey.

»Wenn die Damen mir bitte folgen würden«, sagte er, und nachdem er die Männer, die sie in Schach hielten, weggeschickt hatte, mußte die kleine Gruppe im Eiltempo um die Ecke zu einem anderen Hörsaal flitzen. Mrs. Ofrey war sichtlich verärgert.

»Was bilden Sie sich eigentlich ein . . .«, begann sie, doch Glaus-

183

hof brachte sie mit erhobener Hand zum Schweigen. »Lassen Sie mich das bitte erklären«, sagte er. »Es ist mir durchaus klar, daß man Ihnen Unannehmlichkeiten bereitet hat, aber wir sind mit einer Infiltrationssituation konfrontiert und konnten unmöglich das Risiko eingehen, Sie einer Geiselnahme auszusetzen.« Er wartete ab und stellte zu seiner Zufriedenheit fest, daß selbst Mrs. Ofrey begriffen hatte.

»Wie absolut entsetzlich«, murmelte sie.

Captain Clodiaks Reaktion allerdings überraschte ihn. »Infiltrationssituation? Der Teilnehmerkreis an der Veranstaltung war der gleiche wie immer«, sagte sie. »Ich habe kein neues Gesicht gesehen. Wollen Sie damit sagen, daß da drin jemand ist, von dem wir nichts wissen?«

Glaushof zögerte. Er hatte gehofft, Wilts Entlarvung als Geheimagent für sich behalten zu können, damit sich die Nachricht nicht wie ein Lauffeuer über den ganzen Stützpunkt verbreitete. Vor allem durfte sie nicht durchsickern, bevor er Wilts Einvernahme abgeschlossen und sämtliche Informationen erhalten hatte, die er brauchte, um zu beweisen, daß die Abteilung Abwehr, und ganz besonders dieser höfliche Bastard Colonel Urwin, einen ausländischen Angestellten nicht entsprechend überprüft hatte. Das würde den Colonel den Kopf kosten und ihm fast unvermeidlich eine Beförderung einbringen. Bekam die Abwehr jedoch Wind von der Sache, konnte der Schuß nach hinten losgehen. Glaushof beschloß, sich auf das bewährte »Augen zu« zu verlassen.

»Ich halte es zu diesem Zeitpunkt nicht für ratsam, die Angelegenheit weiter zu erörtern. Das Ganze ist streng geheim. Sickert auch nur das geringste davon durch, dann könnte dies die Verteidigungsbereitschaft der strategischen Luftraumabwehr in Europa ernsthaft beeinträchtigen. Aus diesem Grund muß ich auf einer totalen Nachrichtensperre bestehen.«

Einen Augenblick lang zeigte die Erklärung die gewünschte Wirkung. Selbst Mrs. Ofrey wirkte, befriedigenderweise, verblüfft. Dann aber brach Captain Clodiak das Schweigen. »Ich begreife das nicht«, sagte sie. »Außer uns und diesem Wilt war sonst niemand drin. Stimmt's?« Glaushof schwieg dazu. »Und Sie lassen den Sturmtrupp aufmarschieren und uns beim Verlassen des Hörsaals an die Wand stellen, und nun wollen Sie uns auch noch weismachen, es handle sich um eine Infiltrationssituation? Das nehme ich Ihnen nicht ab, Major, das glaube ich Ihnen einfach nicht. Die einzige Infiltration, von der ich Kenntnis habe, betrifft meinen Hintern, und sie wurde von diesem sexistischen Bastard von Lieutenant vorgenommen. Ich habe die Absicht, mich formell über Lieutenant Harah zu beschweren, und Sie werden mich nicht davon abbringen, auch wenn Sie mit Ihrer hohlköpfigen Phantasie noch soviel Agenten aus dem Hut zaubern.«

Glaushof schluckte. Er erkannte, daß es richtig gewesen war, Captain Clodiak als lebhafte Frau zu beschreiben, aber grundfalsch, Lieutnant Harah freie Hand zu lassen. Auch in seiner Einschätzung der Antipathie des Lieutenants gegen Frauen hatte er sich ziemlich getäuscht. Selbst Glaushof mußte zugeben, daß Captain Clodiak eine bemerkenswert attraktive Frau war. Er versuchte, die Situation mit einem verständnisvollen Lächeln zu retten. Es mißlang ihm gründlich. »Ich bin sicher, daß Lieutenant Harah nicht die Absicht hatte...«, hob er an.

»Was war dann das mit der Hand?« fuhr Captain Clodiak ihn an. »Sie denken wohl, ich erkenne eine Absicht nicht, wenn ich sie spüre! Glauben Sie das wirklich?«

»Vielleicht suchte er nach Waffen«, sagte Glaushof, der recht gut wußte, daß er sich schon etwas Besonderes einfallen lassen mußte, um die Situation wieder in den Griff zu bekommen. In diesem Augenblick rettete ihn das Klirren von splitterndem Glas. Lieutenant Harah hatte exakt die fünf Minuten abgewartet, bevor er zur Tat schritt.

Wilt hingegen hatte deutlich länger als fünf Minuten gebraucht, um sich von der Bandage zu befreien, sie durch sein Hosenbein zu fädeln und die Schachtel wieder in eine Position zu bringen, in der sie ihm ein gewisses Maß an Schutz vor den sprunghaften Anwandlungen seines Penis bot. Als ihm das endlich gelungen war und er die ganze Konstruktion, wenn auch ziemlich unbequem, befestigt hatte, klopfte es an der Tür.

»Alles in Ordnung, Mr. Wilt?« fragte der Ingenieur.

»Ja, danke«, erwiderte Wilt so höflich, wie seine Gereiztheit es zuließ. Es war doch immer dasselbe mit diesen freundlichen Idioten. Die Kerle boten ihre Hilfe immer am falschen Fleck an. Dabei

185

wollte Wilt nur ohne weitere Peinlichkeiten aus dem Luftwaffenstützpunkt rauskommen. Sonst nichts. Aber der Ingenieur begriff
seine Situation nicht. »Ich habe Pete gerade von meinem Onkel aus
Idaho erzählt, der mit demselben Problem zu kämpfen hatte«, sagte der Ingenieur durch die Tür.

»Wirklich?« erwiderte Wilt mit geheucheltem Interesse, während er sich mit seinem Reißverschluß abmühte. Irgend etwas
klemmte offenbar. Wilt versuchte ihn wieder herunterzuziehen.

»Ja. Er ist jahrelang mit so 'nem sperrigen Ding herumgelaufen,
bis meine Tante Annie von diesem Chirurgen in Kansas City hörte
und Onkel Rolf da hinschleppte. Natürlich wollte er erst nicht,
aber er hat es nie bereut. Wenn Sie wollen, kann ich Ihnen Namen
und Adresse geben.«

»Scheiße«, sagte Wilt. Dem Geräusch nach zu urteilen, war der
Reißverschluß unten ausgerissen.

»Sagten Sie etwas, Mr. Wilt?« fragte der Ingenieur.

»Nein«, entgegnete Wilt.

Einen Augenblick lang herrschte Schweigen, während der Ingenieur vermutlich seinen nächsten Schritt erwog und Wilt krampf-
haft versuchte, das untere Ende des Reißverschlusses festzuhalten
und gleichzeitig den Schieber hochzuziehen.

»Wie ich die Sache sehe – und Sie haben sicher gemerkt, daß ich
kein Mediziner, sondern Ingenieur bin und mich mit konstruktiven
Mängeln auskenne –, liegt im unteren Bereich eine musku-
läre...«

»Hören Sie mal zu«, sagte Wilt. »Im Augenblick ist der einzige
konstruktive Mangel, mit dem ich zu kämpfen habe, der Reißverschluß meiner Hose. Da hat sich nämlich was eingeklemmt.«

»Auf welcher Seite?« fragte der Ingenieur.

»Was heißt da, welche Seite?« wollte Wilt wissen.

»Das... äh... Ding, das sich eingeklemmt hat?«

Wilt beugte sich zu seinem Reißverschluß hinunter. In der engen
Toilette ließ sich nur schwer feststellen, auf welcher Seite sich
irgendwas befand. »Wie zum Teufel soll ich das wissen?«

»Haben Sie ihn rauf- oder runtergezogen?« fuhr der Ingenieur
unbeirrt fort.

»Rauf«, erwiderte Wilt.

»Manchmal hilft es, ihn erst wieder runterzuziehen.«

186

»Er ist bereits unten, verdammte Scheiße«, sagte Wilt, der seiner Gereiztheit jetzt freien Lauf ließ. »Ich würde doch wohl kaum versuchen, das Scheißding hochzuziehen, wenn es nicht unten wäre, oder?«

»Wohl kaum«, sagte der Ingenieur mit einem Unterton duldsamer Güte, der Wilt noch mehr auf die Palme brachte als seine penetrante Hilfsbereitschaft. »Trotzdem, wenn er nicht ganz unten ist, wäre es möglich, daß das Ding…« Er stockte. »Sagen Sie, Mr. Wilt, was hat sich denn überhaupt in ihrem Reißverschluß verklemmt?«

Auf der anderen Seite der Toilettentür starrte Wilt blöde auf einen Aushang, der ihn nicht nur aufforderte, sich die Hände zu waschen, sondern davon auszugehen schien, man müßte ihm erst erklären wie. »Zähle bis zehn«, murmelte er vor sich hin und stellte zu seiner Überraschung fest, daß sich der Reißverschluß von allein befreit hatte. Gleichzeitig wurde er von der unerwünschten Hilfsbereitschaft des Ingenieurs befreit. Das Klirren von splitterndem Glas hatte die Geduld des Mannes offenbar erschüttert. »Jesus, Maria und Joseph, was ist dann jetzt los?« kreischte er.

Doch das war keine Frage, die Wilt ihm beantworten konnte. Und so, wie sich der Lärm von draußen anhörte, wollte er das auch nicht. Irgendwo barst eine Tür, und das Getrampel laufender Füße auf dem Gang dämpfte die Befehle, sich nicht von der Stelle zu rühren. Genau dieses tat Henry auf der Toilette. Obwohl er sich schon fast daran gewöhnt hatte, daß anscheinend jegliches Aufsuchen einer solchen Örtlichkeit außerhalb der eigenen vier Wände zwangsläufig mit Gefahren verbunden war, bildete es doch eine völlig neue Erfahrung für ihn, in einem Lokus eingesperrt zu sein, während die Typen vom Anti-Peripherie-Penetrations-Trupp das Gebäude stürmten.

Auch für den Ingenieur war das ziemlich neu. Als die Kanister mit Agenten-Ex auf dem Boden aufschlugen und maskierte, mit Maschinengewehren bewaffnete Männer die Tür eintraten, verlor er jegliches Interesse an Wilts Kampf mit dem Reißverschluß und stürzte in den Hörsaal zurück, wo er mit der Navigatorin und dem PX-Angestellten zusammenstieß, die in die entgegengesetzte Richtung liefen. In dem Chaos, das dieser Kollision folgte, machte Agenten-Ex seinem Namen alle Ehre. Der PXler versuchte, dem

Ingenieur auszuweichen, der sich seinerseits redliche Mühe gab, diesen zu umrunden, und die Navigatorin umarmte beide in der irrigen Annahme, sie würden sie in die falsche Richtung drängen.

Als alle drei zu Boden gingen, tauchte über ihnen der massige und durch die Gasmaske besonders furchteinflößend wirkende Lieutenant Harah auf.

»Wer von Ihnen ist Wilt?« brüllte er. Seine sowohl durch die Gasmaske als auch durch die Wirkung des Gases auf ihr Nervensystem verzerrte Stimme erreichte sie nur langsam. Nicht einmal der gutwillige Ingenieur war in der Lage, ihm weiterzuhelfen.

»Nehmen Sie alle drei mit«, befahl Lieutenant Harah, worauf die drei Verdächtigen, deren mühsam hervorgegurgelte Sätze sich anhörten, als ließe man einen Kassettenrecorder mit altersschwacher Batterie unter Wasser ablaufen, aus dem Gebäude geschleift wurden.

Wilt lauschte in seinem Kabäuschen mit zunehmendem Mißfallen den ungewohnten Geräuschen. Splitterndes Glas, sonderbar verzerrte Schreie und Stiefelgetrampel hatten noch keinen seiner früheren Besuche auf dem Stützpunkt begleitet, und er konnte sich beim besten Willen nicht vorstellen, was das zu bedeuten hatte. Aber was es auch war, sein Bedarf an Ärger war jedenfalls für heute gedeckt, und er wollte sich nicht noch mehr davon einhandeln. So schien es ihm das Sicherste, sich ruhig zu verhalten und abzuwarten, bis der Spektakel vorbei war. Wilt knipste das Licht aus und hockte sich auf die Klobrille.

Draußen meldeten Lieutenant Harahs Leute mit dumpfen Stimmen, daß der Hörsaal geräumt sei. Das sah der Lieutenant trotz der Gasschwaden selbst. Er linste durch die Augengläser seiner Gasmaske und ließ den Blick mit einem Gefühl der Enttäuschung über die leeren Sitze wandern. Eigentlich hatte er gehofft, der Eindringling würde sich auf spektakuläre Weise zur Wehr setzen; die Leichtigkeit, mit der sich der Bastard hatte schnappen lassen, wußte ihn nicht zu befriedigen. Auch erkannte er, daß es ein Fehler gewesen war, die auf Mann abgerichteten Hunde einzusetzen, ohne sie mit Gasmasken auszurüsten. Agenten-Ex wirkte auch bei ihnen. Einer von ihnen rutschte hilflos und eher friedlich knurrend auf dem Boden herum, während ein anderer bei dem Versuch, sich am rechten Ohr zu kratzen, äußerst beunruhigend mit einem Hinterlauf in der Luft herumfuchtelte.

»Okay, das hätten wir«, sagte er und marschierte hinaus, um seine drei Gefangenen zu verhören. Doch denen erging es wie den Hunden: Sie waren völlig außer Gefecht gesetzt, und er hatte keine Ahnung, welcher der ausländische Agent war, den er festhalten sollte. Sie waren alle in Zivil und völlig außerstande zu sagen, wer oder was sie waren. Lieutnant Harah erstattete Glaushof Bericht. »Ich glaube, Sie sehen sie sich besser selbst an, Sir. Ich weiß nämlich nicht, welcher Hurensohn welcher ist.«

»Wilt«, sagte Glaushof und starrte auf die Gasmaske, »der Mann heißt Wilt. Er ist ein ausländischer Angestellter. Dürfte doch kein Problem sein, den Kerl herauszufinden.«

»Für mich schauen alle Tommys gleich aus«, sagte der Lieutenant und wurde prompt mit einem Handkantenschlag gegen den Hals und einem in den Unterleib gerammten Knie dafür belohnt – von Captain Clodiak, die soeben ihren sexistischen Angreifer unter seiner Gasmaske erkannt hatte. Als der Lieutenant wie ein Taschenmesser zusammenklappte, packte sie seinen Arm, und Glaushof wurde zu seiner Verblüffung Zeuge, wie leicht sein Zweiter Diensthabender von einer Frau aus dem Verkehr gezogen wurde.

»Bemerkenswert«, sagte er. »Es ist ein echtes Privileg, mit ansehen zu dürfen...«

»Sparen Sie sich den Quatsch«, sagte Captain Clodiak und wischte sich die Hände ab. Sie erweckte ganz den Anschein, als würde sie liebend gern ihre Karatekünste an einem weiteren Mann demonstrieren. »Dieser Schleimscheißer machte eine sexistische Bemerkung, und Sie sagten Wilt, habe ich recht?« Glaushof wirkte etwas irritiert. Er hatte weder »Hurensohn« als sexistisch empfunden, noch wollte er sich unbedingt vor den anderen Frauen über Wilt auslassen. Andererseits hatte er keine Ahnung, wie Wilt aussah, und irgend jemand mußte ihn ja schließlich identifizieren. »Vielleicht gehen wir besser hinaus, um das zu bereden, Captain«, schlug er vor und ging voran.

Captain Clodiak folgte ihm zögernd. »Was haben wir denn zu bereden?« fragte sie.

»Den Fall Wilt«, sagte Glaushof.

»Sie sind verrückt. Ich habe gehört, was Sie gesagt haben. Wilt soll ein Agent sein?«

»Ohne Zweifel«, sagte Glaushof kurz und bündig.

»Wie denn das?« fragte Clodiak ebenso knapp.

»Ist mit einem in seinem Wagen versteckten Sender in die Peripherie eingedrungen, der ausreichen würde, um unsere Position von Moskau oder vom Mond aus zu bestimmen. Ganz im Ernst, Captain. Dazu kommt, daß es sich nicht um handelsübliches Zeug handelt, das man in jedem Laden kaufen kann«, sagte Glaushof und stellte zu seiner Erleichterung fest, daß der ungläubige Ausdruck aus ihrem Gesicht gewichen war. »Und deshalb brauche ich Sie, um ihn zu identifizieren.«

Als sie um die Ecke bogen, sahen sie sich drei Männern gegenüber, die mit dem Gesicht nach unten vor dem Hörsaal 9 auf dem Boden lagen und von zwei kampfunfähigen Wachhunden und dem APP-Trupp bewacht wurden.

»Okay, Männer, der Captain ist hier, um ihn zu identifizieren«, sagte Glaushof und stieß den PXler mit der Fußspitze an. »Umdrehen, Sie da.« Der Angestellte versuchte sich umzudrehen, schaffte es aber nur, sich halb auf den Ingenieur zu wälzen, der prompt Krämpfe bekam. Glaushof betrachtete die zwei verrenkten Gestalten mit unverhohlenem Abscheu, bevor seine Aufmerksamkeit von einem widerlichen Wachhund in Anspruch genommen wurde, der ihm auf den Schuh gepinkelt hatte, ohne das Bein zu heben.

»Schaffen Sie den dreckigen Köter weg«, brüllte er. Seinem Protestgeschrei schloß sich der Ingenieur an, der sich heftig, wenngleich weniger gut verständlich, gegen die offensichtlichen Versuche des PXlers, mit ihm Unzucht zu treiben, zur Wehr setzte. Bis es gelungen war, den Hund zu entfernen – ein Unterfangen, das die ganze Kraft von drei Männern am anderen Ende der Halskette erforderte – und ein Mindestmaß an Ordnung herzustellen, hatte sich Captain Clodiaks Gesichtsausdruck erneut geändert. »Ich war der Meinung, Sie hätten gesagt, Sie wollten Wilt identifizieren lassen«, sagte sie. »Aber der ist gar nicht hier.«

»Nicht hier? Soll das heißen . . .« Glaushof blickte argwöhnisch auf die aufgebrochene Tür des Hörsaals.

»Das sind die Männer, die wir uns auf Befehl des Lieutenants geschnappt hatten«, sagte einer vom Einsatztrupp. »Sonst habe ich niemand da drin gesehen.«

»Da muß aber noch jemand drin sein«, schrie Glaushof. »Wo ist Harah?«

»Da drin, wo Sie . . .«

»Ich weiß, wo er ist. Holen Sie ihn her, und zwar sofort.«

»Jawohl, Sir«, sagte der Mann und sauste los.

»Sie scheinen da ein Problem zu haben«, meinte Captain Clodiak.

Glaushof wehrte mit einem Achselzucken ab. »Er kann die Absperrung unmöglich durchbrochen haben, und selbst wenn, dann wird er sich am Zaun die Finger verbrennen oder an der Wache verhaftet werden«, sagte er. »Ich bin da ganz unbesorgt.«

Trotzdem sah er sich unwillkürlich um und betrachtete die wohlvertrauten tristen Gebäude und die dazwischenliegenden Wege mit neuerlichem Mißtrauen, als hätten sie irgendwie ihr Wesen verändert und sich mit dem verschwundenen Wilt verbündet. Mit einem Scharfblick, der um so erschreckender war, als er ihm sonst völlig abging, erkannte er, wieviel Baconheath ihm bedeutete; es war sein Zuhause, seine eigene kleine Festung inmitten eines fremden Landes, die ihn mit ihrem beruhigenden Düsenlärm an seine Heimatstadt Eiderburg in Michigan erinnerte und an den Schlachthof am Ende der Straße, in dem hauptsächlich Schweine verarbeitet wurden. Als Junge war er von ihrem lauten Gequieke aufgewacht, und jetzt übte eine beim Start röhrende F111 dieselbe beruhigende Wirkung auf ihn aus. Doch in erster Linie bedeutete Baconheath mit seinem Umgrenzungszaun und den bewachten Toren für ihn Amerika, sein eigenes Land, mächtig, unabhängig und aufgrund seiner ständigen Wachsamkeit und der bloßen Ungeheuerlichkeit seines Waffenarsenals verschont von jeglicher Gefahr. Dieses Baconheath, das sich hinter seiner Umzäunung duckte und durch das sich weithin flach erstreckende Fenland abgetrennt war von den alten, verfallenen Dörfern und Marktflecken mit ihren faulen, untüchtigen Geschäftsleuten und ihren dreckigen Kneipen, in denen sonderbare Leute warmes, unhygienisches Bier tranken, war immer eine Oase erfrischender Betriebsamkeit und Modernität gewesen, ein greifbarer Beweis dafür, daß die großen Vereinigten

Staaten von Amerika nach wie vor die Neue Welt waren und dies auch bleiben würden.

Doch jetzt hatte sich Glaushofs Vision gewandelt, und er fühlte sich einen Augenblick lang dem Ort nicht mehr so verbunden. Diese Gebäude verbargen diesen Wilt vor ihm, und solange er diesen Hundesohn nicht fand, war Baconheath verpestet. Glaushof zwang sich, aus seinem Alptraum aufzuwachen, und blickte schon dem nächsten ins Auge. Soeben bog Lieutenant Harah um die Ekke. Er büßte sichtlich noch immer für sein sexistisches Verhalten Captain Clodiak gegenüber und mußte von zweien seiner Männer gestützt werden. Damit hatte Glaushof beinahe gerechnet. Die verstümmelten Laute freilich, die der Lieutenant von sich gab, waren etwas anderes und ließen sich kaum durch einen Tritt in die Leistengegend erklären.

»Das kommt vom Agenten-Ex, Sir«, erklärte einer der Männer. »Er muß wohl einen Kanister im Eingangsbereich eingesetzt haben.«

»Ein Kanister im Eingang?« donnerte Glaushof und erbleichte bei dem Gedanken an die schaurigen Konsequenzen, die ein derart hirnrissiges Vorgehen für seine Karriere nach sich ziehen würde. »Doch nicht bei all diesen Frauen...«

»Erraten«, stieß Lieutenant Harah ohne Vorwarnung hervor.

»Was soll das heißen, erraten?« fuhr Glaushof ihn an.

»Absolut richtig«, kreischte Harah hysterisch. Und in dieser schrillen Tonlage ging es weiter. »Absolut richtig, absolut, absolut, absolut...«

»Stopft diesem Irren das Maul«, schrie Glaushof und raste um die Gebäudeecke, um nachzusehen, ob die Situation noch irgendwie zu retten war. Jegliche Hoffnung war vergebens. Aus irgendeinem wahnwitzigen Grund, möglicherweise bei dem Versuch, sich gegen einen zweiten Angriff von Captain Clodiak zur Wehr zu setzen, hatte Lieutenant Harah eine Gasgranate eingesetzt, ohne zu merken, daß er bei seinem Sturz die ABC-Maske verloren hatte. Als Glaushof durch die Glastüren die bizarre Szenerie in der Eingangshalle sichtete, war er mit einem Schlag aller Sorgen um Mrs. Ofreys Einmischung ledig. Wie sie da so hingegossen über eine Stuhllehne hing, wobei ihr Haar den Boden streifte und gnädigerweise ihr Gesicht verdeckte, wies die Frau des Verwaltungschefs verblüffende Ähnlichkeit mit einem ausladenden Mutterschaf aus den Highlands auf, das man deutlich vor der Zeit durch die Strickmaschine gejagt hatte. Die übrigen Kursteilnehmer waren in keinem besseren Zustand. Die Astronavigatorin lag auf dem Rücken und spielte offenbar ein seltsam passives sexuelles Erlebnis nach, während einige andere Hörer Britischer Kultur und Britischer Einrichtungen aussahen, als wären sie bei einem Film über den Weltuntergang übriggeblieben. Zum zweitenmal hatte Glaushof das abscheuliche Gefühl, nicht im Einklang mit seiner Umwelt zu stehen, und nur durch die Mobilisierung der letzten Reserven seines gesunden Menschenverstandes gelang es ihm, seine Selbstbeherrschung aufrechtzuerhalten.

»Schafft sie da raus«, schrie er, »und holt die Ärzte. Wir haben es mit einem Amokläufer zu tun.«

»Das kann man wohl sagen«, meinte Captain Clodiak. »Dieser Lieutenant Harah wird sich für einiges verantworten müssen. Ich kann mir nicht vorstellen, daß General Ofrey sonderlich begeistert über eine tote Ehefrau ist. Bridge läßt sich so schlecht zu dritt spielen.«

Glaushof hatte die Nase endgültig von Captain Clodiaks objektiven Stellungnahmen voll. »Sie sind dafür verantwortlich«, sagte er drohend. »Reden Sie besser von Dingen, die Sie selbst zu verantworten haben. Zum Beispiel, daß Sie Lieutenant Harah in Ausübung seiner Pflicht absichtlich beleidigt und . . .«

»Als ob es zur Ausübung seiner Pflicht gehörte, mir mit der Hand . . .«, unterbrach ihn der Captain wütend und brach dann wie erstarrt ab. »O mein Gott«, hauchte sie, und Glaushof, der sich bereits auf eine zweite Karatedemonstration gefaßt gemacht hatte, folgte ihrem Blick.

Unter der Tür zum Hörsaal 9 versuchte sich eine formlose Gestalt aufzurichten. Vor ihren Augen sank sie jedoch wieder zusammen.

Kapitel 15

Fünfzehn Meilen entfernt bahnte sich Wilts Escort seinen unberechenbaren Weg nach Ipford. Da niemand daran gedacht hatte, dem Corporal ausreichende Anweisungen zu geben, und er Glaushofs Versicherung mißtraute, der Major und seine Männer, die ihm in einem Laster folgten, seien ein ausreichender Schutz, hatte er vor und nach dem Verlassen des Stützpunktes seine eigenen Vorsichtsmaßnahmen getroffen. Er hatte sich ein schweres Sturmgewehr besorgt und sich per Computer eine Route entwerfen lassen, die bei allen, die mit Hilfe von Peilungen seine jeweilige Position bestimmen wollten, ein Höchstmaß an Verwirrung stiften würde. Dieses Ziel erreichte er, indem er im Rennfahrertempo zwanzig Meilen kreuz und quer und auf verschlungenen Pfaden durch die Gegend fuhr. Eine halbe Stunde, nachdem er Baconheath verlassen hatte, befand er sich nicht weiter als fünf Meilen vom Stützpunkt entfernt. Danach war er Richtung Ipford davongerast und hatte zwanzig Minuten damit zugebracht, in einem Tunnel unter der Autobahn einen Radwechsel vorzutäuschen, bevor er in eine kleine Nebenstraße einbog, die praktischerweise mehrere Meilen weit entlang einer Hochspannungsleitung verlief. Zwei weitere Tunnel und fünfzig Meilen auf einer Straße, die sich am einstigen Ufer eines mittlerweile begradigten Flusses entlangwand, genügten, einen verzweifelten Nachrichtenverkehr zwischen Inspektor Hodge und den Männern im zweiten Peilwagen auszulösen, um herauszufinden, wohin der Teufel entwischt war. Noch unangenehmer freilich war, daß sie selbst nicht mehr genau wußten, wo sie sich eigentlich befanden.

Dieses Dilemma teilte der Major mit ihnen. Er hatte nicht mit derartigen Manövern des Corporals gerechnet, der – wenn er sich nicht gerade in Tunneln versteckte – mit halsbrecherischer Geschwindigkeit über gewundene Nebenstraßen fuhr, die vermutlich für einspurigen Pferdeverkehr angelegt worden waren und selbst dafür noch gefährlich gewesen wären. Aber den Major kümmerte das nicht. Wenn der Corporal wie eine versengte Katze durch die Gegend rasen wollte, war das sein Problem. »Wenn er bewaffneten Begleitschutz möchte, täte er besser daran, bei uns zu bleiben«, erklärte er seinem Fahrer, als sie durch eine schlammige Haarnadelkurve schlitterten und um ein Haar in einem tiefen Wassergraben gelandet wären. »Ich habe nicht vor, im Straßengraben zu enden, also fahren Sie um Himmels willen langsamer.«

»Wie sollen wir ihm denn dann auf den Fersen bleiben?« fragte der Fahrer, der diese Hetzjagd ausgesprochen genossen hatte.

»Gar nicht. Wenn er nicht geradewegs zur Hölle fährt, dann nach Ipford. Die Adresse habe ich hier. Gehen Sie bei der nächsten Gelegenheit auf die Autobahn, und dann werden wir ihn da erwarten, wo er ankommen soll.«

»Jawohl, Sir«, sagte der Fahrer widerstrebend und kehrte bei der nächsten Kreuzung auf die Hauptstraße zurück.

Sergeant Runk hätte dasselbe getan, wenn er nur die Möglichkeit dazu gehabt hätte, aber die Taktik des Corporals hatte Inspektor Hodges wildeste Träume nur noch bestätigt. »Er versucht uns abzuhängen«, rief er, kurz nachdem der Corporal den Stützpunkt verlassen hatte und Kopf und Kragen riskierte. »Das bedeutet garantiert, daß er Stoff geladen hat.«

»Entweder das, oder er trainiert für die Rallye Monte Carlo«, meinte Runk.

Hodge fand das gar nicht lustig. »Quatsch. Der Bastard fährt nach Baconheath, verbringt dort eineinhalb Stunden, und wie er wieder rauskommt, rast er mit achtzig Sachen über Schlammpfade, auf denen ein normaler Mensch am hellichten Tag keine vierzig riskieren würde, und fährt dann noch fünfmal Wege zurück, die er bereits hinter sich hatte – also muß er doch was im Wagen haben, das ihm das wert ist.«

»Sein Leben wohl kaum, soviel steht fest«, meinte Runk, der sich mit aller Kraft festhalten mußte, um nicht vom Sitz geschleudert zu werden. »Warum rufen wir nicht einfach einen Streifenwagen und stellen ihn wegen überhöhter Geschwindigkeit? Auf diese Weise könnten wir ihn dann doch problemlos filzen?«

»Gute Idee«, meinte Hodges und wollte schon über Funk die entsprechenden Anweisungen geben, als der Corporal unter der Autobahnbrücke Peilschutz suchte und zwanzig Minuten lang unauffindbar blieb. Hodge füllte diese Zeit damit aus, Runk zu beschuldigen, er habe es versäumt, Wilts letzte Position exakt festzuhalten und den zweiten Wagen zu Hilfe zu rufen. Die Route, die der Corporal anschließend entlang der Hochspannungsleitung und dem Fluß einschlug, machte die Sache noch verzwickter. Inzwischen wußte der Inspektor überhaupt nicht mehr, was er tun sollte, aber seine Überzeugung, daß er es mit einem hochkarätigen Verbrecher zu tun hatte, war zur absoluten Gewißheit geworden.

»Offenbar hat er das Zeug an einen Dritten weitergegeben, und wenn wir ihn filzen, wird er den Unschuldigen spielen«, murmelte er.

Selbst Runk mußte zugeben, daß alles für diese These sprach. »Und sicher weiß er auch, daß sein Wagen verwanzt worden ist«, sagte er. »Bei der Route, die er eingeschlagen hat, muß er das einfach wissen. Also, was machen wir jetzt?«

Hodge zögerte. Einen Augenblick lang erwog er, einen Durchsuchungsbefehl zu beantragen und das Wiltsche Haus so gründlich zu durchkämmen, daß selbst die winzigste Spur Heroin oder Leichenbalsam ans Licht kommen würde. Geschah das aber nicht...

»Immerhin gibt es noch das Tonband«, sagte er schließlich. »Vielleicht hat er das übersehen. In dem Fall hätten wir dann wenigstens das Gespräch während der Übergabe des Zeugs.«

Sergeant Runk bezweifelte das. »Wenn Sie mich fragen«, sagte er, »besteht die einzige Möglichkeit, an handfestes Beweismaterial gegen diesen Kerl zu kommen, darin, unsere Techniker vorzuschicken und eine Durchsuchung mit Staubsaugern zu veranstalten, die notfalls einen Elefanten durch ein Abflußrohr saugen könnten. Dann nutzt ihm seine ganze Gerissenheit gar nichts, denn die Laborfritzen verstehen ihr Geschäft. Ich finde, das wäre das vernünftigste Vorgehen.«

Doch Hodge ließ sich nicht dazu überreden. Er hatte keineswegs die Absicht, den Fall an jemand anderen abzugeben, wo es doch sonnenklar war, daß er sich auf der richtigen Spur befand.

»Wir werden uns erst mal das Tonband anhören«, sagte er, als sie kehrtmachten und nach Ipford zurückfuhren. »Wir geben ihm eine Stunde, um sich schlafen zu legen, und dann können Sie losgehen und es sich holen.«

»Und den Rest des Tages freinehmen«, ergänzte Runk. »Kann ja sein, daß Sie zu den Leuten gehören, die unter Schlaflosigkeit leiden, aber wenn ich nicht meine acht Stunden schlafe, dann bin ich einfach nicht in der Lage...«

»Ich leide nicht unter Schlaflosigkeit«, gab der Inspektor gereizt zurück. Schweigend fuhren sie weiter. Lediglich die Signaltöne von Wilts Wagen unterbrachen die Stille. Allmählich wurden sie lauter. Zehn Minuten später parkte der Lieferwagen am Ende der Perry Road, während Wilts Wagen sein Näherkommen durch die Oakhurst Avenue ankündigte.

»Also eines muß man dem Knilch lassen«, meinte Hodge. »Wenn man ihn so sieht, würde man ihm doch nicht im Traum zutrauen, daß er so einen heißen Reifen fährt. Das zeigt wieder mal, wie sehr der äußere Eindruck täuschen kann.«

Eine Stunde später kletterte Sergeant Runk aus seinem Lieferwagen und ging die Perry Road hinauf. »Er steht nicht da«, meldete er, als er wieder zurückkam.

»Nicht? Muß er aber, verdammt noch mal«, sagte der Inspektor. »Die Signale kommen noch immer laut und deutlich.«

»Kann schon sein«, meinte Runk. »Von mir aus kann der Scheißkerl mitsamt seinen Sendern warm und gemütlich im Bett liegen, aber seine Karre steht nicht vor dem Haus, dafür lege ich die Hand ins Feuer.«

»Und wie steht's mit der Garage?« schnaubte Hodge.

»Die Garage? Haben Sie je einen Blick in das Ding geworfen? Ein vergammelter Möbelabstellraum ist das, seine Garage. Bis unters Dach mit allem möglichen Ramsch vollgestopft, und wenn Sie mir weismachen wollen, daß er die letzten zwei Tage damit verbracht hat, das ganze Zeug in den Garten zu schaffen, um seinen Wagen reinstellen zu können...«

»Das werden wir gleich feststellen«, entgegnete Hodge. Als der Lieferwagen wenig später langsam an der Oakhurst Avenue 45 vorbeifuhr, wurde der Sergeant bestätigt.

197

»Na, was hab ich Ihnen gesagt?« triumphierte er. »Ich habe gesagt, daß er die Karre nicht in die Garage gestellt hat.«

»Aber was Sie nicht gesagt haben, ist, daß er sie da drüben geparkt hat«, sagte Hodge und zeigte durch die Windschutzscheibe auf den schlammbespritzten Escort, den der Corporal, der sich nicht die Mühe gemacht hatte, sich die Hausnummern genauer anzusehen, vor Nummer 65 abgestellt hatte.

»Der Teufel soll mich holen«, sagte Runk. »Was will er denn damit bezwecken?«

»Schauen wir doch nach, ob uns das Tonband was verrät«, schlug der Inspektor vor. »Steigen Sie gleich hier aus; ich fahre dann weiter um die Ecke.«

Aber dieses eine Mal rührte Sergeant Runk sich nicht vom Fleck. »Wenn Sie das verdammte Tonband haben wollen, dann holen Sie es sich selbst«, gab er zurück. »Ein Kerl wie dieser Wilt läßt seinen Wagen doch nicht ohne guten Grund am anderen Ende der Straße stehen, und ich habe keine Lust, diesen verfluchten Grund erst zu erfahren, wenn es zu spät ist. Das ist mein letztes Wort.«

Am Ende war es dann Hodge, der sich vorsichtig an den Wagen heranpirschte. Doch als er unter dem Vordersitz nach dem Tonband tastete, schlug Mrs. Willoughbys dänische Dogge im Haus an.

»Was habe ich Ihnen gesagt?« sagte Runk, als der Inspektor völlig außer Atem auf den Beifahrersitz sank. »Ich hab doch gewußt, daß das eine Falle ist, aber Sie wollten ja nicht auf mich hören.«

Inspektor Hodge war noch zu sehr mit seinen eigenen Gedanken beschäftigt, um darauf zu reagieren. Sein inneres Ohr hörte noch immer das drohende Gebell dieser entsetzlichen Bestie und das kratzende Geräusch ihrer schrecklichen Pfoten an der Tür des Willoughbyschen Hauses.

Er war noch immer völlig mitgenommen von diesem Erlebnis, als sie das Polizeirevier erreichten. »Ich werde ihn kriegen, ich werde ihn schon noch kriegen«, murmelte er, während er sich erschöpft die Treppe hinaufschleppte. Aber seiner Drohung fehlte es an Überzeugungskraft. Er hatte sich wieder an der Nase herumführen lassen und konnte jetzt zum erstenmal Verständnis für

Sergeant Runks Schlafbedürfnis aufbringen. Vielleicht würde es ihm nach ein paar Stunden Schlaf gelingen, eine neue Strategie zu entwickeln.

Auch in Wilts Fall war das Bedürfnis nach Schlaf überwältigend. Die Wirkung von Agenten-Ex auf einen bereits durch die Einnahme von Dr. Kores' sexuellem Stärkungsmittel geschwächten Körper war derart fatal, daß Henry kaum noch wußte, wer er war, und sich völlig außerstande sah, irgendwelche Fragen zu beantworten. Er erinnerte sich dunkel daran, aus einem Toilettenabteil geflohen zu sein oder vielmehr darin eingesperrt gewesen zu sein, aber abgesehen davon herrschte in seinem Kopf ein wildes Durcheinander von Bildern, die keinerlei sinnvollen Zusammenhang erkennen ließen: Männer mit Masken, Gewehre, weggeschleift und in einen Jeep geworfen werden, eine kurze Fahrt, wieder Geschleife, grelles Licht in einem kahlen Raum und ein Mann, der ihn wie ein Wahnsinniger anbrüllte – all das setzte sich zu kaleidoskopartigen Mustern zusammen, die sich ständig veränderten und keinerlei Sinn ergaben. Sie ereigneten sich jetzt gerade oder hatten sich früher ereignet oder stammten vielleicht, nachdem der Mann, der ihn anbrüllte, so unwirklich und weit entfernt wirkte, sogar aus einem früheren Leben – aus einem, das Wilt lieber nicht nochmals durchleben wollte. Selbst als Wilt zu erklären versuchte, daß die Dinge, ganz gleich welche, nicht das waren, was sie schienen, zeigte der brüllende Mann keinerlei Bereitschaft zuzuhören.

Das war wenig überraschend. Die sonderbaren Geräusche, die Wilt von sich gab, gehörten wohl kaum in die Kategorie sprachlicher Äußerungen und schon gar nicht in die plausibler Erklärungen.

»Völlig konfus«, konstatierte der Arzt, den Glaushof hatte rufen lassen, um eventuell mit einer Injektion Wilts kommunikative Fähigkeiten wiederherzustellen. »Das haben Sie von Ihrem Agenten-Ex Zwo. Sie können von Glück reden, wenn er je wieder ein vernünftiges Wort rausbringt.«

»Agenten-Ex Zwo? Wir haben das ganz gewöhnliche Agenten-Ex verwendet«, sagte Glaushof. »Niemand hat mit Agenten-Ex Zwo hantiert. Das ist für die sowjetischen Selbstmordkommandos reserviert.«

»Natürlich«, sagte der Arzt. »Ich sage ja auch nur, was ich diagnostiziere. Lassen Sie die Kanister lieber mal überprüfen.«

»Und Harah, diesen Irren, gleich mit«, wetterte Glaushof und eilte aus dem Zimmer. Als er zurückkam, hatte sich Wilt wie ein Fötus zusammengerollt und schlief tief und fest.

»Agenten-Ex Zwo«, gab Glaushof kläglich zu. »Und was machen wir jetzt?«

»Ich habe getan, was ich kann«, sagte der Arzt. »Ich habe ihm zwei Spritzen gegeben und ihm genügend Gegengift verabreicht, um ihn vor dem, was man offiziell als Gehirntod bezeichnet, zu bewahren...«

»Gehirntod? Aber ich muß den Kerl doch verhören. Es nützt mir gar nichts, wenn er nur noch dahinvegetiert. Er ist ein verdammter Maulwurf, und ich muß rausfinden, wer ihn angesetzt hat.«

»Major Glaushof«, sagte der Arzt mißmutig, »es ist jetzt etwa 0.30 Uhr, und wir haben hier acht Frauen, drei Männer, einen Lieutenant und den da...« – er zeigte auf Wilt – »die allesamt mit Nervengas vergiftet wurden, und wenn Sie glauben, daß ich auch nur einen von ihnen vor einer chemisch induzierten Psychose bewahren kann, dann werde ich das auch tun, aber ich denke nicht daran, einen mutmaßlichen Terroristen mit einem Bruchband an die oberste Stelle meiner Prioritätenliste zu setzen. Wenn Sie ihn verhören wollen, dann müssen Sie eben warten. Und beten. Ach ja, und falls er in acht Stunden nicht aus dem Koma aufgewacht ist, können wir ihn vielleicht als Organspender gebrauchen.«

»Schön langsam, Doktor«, erwiderte Glaushof. »Wenn auch nur *ein* Wort durchsickert, daß einer von denen da...«

»...mit Gas vergiftet wurde?« ergänzte der Doktor ungläubig. »Ich glaube, Ihnen ist gar nicht klar, was Sie da angestellt haben, Major. Die werden sich an überhaupt nichts mehr erinnern.«

»...ein Agent ist«, schrie Glaushof. »Natürlich sind sie mit Gas vergiftet worden. Das ist Lieutenant Harahs Werk.«

»Wie Sie meinen«, sagte der Arzt. »Ich bin für das körperliche Wohlergehen und nicht für die Sicherheit des Luftwaffenstützpunktes zuständig, und ich nehme an, Sie werden dem General schon eine Erklärung für Mrs. Ofreys Zustand geben können. Aber rechnen Sie bloß nicht damit, daß ich behaupte, sie und sieben weitere Frauen seien von Natur aus psychotisch.«

Glaushof erwog die Konsequenzen einer solchen Nachfrage und fand sie entschieden unangenehm. Andererseits gab es ja immer noch Lieutenant Harah… »Hören Sie mal, Doc«, sagte er, »wie krank ist denn Harah überhaupt?«

»Etwa so krank, wie es ein Mann ist, der einen Tritt in den Unterleib bekommen und Agenten-Ex Zwo eingeatmet hat«, meinte der Arzt. »Und das ohne Berücksichtigung seines vorherigen Geisteszustandes. Er hätte lieber auch so was tragen sollen«, sagte er und hielt die Schachtel hoch.

Nachdenklich betrachtete Glaushof das Ding und dann Wilt. »Wozu braucht ein Terrorist denn so was?« fragte er.

»Könnte sein, daß er mit dem gerechnet hat, was Lieutenant Harah zugestoßen ist«, meinte der Arzt und verließ den Raum.

Glaushof folgte ihm ins Nebenzimmer und schickte nach Captain Clodiak. »Nehmen Sie Platz, Captain«, sagte er. »Ich möchte jetzt einen detaillierten Bericht über das, was sich heute abend hier abgespielt hat.«

»Was sich hier abgespielt hat? Woher soll ich denn das wissen? Da kommt dieser Verrückte, dieser Harah…«

Glaushof hob die Hand. »Ich glaube, ich sollte Ihnen sagen, daß Lieutenant Harah momentan schwer krank ist.«

»Was heißt momentan?« entgegnete Clodiak. »Der war doch schon immer krank im Kopf.«

»Ich denke nicht unbedingt an seinen Kopf.«

Captain Clodiak kaute auf ihrem Kaugummi herum. »Dann hat er halt Eier anstelle des Gehirns. Was kümmert's mich.«

»Ich muß Sie hiermit ermahnen«, sagte Glaushof. »Die Strafe für tätliche Beleidigung von Untergebenen ist ziemlich hoch.«

»Weiß ich, aber dasselbe gilt für sexuelle Angriffe auf einen Vorgesetzten.«

»Schon möglich«, sagte Glaushof, »aber es dürfte Ihnen wohl schwerfallen, das zu beweisen.«

»Wollen Sie damit sagen, daß ich lüge?« brauste der Captain auf.

»Nein. Ganz sicher nicht. Ich glaube Ihnen zwar, aber ich frage mich, ob dies jemand anderes auch tun wird.«

»Ich habe Zeugen.«

»Hatten«, korrigierte Glaushof. »Nach allem, was mir die Ärzte sagten, werden die nicht sehr verläßlich sein. Ich möchte sogar soweit gehen zu behaupten, daß sie als Zeugen überhaupt nicht mehr in Frage kommen. Agenten-Ex beeinträchtigt das Gedächtnis. Das sollten Sie doch wissen. Und Lieutenant Harahs Verletzungen sind ärztlicherseits festgestellt worden. Es wird Ihnen wohl kaum gelingen, sie in Abrede zu stellen. Das heißt zwar nicht, daß Sie das müßten, aber ich gebe Ihnen den guten Rat, sich kooperativ zu verhalten.«

Captain Clodiak betrachtete eingehend sein Gesicht. Es war nicht sehr sympathisch, aber an der Tatsache, daß ihre augenblickliche Situation ihr nicht allzu viele Wahlmöglichkeiten ließ, gab es nichts zu rütteln. »Also, was wollen Sie von mir?« fragte sie.

»Ich will wissen, was dieser Wilt gesagt hat und was in seinen Vorlesungen so lief. Hat er irgendwelche Hinweise dafür geliefert, daß er Kommunist ist?«

»Nicht, das ich wüßte«, erwiderte der Captain. »Wäre dem so gewesen, hätte ich das gemeldet.«

»Was hat er denn so von sich gegeben?«

»Er hat hauptsächlich über Dinge wie Parlament und Stimmrecht gesprochen und darüber, wie die Menschen in England die Dinge sehen.«

»Die Dinge sehen?« wiederholte Glaushof und versuchte dahinterzukommen, warum eine attraktive Frau wie Mrs. Clodiak freiwillig solche Kurse besuchte, für die er sogar geblecht hätte, nur um da nicht hin zu müssen. »Was für Dinge denn?«

»Religion und Ehe und ... solche Sachen eben.«

Nach einer Stunde war Glaushof auch nicht schlauer als vorher.

Kapitel 16

Eva saß in der Küche und sah erneut auf die Uhr. Es war fünf Uhr früh. Sie war seit zwei Uhr auf und leistete sich seitdem den Luxus vielfältiger Gefühle. Ihre erste Reaktion beim Zubettgehen hatte darin bestanden, sich zu ärgern.

Der ist bestimmt wieder in die Kneipe gegangen und läßt sich vollaufen, hatte sie gedacht. Und wenn er morgen einen Kater hat, werde ich mit ihm kein Mitleid haben. Dann hatte sie wachgelegen und war von Minute zu Minute wütender geworden, bis sie sich um ein Uhr Sorgen zu machen begann. Es sah Henry gar nicht ähnlich, so lange wegzubleiben. Vielleicht war ihm was zugestoßen. In Gedanken ging sie verschiedene Möglichkeiten durch, angefangen von einem Autounfall bis hin zu einer Festnahme wegen Trunkenheit und Erregung öffentlichen Ärgernisses, und steigerte sich schließlich bis zu dem Punkt, an dem sie wußte, daß ihm im Gefängnis etwas Schreckliches angetan worden war. Schließlich unterrichtete er ja diesen grauenvollen Mörder McCullam und hatte schon am Montag abend beim Nachhausekommen recht sonderbar ausgesehen. Freilich hatte er getrunken, aber trotzdem erinnerte sie sich noch, daß sie gesagt hatte ... Nein, das war nicht am Montag abend gewesen, weil sie da bereits schlief, als er zurückkam. Es mußte am Dienstag morgen gewesen sein. Ja, so war es. Sie hatte zu ihm gesagt, er sähe so sonderbar aus, doch wenn sie es sich genau überlegte, meinte sie eigentlich, daß er aussah, als hätte er Angst. Und dann hatte er gesagt, er habe den Wagen auf einem Parkplatz stehengelassen, und als er abends nach Hause kam, hatte er ständig so unruhig aus dem Fenster auf die Straße geschaut. Zudem hatte er auch noch einen Unfall gebaut, den sie zu dem Zeitpunkt einfach nur seiner üblichen Geistesabwesenheit zugeschrieben hatte, aber wenn sie jetzt darüber nachdachte ... An diesem Punkt hatte Eva das Licht angemacht und war aufgestanden. Irgendwas Schreckliches mußte da im Gange sein, ohne daß sie das geringste davon wußte. Damit war sie wieder beim Ärgern angelangt. Henry hätte ihr Bescheid geben sollen, aber wirklich wichtige Sachen sagte er ihr nie. Er hielt sie für dämlich, und vielleicht war sie ja auch nicht sonderlich talentiert, wenn es darum ging, über Bücher zu diskutieren und auf Parties Konversation zu machen, aber zumindest war sie praktisch veranlagt, und niemand konnte behaupten, daß die Vierlinge keine gute Ausbildung bekämen.

So verging die Nacht. Eva saß in der Küche, kochte sich kannenweise Tee, machte sich Sorgen und wurde wütend und gab dann wieder sich selbst die Schuld, überlegte, wen sie anrufen könnte, und beschloß dann, es sei das beste, überhaupt niemanden anzurufen, weil es ihr doch jeder verübeln würde, wenn sie ihn mitten in der Nacht aufweckte, und außerdem gab es ja vielleicht eine völlig einleuchtende Erklärung, etwa daß der Wagen liegengeblieben war oder daß Henry auf ein Gläschen zu den Braintrees gegangen war und wegen der Polizei und dem Pusteröhrchen dort übernachten mußte, was ja auch ganz vernünftig gewesen wäre, und vielleicht sollte sie doch wieder ins Bett gehen und ein bißchen schlafen... Und durch diesen ganzen Strudel widerstreitender Überlegungen und Gefühle begleiteten sie ein Schuldgefühl und die Erkenntnis, daß es dumm gewesen war, auf Mavis zu hören und auch nur in die Nähe dieser Dr. Kores zu gehen. Was wußte Mavis schließlich von Sex? Sie hatte eigentlich nie erzählt, was zwischen ihr und Patrick im Bett ablief – Eva hätte nicht im Traum daran gedacht, nach so etwas zu fragen, und selbst wenn, hätte Mavis es ihr nicht gesagt –, und Eva hatte lediglich erfahren, daß Patrick Affären mit anderen Frauen hatte. Vielleicht gab es sogar gute Gründe dafür. Vielleicht war Mavis frigide oder verhielt sich zu dominierend oder zu maskulin oder war nicht übertrieben sauber oder sonst was. Was immer der Grund war – sie hatte kein Recht, Patrick diese scheußlichen Steroide oder Hormone zu verabreichen und einen trägen Fettsack aus ihm zu machen – als Mann konnte man ihn eigentlich kaum noch bezeichnen –, der jeden Abend vor der Glotze hockte und mit seiner Arbeit nicht mehr anständig zurecht kam. Außerdem war Henry kein schlechter Ehemann. Er war einfach nur geistesabwesend und dachte ständig über Dinge nach, die mit dem, was er gerade machte, nicht das Mindeste zu tun hatten. Wie an jenem Sonntag, als er Kartoffeln fürs Mittagessen schälte und plötzlich sagte, der Vikar würde Polonius als verdammtes Genie hinstellen, wobei es gar keinen Anlaß für diese Bemerkung gegeben hatte, weil er zwei Sonntage hintereinander nicht in der Kirche gewesen war, und er auf ihre Frage, wer Polonius denn sei, gesagt hatte, überhaupt niemand, nur eine Figur aus einem Stück.

Nein, von Henry konnte man wirklich keinen Sinn fürs Praktische erwarten, und sie stellte sich eben darauf ein. Natürlich gab es Reibereien und Meinungsverschiedenheiten, vor allem wegen der Vierlinge. Warum konnte er bloß nicht einsehen, daß sie etwas ganz Besonderes waren? Nun, eigentlich tat er das, bloß eben verkehrt, und daß er sie als »Klone« bezeichnete, machte die Sache auch nicht besser. Eva fielen noch andere Bezeichnungen ein, die er gebraucht hatte und die auch nicht sonderlich nett waren. Und dann war da neulich noch diese entsetzliche Geschichte mit der Tortenspritze. Der Himmel allein mochte wissen, welche Folgen das für die Vorstellung der Mädchen von Männern haben mochte. Und damit war sie beim eigentlichen Problem: Henry wußte einfach nicht, was Romantik war. Eva stand vom Küchentisch auf und versuchte ihre Nerven dadurch zu beruhigen, daß sie anfing, die Speisekammer zu putzen. Um halb sieben stand plötzlich Emmeline im Schlafanzug vor ihr.

»Was tust du denn da?« fragte sie so überflüssigerweise, daß Eva prompt den Köder schluckte.

»Das ist doch offensichtlich«, fauchte sie. »Kein Grund, so eine dumme Frage überhaupt zu stellen.«

»Für Einstein war es nicht offensichtlich«, entgegnete Emmeline mit ihrer bewährten Technik, Eva an ein Thema heranzulocken, von dem sie keine Ahnung hatte, das sie jedoch gutheißen mußte.

»Was denn?«

»Daß die kürzeste Entfernung zwischen zwei Punkten eine Gerade ist.«

»Das ist doch so, oder?« sagte Eva, während sie eine Dose mit Feinschmecker-Marmelade aus dem Fach mit Sardinen- und Thunfischkonserven nahm und in die Marmeladenglas-Ecke stellte, wo sie etwas deplaziert wirkte.

»Natürlich nicht. Das weiß doch jeder. Es ist eine Kurve. Wo ist denn Daddy?«

»Ich verstehe nicht, was... was meinst du mit ›Wo ist Daddy?‹«
sagte Eva völlig überrumpelt durch diesen Sprung vom Unbegreif-
lichen zum Naheliegenden.

»Ich habe gefragt, wo er ist«, sagte Emmeline. »Er ist nicht zu
Hause, oder?«

»Nein, ist er nicht«, gab Eva zurück, hin- und hergerissen zwischen der Versuchung, ihrem Unwillen Luft zu machen und der
Notwendigkeit, Ruhe zu bewahren. »Er ist eben nicht da.«

»Wo ist er denn hingegangen?« fragte Emmeline.

»Er ist nirgends hingegangen«, erwiderte Eva und stellte die
Marmelade wieder ins Fischfach. Konservendosen paßten einfach
nicht zu Marmeladegläsern. »Er hat bei den Braintrees über-
nachtet.«

»Dann hat er sich wohl wieder vollaufen lassen«, sagte Emmeline. »Glaubst du, daß er Alkoholiker ist?«

Eva griff drohend nach einer Kaffeekanne. »Wie kannst du es
wagen, so über deinen Vater zu reden!« fauchte sie. »Natürlich
trinkt er was, wenn er abends nach Hause kommt. Das tut fast
jeder. Das ist völlig normal, und ich werde nicht zulassen, daß du
solche Sachen über deinen Vater sagst.«

»*Du* sagst Sachen über ihn«, erwiderte Emmeline. »Ich habe gehört, wie du ihn einen...«

»Kümmere dich nicht um das, was ich sage«, fuhr Eva sie an.
»Das ist etwas völlig anderes.«

»Das ist gar nichts anderes«, beharrte Emmeline, »wenigstens
nicht, wenn du ihn als Alkoholiker bezeichnest, und außerdem habe ich dich doch nur was gefragt, und du sagst doch immer, wir
sollen...«

»Geh sofort hinauf in dein Zimmer«, sagte Eva. »Ich dulde
nicht, daß du so mit mir redest. Kommt nicht in Frage.«

Emmeline verschwand, und Eva sank erneut am Küchentisch
zusammen. Es war wirklich schlimm, daß Henry den Vierlingen
keinerlei Respekt beigebracht hatte. Immer überließ er es ihr, den
Zuchtmeister zu spielen. Er sollte einfach mehr Autorität haben.
Sie ging wieder in die Speisekammer und sorgte dafür, daß die Pak-
kungen und Töpfe und Dosen genau dort standen, wo sie sie haben
wollte. Als sie damit fertig war, war ihr etwas wohler. Sie trieb die
Vierlinge dazu an, sich rasch anzuziehen.

»Heute morgen müssen wir den Bus erwischen«, verkündete sie, als sie zum Frühstück erschienen. »Daddy hat den Wagen und...«

»Hat er nicht«, widersprach Penelope. »Den hat Mrs. Willoughby.«

Eva, die gerade Tee eingoß, schüttete ihn daneben. »Was hast du gesagt?«

Penelope grinste selbstzufrieden. »Mrs. Willoughby hat den Wagen.«

»Mrs. Willoughby? – Ja, ich weiß, daß ich den Tee verschüttet habe, Samantha. – Was meinst du, Penny? – Das kann nicht sein.«

»Sie hat ihn aber«, wiederholte Penelope überheblich. »Der Milchmann hat es mir gesagt.«

»Der Milchmann? Er muß sich geirrt haben«, sagte Eva.

»Hat er aber nicht. Er hat eine Heidenangst vor dem Riesenhund von Nummer 65 und stellt die Milch daher immer nur vors Gartentor; und da steht auch unser Auto. Ich bin hin und habe es selbst gesehen.«

»Und war dein Vater auch da?«

»Nein, es war leer.«

Eva setzte die Teekanne mit zitternder Hand ab und überlegte, was das zu bedeuten hatte. Wenn Henry nicht im Auto saß...

»Vielleicht ist Daddy von der Dogge gefressen worden«, meinte Josephine.

»Dieser Hund frißt keine Menschen. Er beißt ihnen nur die Kehle durch und läßt sie dann hinten im Garten beim Abfallhaufen liegen«, sagte Emmeline.

»Stimmt überhaupt nicht. Er bellt nur. Er ist sogar ziemlich nett, wenn man ihm Lammkoteletts und so was gibt«, widersprach Samantha und lenkte damit ungewollt Evas Aufmerksamkeit von der entsetzlichen Möglichkeit ab, daß sich Henry in seinem betrunkenen Zustand im Haus geirrt und von der dänischen Dogge tödlich verletzt worden sein könnte. Andererseits pulste ja noch immer Dr. Kores' Gebräu durch seine Adern...

Penelope faßte diesen Gedanken in Worte. »Es ist viel wahrscheinlicher, daß Mrs. Willoughby ihn vernascht hat«, meinte sie. »Mr. Gamer behauptet, sie sei verrückt nach Sex. Ich habe gehört, wie er das zu Mrs. Gamer gesagt hat, als sie sagte, sie wollte es.«

207

»Wollte was?« fragte Eva, die diese Enthüllung zu sehr aus der Fassung brachte, als daß sie sich noch weiter mit den aus der Tiefkühltruhe verschwundenen Koteletts hätte befassen können. Die Sache konnte sie auch noch später abhandeln.

»Das Übliche«, sagte Penelope, ohne ihren Abscheu zu verhehlen. »Sie können gar nicht mehr damit aufhören, und Mrs. Gamer sagte, sie sei auf dem besten Weg, genauso zu werden wie Mrs. Willoughby, nachdem Mr. Willoughby mitten dabei gestorben sei, und er habe nicht vor, auch so zu enden.«

»Das ist nicht wahr«, sagte Eva, ohne es eigentlich zu wollen.

»Und ob«, erwiderte Penelope. »Sammy hat es auch gehört, stimmt's?«

Samantha nickte.

»Er war in der Garage und spielte an sich herum wie der kleine Paul aus der 3b, und wir konnten jedes Wort verstehen«, sagte sie. »Er hat jede Menge *Playboys* da drin und solche Bücher, und sie kam rein und sagte...«

»Ich will es gar nicht hören«, sagte Eva und beendete damit dieses faszinierende Thema. »Es ist höchste Zeit, daß ihr eure Sachen zusammenpackt. Ich gehe schon mal vor und hole das Auto...« Sie stockte. Es hörte sich so einfach an – hingehen und den Wagen vor dem Haus eines Nachbarn abholen –, aber die Sache hat einen gewaltigen Haken. Falls sich Henry wirklich in Mrs. Willoughbys Haus befand, würde sie diesen Skandal nicht überleben. Trotzdem mußte etwas passieren, denn es war schon skandalös genug, wenn die Nachbarn den Escort dort sahen. Mit jener wilden Entschlossenheit, mit der Eva sich stets peinlichen Situationen stellte, schlüpfte sie in ihren Mantel und marschierte aus dem Haus. Wenig später saß sie im Escort und versuchte ihn anzulassen. Doch wie üblich, wenn sie in Eile war, leierte der Anlasser, ohne daß etwas passierte. Um genau zu sein, passierte schon etwas, aber nicht das, worauf sie gehofft hatte. Die Haustür ging auf, und heraus sprang die dänische Dogge, gefolgt von Mrs. Willoughby im Morgenmantel. Für Evas Begriffe war das genau die Art Morgenmantel, den eine sextolle Witwe tragen würde. Eva kurbelte das Fenster herunter, um ihr zu erklären, daß sie nur den Wagen abholte, kurbelte es aber sofort wieder hoch. Was immer ihr Samantha in ihrer Feinfühligkeit für diesen Hund einreden mochte, Eva war mißtrauisch.

»Ich will die Mädchen nur in die Schule fahren«, sagte sie, ohne damit die Situation auch nur im mindesten angemessen zu erklären.

Draußen bellte die dänische Dogge, und Mrs. Willoughbys Lippen formten Worte, die Eva nicht verstehen konnte. So kurbelte sie das Fenster wieder ein paar Zentimeter herunter. »Ich sagte, ich würde nur die Mädchen...«, begann sie.

Zehn Minuten später fuhr Eva im Anschluß an einen äußerst bissigen Wortwechsel, in dessen Verlauf Mrs. Willoughby Evas Recht, vor anderer Leute Häusern zu parken, bestritten hatte und Eva sich nur durch die Gegenwart des Hundes hatte abhalten lassen, für sich das Recht in Anspruch zu nehmen, das Haus nach ihrem Henry zu durchsuchen, und sich wohl oder übel darauf beschränken mußte, herbe moralische Kritik an dem Morgenmantel zu äußern, die Vierlinge wütend in die Schule. Erst als sie sie dort abgeliefert hatte, stürmten ihre eigenen Sorgen wieder auf sie ein. Wenn nicht Henry den Wagen vor die Tür dieses Scheusals gestellt hatte – und sie konnte sich nicht recht vorstellen, daß er der dänischen Dogge unerschrocken gegenübergetreten war, es sei denn, er wäre sturzbetrunken gewesen, und dann hätte er wohl kaum großes Interesse an Mrs. Willoughby gehabt –, dann mußte es jemand anders gewesen sein. Eva fuhr zu den Braintrees, von denen sie noch beunruhigter zurückkam. Betty war ganz sicher, daß Peter gesagt hatte, er habe Henry fast die ganze Woche nicht gesehen. Und in der Berufsschule war es dasselbe. Sein Büro war leer, und Mrs. Bristol behauptete steif und fest, er sei seit Mittwoch nicht mehr dagewesen. Damit blieb nur noch das Gefängnis.

Schreckliches ahnend, griff Eva zum Telefon in Henrys Büro. Als sie den Hörer wieder auflegte, spiegelte sich Panik in ihrem Gesicht. Seit Montag war Henry nicht im Gefängnis gewesen? Aber er hatte diesen Verbrecher doch auch jeden Freitag unterrichtet... Nein. Hatte er nicht. Und in Zukunft würde er ihn auch montags nicht mehr unterrichten, weil Mac dem Staat nicht länger zur Last fiel, wenn man es so ausdrücken wollte. Aber Henry hatte doch am Freitag mit McCullam gearbeitet. Nein, hatte er nicht. Häftlingen von dessen Kaliber war doch nicht jeden Abend ein hübscher kleiner Plausch gestattet, ist doch verständlich, oder? Ja, er sei da ganz sicher. Freitags kam Mr. Wilt nie ins Gefängnis.

Während sie allein im Büro ihres Mannes saß, verwandelte sich Evas Panik in unbändige Wut und dann wieder zurück. Henry hatte sie betrogen. Er hatte sie angelogen. Mavis hatte recht, er hatte die ganze Zeit eine andere Frau gehabt. Aber das war unmöglich. Das hätte sie gewußt. So was hätte er nicht für sich behalten können. Dazu war er viel zuwenig schlau und pragmatisch. Es hätte irgendwas gegeben, das ihn verraten hätte, Haare auf seinem Mantelkragen oder Lippenstift oder Puder oder sonst was. Und warum? Doch bevor sie über diese Frage nachdenken konnte, streckte Mrs. Bristol den Kopf zur Tür herein und fragte, ob sie vielleicht eine Tasse Kaffee wolle. Eva riß sich zusammen und beschloß, den Tatsachen ins Gesicht zu sehen. Sie würde niemandem die Genugtuung gönnen, sie zusammenbrechen zu sehen.

»Nein danke«, sagte sie, »das ist sehr freundlich von Ihnen, aber ich muß jetzt gehen.« Und ohne Mrs. Bristol Gelegenheit zu weiteren Fragen zu geben, marschierte Eva hinaus und ging mit betont festem Schritt die Treppen hinunter. Als sie den Wagen erreichte, war es fast um ihre Beherrschung geschehen, aber Eva hielt durch, bis sie wieder in der Oakhurst Avenue angelangt war. Und selbst angesichts all der Beweise ringsum, die in Gestalt von Henrys Regenmantel, seiner Mappe und seinen Schuhen, die er zum Putzen herausgestellt und nicht geputzt hatte, von seinem Verrat kündeten, gestattete sie sich kein Selbstmitleid. Irgendwas stimmte nicht. Etwas, das bewies, daß Henry sie nicht hintergangen hatte. Wenn sie doch nur dahinterkommen könnte.

Es hatte irgendwas mit dem Auto zu tun. Henry hätte es nie vor Mrs. Willoughbys Haus stehen lassen. Nein, das war es nicht. Es war ... Sie ließ die Autoschlüssel auf den Küchentisch fallen und erkannte plötzlich ihre Bedeutung. Sie hatten im Zündschloß gesteckt, als sie den Wagen holte, und am Schlüsselring hing auch der Türschlüssel zur Oakhurst Avenue 45. Hatte Henry sie ohne Vorwarnung verlassen und nur den Hausschlüssel, aber keine Nachricht hinterlassen? Eva glaubte es einfach nicht. Nicht eine Sekunde lang. In solchen Dingen hatte ihr Instinkt sie noch nie getrogen, und sie war sich sicher, daß Henry etwas Schreckliches zugestoßen war. Eva setzte den Wassertopf auf und überlegte, was sie tun sollte.

»Hören Sie, Ted«, sagte Flint, »Sie packen die Sache an, wie Sie wollen. Wenn Sie mir den Rücken kratzen, kratze ich den Ihren. Klarer Fall. Alles was ich möchte, ist...«

»Wenn ich Ihren Rücken kratze«, erwiderte Lingon, »werde ich bald keinen Scheißrücken zum Kratzen mehr haben. Jedenfalls keinen, den Sie anlangen möchten, falls Sie ihn unter einer Autobahnbrücke finden sollten. Und jetzt seien Sie so nett und verschwinden Sie.«

Inspektor Flint machte es sich auf einem Stuhl bequem und sah sich in dem winzigen Büro im hintersten Eck einer vergammelten Autowerkstatt um. Abgesehen von einem Aktenschrank, dem üblichen Nackedei-Kalender, einem Telefon und dem Schreibtisch war für Flint das einzig Interessante in diesem Raum Mr. Lingon. Und in Flints Augen war Mr. Lingon ein Gegenstand, ein ziemlich häßlicher Gegenstand, untersetzt, verwahrlost und korrupt. »Na, wie gehen die Geschäfte?« fragte er betont desinteressiert. Draußen vor dem Glasverschlag spritzte ein Mechaniker einen Lingon-Reisebus ab, der sich als de luxe ausgab.

Mr. Lingon grunzte und zündete sich am Stummel seiner Zigarette die nächste an. »Bis Sie hier aufgetaucht sind, gut«, entgegnete er. »Und jetzt tun Sie mir bitte einen Gefallen und lassen Sie mich in Frieden. Ich weiß nicht, wovon Sie reden.«

»Genau davon«, sagte Flint.

»Genau davon? Was soll das denn heißen?«

Flint ignorierte die Frage. »Wie viele Jahre haben Sie beim letztenmal gebrummt?« erkundigte er sich.

»Lieber Himmel«, sagte Lingon. »Ich war drin. Das ist Jahre her. Aber ihr Banditen laßt nie locker, ihr nicht. Ein paar kleine Brüche, jemand kriegt zwei Meilen von hier eins über den Schädel, völlig egal, was. Und zu wem kommt ihr? Wer steht auf eurer Liste? Ted Lingon. Also nichts wie los und ihn unter Druck setzen. Was besseres fällt euch Arschlöchern wohl nie ein. Keine Phantasie.«

Flint wandte seine Aufmerksamkeit von dem Mechaniker ab und fixierte Mr. Lingon. »Wer braucht schon Phantasie?« sagte er. »Eine hübsche, unterschriebene Aussage, von Zeugen bestätigt, und alles sauber und ehrlich und keine krummen Sachen. Das ist viel besser als Phantasie. Hält auch vor Gericht stand.«

»Aussage? Was für eine Aussage?« Jetzt fühlt sich Mr. Lingon sichtlich unbehaglich.

»Wollen Sie nicht erst wissen, von wem?«

»Also gut. Von wem?«

»Clive Swannell.«

»Diese alte Tunte? Das soll wohl ein Witz sein. Der würde nie...« Er stutzte. »Sie versuchen wohl, mich reinzulegen.«

Flint lächelte zuversichtlich. »Und wie steht's mit dem Rocker?«

Lingon drückte seine Zigarette aus und schwieg.

»Ich hab's schwarz auf weiß. Vom Rocker auch. Nicht schlecht, was? Soll ich weitermachen?«

»Ich weiß wirklich nicht, wovon Sie reden, Inspektor«, sagte Lingon. »Und wenn Sie jetzt nichts dagegen hätten...«

»Als nächstes auf meiner Liste«, fuhr Flint genüßlich fort, »steht ein kleines, hübsches Ding drunten aus Chingford. Heißt Annie Mosgrave. Hat eine besondere Vorliebe für Pakistanis. Und chinesische Dreier. Richtige Kosmopolitin, das Mädchen. Aber sie hat eine recht nette Handschrift und ist nicht scharf darauf, daß ihr irgendein Kerl einen Besuch mit dem Metzgerbeil abstattet.«

»Sie lügen. Verdammte Lügen sind das«, sagte Lingon, während er auf seinem Stuhl hin und her rutschte und an der Zigarettenschachtel herumfingerte.

Flint zuckte die Achseln. »Natürlich. Wie könnte es anders sein? So ein blöder, alter Bulle wie ich muß ja lügen. Vor allem, wenn er unterschriebene Aussagen gut versperrt in der Schublade hat. Aber glaub bloß nicht, daß ich dir den Gefallen tun werde, dich auch wegzusperren, Teddie-Boy. Nein, ich mag nun mal keine Drogenschweine. Absolut nicht.« Er beugte sich vor und lächelte. »Nein, ich werde nur bei der Leichenschau anwesend sein. Bei deiner Leichenschau, Teddie-Liebling. Und vielleicht werde ich mir sogar Mühe geben, dich zu identifizieren. Wird freilich schwierig sein. Wird es doch, oder? Keine Füße, keine Hände, sämtliche Zähne ausgeschlagen... das heißt, falls der Kopf überhaupt noch dran ist und sie ihn nicht verbrannt haben, nachdem sie es dem Rest von dem, was du mal warst, besorgt haben. Bei so was sind sie recht gründlich. Wirklich abscheulich. Erinnerst du dich noch an Chris drüben in Thurrock? Muß wirklich ein grauenhafter Tod sein, einfach so zu verbluten. Rissen ihm...«

»Maul halten«, brüllte Lingon, bleich im Gesicht und zitternd.

Flint stand auf. »Das war's für heute«, sagte er. »Aber nur für heute. Du willst keine Geschäfte machen – mir soll's recht sein. Ich werd jetzt gehen, und du wirst mich nicht wieder sehen. Statt dessen wird irgendein Kerl kommen, den du nicht mal kennst. Will einen Bus mieten, um Leute nach Buxton zu bringen. Legt das Geld auf den Tisch, fackelt nicht lange, und dann weißt du nur noch, daß du dir wünschen würdest, ich wäre es gewesen und nicht einer von Macs Freunden mit einer Baumschere.«

»Mac ist tot«, sagte Lingon fast flüsternd.

»Das habe ich gehört«, erwiderte Flint. »Aber Roddie Eaton läuft noch frei herum und kümmert sich um den Laden. Komischer Kerl, dieser Roddie. Was ich so höre, hat er seinen Spaß daran, anderen weh zu tun, vor allem, wenn sie ihn mit ihrem Wissen lebenslänglich hinter Schloß und Riegel bringen könnten und er sich nicht drauf verlassen kann, daß sie nicht singen.«

»Für mich gilt das nicht«, sagte Lingon. »Ich verpfeife niemanden.«

»Wollen wir wetten? Du wirst dir deine miese kleine Seele aus dem Leib brüllen, bevor sie überhaupt richtig angefangen haben«, sagte Flint und öffnete die Tür.

Doch Lingon hielt ihn zurück. »Ich brauche Sicherheitsgarantien«, sagte er. »Die muß ich haben.«

Flint schüttelte den Kopf. »Ich hab's dir doch gesagt. Ich bin ein blöder, alter Bulle. Ich habe keine Begnadigungen anzubieten. Wenn du mich sprechen und mir alles erzählen willst, werde ich dasein. Bis ein Uhr.« Er warf einen Blick auf seine Uhr. »Du hast genau eine Stunde und zwölf Minuten Zeit. Danach machst du deinen Laden besser dicht und kaufst dir ein Schießeisen. Und es wird dir gar nichts nützen, zu diesem Telefon da zu greifen, weil ich es doch erfahre. Dasselbe gilt für jede Telefonzelle. Und um fünf nach eins wird Roddie auch Bescheid wissen.«

Flint machte kehrt und ging. Der elende kleine Pisser würde schon angekrochen kommen. Ganz sicher. Allmählich paßte alles recht hübsch – oder vielmehr häßlich – zusammen. Und Hodge war auch erledigt. Das war alles recht erfreulich und bewies nur wieder

213

einmal, was er schon immer gesagt hatte, daß nämlich jahrelange Erfahrung durch nichts wettzumachen war. Freilich war es auch nützlich, einen Sohn wegen Drogenschmuggel im Gefängnis sitzen zu haben, doch hatte Inspektor Flint nicht die Absicht, dem Polizeichef seine Informationsquelle zu verraten, wenn er seinen Bericht ablieferte.

Kapitel 17

»Ein eingeschleuster Agent?« donnerte der General der Luftwaffe, unter dessen Kommando Baconheath stand. »Und warum hat man mich nicht sofort informiert?«

»Ja, Sir, das ist eine gute Frage, Sir«, sagte Glaushof.

»Ist es nicht, Major, es ist eine idiotische Frage. Eine, die gar nicht gestellt werden dürfte. Ich sollte gar keine Fragen stellen müssen. Ich bin doch nicht dazu da, Fragen zu stellen. Ich führe ein strenges Regiment und erwarte von meinen Leuten, daß sie sich ihre Fragen selbst beantworten.«

»Genauso habe ich es gehandhabt, Sir«, sagte Glaushof.

»Was gehandhabt?«

»Die Situation, Sir, mit einem eingeschleusten Agenten konfrontiert zu sein. Ich sagte mir . . .«

»Es interessiert mich nicht, was Sie sich gesagt haben, Major. Mich interessiert nur das Ergebnis«, brüllte der General. »Und ich will jetzt wissen, welche Ergebnisse Sie erzielt haben. Meiner Zählung nach laufen die von Ihnen erzielten Ergebnisse darauf hinaus, daß Sie zehn hier stationierte Leute beziehungsweise deren Angehörige mit Gas vergiftet haben.«

»Elf, Sir«, sagte Glaushof.

»Elf? Noch schlimmer.«

»Mit dem Agenten Wilt sind es zwölf, Sir.«

»Warum haben Sie dann gerade von elf gesprochen?« herrschte ihn der General an, während er mit dem Modell einer B52 spielte.

»Lieutenant Harah, Sir, hat im Verlauf der Aktion Gas abbekommen, Sir, und ich bin stolz darauf, Ihnen berichten zu dürfen, daß wir ohne sein beherztes Vorgehen angesichts des entschlossenen Widerstandes seitens des Feindes mit schweren Zwischenfällen und einer möglichen Geiselnahme konfrontiert gewesen wären, Sir.«

215

General Belmonte legte die B52 hin und streckte die Hand nach einer Flasche Scotch aus, als ihm einfiel, daß er die Situation im Griff behalten mußte. »Von Widerstand habe ich bisher nichts gehört«, sagte er deutlich freundlicher.

»Nein, Sir. Angesichts der derzeitigen öffentlichen Meinung, Sir, schien es nicht ratsam, eine Presseerklärung herauszugeben«, sagte Glaushof. Nachdem es ihm gelungen war, den Fragen des Generals auszuweichen, konnte er jetzt dazu übergehen, etwas Druck auszuüben. Wenn der Kommandant eines haßte, dann jegliche Anspielung auf Publicity. »Wie ich die Sache sehe, Sir, wird die Publicity...«

»Um Gottes willen, Glaushof«, wetterte der General, »wie oft muß ich Sie noch daran erinnern, daß es keine Publicity zu geben hat? Das ist Direktive Nr. 1, von höchster Stelle. Keine Publicity, verdammt. Glauben Sie denn, wir können die Freie Welt gegen den Feind verteidigen, wenn wir Publicity bekommen? Ich wünsche, daß das ein für allemal klar ist. Keine Publicity, zum Teufel.«

»Völlig klar, General«, sagte Glaushof. »Aus diesem Grund habe ich ja auch eine Nachrichtensperre für sämtliche Informationsdienste angeordnet und eine totale Verkehrsstop-Order verhängt. Denn wenn es durchsickern würde, daß wir ein Infiltrationsproblem hatten...« Er legte eine Pause ein, um den General Kräfte für einen zweiten Ansturm auf das Thema Publicity sammeln zu lassen. Dieser erfolgte in mehreren Schüben. Als das Bombardement beendet war, rückte Glaushof mit seiner eigentlichen Absicht heraus. »Gestatten Sie mir zu sagen, Sir, daß ich glaube, daß wir seitens der Abwehr bei der Informationssperre mit Schwierigkeiten rechnen müssen.«

»So, tun Sie das? Dann lassen Sie sich eines gesagt sein, Major, und das ist ein Befehl, ein absolut erstrangiger Spitzenbefehl: Es wird eine Nachrichtensperre für sämtliche Informationsdienste angeordnet und eine totale Verkehrsstop-Order verhängt. So lautet mein Befehl, verstanden?«

»Jawohl, Sir«, erwiderte Glaushof. »Ich werde ihn sofort an die Abwehrzentrale weiterleiten. Denn wenn da irgendwas an die Presse durchsickern würde...«

»Major Glaushof, das ist ein Befehl, und ich wünsche, daß er auf der Stelle in sämtlichen Abteilungen in Kraft tritt.«

216

»Die Abwehr eingeschlossen, Sir?«

»Natürlich die Abwehr eingeschlossen«, bellte der General. »Unsere Abwehr ist die beste auf der ganzen Welt, und ich werde ihren ausgezeichneten Ruf doch nicht dadurch gefährden, daß ich sie dem störenden Einfluß der Medien aussetze. Ist das klar?«

»Jawohl, Sir«, sagte Glaushof und machte sich umgehend davon, um die Postierung einer bewaffneten Wache an der Abwehrzentrale anzuordnen und das Personal dahingehend zu instruieren, daß totale Verkehrsstop-Order herrsche. Da niemand so recht wußte, was eine Verkehrsstop-Order war, reichten die verschiedenen Interpretationen vom einfachen Ein- und Ausfuhrverbot für Fahrzeuge aller Art in und aus den Zivilunterkünften bis hin zur höchsten Alarmstufe auf dem Flugplatz, die allerdings während der ganzen Nacht nur mit Unterbrechungen gewährleistet war, da Schwaden von Agenten-Ex die Sensoren zum Aufspüren chemischer Kampfstoffe wiederholt außer Kraft setzten. Bis zum Vormittag waren derart massiv widersprüchliche Gerüchte im Umlauf, daß Glaushof sich schon wieder sicher genug fühlte, um seine Frau wegen Lieutenant Harahs sexueller Insubordination anzuschnauzen, bevor er seinen wohlverdienten Schlaf nachholte. Für Wilts Befragung wollte er gut in Form sein.

Doch als er zwei Stunden später das gut bewachte Krankenzimmer betrat, war Wilt anscheinend nicht in der Stimmung, Fragen zu beantworten. »Warum verschwinden Sie nicht einfach und lassen mich schlafen?« murmelte er undeutlich und drehte sich auf die andere Seite. Glaushof betrachtete seinen Rücken.

»Geben Sie ihm noch einen Schuß«, wies er den Arzt an.

»Was für einen Schuß denn?«

»Von dem Zeug, das sie ihm gestern abend verpaßt haben.«

»Ich hatte gestern abend gar keinen Dienst«, erwiderte der Arzt. »Und außerdem, wer sind Sie überhaupt, daß Sie mir sagen wollen, was ich ihm geben soll?«

Glaushof ließ seinen Blick von Wilts Rücken zum Arzt hinüberwandern. »Ich bin Glaushof. Major Glaushof, Doktor, falls Sie noch nichts von mir gehört haben sollten. Und ich befehle Ihnen, diesem kommunistischen Schweinehund was zu geben, was ihn aus diesem Bett hier treibt, damit ich ihm ein paar Fragen stellen kann.«

Der Arzt zuckte die Achseln. »Wenn Sie meinen, Major«, sagte er und vertiefte sich in Wilts Krankenblatt. »Was würden Sie denn empfehlen?«

»Ich?« fragte Glaushof. »Woher zum Teufel soll ich denn das wissen? Ich bin doch kein verdammter Arzt.«

»Ich aber zufällig«, entgegnete der Arzt, »und ich sage Ihnen, daß ich diesem Patienten vorerst keine weiteren Medikamente verabreichen werde. Der Mann war einem hochtoxischen Agenten...«

Weiter kam er nicht. Unwillig grunzend schob ihn Glaushof durch die Tür auf den Gang hinaus. »Jetzt hören Sie mir mal gut zu«, schnarrte er, »ich will nichts hören von wegen Mediziner-ethik und solchem Quatsch. Der Typ, der da drin liegt, ist ein gefährlicher feindlicher Agent und gehört nicht einmal in die Kategorie eines Patienten. Haben Sie mich verstanden?«

»Sicher«, sagte der Arzt nervös. »Sicher habe ich Sie verstanden. Laut und deutlich. Würden Sie vielleicht jetzt Ihre Finger wieder von mir wegnehmen?«

Glaushof ließ seinen Kittel los. »Und jetzt besorgen Sie was, was diesen Scheißkerl zum Reden bringt, und zwar ein bißchen plötzlich«, sagte er. »Schließlich bedeutet er ein erhebliches Sicherheitsrisiko.«

»Das kann man wohl behaupten«, sagte der Arzt und eilte davon. Zwanzig Minuten später wurde ein völlig verwirrter und in eine Decke eingehüllter Wilt aus der Krankenstation geschafft und mit Höchstgeschwindigkeit in Glaushofs Büro gefahren, wo man ihn auf einen Stuhl setzte. Glaushof hatte bereits das Tonbandgerät eingeschaltet. »Okay, und nun werden Sie uns alles erzählen«, sagte er.

»Was denn erzählen?« fragte Wilt.

»Wer Sie geschickt hat«, sagte Glaushof.

Wilt dachte über die Frage nach. Soweit er feststellen konnte, stand sie in keinerlei Beziehung zu dem, was mit ihm geschah, außer daß sie nicht das mindeste mit der Realität zu tun hatte. »Mich geschickt?« wiederholte er. »Haben Sie das gesagt?«

»Genau das habe ich gesagt.«

»Hab ich mir doch gedacht«, entgegnete Wilt und verfiel in nachdenkliches Schweigen.

»Also?« sagte Glaushof.

»Also was?« sagte Wilt in der Hoffnung, durch den unverschämten Unterton ein wenig von seinem Kampfgeist zurückzugewinnen.

»Also, wer hat Sie geschickt?«

Wilt suchte bei einem Porträt von Präsident Eisenhower, das hinter Glaushofs Kopf hing, Erleuchtung, blickte jedoch ins Leere. »Mich geschickt?« sagte er und bereute es im selben Augenblick. Glaushofs Gesichtsausdruck stach unangenehm von dem des ehemaligen Präsidenten ab. »Niemand hat mich geschickt.«

»Hören Sie zu«, sagte Glaushof. »Bis jetzt sind wir sehr freundlich mit Ihnen umgegangen. Das heißt aber nicht, daß es so bleiben muß. Es könnte sehr unangenehm für Sie werden. Also, wollen Sie jetzt reden oder nicht?«

»Ich bin jederzeit bereit, zu reden«, sagte Wilt, »obwohl ich schon sagen muß, daß Ihre Definition von freundlich nicht die meine ist. Ich meine, mit Gas vergiftet zu werden und...«

»Wollen Sie meine Definition von unangenehm hören?« fragte Glaushof.

»Nein«, sagte Wilt hastig, »ganz sicher nicht.«

»Dann reden Sie.«

Wilt schluckte. »Gibt es irgendein Thema, an dem Sie besonders interessiert sind?« fragte er.

»Zum Beispiel, wer Ihre Verbindungsleute sind«, sagte Glaushof.

»Verbindungsleute?« sagte Wilt.

»Für wen Sie arbeiten. Und ich möchte keinerlei Unsinn dergestalt hören, daß Sie an der Berufsschule für Geisteswissenschaften und Gewerbekunde von Fenland unterrichten. Ich will wissen, wer diese Operation angeleiert hat.«

»Gut«, sagte Wilt und tauchte erneut in ein gedankliches Labyrinth ein, in dem er sich prompt verirrte. »Wenn Sie sagen ›diese Operation‹, dann würde ich gerne wissen, ob es Ihnen was ausmachen würde...« Er brach ab. Glaushofs Blick war jetzt noch bedrohlicher als zuvor. »Ich will damit sagen, ich weiß nicht, wovon Sie eigentlich reden.«

»So, das wissen Sie nicht?«

»Ich fürchte, nein. Ich meine, wenn ich es wüßte...«

219

Tadelnd bewegte Glaushof seinen Zeigefinger vor Wilts Nase hin und her.

»Bei uns hier könnte glatt ein Kerl verschwinden, ohne daß es draußen jemand erfährt«, sagte er. »Wenn Sie das selbst ausprobieren wollen, brauchen Sie es nur zu sagen.«

»Durchaus nicht«, sagte Wilt und versuchte den Finger zu fixieren, um zu vermeiden, daß sich seine Phantasie diese Möglichkeit im Detail ausmalte. »Vielleicht könnten Sie mir dann Fragen stellen, die ich beantworten kann...«

Glaushofs Finger verschwand. »Fangen wir damit an, woher Sie die Sender haben«, schlug er vor.

»Sender?« fragte Wilt. »Sagten Sie Sender? Was für Sender?«

»Die in Ihrem Wagen.«

»Die in meinem Wagen?« sagte Wilt. »Sind Sie sicher?«

Glaushofs Finger umklammerten den Rand der Schreibtischplatte, und sehnsüchtige Mordgedanken bewegten ihn. »Sie glauben wohl, Sie können einfach hier reinkommen, auf das Territorium der Vereinigten Staaten, und...«

»England«, sagte Wilt gleichgültig. »Um genau zu sein, der Vereinigten Königreiche von England, Schottland...«

»O Gott«, sagte Glaushof. »Sie kleiner kommunistischer Bastard haben den Nerv, über die königliche Familie zu reden...«

»Über mein eigenes Land«, sagte Wilt, dem die Gewißheit, daß er Brite war, neue Kraft verlieh. Das war etwas, worüber er bisher eigentlich nie recht nachgedacht hatte. »Und nur zu Ihrer Information, ich bin kein Kommunist. Möglicherweise ein Bastard, obwohl ich gerne etwas anderes glauben möchte. Doch da müßten Sie schon meine Mutter fragen, bloß ist die seit zehn Jahren tot. Jedenfalls bin ich bestimmt kein Kommunist.«

»Und was haben dann die Sender in Ihrem Wagen zu bedeuten?«

»Das haben Sie schon einmal gefragt, und ich kann nur wiederholen, daß ich keine Ahnung habe, wovon Sie reden. Sind Sie sicher, daß Sie mich nicht mit jemand anders verwechseln?«

»Ihr Name ist doch Wilt, oder?« brüllte Glaushof.

»Ja.«

»Und Sie fahren einen verbeulten Ford mit der Zulassungsnummer HPR 791 N, stimmt's?«

Wilt nickte. »So könnte man es wohl auch darstellen«, sagte er. »Aber ehrlich gesagt, ist meine Frau diejenige...«

»Wollen Sie damit sagen, daß Ihre Frau diese Sender in Ihrem Wagen angebracht hat?«

»Gott im Himmel, nein. Sie hat keine blasse Ahnung von solchen Sachen. Außerdem, wozu um Himmels willen sollte sie so was machen wollen?«

»Um mir das zu verraten, sind Sie hier, mein Junge«, sagte Glaushof. »Und bevor Sie das nicht getan haben, kommen Sie nicht von hier weg, das können Sie mir glauben.«

Wilt sah ihn an und schüttelte den Kopf. »Ich muß schon sagen, daß ich das ziemlich schwierig finde«, murmelte er. »Ich komme hierher, um einen Kurs über Britische Kultur, so wie sie ist, abzuhalten und alles, was ich dann noch weiß, ist, daß eine Art Überfall stattfindet, überall Gasschwaden in der Luft herumhängen und ich in einem Bett aufwache und Ärzte Nadeln in mich rammen und...«

Er hielt inne. Glaushof hatte einen Revolver aus der Schreibtischschublade gezogen und begann ihn zu laden. Wilt sah ihm aufmerksam zu. »Verzeihen Sie«, sagte er, »aber ich wäre Ihnen dankbar, wenn Sie dieses... äh... Ding wegstecken würden. Ich weiß ja nicht, was Sie vorhaben, aber ich kann Ihnen versichern, daß ich nicht der Mann bin, mit dem Sie sich unterhalten sollten.«

»Nein? Und wer sollte das Ihrer Meinung nach sein? Ihr Führungsmann?«

»Führungsmann?« echote Wilt.

»Führungsmann«, bestätigte Glaushof.

»So habe ich Sie auch verstanden, aber um ganz ehrlich zu sein, glaube ich immer noch nicht, daß uns das weiterhilft. Ich weiß ja nicht einmal, was ein Führungsmann ist.«

»Dann sehen Sie lieber zu, daß Sie schleunigst einen erfinden. Zum Beispiel der Kerl in Moskau, der Ihnen sagt, was Sie zu tun haben.«

»Hören Sie zu«, sagte Wilt, der verzweifelt versuchte, irgendwie in eine Wirklichkeit zurückzukehren, zu der keine Führungsmänner in Moskau gehörten, die ihm sagten, was er zu tun hatte. »Offenbar liegt hier ein schecklicher Fehler vor.«

»Klar, und Sie haben ihn begangen, indem Sie mit dieser Sende-

221

ausrüstung hier eindrangen. Ich gebe Ihnen noch eine letzte Chance«, sagte Glaushof und warf einen Blick auf den Revolverlauf, der Wilt zutiefst entsetzte. »Entweder Sie packen jetzt gründlich aus, oder...«

»Gut«, sagte Wilt. »Kapiert. Was möchten Sie von mir hören?«

»Die ganze Geschichte. Wie Sie angeworben wurden, mit wem Sie Kontakt haben und wie, welche Informationen Sie weitergaben...«

Wilt blickte unglücklich aus dem Fenster, während die Aufzählung weiterging. Er war nie davon ausgegangen, daß die Welt ein besonders vernünftiger Ort sei und ein Luftwaffenstützpunkt ein besonders irrwitziger, aber von einem verrückten Amerikaner, der mit Revolvern herumspielte, für einen Sowjetspion gehalten zu werden, bedeutete den Eintritt in eine völlig neue Welt des Irrsinns. Aber vielleicht war genau das passiert. Er war verrückt geworden. Nein. Das Schießeisen war der Beweis, daß es sich hier um eine für Millionen Menschen auf der ganzen Welt selbstverständliche Wirklichkeit handelte, die aus irgendeinem Grund nur nie mit der Oakhurst Avenue oder der Berufsschule oder Ipford in Berührung gekommen war. In gewissem Sinn war seine eigene kleine Welt mit ihrem festen Glauben an Erziehung und Bücher und an Vernunft – ein besseres Wort dafür gab es leider nicht – unwirklich, eine Traumwelt, in der für längere Zeit zu leben niemand hoffen durfte. Falls überhaupt, wenn es nach diesem Verrückten mit seinem klischeehaften Geschwätz von Leuten ging, die hier verschwanden, ohne daß es jemand erfuhr. Wilt machte kehrt und versuchte zum letztenmal, in die Welt zurückzukehren, die er kannte.

»Also gut«, sagte er, »wenn Sie die Tatsachen wollen, sollen Sie sie von mir kriegen, aber nur in Anwesenheit von Angehörigen des MI 5. Als britischer Untertan fordere ich dieses Recht.«

Glaushof schnaubte. »Ihre Rechte endeten in dem Augenblick, da Sie die Wache passierten. Sie werden mir jetzt sagen, was Sie wissen. Ich habe keine Lust, mich mit einem Haufen warmer Brüder vom Britischen Geheimdienst herumzuschlagen. Kommt gar nicht in Frage. Und jetzt reden Sie.«

»Falls Sie nichts dagegen haben, halte ich es für besser, alles aufzuschreiben«, sagte Wilt, der auf Zeitgewinn spielte und fieberhaft überlegte, was für Bekenntnisse er denn ablegen konnte. »Ich brauche lediglich einen Stift und ein paar Bogen Papier.«

Glaushof zögerte einen Augenblick, bevor er zu der Einsicht gelangte, daß ein in Wilts eigener Handschrift niedergelegtes Geständnis was für sich hatte. Auf diese Weise konnte niemand behaupten, er hätte es aus dem kleinen Saukerl herausgeprügelt. »Einverstanden«, sagte er. »Sie können sich an diesen Tisch da setzen.«

Drei Stunden später hatte Wilt sechs Seiten mit seiner ordentlichen und nahezu unleserlichen Handschrift gefüllt. Glaushof nahm sie an sich und begann zu lesen. »Was soll denn das heißen? Haben Sie denn nie gelernt, anständig zu schreiben?«

Verdrossen schüttelte Wilt den Kopf. »Wenn Sie nicht lesen können, dann geben Sie es doch jemandem, der das kann. Ich bin fix und fertig«, sagte er und legte seinen Kopf mit untergeschobenen Armen auf den Tisch. Glaushof betrachtete sein schneeweißes Gesicht und mußte ihm recht geben. Ihm war auch nicht sonderlich wohl zumute. Aber zumindest blieb ihm die Befriedigung, daß sich Colonel Urwin und diese Idioten von der Abwehr bald noch mieser fühlen würden. Dieser Gedanke gab ihm neue Kraft. Er ging nach nebenan in sein Büro, fotokopierte die sechs Seiten und marschierte dann geradewegs in die Schreibstube. »Ich brauche sofort davon eine Abschrift«, erklärte er. »Und absolute Geheimhaltung.« Dann setzte er sich hin und wartete.

Kapitel 18

»Einen Durchsuchungsbefehl? Einen Durchsuchungsbefehl für Oakhurst Avenue 45? Sie wollen wirklich einen Durchsuchungsbefehl beantragen?« fragte der Polizeichef.

»Jawohl, Sir«, erwiderte Inspektor Hodge, der nicht ganz begriff, wieso ein in seinen Augen völlig einleuchtendes Ersuchen Anlaß zu derart penetranten Rückfragen gab. »Alle Beweise deuten darauf hin, daß die Wilts Kuriere sind.«

»Ich bin nicht sicher, daß der Richter derselben Ansicht ist«, sagte der Polizeichef. »Alles, was wir haben, sind zufällige Verdachtsmomente.«

»Daß Wilt zu diesem Stützpunkt hinausfährt und uns durch die Gegend jagt, ist keineswegs zufällig, und ich wage zu behaupten, es war kein Zufall, daß sie diese Kräuterfarm aufgesucht hat. Steht alles hier in meinem Bericht.«

»Ja«, sagte der Polizeichef und schaffte es tatsächlich, seinen ganzen Zweifel in dieses eine Wörtchen zu legen. »Was nicht drinsteht, ist auch nur ein Wort von einem hieb- und stichfesten Beweis.«

»Deshalb brauchen wir ja die Durchsuchung, Sir«, erwiderte Hodge. »Es muß einfach Spuren von diesem Zeug im Haus geben. Liegt doch auf der Hand.«

»Vorausgesetzt, daß Wilt der ist, für den Sie ihn halten«, sagte der Polizeichef.

»Hören Sie«, sagte Hodge, »er wußte, daß er verfolgt wurde, als er Baconheath verließ. Er muß es gewußt haben, sonst wäre er kaum eine halbe Stunde im Kreis rumgefahren und hätte uns dann abgehängt...«

»Das ist auch noch so eine Sache«, unterbrach ihn der Polizeichef, »daß Sie ohne Genehmigung im Wagen dieses Kerls Wanzen angebracht haben. Ich halte das für äußerst tadelnswert, haben Sie mich verstanden? Aber vielleicht war er ja auch betrunken.«

224

»Betrunken?« fragte Hodge, der es schwierig fand, eine Verbindung zwischen der Tatsache, daß ungenehmigtes Verwanzen tadelnswert sein sollte, was in seinen Augen nicht zutraf, und Wilts Trunkenheit herzustellen.

»Als er Baconheath verließ. Er wußte daher nicht, ob er auf dem Hin- oder Rückweg war, und fuhr deshalb im Kreis. Diese Yankees saufen Roggenwhisky. Zum Kotzen, aber das Zeug geht einem schneller in die Knochen, als man denkt.«

Inspektor Hodge dachte kurz über diese Vermutung nach, hielt dann aber nichts von ihr. »Ich kann mir nicht vorstellen, daß ein Betrunkener auf solchen Straßen so schnell fahren könnte, ohne sich den Hals zu brechen. Und dann auch noch auf einer derart raffinierten Route, auf der ständig der Funkkontakt unterbrochen wird.«

Erneut vertiefte sich der Polizeichef in den Bericht. Keine sehr erfreuliche Lektüre. Andererseits hatte Hodges Theorie etwas für sich. »Wenn er nicht die Muffe hatte, warum hätte er dann den Wagen vor einem fremden Haus stehen lassen sollen?« fragte er, aber Hodge hatte auch dafür bereits eine Antwort parat.

»Zeigt nur, wie gerissen er ist. Verrät sich durch nichts, dieser Kerl. Er weiß, daß wir ihm auf der Spur sind, und braucht eine Erklärung für diese Hetzjagd, die er uns geliefert hat, also spielt er den Ängstlichen.«

»Wenn er tatsächlich so verdammt schlau ist, werden Sie in seinem Haus auch nichts finden, das garantiere ich Ihnen«, sagte der Polizeichef und schüttelte den Kopf. »Nein, und dann ist das Zeug auch nie über seine Schwelle gekommen, sondern er hat es irgendwo weit weg deponiert.«

»Trotzdem muß er es transportieren«, beharrte Hodge, »und das bedeutet, er braucht den Wagen. Schauen Sie, Sir, Wilt fährt zum Stützpunkt, lädt das Zeug dort ein und übergibt es auf dem Heimweg einem Dritten, der es weiterverschiebt. Das erklärt auch, warum er sich soviel Mühe gegeben hat, uns abzuhängen. Ganze zwanzig Minuten lang haben wir keinerlei Signale aufgefangen. Das könnte genau die Zeit sein, in der umgeladen wurde.«

»Schon möglich«, sagte der Polizeichef wider Willen beeindruckt. »Trotzdem beweist das lediglich meine Theorie. Sie beantragen einen Durchsuchungsbefehl für sein Haus und stehen dann am Ende tödlich blamiert da. Und ich auch, was noch viel schlimmer ist. Kommt nicht in Frage. Da müssen Sie sich schon was anderes ausdenken.«

Hodge kehrte in sein Büro zurück und ließ seinen Unmut an Sergeant Runk aus. »So, wie Sie sich aufführen, ist es ein verdammtes Wunder, daß uns überhaupt noch ein Fisch ins Netz geht. Mußten Sie denn unbedingt hingehen und den Empfang dieser Scheißsender quittieren...«

»Sie glauben doch wohl nicht, daß sie die ohne Unterschrift herausgeben?« sagte Runk.

»Aber es war wirklich nicht nötig, mich so in die Scheiße reinzureiten, indem Sie ›Genehmigt von Polizeichef Wilkinson für geheime Überwachung‹ hingeschrieben haben. Der war vielleicht begeistert.«

»Aber so war es doch, oder? Ich bin jedenfalls davon ausgegangen, daß Sie die Erlaubnis hatten...«

»O nein, sind Sie nicht. Wir haben diese Geschichte mitten in der Nacht angeleiert, und er war seit fünf zu Hause. Und jetzt müssen wir uns die verdammten Dinger wiederholen. Das ist etwas, das Sie heute nacht erledigen können.«

Und nachdem er sich, wie erhofft, vergewissert hatte, daß der Sergeant den Rest des Tages damit verbringen würde, seine Indiskretion zu bedauern, stand der Inspektor auf, ging ans Fenster und schaute in der Hoffnung auf eine Eingebung hinaus. Wenn er einen Durchsuchungsbefehl erwirken könnte... Während er noch darüber nachdachte, wurde seine Aufmerksamkeit von einem drunten geparkten Auto in Anspruch genommen. Es kam ihm abscheulich vertraut vor.

Der Wiltsche Escort. Was zum Teufel sollte der vor der Polizeiwache?

Eva saß in Flints Büro und kämpfte mit den Tränen. »Ich wußte nicht, an wen ich mich sonst hätte wenden sollen«, sagte sie. »Ich bin in der Berufsschule gewesen und habe im Gefängnis angerufen, und Mrs. Braintree hat ihn auch nicht gesehen – da geht er nämlich normalerweise hin, wenn er... also, wenn er Abwechslung braucht. Aber er ist weder dort gewesen noch im Krankenhaus, noch sonstwo, und ich weiß ja, daß Sie ihn nicht mögen, aber schließlich sind Sie von der Polizei und haben uns früher auch schon... geholfen. Und außerdem kennen Sie Henry.« Sie machte eine Pause und blickte den Inspektor flehend an.

Dieser Blick fand keineswegs großen Anklang bei Flint, und auch der Hinweis, daß er Wilt kannte, gefiel ihm ganz und gar nicht. Er hatte sich Mühe gegeben, dieses Scheusal zu verstehen, aber selbst in Augenblicken größten Optimismus hatte er sich keine Sekunde lang eingebildet, daß es ihm gelungen sei, die schaurigen Tiefen von Wilts außergewöhnlichem Charakter auch nur annähernd zu ergründen. Der Kerl gehörte für ihn in die Kategorie unlösbarer Rätsel; und daß seine Wahl auf Eva als Frau gefallen war, machte dieses Rätsel vollends unbegreifbar. Flint hatte es stets vermieden, über diese Beziehung nachzudenken, aber da saß sie nun breit und ausladend auf einem Stuhl in seinem Büro und erinnerte ihn ohne die mindeste Rücksicht auf seine Gefühle und in einem Ton, als wäre es auch noch ein Kompliment, daran, daß er Henry kannte. »Ist er schon mal einfach so abgehauen?« fragte er, während er insgeheim dachte, daß er sich an Wilts Stelle wie ein Blitz aus dem Staub gemacht hätte – vor der Hochzeit.

»Nein, noch nie«, sagte Eva. »Darum mache ich mir ja auch solche Sorgen. Ich weiß, daß Sie ihn für... sonderbar halten, aber er ist wirklich immer ein guter Ehemann gewesen.«

»Da bin ich ganz sicher«, sagte Flint, dem auf die Schnelle nichts Beruhigenderes einfiel. »Und Sie glauben nicht, daß er an Amnesie leidet.«

»Amnesie?«

»Gedächtnisverlust«, sagte Flint. »Das passiert bei Leuten, die unter Druck stehen. Ist denn in letzter Zeit irgendwas passiert, das daran schuld sein könnte, daß er durch... daß er einen Nervenzusammenbruch erlitten hat?«

»Eigentlich fällt mir nichts Besonderes ein«, sagte Eva, entschlossen, jegliche Erwähnung von Dr. Kores und ihrem schrecklichen Säftchen aus dem Spiel zu lassen. »Natürlich gehen ihm die Kinder manchmal auf die Nerven, und neulich passierte diese gräßliche Geschichte mit dem toten Mädchen in der Berufsschule. Henry war darüber schrecklich bestürzt. Und dann hat er noch im Gefängnis unterrichtet...« Sie hielt inne, bis ihr wieder einfiel, was sie an der Sache besonders beunruhigt hatte. »Er hat einem abscheuli-

227

chen Menschen namens McCullam jeweils am Montag und Freitag abend Unterricht gegeben. Jedenfalls hat er mir das gesagt, doch als ich im Gefängnis anrief, erfuhr ich, daß das gar nicht stimmte.«

»Was stimmte nicht?« fragte Flint.

»Er ist freitags nie dort gewesen«, sagte Eva, der angesichts dieses Beweises, daß Henry, ihr Henry, sie angelogen hatte, Tränen in die Augen traten.

»Aber er ist jeden Freitag weggegangen und hat behauptet, er ginge dorthin?«

Eva nickte mechanisch, und einen Augenblick lang empfand Flint fast Mitleid mit ihr. Eine mittelalterliche Matrone mit vier verdammten kleinen Rabauken, die das Haus in einen Raubtierkäfig verwandelten, und sie wußte nicht, was Wilt so alles trieb. Nun, dann war es wohl höchste Zeit, daß sie es erfuhr. »Also, Mrs. Wilt, ich weiß ja, daß es nicht leicht ist...«, begann er, aber zu seiner Überraschung kam Eva ihm zuvor.

»Ich weiß schon, was Sie sagen wollen«, unterbrach sie ihn, »aber das ist es nicht. Wenn es eine andere Frau wäre, warum hat er dann den Wagen bei Mrs. Willoughby gelassen?«

»Den Wagen bei Mrs. Willoughby gelassen? Wer ist denn Mrs. Willoughby?«

»Sie wohnt in Nummer 65, und dort stand der Wagen heute morgen. Ich mußte ihn erst holen. Wozu sollte er das tun?«

Es lag Flint auf der Zunge zu sagen, daß er es an Wilts Stelle genauso gemacht hätte, nämlich den Wagen am Ende der Straße stehenzulassen und die Beine in die Hand zu nehmen, als ihm etwas anderes einfiel.

»Warten Sie hier«, sagte er und verließ den Raum. Draußen auf dem Gang zögerte er einen Augenblick und überlegte, wen er fragen sollte. An Hodge würde er sich keinesfalls wenden, aber da war ja noch Sergeant Runk. Er beschloß, Yates zu schicken, und ging in dessen Büro, wo der Sergeant an der Schreibmaschine saß.

»Hab einen Auftrag für Sie, Yates«, sagte er. »Unterhalten Sie sich doch mal mit ihrem Freund Runk und stellen Sie fest, wohin die Wilt gestern abend gefolgt sind. Ich habe seine Alte in meinem Büro. Und lassen Sie ihn nicht merken, daß ich an der Sache interessiert bin, verstanden? Nur eine beiläufige Frage ihrerseits.« Er setzte sich auf die Schreibtischkante und wartete. Fünf Minuten später kam Yates zurück.

»Schöne Bescherung«, berichtete der Sergeant. »Sie haben den kleinen Saukerl mit Peilgeräten raus bis Baconheath verfolgt. Er bleibt eineinhalb Stunden drin und rast dann wie ein Irrer davon. Runkie meinte, so, wie Wilt gefahren ist, hat er gewußt, daß sie ihm auf den Fersen sind. Jedenfalls haben sie ihn verloren, und als sie den Wagen wiederfanden, stand er vor einem Haus am Ende von Wilts Straße, und ein verdammtes Riesenvieh von Hund hat versucht, die Tür aufzukriegen, um Hodge an die Gurgel zu springen.«

Flint nickte, behielt jedoch seine freudige Erregung für sich. Er hatte bereits genug getan, um Hodge genauso saudumm dastehen zu lassen, wie er war; er hatte den Bullen und Clive Swannell und diesen kleinen Scheißer Lingon weichgeklopft und ihnen unterschriebene Aussagen abgeluchst, und während der ganzen Zeit hatte Hodge Wilt verfolgt. Warum also sollte er ihn noch tiefer hineintauchen?

Andererseits, warum nicht? Je tiefer der liebe Kollege sank, um so weniger wahrscheinlich würde er wieder hochkommen. Und das galt nicht nur für Hodge, sondern auch für Wilt. Dieser Bastard war der eigentliche Grund für Flints sämtliche Miseren, und ihn jetzt gemeinsam mit Hodge durch den Dreck ziehen zu können bildete die vollkommene Gerechtigkeit. Außerdem mußte Flint die Sache mit Lingon über die Bühne bringen, so daß ihm etwas Abwechslung gerade recht war. Und wenn es je eine willkommene Abwechslung gegeben hat, dann saß sie jetzt in Gestalt von Mrs. Eva Wilt in seinem Büro. Das einzige Problem bestand darin, wie man sie in Hodges Schußlinie bugsieren konnte, ohne daß jemand erfuhr, daß er die Hand im Spiel hatte. Doch dieses Risiko mußte er eingehen, freilich nicht ohne sich vorher abzusichern. Flint griff zum Telefonhörer und wählte die Nummer von Baconheath.

»Hier spricht Inspektor Hodge«, sagte er, wobei er den Namen so nuschelte, daß es ebenso gut Squash oder Hedge hätte heißen können. »Ich rufe von der Polizeiwache Ipford an, und zwar wegen eines Mr. Wilt... eines Mr. Henry Wilt, wohnhaft Oakhurst Avenue 45, Ipford. Wie ich erfahren habe, war er gestern abend bei

229

Ihnen.« Er wartete, während die Stimme am anderen Ende sagte, sie müsse das überprüfen.

Es dauerte ziemlich lange, bis schließlich ein anderer Amerikaner an die Strippe kam. »Sie haben sich nach einem Mann namens Wilt erkundigt?« fragte der.

»Ganz recht«, sagte Flint.

»Und Sie behaupten von der Polizei zu sein?«

»So ist es«, sagte Flint, der das Zögern seines Gesprächspartners mit heftigem Interesse registrierte.

»Wenn Sie mir Ihren Namen und die Nummer, unter der ich Sie erreichen kann, geben, rufe ich zurück«, sagte der Amerikaner. Ohne ein weiteres Wort legte Flint auf. Er hatte erfahren, was er wollte, und dachte nicht daran, seine Glaubwürdigkeit von einem Yankee überprüfen zu lassen.

Er ging in sein Büro zurück und setzte sich mit einem gespielten Seufzer. »Ich fürchte, was ich Ihnen jetzt sagen muß, wird Ihnen nicht sonderlich gefallen, Mrs. Wilt«, sagte er.

Und so war es. Eva verließ die Polizeiwache mit zornesbleichem Gesicht. Henry hatte sie nicht nur angelogen, sondern sie über Monate betrogen, ohne daß sie die leiseste Ahnung gehabt hatte.

Nachdem sie gegangen war, saß Flint in seinem Büro und betrachtete nahezu verzückt eine Wandkarte von Ipford. Diesmal würde Henry Wilt, dieser verdammte Henry Wilt, seine wohlverdiente Strafe kriegen. Er war irgendwo da draußen, in einer dieser kleinen Straßen, und hatte sich mit einer schnuckeligen Biene verkrochen, die Geld haben mußte, denn sonst würde er ja seiner Arbeit an der Berufsschule nachgehen.

Nein, würde er nicht. Nicht mit Eva auf den Fersen. Kein Wunder, daß der Saukerl den Wagen am anderen Ende der Straße abgestellt hatte. Wenn er noch einen Funken Verstand hatte, war er längst aus der Stadt verschwunden. Das verdammte Weib würde ihn umbringen. Bei dem Gedanken mußte Flint lächeln. Das wäre nun wirklich höhere Gerechtigkeit.

»Das ist mehr, als mein Leben wert ist. Ich meine, ich würde es schon tun, nur zu gern würde ich es tun, aber was passiert, wenn es rauskommt?« sagte Mr. Gamer.

»Wird es nicht«, sagte Hodge, »das kann ich Ihnen feierlich versprechen. Sie werden nicht einmal merken, daß sie da sind.«

Mr. Gamer sah sich trübsinnig im Restaurant um. Normalerweise bestand sein Mittagessen aus Sandwiches und einer Tasse Kaffee, und daher wußte er nicht, wie gut ihm dieser scharfe, mit einer Flasche »Blue Nun« hinuntergespülte Hühner-Curry bekommen würde. Immerhin zahlte der Inspektor, und er konnte sich auf dem Weg zurück ins Geschäft unter Umständen noch was für seinen Magen besorgen. »Es geht ja nicht nur um mich, sondern auch um meine Frau. Wenn ich Ihnen sage, was die in diesen letzten zwölf Monaten mitgemacht hat, würden Sie es mir nicht glauben. Sie würden es einfach nicht glauben.«

»Würde ich schon«, sagte Hodge. Wenn es sich auch nur im mindesten mit dem vergleichen ließe, was er in den letzten vier Tagen durchgemacht hatte, dann mußte Mrs. Gamer eine Frau mit eiserner Konstitution sein.

»Und in den Schulferien ist es noch schlimmer«, fuhr Mr. Gamer fort. »Diese Scheißgören... Fluchen ist sonst nicht meine Art, aber irgendwann geht es nicht mehr anders... Ich meine, Sie haben einfach keine Ahnung, wie entsetzlich die sind.« Er machte eine Pause und sah Hodge eindringlich an. »Eines Tages werden die noch jemanden umbringen«, flüsterte er. »Bei mir haben sie es am Dienstag versucht. Hätte ich nicht Schuhe mit dicken Gummisohlen getragen, wäre ich auf der Stelle mausetot gewesen. Erst haben sie mir eine Statue aus dem Garten geklaut, und als ich rüberging, um sie mir zu holen...«

Hodge hörte voller Mitgefühl zu. »Einfach kriminell«, sagte er. »Sie hätten uns das sofort melden müssen. Es würde auch noch reichen, wenn Sie jetzt Anzeige erstatten...«

»Glauben Sie, ich würde das wagen? Nie im Leben. Wenn es zur Folge hätte, daß die ganze Bande auf dem schnellsten Weg hinter Schloß und Riegel kommt, würde ich es tun, aber so läuft das eben nicht. Sie würden von der Gerichtsverhandlung zurückkommen und... Es lohnt sich gar nicht, darüber nachzudenken. Nehmen Sie nur diesen armen Kerl ein paar Häuser weiter, den Stadtrat Birkenshaw. Mußte zusehen, wie sein Name auf einem Präservativ mit einer Riesenvorhaut dran prangte. Schwebte bis runter ans Ende der Straße, und dann sind sie auch noch hingegangen und haben ihm vorgeworfen, er hätte ihnen sein Geschlechtsteil gezeigt. Er hatte scheußliche Mühe nachzuweisen, daß das nicht stimmte. Und schauen Sie bloß, wo er jetzt ist – im Krankenhaus. Nein, das ist mir zu riskant.«

»Ich kann gut verstehen, was Sie meinen«, sagte Hodge. »Aber kein Mensch würde je davon erfahren. Alles, was wir brauchen, ist Ihre Einwilligung...«

»Ich gebe die Schuld ja der verdammten Mutter«, fuhr Mr. Gamer, ermutigt durch den Wein und die unverhohlene Sympathie des Inspektors, fort. »Wenn sie diese kleinen Satansbraten nicht auch noch dazu ermutigen würde, wie Jungen zu sein und sich für technischen Kram zu interessieren, wäre schon eine Menge gewonnen. Aber nein, sie müssen unbedingt Erfinder und Genies werden. Und es erforderte ja auch wirklich eine gewisse Genialität, was sie mit Dickens' Rasenmäher angestellt haben. Brandneu war das Ding, und nur der Himmel weiß, was sie damit gemacht haben. Haben ihn mit einer Campingflasche überverdichtet und außerdem was an der Schaltung geändert, so daß das Ding wie die Feuerwehr abging. Und es ist ja nicht so, daß Dickens ein gesunder Mann wäre. Jedenfalls hat er das verdammte Ding angeworfen, und bevor er es stoppen konnte, schoß es mit ungefähr achtzig Sachen über den Rasen davon und mähte den neuen Teppich in der Diele. Hat auch das Klavier zerdeppert, wenn ich es mir recht überlege. Sie mußten die Feuerwehr rufen, um das Ding abzustellen.«

»Und warum hat er die Eltern nicht verklagt?« fragte Hodge, den die Geschichte unweigerlich faszinierte.

Mr. Gamer seufzte. »Das verstehen Sie nicht«, sagte er. »So was muß man selbst durchmachen, um es zu verstehen. Glauben Sie vielleicht, die geben zu, was sie angestellt haben? Natürlich nicht. Und wer soll schon dem alten Dickens glauben, wenn er behauptet, vier verdammte Gören dieses Alters hätten das Zahnrad an der Antriebswelle ausgewechselt und die Kupplung blockiert. Niemand. Was dagegen, wenn ich mir selbst nachschenke?«

Hodge goß sich auch ein weiteres Glas ein. Mr. Gamer war ein gebrochener Mann. »Also gut«, sagte Hodge. »Jetzt nehmen wir mal an, Sie wissen von nichts. Angenommen, ein Mann vom Gaswerk kommt, um den Zähler abzulesen...«

»Das ist noch so eine Sache«, unterbrach ihn Mr. Gamer aufge-

232

regt. »Die Gasrechnung! Verfluchte vierhundertfünfzig Pfund für das Sommerquartal! Sie glauben mir nicht, oder? Ich habe es auch nicht geglaubt. Hab' den Zähler auswechseln und alles überprüfen lassen, aber es blieb dabei. Ich weiß bis heute nicht, wie sie das gemacht haben. Muß gewesen sein, während wir im Urlaub waren. Wenn ich das nur herausfinden könnte!«

»Hören Sie zu«, sagte Hodge, »Sie lassen meine Leute ihre Geräte installieren und haben damit die beste Chance, die Wilts endgültig loszuwerden. Und das meine ich ernst. Endgültig.«

Mr. Gamer stierte in sein Glas und überdachte diese herrliche Aussicht. »Endgültig?«

»Endgültig.«

»Einverstanden.«

Im späteren Verlauf des Nachmittags rumorte Sergeant Runk, der sich in seiner Gasmannuniform denkbar unwohl fühlte, auf dem Dachboden herum, während Mrs. Gamer mitleiderregend fragte, was denn bloß am Kamin nicht in Ordnung sein könnte, nachdem sie ihn doch beim Einbau der Zentralheizung hatten richten lassen. Und Runk verließ das Haus erst, nachdem es ihm mit viel Geduld geglückt war, mehrere hochempfindliche Mikrophone so durch einen Spalt in der Ziegelmauer zu schieben, daß sie sich direkt über Wilts Schlafzimmer befanden. Damit hatten die Wanzen Einzug in die Oakhurst Avenue 45 gehalten.

Kapitel 19

»Ich glaube, wir haben da ein höllisches Problem, Sir«, sagte der Corporal. »Major Glaushof hat mir befohlen, den Wagen dieses Wilt vor seinem Haus abzuliefern, was ich auch getan habe. Ich kann nur sagen, daß diese Sender keine zivilen Geräte waren. Ich habe sie mir gut angesehen: hochkarätige britische Technologie.«

Colonel Urwin, Erster Abwehroffizier des US-Luftwaffenstützpunkts Baconheath, überdachte das Problem, während sein Blick auf ein an der Wand hängendes Jagdposter wanderte. Es war nicht sonderlich gut, aber die Darstellung eines Fuchses, der von einem kunterbunten Haufen dünner und dicker, bläßlicher und rotgesichtiger Engländer zu Pferd gejagt wurde, erinnerte ihn stets von neuem daran, daß man gut daran tat, die Briten nicht zu unterstützen. Noch besser freilich gab man sich den Anschein, einer der Ihren zu sein. Zu diesem Zweck spielte er Golf mit einem uralten Schlägerset und verbrachte einen Teil seiner Mußestunden damit, in den Archiven verschiedener Universitäten und auf den Friedhöfen in ganz Lincolnshire seinem Stammbaum nachzuspüren. Kurz gesagt, er legte größten Wert auf Unauffälligkeit und war stolz auf die Tatsache, daß man ihn bei diversen Gelegenheiten für den Direktor einer besseren Public School gehalten hatte. Das war eine Rolle, die haarscharf zu ihm paßte und seinem politischen Credo entsprach, daß nämlich Vorsicht besser sei als Tapferkeit.

»Britisch?« sagte er nachdenklich. »Das kann alles oder nichts bedeuten. Und Sie sagen, Major Glaushof hat eine Nachrichtensperre verhängt?«

»Order von General Belmonte, Sir.«

Der Colonel sagte nichts. Seiner Ansicht nach war der Intelligenzquotient des Stützpunktkommandanten nur unwesentlich höher als der des vortrefflichen Glaushof. Jeder, der es fertigbrachte, vier Sans-Atout ohne Karo in der Hand anzusagen, mußte ein Kretin sein. »Es sieht also so aus, daß Glaushof diesen Wilt in Gewahrsam hat und ihn wahrscheinlich foltert und niemand wissen soll, daß er hier ist. Das entscheidende Wort ist ›soll‹. Denn wer immer ihn geschickt hat, weiß, daß er nicht nach Ipford zurückgekehrt ist.«

»Jawohl, Sir«, entgegnete der Corporal. »Und der Major hat versucht, eine Nachricht nach Washington durchzugeben.«

»Finden Sie heraus, ob der Mist codiert ist«, sagte der Colonel, »und lassen Sie mir eine Kopie zukommen.«

»Jawohl, Sir«, entgegnete der Corporal und verschwand.

Colonel Urwin sah hinüber zu seinem Stellvertreter. »Scheint, als hätten wir möglicherweise in ein Hornissennest gestochen«, sagte er. »Was halten Sie davon?«

Captain Fortune zuckte die Achseln. »Da gibt es ziemlich viele Möglichkeiten«, sagte er. »Was mir ganz und gar nicht gefällt, sind diese Sender.«

»Der reine Selbstmord«, sagte der Colonel. »Kein Mensch würde beim Reinkommen Signale aussenden.«

»Libyer oder Khomeini-Fanatiker vielleicht schon.«

Colonel Urwin schüttelte den Kopf. »Undenkbar. Wenn die losschlagen, kündigen sie das nicht erst mit Signalen an. Sie würden beim erstenmal bis unters Dach mit Sprengstoff beladen kommen. Also wem nützt das Ganze?«

»Den Briten?«

»Daran habe ich auch schon gedacht«, sagte der Colonel und ging hinüber zu dem Poster, um es genauer zu betrachten. »Die einzige Frage ist, wen sie jagen, Mr. Henry Wilt oder uns?«

»Ich habe unseren Computer über Wilt befragt, hat aber nicht viel gebracht. In den Sechzigern Engagement für nukleare Abrüstung, ansonsten unpolitisch.«

»Universität?«

»Ja«, sagte der Captain.

»Und welche?«

Der Captain blickte in den Computerausdruck. »Cambridge. Englischabschluß.«

»Und sonst nichts?«

»Nichts, was uns bekannt wäre. Höchstens dem britischen Geheimdienst.«

»Und den werden wir nicht fragen«, sagte der Colonel, der allmählich zu einer Entscheidung gelangen mußte. »Wenn Glaushof mit Zustimmung des Generals den einsamen Wolf spielen will, dann ist das sein Bier. Wir halten uns da raus und legen dann im richtigen Augenblick die richtige Lösung auf den Tisch.«

»Trotzdem, die Sender im Wagen gefallen mir einfach nicht«, beharrte der Captain.

»Und mir gefällt Glaushof nicht«, erwiderte der Colonel. »Und ich habe so das Gefühl, den Ofreys ergeht es ebenso. Soll er sich doch ruhig sein eigenes Grab schaufeln.« Er zögerte. »Gibt es, abgesehen von diesem Corporal, irgend jemanden mit einem Funken Intelligenz, der weiß, was wirklich passiert ist?«

»Captain Clodiak hat eine Beschwerde über Harah wegen sexueller Belästigung eingereicht. Und sie steht auf der Liste der Leute, die Wilts Kurs besuchen.«

»Gut, dann werden wir eben an diesen Punkt der Katastrophe zurückkehren und dort anfangen zu graben«, sagte der Colonel.

»Lassen Sie uns noch mal zu diesem Radek zurückkommen«, sagte Glaushof. »Ich will wissen, wer er ist.«

»Das habe ich Ihnen doch schon gesagt. Ein tschechischer Schriftsteller, dem ich unmöglich begegnet sein kann, weil er seit Gott weiß wann tot ist«, sagte Wilt.

»Wenn Sie lügen, sind Sie's auch bald, verlassen Sie sich drauf«, sagte Glaushof. Nachdem er die Abschrift von Wilts Geständnis gelesen hatte, in dem stand, daß er von einem KGB-Agenten namens Yuri Orlov angeworben worden war und einen Kontaktmann namens Karl Radek hatte, war Glaushof fest entschlossen, haargenau herauszufinden, welche Informationen Wilt an die Russen weitergegeben hatte. Verständlicherweise erwies sich dies als wesentlich schwieriger, als Wilt das Geständnis zu entlocken, er sei ein Agent. Zweimal schon hatte ihm Glaushof mit dem sofortigen Tod gedroht, doch ohne greifbares Ergebnis. Wilt hatte um Bedenkzeit gebeten und ihm dann H-Bomben aufgetischt. »H-Bomben? Sie haben diesem Bastard Radek erzählt, daß wir hier H-Bomben stationiert haben?«

»Ja«, sagte Wilt.

»Das wissen die bereits.«

»Genau das hat Radek auch gesagt. Er sagte, sie wollten schon ein bißchen mehr Material haben.«

»Und was haben Sie ihm dann geliefert, die BBs?«

»BBs?« sagte Wilt. »Meinen Sie Luftgewehre?«

»Binärbomben.«

»Nie davon gehört.«

»Die sichersten Nervengasbomben auf der ganzen Welt«, sagte Glaushof stolz. »Mit BBs könnten wir zwischen Moskau und Peking alles, was kreucht und fleucht, umbringen, ohne daß es überhaupt jemand merken würde.«

»Wirklich?« sagte Wilt. »Ich muß schon sagen, daß Sie eine recht seltsame Definition von sicher haben. Wenn diese Bomben sicher sind, was können denn dann die gefährlichen?«

»Scheiße«, sagte Glaushof und wünschte sich irgendeine unterentwickelte Gegend wie El Salvador, wo er massivere Methoden hätte einsetzen können. »Wenn Sie jetzt nicht reden, werden Sie es noch bereuen, mich je kennengelernt zu haben.«

Wilt betrachtete den Major kritisch. Mit jeder folgenlosen Drohung gewann er ein Stück Zuversicht, wenn es auch vorerst noch wenig ratsam schien, darauf hinzuweisen, daß er es längst bereut hatte, diesen verdammten Menschen kennengelernt zu haben. Am besten war es, Ruhe zu bewahren. »Ich sage Ihnen nur, was Sie wissen wollen«, sagte er.

»Und Sie haben ihnen keinerlei weitere Informationen gegeben?«

»Ich habe keine. Fragen Sie die Leute von meinem Kursus. Die werden ihnen bestätigen, daß ich eine Bombe nicht von einer Banane unterscheiden könnte.«

»Das sagen *Sie*«, murmelte Glaushof. Er hatte die Teilnehmer bereits befragt und im Fall von Mrs. Ofrey mehr von ihrer Meinung über sich selbst als über Wilt zu hören bekommen. Und Captain Clodiak hatte ihm auch nicht weitergeholfen. Den einzigen Hinweis auf Wilts kommunistische Überzeugung, den sie ihm liefern konnte, war seine beharrlich geäußerte Ansicht, daß das staatliche Gesundheitssystem eine feine Sache sei. Und so waren sie über bedeutungslose Einzelheiten schließlich wieder am Ausgangspunkt und bei diesem KGB-Menschen Radek angelangt, den Wilt zunächst als seinen Kontaktmann ausgegeben hatte und von dem er jetzt behauptete, er sei ein tschechischer Schriftsteller und außerdem längst tot. Mit jeder Stunde, die verstrich, schwanden Glaushofs Chancen, seine Beförderung voranzutreiben. Es mußte doch einen Weg geben, an die Informationen heranzukommen, die er brauchte. Er überlegte gerade, ob es nicht irgendeine Wahrheitsdroge gab, die er hätte einsetzen können, als sein Blick auf das unorthodoxe Bruchband auf seinem Schreibtisch fiel. »Wie kommt es, daß Sie dieses Ding da getragen haben?« fragte er.

Wilt blickte erbittert auf die Kricketballschachtel. Die Ereignisse des vergangenen Abends erschienen ihm unter diesen neuen und weitaus bedrohlicheren Umständen sonderbar weit weg, doch hatte es einen Augenblick gegeben, in dem er der Schachtel in gewisser Weise die Schuld an seiner mißlichen Lage gegeben hatte. Hätte sie sich nicht gelockert, wäre er nicht in der Toilette gewesen und...

»Ich habe Schwierigkeiten wegen eines Bruchs«, sagte er. Das schien ihm eine unverfängliche Erklärung.

War es aber nicht. Glaushofs Vermutungen liefen stur in Richtung Sex.

Evas Gedanken wanderten seit geraumer Zeit in dieselbe Richtung. Seitdem sie sich von Flint verabschiedet hatte, konnte sie an nichts anderes mehr denken. Henry, ihr Henry, hatte sie wegen einer anderen Frau verlassen, noch dazu wegen eines amerikanischen Soldatenflittchens. Jeder Zweifel war ausgeschlossen. Inspektor Flint hatte es ihr nicht auf die häßliche Tour beigebracht. Er hatte einfach gesagt, daß Henry draußen in Baconheath gewesen sei. Mehr brauchte er nicht zu sagen. Henry war jeden Freitagabend rausgefahren, während er ihr sagte, er ginge ins Gefängnis, und die ganze Zeit... Nein, sie würde sich nicht kleinkriegen lassen. Zum Äußersten entschlossen, fuhr Eva in die Canton Street. Mavis hatte doch recht gehabt und obendrein gewußt, wie sie mit Patricks Seitensprüngen umzugehen hatte. Dazu kam noch, daß sie als Sekretärin der Bewegung ›Mütter gegen die Bombe‹ die Amerikaner in Baconheath haßte. Mavis würde wissen, was zu tun war.

Genauso war es. Aber erst mußte sie ihre Schadenfreude loswerden. »Du wolltest ja nicht auf mich hören, Eva«, sagte sie. »Ich habe dir immer gesagt, daß Henry etwas Mieses und Falsches an sich hat, aber du hast ja darauf bestanden, daß er ein guter, treuer Ehemann sei. Trotzdem kann ich mir nach dem, was er mir neulich antun wollte, nicht vorstellen . . .«

»Das tut mir leid«, sagte Eva, »aber ich dachte, ich sei daran schuld gewesen, weil ich Dr. Kores aufgesucht habe und ihm dieses . . . o Gott, du glaubst doch nicht, daß das der Grund ist . . . ?«

»Nein«, sagte Mavis, »völlig ausgeschlossen. Wenn er dich seit sechs Monaten mit dieser Frau betrügt, dann hatte Dr. Kores' Kräutermixtur nichts damit zu tun. Natürlich wird er versuchen, das als Ausrede ins Feld zu führen, wenn es zur Scheidung kommt.«

»Aber ich will gar keine Scheidung«, entgegnete Eva. »Ich will nur diese Frau in die Finger kriegen.«

»Wenn das so ist und du ein sexueller Helot sein willst . . .«

»Ein was?« sagte Eva, die vor diesem Wort zurückschauderte.

»Ein Sklave, Liebes«, sagte Mavis, die ihren Fehler sofort erkannte, »ein Leibeigener, eine Dienstmagd, die nur zum Kochen und Putzen da ist.«

Eva sank völlig in sich zusammen. Sie wollte nichts weiter, als eine gute Ehefrau und Mutter sein und die Mädchen so aufziehen, daß sie eines Tages den ihnen zustehenden Platz in einer technologisierten Welt einnehmen würden. Ganz oben. »Aber ich weiß nicht einmal den Namen dieser abscheulichen Frau«, sagte sie und wandte sich damit wieder praktischen Dingen zu.

Mavis ließ sich das Problem durch den Kopf gehen. »Vielleicht kennt Bill Paisly ihn«, meinte sie schließlich. »Er hat da draußen unterrichtet und ist jetzt mit Patrick an der Volkshochschule. Ich werd ihn mal anrufen.«

Eva saß derweilen, in tiefe Teilnahmslosigkeit versunken, in der Küche. Doch unter dieser Lethargie wappnete sie sich bereits für die Konfrontation. Egal, was Mavis auch sagte, niemand würde es schaffen, ihr Henry wegzunehmen. Die Vierlinge sollten auch weiterhin einen Vater und ein anständiges Zuhause haben und die beste Ausbildung bekommen, die Wilts Gehalt zuließ, ganz gleich, was die Leute redeten oder wie sehr ihr eigener Stolz verletzt sein mochte. Stolz war eine Sünde, und außerdem würde Henry dafür bezahlen.

In Gedanken formulierte sie, was sie ihm alles an den Kopf werfen wollte, als Mavis triumphierend zurückkam. »Bill Paisley weiß genau Bescheid«, sagte sie. »Offenbar hat Henry einen Kurs über Britische Kultur abgehalten. Vorwiegend weibliche Hörer. Da braucht man nicht viel Phantasie, um sich vorzustellen, was passiert ist.« Sie schaute auf einen Zettel. »›Britische Kultur und Britische Einrichtungen. Hörsaal 9.‹ Und der Mensch, an den du dich wenden mußt, ist der Bildungsoffizier. Seine Nummer habe ich. Wenn du willst, erledige ich das für dich.«

Eva nickte dankbar. »Ich würde nur die Beherrschung verlieren und mich aufregen«, sagte sie, »und du bist doch so gut im Organisieren.«

Mavis ging wieder in die Diele zurück. Während der nächsten zehn Minuten hörte Eva sie mit zunehmender Heftigkeit reden. Dann knallte der Hörer auf die Gabel.

»Der Mensch hat vielleicht Nerven«, sagte Mavis, als sie bleich vor Zorn zur Küchentür hereinstürmte. »Anfangs wollte man mich überhaupt nicht mit ihm verbinden und war erst dazu bereit, als ich sagte, ich sei von der Zentralbibliothek und wolle den Bildungsoffizier wegen der kostenlosen Büchersendung sprechen, die ich ihm habe schicken lassen. Und dann hieß es: ›Kein Kommentar, Madam. Tut mir leid, aber kein Kommentar‹.«

»Aber hast du ihn denn nach Henry gefragt?« fragte Eva, die beim besten Willen nicht verstand, was die Zentralbibliothek oder die kostenlose Büchersendung mit ihrem Problem zu tun haben sollte.

»Natürlich habe ich das«, brauste Mavis auf. »Ich sagte, Mr. Wilt habe vorgeschlagen, ich solle mich wegen der Bücher über englische Kultur mit ihm in Verbindung setzen, und da hat er plötzlich aufgelegt.« Nachdenklich machte sie eine Pause. »Weißt du was, ich könnte fast schwören, daß er ängstlich klang.«

»Ängstlich? Warum sollte er denn Angst haben?«

»Weiß ich auch nicht. Aber als ich den Namen Wilt erwähnte, kam es mir ganz so vor«, sagte Mavis. »Wir werden jetzt sofort rausfahren und der Sache auf den Grund gehen.«

Captain Clodiak saß in Colonel Urwins Büro. Im Gegensatz zu den anderen Gebäuden von Baconheath, die noch von der Royal Airforce stammten oder nach billiger Fertighaussiedlung aussahen, bildete die Abwehrzentrale einen recht sonderbaren Kontrast zu der militärischen Natur des Stützpunkts. Sie war in einem großzügigen, hochherrschaftlichen Ziegelbau untergebracht, den ein pensionierter Bergbauingenieur mit einer Vorliebe für theatralisches Tudor, einem Blick für den Wert der schwarzen Fenlanderde und einer Abneigung gegen die eisigen Winde, die von Sibirien herüberbliesen, um die Jahrhundertwende errichtet hatte. So kam es, daß das Haus eine stilisierte Prunkhalle, eichengetäfelte Wände und eine höchst leistungsfähige Zentralheizung hatte und Colonel Urwins Sinn für Ironie vollkommen entsprach. Es hob ihn vom übrigen Stützpunkt ab und verlieh seiner Überzeugung, daß Militärs gefährliche Idioten waren, unfähig, auch nur halbwegs gebildetes Englisch zu sprechen, zusätzliches Gewicht. Was nötig war, war Intelligenz – Hirn ebenso wie Muskeln. Captain Clodiak schien mit beidem gesegnet. Colonel Urwin lauschte ihrem Bericht über Wilts Festnahme mit hellwachem Interesse. Er zwang ihn zu einer Neueinschätzung der Situation. »Sie behaupten also, daß er sich während des ganzen Kurses unwohl zu fühlen schien«, sagte er.

»Ohne Zweifel«, erwiderte Clodiak. »Er drückte sich die ganze Zeit hinter dem Stehpult herum, als hätte er Schmerzen. Und seine Vorlesung war völlig konfus. Ohne Zusammenhang. Sonst macht er zwar auch Exkurse, kehrt aber immer wieder zum Thema zurück. Aber diesmal kam er überhaupt nicht zur Sache, und als dann diese Bandage unter seinem Hosenbein hervorlugte, geriet er völlig aus der Fassung.«

Der Colonel sah hinüber zu Captain Fortune. »Wissen wir denn inzwischen, wozu er diese Bandage gebraucht hat?«

»Ich habe mich bei den Ärzten erkundigt, aber sie wissen es auch nicht. Der Kerl wurde mit Gasvergiftung eingeliefert, aber von anderen Verletzungen keine Spur.«

»Dann lassen Sie uns mal auf sein sonstiges Verhalten zurückkommen. Irgendwas Ungewöhnliches?« Captain Clodiak schüttelte den Kopf.

»Nichts, was mir aufgefallen wäre. Er ist hetero, hat gute Manieren, macht keine Avancen, hat wahrscheinlich ein paar Macken, etwa daß er depressiv ist. Nichts, was ich bei einem Engländer als ungewöhnlich einstufen würde.«

»Und trotzdem hat er sich deutlich unwohl gefühlt? Und über die Bandage besteht kein Zweifel?«

»Keiner«, erwiderte Clodiak.

»Vielen Dank für Ihre Hilfe«, sagte der Colonel. »Sollte Ihnen noch irgendwas einfallen, dann lassen Sie es uns bitte wissen.« Und nachdem er sie auf den Gang hinausbegleitet hatte, betrachtete er abermals das Poster, in der Hoffnung, dort Erleuchtung zu finden. »Allmählich hört es sich an, als wäre ihm jemand auf den Leim gegangen«, sagte er schließlich.

»Glaushof, darauf können Sie Ihr Leben wetten«, meinte Fortune. »Ein Kerl, der so schnell ein Geständnis ablegt, muß entsprechend geimpft sein.«

»Was hat er denn gestanden? Nichts. Absolut nichts.«

»Er hat zugegeben, von diesem Orlov angeworben worden zu sein, und ein gewisser Karl Radek sei sein Kontaktmann. Ich würde nicht behaupten, daß das nichts ist.«

»Der eine ist ein Dissident, den sie nach Sibirien verbannt haben«, sagte Urwin, »und Karl Radek war ein tschechischer Schriftsteller, der 1940 in einem GULag gestorben ist. Nicht so ohne weiteres möglich, mit ihm Kontakt aufzunehmen.«

»Könnten ja auch Decknamen sein.«

»Könnten. Ausgerechnet die. Da hätte ich mir schon etwas weniger offensichtlich Erfundenes einfallen lassen. Und warum Russen? Wenn sie von der Botschaft... Ja, ich denke schon. Nur daß er diesen Orlov – in Anführungszeichen – an einer Busstation in Ipford getroffen haben will, die außerhalb des für die Angehörigen der sowjetischen Botschaft erlaubten Bereichs liegt. Und wo trifft er sich mit Freund Radek? Jeden Mittwochnachmittag an der Bowling-Bahn im Midway Park. Jeden Mittwoch zur selben Zeit am selben Ort? Unmöglich. Unsere Freunde vom KGB mögen sich gelegentlich dumm stellen, aber nicht so dumm. Glaushof hat gekriegt, was er verdient, und so was passiert nicht durch Zufall.«

»Dann ist Glaushof also total auf dem Holzweg«, sagte Fortune.

Aber Colonel Urwin gab sich damit nicht zufrieden. »Uns wird es auch nicht besser ergehen, wenn wir nicht aufpassen«, sagte er.

»Lassen Sie uns die Möglichkeiten noch einmal durchgehen. Wilt ist ein echter russischer Versuchsballon? Aus den bekannten Gründen ausgeschlossen. Jemand, der unsere Sicherheitsmaßnahmen überprüft? Möglich, daß sich das irgendein Schwachkopf in Washington hat einfallen lassen. Die denken doch bloß noch an schiitische Selbstmordkommandos. Warum nehmen sie einen Engländer? Und sagen ihm nicht, daß sein Wagen präpariert ist? Um ein unverfälschtes Ergebnis zu erhalten. Wenn das stimmt, warum gerät er dann während des Kurses in Panik? Auf diesen Punkt kommen wir immer wieder zurück. Sein Verhalten im Hörsaal. Und genau da wittere ich allmählich eine Spur. Geht man von da aus weiter zu diesem ›Geständnis‹, dem nur ein Analphabet wie Glaushof Glauben schenken kann, dann ist im Staate Dänemark langsam etwas oberfaul. Und Glaushof hat die Sache in der Hand? Jetzt nicht mehr. Ich werde ihm einen Strich durch die Rechnung machen.«

»Wie denn? Er hat Handlungsvollmacht vom General.«

»Und genau da werde ich den Hebel ansetzen«, sagte der Colonel. »Der alte B 52 mag sich zwar einbilden, daß er diesen Stützpunkt kommandiert, aber ich fürchte, ich muß dem alten Krieger seine Illusionen rauben. In vieler Hinsicht.« Er drückte einen Knopf auf seinem Telefon. »Verbinden Sie mich mit der Spionageabwehr«, sagte er.

Kapitel 20

»Keiner kommt rein. Befehl von oben«, sagte der Wachhabende am Tor. »Tut mir leid, aber so ist es eben.«

»Hören Sie«, sagte Mavis, »wir sind lediglich gekommen, um mit dem für Bildungsfragen zuständigen Offizier zu reden. Sein Name ist Blue John und...«

»Ändert nichts an der Tatsache, daß niemand rein darf.«

Mavis holte tief Luft und gab sich Mühe, ruhig zu bleiben. »Wenn das so ist, würde ich ihn gern hier sprechen«, sagte sie. »Wenn wir nicht hineindürfen, ist er ja vielleicht so freundlich, herauszukommen.«

»Ich werde mal nachfragen«, sagte der Wachhabende und ging in seine Stube.

»Es hat keinen Sinn«, sagte Eva und betrachtete entmutigt den Schlagbaum und den hohen Zaun mit dem dichten Drahtverhau. Hinter dem Schlagbaum standen in einer doppelten Zickzacklinie mehrere mit Beton gefüllte Fässer, zwischen denen hindurch sich Fahrzeuge ihren Weg nur langsam bahnen konnten. »Sie werden uns überhaupt nichts sagen.«

»Dann will ich wenigstens wissen, warum«, sagte Mavis.

»Vielleicht würde es helfen, wenn du nicht diesen ›Mütter gegen die Bombe‹-Button tragen würdest«, meinte Eva.

Widerwillig nahm Mavis ihn ab. »Es ist wirklich abscheulich«, sagte sie. »Angeblich leben wir in einem freien Land und...«

Sie wurde durch das Auftauchen eines Lieutenants unterbrochen. Er stand in der Tür des Wachgebäudes und betrachtete sie eine Weile, bevor er zu ihnen hinüberging. »Tut mir leid, meine Damen«, sagte er, »aber wir führen gerade eine Sicherheitsübung durch. Wenn Sie so freundlich sein würden, morgen wiederzukommen, dann...«

»Morgen nützt uns gar nichts«, sagte Mavis. »Wir wollen Mr. Blue John heute sprechen. Und wenn Sie jetzt bitte so freundlich sein würden, ihn anzuklingeln oder ihm etwas auszurichten, dann wären wir Ihnen sehr verbunden.«

»Sicher, das kann ich natürlich«, sagte der Lieutenant. »Was soll ich ihm denn ausrichten?«

»Nur, daß Mrs. Wilt hier ist und gerne ein paar Nachforschungen wegen ihres Mannes, Mr. Henry Wilt, anstellen würde. Er hat hier einen Kursus über Britische Kultur abgehalten.«

»Ach *der* Mr. Wilt. Captain Clodiak hat mir von ihm erzählt«, meinte der Lieutenant mitteilsam. »Sie hat seine Veranstaltung besucht und sagt, er sei wirklich gut. Kein Problem, ich werde mich beim Bildungsoffizier erkundigen.«

»Na, was hab ich dir gesagt?« trumpfte Mavis auf, während er in die Wachstube zurückging. »*Sie* sagt, er sei wirklich gut. Ich möchte nur wissen, worin dein Henry in diesem Augenblick so gut ist.«

Eva hörte kaum hin. Jetzt blieb nicht mehr der geringste Zweifel, daß Henry sie betrogen hatte, und als sie durch den Maschenzaun auf die tristen Häuser und die aus Fertigteilen lieblos zusammengeschusterten Gebäude schaute, geschah dies mit dem Gefühl, einen Blick auf die Trostlosigkeit und Tristesse ihres zukünftigen Lebens zu werfen. Henry war mit einer anderen Frau davongelaufen, vielleicht sogar mit diesem Captain Clodiak, und sie würde zurückbleiben und die Vierlinge ganz allein in bitterer Armut aufziehen und ihr Leben als... alleinerziehende Mutter fristen. Aber wo sollte sie das Geld hernehmen, um die Mädchen auf der Schule zu lassen? Sie würde von der Wohlfahrt leben und mit all diesen anderen Frauen Schlange stehen müssen... Nein, soweit würde es nicht kommen. Sie würde arbeiten gehen. Sie würde alles tun, um... Die Bilder, die vor ihrem geistigen Auge vorüberzogen, Bilder der Leere und ihres entschlossenen Durchhaltevermögens, wurden durch die Rückkehr des Lieutenants unterbrochen.

Sein Benehmen war völlig verändert. »Tut mir leid«, sagte er kurz angebunden, »aber es handelt sich um einen Irrtum. Lassen Sie sich das gesagt sein. Und jetzt verschwinden Sie bitte. Wir sind mitten in dieser Sicherheitsübung.«

»Irrtum? Was für ein Irrtum?« sagte Mavis, die auf seine brüske Art mit ihrem ganzen aufgestauten Haß reagierte. »Sie sagten, Mrs. Wilts Mann...«

»Ich habe gar nichts gesagt«, entgegnete der Lieutenant, machte

245

auf dem Absatz kehrt und gab Anweisung, den Schlagbaum zu öffnen, um einen Lastwagen passieren zu lassen.

»Also so was!« fauchte Mavis wütend. »Eine Unverschämtheit! So unverfroren hat mir noch niemand ins Gesicht gelogen. Du hast selbst gehört, was er vor wenigen Minuten gesagt hat, und jetzt ...«

Aber Eva hatte sich bereits voller Entschlußkraft in Bewegung gesetzt. Henry befand sich auf dem Stützpunkt. Jetzt war sie ganz sicher. Sie hatte den Gesichtsausdruck des Lieutenants gesehen, dann den veränderten Gesichtsausdruck, die forcierte Gleichgültigkeit, die in krassem Widerspruch zu seiner vorherigen Verbindlichkeit stand, und da wußte sie Bescheid. Ohne nachzudenken, schritt sie der Trostlosigkeit eines Lebens ohne Henry entgegen, hinein in jene Wüste hinter dem Schlagbaum. Sie war entschlossen, ihn zu finden und die Angelegenheit mit ihm auszufechten. Eine Gestalt vertrat ihr den Weg und versuchte sie aufzuhalten. Es gab ein kurzes Handgemenge, dann ging die Gestalt zu Boden. Drei weitere Männer tauchten auf – auch sie nur gesichtslose Gestalten –, packten sie und schleppten sie zurück. Von weither, wie ihr schien, hörte sie Mavis schreien: »Laß dich hängen. Laß dich hängen.« Eva ließ sich hängen und lag im nächsten Augenblick auf dem Boden.

Drei Minuten später schleiften sie sie staubbedeckt, mit über den Asphalt scharrenden Absätzen und zerrissenen Strümpfen, unter dem Schlagbaum hindurch und ließen sie auf die Straße plumpsen. Während der ganzen Zeit war der einzige Laut, den sie von sich gab, ihr vor Anstrengung heftig gehender Atem. Sie saß einen Moment lang da, kniete sich dann hin und warf einen Blick auf den Stützpunkt zurück, dessen Intensität weitaus gefährlichere Konsequenzen verhieß als ihr kurzer Kampf mit den Wachen.

»Gute Frau, Sie haben kein Recht, hier einzudringen. Sie bringen sich damit nur in Schwierigkeiten«, sagte der Lieutenant.

Eva schwieg. Mühsam rappelte sie sich auf und ging zum Wagen zurück.

»Eva, Liebes, ist alles in Ordnung?« fragte Mavis.

Eva nickte. »Fahr mich bloß nach Hause«, sagte sie. Dieses eine Mal wußte Mavis nichts zu entgegnen. Evas kraftvolle Entschlossenheit bedurfte keiner Worte.

Wilts schon. Nachdem die Zeit allmählich knapp wurde, hatte sich Glaushof auf eine neue Art der Befragung verlegt. Da ihm keine handfesteren Methoden mehr zur Verfügung standen, hatte er sich für ein seiner Meinung nach subtiles Vorgehen entschlossen. Da es die Mithilfe von Mrs. Glaushof in jener Verkleidung erforderte, die Glaushof (und möglicherweise auch Lieutenant Harah) so verführerisch fand – Reitstiefel, Strumpfhalter und brustwarzenfreie BHs rangierten ganz oben auf Glaushofs Skala erotischer Appetitanreger –, fand sich Wilt, den man erneut in einen Wagen geschafft und in Glaushofs Haus verfrachtet hatte, plötzlich in sein Kliniknachthemd eingewickelt auf einem herzförmigen Bett, Auge in Auge mit einer Erscheinung in Schwarz, Rot und diversen Nuancen Rosa. Die Stiefel waren schwarz, Strumpfhalter und Höschen rot und der kastrierte BH pink. Der Rest von Mrs. Glaushof war dank häufiger Benützung einer Heimsonne vorwiegend braun und ziemlich betrunken. Seitdem Glausie, wie sie ihn früher genannt hatte, sie zur Schnecke gemacht hatte, weil sie Lieutenant Harah an ihrem recht zweifelhaften Charme hatte teilhaben lassen, nahm sie Zuflucht zum Scotch. Sie hatte auch Zuflucht zu Chanel No. 5 genommen oder sich mit dem Zeug eingeseift. Ob das eine oder das andere, konnte Wilt nicht entscheiden. Wollte er auch gar nicht. Es genügte schon, mit einer alkoholisierten Prostituierten, die ihn aufforderte, sie Mona zu nennen, in einem Zimmer eingesperrt zu sein.

»Wie?« fragte Wilt.

»Mona, Baby«, hauchte Mrs. Glaushof, wobei sie ihm Whisky ins Gesicht blies und eine Wange tätschelte.

»Ich bin nicht Ihr Baby«, sagte Wilt.

»Aber natürlich, mein Schatz. Du bist genau das, was Mami braucht.«

»Und meine Mutter sind Sie auch nicht«, sagte Wilt und wünschte sich nichts sehnlicher, als daß sie es gewesen wäre. Dann wäre sie nämlich seit zehn Jahren tot. Mrs. Glaushofs Hand wanderte an seinem Körper hinunter. »Scheiße«, sagte Wilt. Dieses verdammte Gift begann wieder zu wirken. »So ist es schon besser, Baby«, flüsterte Mrs. Glaushof, als Wilt einen Steifen bekam. »Du und ich, wir werden einen Riesenspaß haben.«

»Sie und ich«, sagte Wilt, der verzweifelt versuchte, seine Not durch korrekte Umgangsformen zu lindern, »und vielleicht denken Sie auch mal an . . . au!«

»Wird Baby jetzt lieb zu Mami sein?« fragte Mrs. Glaushof und zwängte ihre Zunge zwischen seine Lippen. Wilt gab sich alle Mühe, ihre Augen zu fixieren, doch es gelang ihm nicht. Es gelang ihm auch nicht, mit zusammengebissenen Zähnen zu antworten, und Mrs. Glaushofs nach Alkohol und Tabak schmeckende Reptilzunge war so eifrig dabei, seinen Gaumen zu erkunden, daß jede Bewegung, die es ihr gestattet hätte, sich weiter vorzuarbeiten, wenig ratsam erschien. Einen wahnsinnigen Augenblick lang spielte er mit der Idee, das widerliche Ding abzubeißen, aber eingedenk dessen, was sie in Händen hielt, war es müßig, über die Konsequenzen nachzudenken. Statt dessen versuchte er sich auf weniger Greifbares zu konzentrieren. Was zum Teufel hatte er auf einem kissenübersäten Bett mit einer sexwütigen Frau zu tun, die seine Eier umklammert hielt, nachdem ihm erst vor einer halben Stunde ein blutrünstiger Geisteskranker damit gedroht hatte, sein Hirn mit einer 38er an die Decke zu spritzen, falls er sich weigerte, über Binärbomben zu reden. Es ergab absolut keinen Sinn. Aber noch bevor er aus diesem Irrsinn eine brauchbare Schlußfolgerung ziehen konnte, hatte Mrs. Glaushof ihre Sondierungstätigkeit verlagert.

»Baby macht mich richtig heiß«, stöhnte sie und biß ihn in den Hals.

»Mag schon sein«, sagte Wilt und nahm sich fest vor, sich bei nächster Gelegenheit die Zähne zu putzen. »Tatsache ist, daß ich . . .«

Mrs. Glaushof kniff ihn in die Backen. »Chosenknospe«, tüterte sie.

»Hosenknospe?« stieß Wilt mühsam hervor.

»Dein Mund ist wie eine Rosenknospe«, sagte Mrs. Glaushof, wobei sie die Fingernägel noch tiefer in seine Wangen grub, »eine köstliche Rosenknospe.«

»Schmeckt aber gar nicht so«, entgegnete Wilt und bereute es im selben Augenblick. Mrs. Glaushof hatte sich auf ihn gewälzt und reckte ihm eine mit rosa Spitzen umsäumte Brustwarze entgegen.

»Lutsch Mami«, forderte Mrs. Glaushof ihn auf.

»Verpiß dich«, sagte Wilt. Jeder weitere Kommentar wurde

durch die Brustwarze und Mrs. Glaushofs Busen, der auf seinem Gesicht herumfuhrwerkte, erstickt. Als Mrs. Glaushof den Druck verstärkte, rang Wilt nach Atem.

Im Badezimmer nebenan kämpfte Glaushof mit demselben Problem. Als er durch den einseitigen Spiegel schaute, den er hatte anbringen lassen, um Mrs. Glaushof beim Anlegen der seine Phantasie beflügelnden Utensilien zu beobachten, begann er seine neue Taktik allmählich zu bereuen. Sie war alles andere als subtil. Dieses verdammte Weib hatte weit übers Ziel hinausgeschossen. Glaushofs Patriotismus hatte ihn zu der Annahme verleitet, seine Frau würde ihre Pflicht tun, indem sie sich an einen russischen Spion ankuschelte, aber daß sie mit dem Bastard bumsen würde, hatte er nicht erwartet. Und das schlimmste war, daß sie es auch noch so sichtlich genoß.

Ganz im Gegensatz zu Glaushof. Wütend und mit zusammengebissenen Zähnen schaute er durch den Spiegel und gab sich alle Mühe, nicht an Lieutenant Harah zu denken. Doch es half alles nichts. Gepeinigt von dem Gedanken, daß der Lieutenant auf eben diesem Bett gelegen hatte, während Mona ihn der Bearbeitung unterzog, die er jetzt mit eigenen Augen miterlebte, stürzte Glaushof schließlich aus dem Badezimmer. »Verdammt noch mal«, brüllte er vom Gang her, »ich habe dir doch gesagt, du sollst diesen Hundesohn weichmachen. Vom Gegenteil war nicht die Rede.«

»Was willst du denn?« rief Mrs. Glaushof, während sie eine Brustwarze gegen die andere austauschte. »Glaubst du vielleicht, ich weiß nicht, was ich tue?«

»Ich weiß es jedenfalls nicht«, japste Wilt, der die Gelegenheit ergriff, um Luft zu tanken. Mrs. Glaushof ließ von ihm ab, hüpfte zur Tür und riß sie auf.

»Nein, glaub ich nicht«, schrie Glaushof. »Ich glaube, du...«

»Hau bloß ab«, kreischte Mrs. Glaushof. »Dieser Kerl hat einen Steifen für mich.«

»Das kann ich sehen«, sagte Glaushof verdrossen, »aber wenn du glaubst, daß ich das unter Weichmachen verstehe, bist du total verrückt.«

Mrs. Glaushof entledigte sich eines Stiefels. »Verrückt? So, bin ich das?« keifte sie und schleuderte ihm den Stiefel mit erstaunli-

249

cher Präzision an den Kopf. »Was weiß denn ein alter Hirsch wie du schon vom Verrücktwerden? Du kriegst ihn ja nicht einmal hoch, wenn ich keine Scheißnazistiefel trage.« Der zweite Stiefel flog durch die Tür. »Ich muß mich ausstaffieren, als wäre ich dieser Scheißhitler, damit du auch nur annähernd zum Mann wirst, und auch das heißt noch nicht viel. Mit dir verglichen hat dieser Kerl einen Schwanz wie das Washington-Monument.«

»Jetzt hör mir mal zu«, brüllte Glaushof. »Laß meinen Schwanz aus dem Spiel. Der Typ, den du da drin hast, ist ein kommunistischer Agent. Er ist gefährlich!«

»Und ob«, sagte Mrs. Glaushof und befreite sich von ihrem BH. »Was du nicht sagst.«

»Nein, bin ich nicht«, widersprach Wilt und taumelte aus dem Bett. Mrs. Glaushof kämpfte sich aus ihrem Strumpfhalter. »Ich kann dir nur sagen, daß du dich tief in Schwierigkeiten bringen wirst«, rief Glaushof. Um weiteren Geschossen zu entgehen, hatte er sich um die Ecke geflüchtet.

»Je tiefer, desto besser«, schrie Mrs. Glaushof, knallte die Tür zu und schloß ab. Bevor Wilt sie noch daran hindern konnte, hatte sie den Schlüssel aus dem Fenster geschleudert und steuerte auf ihn zu. »Aufgepaßt, Genosse, ich komme.«

»Ich bin kein Genosse. Und ich weiß auch nicht, warum alle denken...«, begann Wilt, aber vom Denken hielt Mrs. Glaushof offenbar nichts. Mit einer Behendigkeit, die ihn völlig verblüffte, warf sie ihn zurück aufs Bett und kniete auch schon über ihm.

»Kuschelmuschel, Baby«, stöhnte sie, und was sie damit meinte, war unmißverständlich. Angesichts dieser grauenhaften Aussicht gedachte Wilt Glaushofs Warnung, daß er ein gefährlicher Mann sei, und schlug seine Zähne in ihren Oberschenkel. Im Badezimmer machte Glaushof fast einen Freudensprung.

»Meine Befehle zurückziehen? Sie sagen, ich soll meine Befehle zurückziehen?« empörte sich General Belmonte, dessen Stimme vor lauter Fassungslosigkeit um ein paar Dezibel sank. »Wir haben eine feindliche Agenteninfiltrationssituation mit möglichen Bombenfolgen, und Sie verlangen von mir, daß ich meine Befehle zurückziehe?«

»Ich ersuche Sie darum, General«, sagte der Colonel besänfti-

250

gend. »Ich sage nur, daß die politischen Folgen katastrophal sein könnten.«

»Mir meinen Stützpunkt von einem fanatischen Irren in die Luft jagen zu lassen ist auch katastrophal, und ich werde es nicht zulassen«, sagte der General. »Nein, Sir, ich bin nicht bereit, den Tod Tausender unschuldiger amerikanischer Soldaten und ihrer Angehörigen auf mein Gewissen zu laden. Major Glaushof hat absolut korrekt gehandelt. Niemand weiß, daß wir diesen Bastard in Gewahrsam haben, und was mich betrifft, so kann er das, was er wissen will, ruhig aus ihm herausprügeln. Ich bin nicht...«

»Ich muß Sie korrigieren, Sir«, unterbrach ihn der Colonel, »eine Anzahl von Leuten weiß, daß wir diesen Mann festhalten. Die britische Polizei hat angerufen und sich nach ihm erkundigt. Und eine Frau, die behauptet, seine Ehefrau zu sein, mußte bereits hinausgeworfen werden. Aber wenn Sie unbedingt wollen, daß die Medien...«

»Die Medien?« bellte der General. »Nehmen Sie dieses beschissene Wort in meiner Gegenwart lieber nicht in den Mund. Ich habe Glaushof den absolut erstrangigen Befehl gegeben, daß es keine Einmischung seitens der Medien zu geben hat, und ich bin nicht bereit, diesen Befehl zurückzunehmen.«

»Das wollte ich auch nicht vorschlagen. Was ich meine, ist vielmehr, daß wir bei Glaushofs Art, mit der Situation umzugehen, ins Kreuzfeuer der Medien zu geraten drohen, und zwar weltweit.«

»Scheiße«, sagte der General, der sich bei dieser Vorstellung wand. Vor seinem inneren Auge zogen bereits auf riesigen Lastern installierte Fernsehkameras vor dem Stützpunkt auf. Vielleicht kamen sogar Frauen. Er riß seine Gedanken von diesem Höllenabgrund zurück. »Was ist denn an Glaushofs Art, die Sache anzupacken, auszusetzen?«

»Zu massiv«, sagte der Colonel. »Die Sicherheitsvorkehrungen lenken doch erst die Aufmerksamkeit darauf, daß wir wirklich ein Problem haben. Dabei sollten wir das Ganze runterspielen, indem wir uns normal verhalten. Das war Punkt eins. Punkt zwei ist, daß wir derzeit einen britischen Bürger festhalten, und wenn Sie dem Major die Erlaubnis erteilt haben, ein Geständnis aus ihm herauszuprügeln, dann kann ich mir gut vorstellen, daß er genau das...«

»Ich habe ihm keinerlei Erlaubnis gegeben, etwas Derartiges zu

251

unternehmen. Ich habe ihm... also, wahrscheinlich habe ich gesagt, er könne ihn verhören und...« Er brach ab und versuchte es dann auf die kameradschaftliche Tour. »Zum Kuckuck, Joe, Glaushof ist zwar ein Arschloch, aber er hat ihm schließlich das Geständnis entlockt, daß er ein kommunistischer Agent ist. Das muß man immerhin anerkennen.«

»Dieses Geständnis ist getürkt. Ich habe es nachprüfen lassen und bekam eine negative Bestätigung«, sagte der Colonel, wobei er in den Jargon des Generals verfiel, um den Schlag etwas zu dämpfen.

»Negative Bestätigung«, sagte der General sichtlich beeindruckt. »Das klingt ernst. Davon hatte ich keine Ahnung.«

»Genau, Sir. Deshalb ersuche ich Sie ja um einen abwehrseitigen Abbau der Sicherheitsdirektiven. Außerdem wünsche ich, daß dieser Mann zwecks eingehender Befragung in meine Zuständigkeit überstellt wird.«

General Belmonte reagierte nahezu vernünftig auf diese Bitte. »Wenn er nicht Moskau-gelenkt ist, was dann?«

»Genau das beabsichtigt der Abwehrdienst herauszufinden«, entgegnete der Colonel.

Zehn Minuten später verließ Colonel Urwin höchst zufrieden das Kontrollzentrum des Stützpunkts. Der General hatte Befehl zur Aufhebung der besonderen Sicherheitsmaßnahmen gegeben, und Glaushof war das Gewahrsamsrecht über seinen Gefangenen entzogen worden.

Zumindest theoretisch.

In der Praxis erwies sich die Entfernung Wilts aus Glaushofs Haus als ziemlich heikel. Nachdem der Colonel den Sicherheitskomplex aufgesucht und dort erfahren hatte, daß man Wilt, anscheinend noch immer unbeschadet, zur Befragung in Glaushofs Haus gebracht hatte, war er mit zwei Sergeants dorthin gefahren. Allerdings mußte er feststellen, daß »unbeschadet« nicht mehr zutraf. Von oben drangen abscheuliche Geräusche herunter.

»Hört sich an, als hätte da jemand einen Riesenspaß«, sagte einer der Sergeants, als Mrs. Glaushof lautstark drohte, irgendeinen geilen Bastard zu kastrieren, sobald sie aufgehört hätte, wie ein abgestochenes Schwein zu bluten, und kreischte, irgendein ande-

252

rer Schwanzlutscher solle doch verdammt noch mal die Scheißtür aufmachen, damit sie rauskönne. Aus dem Hintergrund hörte man Glaushofs klagende Stimme, die ihr zuredete, ruhig zu bleiben, er würde die Tür schon aufkriegen, sie bräuchte doch nicht das Schloß rausschießen, und ob sie vielleicht so nett wäre, diesen verdammten Revolver lieber nicht zu laden.

Mrs. Glaushof entgegnete, sie hätte gar nicht die Absicht, das verdammte Schloß wegzuschießen, da hätte sie schon ganz andere verdammte Ziele im Visier, ihn zum Beispiel und diesen verdammten Sowjetspion, der sie gebissen hatte, und sie würden nicht mehr lebend hier rauskommen, zumindest nicht, wenn sie endlich dieses verdammte Magazin voll hätte, und warum gingen diese verdammten Patronen eigentlich nicht rein, wie sie verdammt noch mal sollten? Einen Augenblick lang tauchte Wilts Gesicht am Fenster auf, verschwand jedoch sofort, als eine Nachttischlampe samt riesigem Lampenschirm durch die Glasscheibe krachte und an der Strippe baumelnd draußen hängen blieb.

Colonel Urwin betrachtete das Wurfgeschoß voller Abscheu. Mrs. Glaushofs Sprache war schon wüst genug, aber der Lampenschirm, der mit einer Collage aus Zeitschriften ausgeschnittener sado-masochistischer Darstellungen, Fotos von Kätzchen in kuscheligen Körben und kleinen Hündchen beklebt war, ganz zu schweigen von diversen scharlachroten Herzen und Blumen, war ästhetisch dermaßen abstoßend, daß er fast die Fassung verlor.

Auf Glaushof hatte das Ganze die gegenteilige Wirkung. Da ihn die Wahrscheinlichkeit, daß seine betrunkene Frau einen russischen Spion mit einer 38er umbringen würde, die sie vermutlich mit 9-Millimeter-Patronen zu laden versucht hatte, weitaus weniger beunruhigte als die Aussicht, daß sein ganzes Haus auseinandergenommen würde und die Nachbarn seine sonderbaren Inhalte zu Gesicht bekommen würden, verließ er die vergleichsweise Sicherheit des Badezimmers und rannte die Schlafzimmertür ein. Sein Timing war miserabel. Nachdem Mrs. Glaushof jegliche Hoffnung, die Wilt hinsichtlich einer Flucht durchs Fenster gehegt haben mochte, vereitelt und es schließlich doch geschafft hatte, den Revolver zu laden, drückte sie ab. Der Schuß ging durch die Tür, Glaushofs Schulter und den überdimensionalen, mit einem Labyrinth verschlungener Gänge ausgestatteten Hamsterkäfig im Trep-

253

penhaus, bevor er im flauschigen Teppich landete. »Lieber Himmel«, brüllte Glaushof, »du hast es geschafft. Du hast es wahrhaftig geschafft!«

»Was soll denn das?« fragte Mrs. Glaushof, fast ebenso erstaunt wie er über die Folgen dessen, daß sie nur am Abzug gedrückt hatte, wenn auch ungleich weniger besorgt. »Was sagst du?«

»O Gott«, stöhnte Glaushof und sackte zusammen.

»Du glaubst wohl, ich kann das verdammte Schloß nicht wegschießen?« rief Mrs. Glaushof herausfordernd. »Glaubst du das? Traust du mir das nicht zu?«

»Doch«, röhrte Glaushof. »Doch, dir trau ich alles zu. Himmel, ich sterbe.«

»Hypochonder«, schrie Mrs. Glaushof, die damit offenbar eine alte Rechnung beglich. »Geh zur Seite, ich komm raus!«

»In Dreiteufelsnamen«, kreischte Glaushof mit stierem Blick auf das Loch, das sie bereits neben einer Angel durch die Tür geschossen hatte, »ziele bloß nicht auf das Schloß.«

»Und warum nicht?« wollte Mrs. Glaushof wissen.

Glaushof war nicht bereit, diese Frage zu beantworten. Bei dem verzweifelten Versuch, den Folgen ihrer nächsten Salve zu entrinnen, rollte er seitwärts Richtung Treppe. Als er schließlich unten aufschlug, war sogar Mrs. Glaushof beunruhigt.

»Alles in Ordnung, Glausie?« rief sie und drückte gleichzeitig ab. Als der zweite Schuß ein Loch in einen mit Styroporkugeln gefüllten Sitzsack riß, beschloß Wilt zu handeln. In dem Bewußtsein, daß ihr nächster Schuß mit ihm womöglich Ähnliches anstellte wie mit Glaushof und dem Sack, hob er einen mit gefälteltem Stoff überzogenen Hocker hoch und schlug ihn ihr über den Schädel.

»Verdammter Macho«, hauchte Mrs. Glaushof kaum hörbar und glitt zu Boden. Wilt zögerte einen Augenblick. Wenn Glaushof noch am Leben war – und das Klirren von Glas im Erdgeschoß ließ das vermuten –, war es unsinnig zu versuchen, die Tür einzurennen. Wilt ging hinüber ans Fenster.

»Keine Bewegung!« schrie ein Mann von drunten. Wilt blieb wie angewurzelt stehen. Sein Blick fiel auf fünf Uniformierte, die sich hinter ihren Gewehren ins Gras duckten. Und diesmal gab es keinen Zweifel, worauf sie zielten.

Kapitel 21

»Die Logik erfordert, daß wir dieses Problem ganz nüchtern betrachten«, erklärte Mr. Gosdyke. »Nun weiß ich, daß das schwierig
ist, doch bevor wir nicht einen unumstößlichen Beweis haben, daß
Ihr Mann gegen seinen Willen in Baconheath festgehalten wird,
können wir keinerlei rechtliche Schritte unternehmen. Das werden
Sie doch einsehen?«

Als Eva dem Rechtsanwalt ins Gesicht blickte, sah sie nur, daß
sie ihre Zeit verschwendete. Mavis hatte die Idee gehabt, sie solle
Mr. Gosdyke konsultieren, bevor sie etwas Voreiliges unternahm.
Was voreilig bedeutete, wußte Eva. Es bedeutete, Angst davor zu
haben, echte Risiken einzugehen und tatkräftig zu handeln.

»Immerhin«, meinte Mavis auf dem Rückweg, »könntest du
vielleicht eine gerichtliche Verfügung oder so was beantragen. Es
wäre das beste, das erst mal herauszufinden.«

Aber das wäre gar nicht nötig gewesen. Sie hatte von vornherein
gewußt, daß Mr. Gosdyke ihr nichts glauben und von Beweisen
und Logik reden würde. Als ob das Leben logisch wäre. Eva wußte
nicht mal, was dieses Wort bedeutete, außer daß es bei ihr immer
die Vorstellung eines Bahngleises hervorrief, auf dem ein Zug ent-
langraste, ohne die Möglichkeit zu haben, davon loszukommen
und über Felder und durch die Landschaft zu sausen wie ein Pferd.
Und auch wenn man an einem Bahnhof ankam, mußte man immer
dahin gehen, wo man ursprünglich hin wollte. Aber im Leben war
alles ganz anders, und Menschen in einer verzweifelten Situation
verhielten sich auch nicht so. Nicht einmal die Justiz funktionierte
so; sie steckte Menschen ins Gefängnis, die alt und geistesabwesend waren wie Mrs. Reeman, die den Supermarkt mit einem Glas
Mixed Pickles verlassen hatte, ohne dafür bezahlt zu haben, dabei
aß sie gar keine Pickles. Eva wußte das, weil sie bei »Essen auf
Rädern« ausgeholfen hatte und die alte Dame gesagt hatte, daß sie
absolut keinen Essig mochte. Nein, der eigentliche Grund war der

255

gewesen, daß ihr Pekinese, der auf den Namen Pickles hörte, vor einem Monat gestorben war. Aber die Justiz hatte das ebensowenig begriffen, wie Mr. Gosdyke verstehen konnte, daß sie bereits den Beweis erhalten hatte, daß sich Henry auf dem Stützpunkt befand, weil er ja nicht dabeigewesen war, als der Offizier plötzlich ein völlig verändertes Verhalten an den Tag legte.

»Dann gibt es also nichts, was Sie tun könnten?« sagte sie und stand auf.

»Nicht, bevor wir keinen Beweis haben, daß Ihr Mann wirklich gegen seinen Willen...« Doch Eva war bereits draußen, so daß die nutzlosen Worte ungehört verhallten. Sie ging die Treppe hinunter, verließ das Gebäude und ging hinüber zum Mombasa-Café, wo Mavis auf sie wartete.

»Nun, was hat er dir geraten?« fragte Mavis

»Nichts«, entgegnete Eva. »Er meinte nur, ohne Beweis könnte er gar nichts unternehmen.«

»Vielleicht wird Henry dich ja heute abend anrufen. Jetzt, wo er weiß, daß du draußen gewesen bist...«

Eva schüttelte den Kopf. »Woher soll er das wissen? Warum sollten sie es ihm sagen?«

»Na komm schon, Eva«, sagte Mavis. »Ich sehe die Sache so: Henry betrügt dich seit sechs Monaten. Ja, ich weiß, was du jetzt sagen willst, aber so ist es nun mal.«

»Er hat mich nicht auf die Art betrogen, die du meinst«, sagte Eva. »Soviel steht fest.«

Mavis seufzte. Es war sehr schwierig, Eva begreiflich zu machen, daß Männer alle gleich waren, selbst sexuell unterentwickelte wie Wilt. »Er ist jeden Freitagabend nach Baconheath gefahren und hat dir die ganze Zeit weisgemacht, er hätte diesen Gefängnisjob. Das mußt du doch zugeben, oder?«

»Schon«, sagte Eva und bestellte Tee. Sie war nicht in der Stimmung für irgendwas Ausländisches wie Kaffee. Kaffee tranken Amerikaner.

»Die Frage, die du dir stellen mußt, ist die, warum er dir nicht gesagt hat, wo er hingeht.«

»Weil er nicht wollte, daß ich es weiß«, sagte Eva.

»Und warum wollte er nicht, daß du es weißt?«

Eva schwieg.

»Weil er etwas machte, was dir nicht gefallen hätte, und wir alle wissen doch, was das ist, das wir nach Ansicht der Männer lieber nicht wissen sollen.«

»Ich kenne Henry«, sagte Eva.

»Natürlich kennst du ihn, aber keiner von uns kann selbst Menschen, die einem am nächsten stehen, zur Gänze kennen.«

»Du weißt doch genau, daß Patrick anderen Frauen nachläuft«, ging Eva zum Gegenangriff über. »Du hast dich doch ständig über seine Untreue ausgelassen. Deshalb hast du dir diese Steroidpillen von dieser üblen Dr. Kores besorgt, und jetzt sitzt er nur noch da und stiert in die Glotze.«

»Ja«, sagte Mavis, die sich insgeheim dafür verfluchte, dies je erwähnt zu haben. »Also gut, aber du hast gesagt, Henry sei sexuell unterbelichtet. Das bestätigt doch nur meine Ansicht. Ich weiß nicht, was Dr. Kores in die Mischung getan hat, die sie dir gegeben hat...«

»Fliegen«, sagte Eva.

»Fliegen?«

»Spanische Fliegen. Henry hat das jedenfalls so genannt. Er meinte, die hätten ihn umbringen können.«

»Haben sie aber nicht«, sagte Mavis. »Ich versuche doch nur, dir klarzumachen, daß der Grund, warum er nicht angemessen funktioniert hat...«

»Er ist doch kein Hund«, sagte Eva.

»Was hat das denn damit zu tun?«

»Funktionieren. Du redest, als wäre er eine Maschine.«

»Du weißt ganz genau, was ich gemeint habe.«

Sie wurden durch die Kellnerin unterbrochen, die den Tee brachte. »Ich will damit doch nur sagen«, fuhr Mavis fort, nachdem das Mädchen wieder verschwunden war, »daß das, was du für Henrys sexuelle Unterbelichtung gehalten hast...«

»Ich sagte, er sei nicht sonderlich aktiv. Was anderes habe ich nie behauptet«, widersprach Eva.

Mavis rührte ihren Kaffee um und bemühte sich, ruhig zu bleiben. »Vielleicht wollte er dich gar nicht, Liebes«, meinte sie schließlich, »weil er während der letzten sechs Monate jeden Freitagabend mit irgendeiner Amerikanerin vom Stützpunkt im Bett verbracht hat. Das wollte ich dir nur klarmachen.«

»Wäre das der Fall gewesen«, entgegnete Eva mit erhobenem Kopf, »dann verstehe ich nicht, wie er um halb elf zu Hause sein konnte, wenn er zusätzlich noch seinen Kurs abgehalten hat. Er hat das Haus immer kurz vor sieben verlassen, und die Fahrt dauert mindestens eine dreiviertel Stunde. Zweimal eine dreiviertel Stunde macht...«

»Eineinhalb Stunden«, ergänzte Mavis ungeduldig. »Das beweist noch gar nichts. Er könnte ja einen Einerkurs abgehalten haben.«

»Einen Einerkurs?«

»Für eine Person, meine liebe Eva.«

»Es ist nicht zulässig, daß ein Kurs nur aus einer Person besteht«, sagte Eva. »Wenn es in der Berufsschule nicht mindestens zehn...«

»Nun, in Baconheath ist es vielleicht anders«, sagte Mavis, »und außerdem läßt sich da immer was drehen. Ich wette, daß Henrys Unterricht darin bestand, daß er sich entblättert hat und...«

»Das zeigt nur wieder, wie gut du ihn kennst«, schnitt Eva ihr das Wort ab. »Henry soll sich vor einer anderen Frau ausziehen? Höchstens am Jüngsten Tag. Dazu ist er viel zu schüchtern.«

»Schüchtern?« sagte Mavis. Es lag ihr schon auf der Zunge hinzuzufügen, daß er neulich ihr gegenüber alles andere als schüchtern gewesen war. Aber Evas Gesicht hatte wieder jenen gefährlich entschlossenen Ausdruck bekommen, so daß sie es sich anders überlegte. Er war noch nicht verschwunden, als sie zehn Minuten später zum Wagen gingen, um die Vierlinge von der Schule abzuholen.

»Also gut, fangen wir noch mal an«, sagte Colonel Urwin. »Sie sagen also, Sie haben Major Glaushof nicht erschossen.«

»Natürlich nicht«, sagte Wilt. »Wozu sollte ich denn so was tun? Sie hat versucht, das Schloß aus der Tür zu schießen.«

»Das entspricht nicht der Version, die ich kenne«, sagte der Colonel und zeigte auf eine vor ihm auf dem Schreibtisch liegende Akte, »und laut der Sie versucht haben, Mrs. Glaushof oral zu vergewaltigen und sie, als sie nicht mitmachen wollte, ins Bein bissen. Major Glaushof versuchte die Tür einzurennen, um zu intervenieren, und Sie haben ihn durch die Tür erschossen.«

»Oral vergewaltigen?« sagte Wilt. »Was zum Teufel heißt das?«

»Das möchte ich mir lieber nicht vorstellen«, sagte der Colonel schaudernd.

»Hören Sie zu«, sagte Wilt, »wenn hier jemand oral vergewaltigt worden ist, dann ich. Ich weiß ja nicht, ob Sie je in unmittelbare Nähe des Saugnapfs dieser Frau gekommen sind, aber ich bin es, und ich kann Ihnen nur sagen, daß die einzige Rettung darin bestand, die Schlampe zu beißen.«

Colonel Urwin versuchte dieses entsetzliche Bild abzuschütteln. Seine Sicherheitsklassifikation stufte ihn als »eindeutig heterosexuell« ein, aber es gab Grenzen, und Mrs. Glaushofs Saugnapf gehörte fraglos dazu. »Das stimmt aber nicht so ganz mit Ihrer Aussage überein, daß sie versuchte, das Schloß mit einer 38er aufzuschießen und aus dem Zimmer zu fliehen. Hätten Sie was dagegen, mir zu erklären, warum sie das tat?«

»Ich habe Ihnen doch gesagt, daß sie versucht hat... Also, ich habe Ihnen gesagt, was sie versucht hat, und um mich zu retten, habe ich zugebissen. Und da ist sie wütend geworden und hat nach dem Schießeisen gegriffen.«

»Das erklärt aber immer noch nicht, warum die Tür zugesperrt war und sie das Schloß aufschießen mußte. Wollen Sie damit sagen, daß Major Glaushof sie eingesperrt hat?«

»Sie hat den verdammten Schlüssel zum Fenster hinausgeworfen«, sagte Wilt erschöpft, »und wenn Sie mir nicht glauben, dann gehen Sie doch hinaus und suchen Sie ihn.«

»Weil sie Sie sexuell so begehrenswert fand, daß sie Sie... oral vergewaltigen wollte?« sagte der Colonel.

»Weil sie betrunken war.«

Colonel Urwin stand auf und suchte inspirativ Zuflucht bei seinem Poster. Doch das ließ ihn im Stich. Daß Glaushofs abscheuliche Frau betrunken gewesen war, war so ziemlich das einzige, was glaubhaft klang. »Ich begreife noch immer nicht, was Sie überhaupt dort zu suchen hatten.«

»Glauben Sie, ich vielleicht?« sagte Wilt. »Ich kam am Freitagabend hierher, um meinen Kursus abzuhalten, und ehe ich mich's versehe, werde ich mit Gas vergiftet, mit Spritzen malträtiert, verkleidet wie ein Anwärter für den Operationstisch, mit einer verdammten Decke über dem Kopf durch die Gegend kutschiert und von irgendwelchen Irren über Sender in meinem Auto ausgefragt...«

»Sender«, sagte der Colonel.

»Wie auch immer«, sagte Wilt. »Und dann droht man mir, mein Gehirn über die ganze Zimmerdecke zu verspritzen, falls ich nicht gestehe, daß ich ein russischer Spion oder ein fanatischer schiitischer Moslem bin. Und das ist erst der Anfang. Danach bin ich plötzlich in einem schauerlich geschmacklosen Schlafzimmer mit einem Weib, das wie eine Prostituierte aufgedonnert ist und Schlüssel aus dem Fenster schmeißt und mir ihre Euter in den Mund stopft und mich dann mit ihrer Möse zu ersticken droht. Und Sie wollen von mir eine Erklärung?« Er sank in seinen Stuhl zurück und seufzte resigniert.

»Das erklärt noch immer nicht ...«

»Lieber Himmel«, sagte Wilt, »wenn Sie sich Irrsinn erklären lassen wollen, dann gehen Sie doch zu diesem blutrünstigen Geisteskranken, diesem Major, und fragen Sie ihn. Ich habe die Nase voll davon.«

Der Colonel stand auf und ging hinaus. »Was halten Sie von ihm?« fragte er Captain Fortune, der draußen neben einem Techniker saß, der das Gespräch auf Band aufgenommen hatte.

»Ich muß sagen, daß ich ihn überzeugend finde«, meinte Fortune. »Diese Mona Glaushof würde notfalls mit einem verdammten Stinktier bumsen, wenn nichts Besseres zur Hand ist.«

»Das kann man wohl sagen«, meinte der Techniker. »Sie hat Lieutenant Harah rangenommen, als wäre er ein menschlicher Vibrator. Der Kerl hat eimerweise Vitamine geschluckt, um das durchzustehen.«

»Guter Gott«, seufzte der Colonel, »und Glaushof ist auch noch für die Sicherheit zuständig. Was denkt er sich eigentlich dabei, Mona Messalina ausgerechnet auf den da loszulassen?«

»Er hat einen durchsichtigen Spiegel im Badezimmer«, sagte der Captain.

»Ein durchsichtiger Spiegel im Badezimmer? Der Kerl muß doch krank sein, wenn er zuschaut, wie seine Frau es mit einem Kerl treibt, den er für einen russischen Spion hält.«

»Vielleicht glaubt er, die Russen hätten eine andere Technik, die er auf diese Weise lernen könnte«, meinte der Techniker.

»Ich wünsche, daß draußen vor dem Haus nach dem Schlüssel gesucht wird«, sagte der Colonel und ging hinaus auf den Gang.

»Also?« fragte er.

»Nichts paßt zusammen«, sagte der Captain. »Dieser Corporal von der Elektronik ist nicht auf den Kopf gefallen, und er ist ganz sicher, daß die Sender im Wagen von einem britischen Hersteller stammen. Definitiv nichtrussisch. Keine Angaben darüber, ob sonst schon mal jemand solche Dinger benutzt hat.«

»Wollen Sie damit sagen, daß er vom britischen Geheimdienst beschattet wurde?«

»Möglich.«

»Das wäre es, wenn er nicht nach der Anwesenheit vom MI 5 verlangt hätte, sobald Glaushof ihm die Daumenschrauben anzog«, sagte Urwin. »Haben Sie je von einem Moskauer Agenten gehört, der nach dem britischen Geheimdienst schreit, sobald er aufgeflogen ist? Ich nicht.«

»Dann kehren wir also zu Ihrer Theorie zurück, daß die Briten nur die Sicherheitsvorkehrungen auf dem Stützpunkt testen wollten. Das ist so ziemlich das einzige, was einen Reim ergibt.«

»Meiner Ansicht nach reimt sich gar nichts zusammen. Denn wäre es eine Testkontrolle gewesen, hätten sie ihn inzwischen wieder rausgeholt. Und warum hat er dichtgehalten? Weil es sinnlos gewesen wäre, auszupacken. Dagegen wiederum sprechen diese Sender und die Tatsache, daß Clodiak aussagt, er sei während der ganzen Kursus-Stunden nervös und aufgeregt gewesen. Das läßt vermuten, daß er kein Experte ist; und ich glaube, daß er nicht einmal wußte, daß sein Wagen präpariert war. Ich möchte bloß wissen, was das alles soll.«

»Wünschen Sie, daß ich ihn verhöre?« fragte der Captain.

»Nein, ich mache selbst weiter. Lassen Sie nur das Band laufen. Wir werden es noch dringend brauchen.«

Er ging in sein Büro zurück, wo er Wilt auf der Couch liegend und tief schlafend vorfand. »Nur noch ein paar Fragen, Mr. Wilt«, sagte er. Wilt blickte schlaftrunken zu ihm auf und setzte sich hin.

»Was für Fragen?«

Der Colonel holte eine Flasche aus dem Schrank. »Wollen Sie einen Scotch?«

»Ich will nach Hause«, sagte Wilt.

Kapitel 22

Inspektor Flint saß auf der Polizeiwache in Ipford und genoß seinen Triumph. »Da steht alles drin, Sir«, erklärte er dem Polizeichef und deutete auf einen Stapel Akten auf seinem Schreibtisch. »Swannell hat den Kontakt bei einem Skiurlaub in der Schweiz hergestellt. Hübscher, sauberer Schauplatz, die Schweiz, und natürlich behauptet er, daß dieser Italiener sich an ihn heranmachte. Hat ihn bedroht, sagt er, und natürlich ist unser Clive ein nervöser Kerl, wie Sie ja wissen.«

»Mich hätte er nicht an der Nase herumführen können«, meinte der Polizeichef. »Vor drei Jahren hatten wir den Hurensohn beinahe wegen versuchten Mordes gehabt. Kam davon, weil der Typ, den er geschrammt hatte, ihn nicht verklagen wollte.«

»Ich meinte das ironisch, Sir«, sagte Flint. »Erzähle die Geschichte nur mit seinen Worten.«

»Weiter. Wie ist es abgelaufen?«

»Eigentlich ganz einfach«, fuhr Flint fort, »völlig unkompliziert. Zunächst brauchten sie einen Kurier, der nicht wußte, was gespielt wird. Also machen sie Ted Lingon die Hölle heiß. Drohen ihm mit einer Gesichtsbehandlung mit Salpetersäure, wenn er als Veranstalter von Busreisen auf den Kontinent nicht kooperiert. Behauptet er jedenfalls. Jedenfalls organisiert er regelmäßig Fahrten in den Schwarzwald mit mehreren Übernachtungen. Das Zeug wird ohne Wissen des Fahrers in Heidelberg eingeladen, wird nach Ostende und von da aus auf die Nachtfähre nach Dover gebracht, wo es einer von der Schiffsbesatzung auf halbem Weg über Bord wirft. Immer nachts, so daß es niemand sieht. Wird von einem Freund von Annie Mosgrave in Empfang genommen, der zufällig mit seinem schwimmenden Palast in der Nähe ist und...«

»Einen Augenblick mal«, sagte der Polizeichef. »Wie, zum Kuckuck, soll jemand bei Nacht mitten im Kanal ein Päckchen Heroin finden?«

»Mit derselben Methode, mit der Hodge Wilt geortet hat. Der Stoff steckt in einem schwimmfähigen Riesenkoffer, der Signale aussendet, sobald er im Wasser landet. Der Kerl peilt ihn an, holt ihn an Bord und schippert ihn zu einer Markierungsboje in der Bucht, wo er bleibt, bis ihn ein Froschmann abholt, sobald der schwimmende Palast wieder in der Marina liegt.«

»Scheint mir eine ziemlich riskante Angelegenheit«, sagte der Polizeichef. »Ich würde mich nicht auf Gezeiten und Strömungen verlassen, wenn es um soviel Geld geht.«

»Ach, die haben das oft genug ausprobiert, um alle Risiken auszuschalten, und da sie den Koffer an der Bojenkette festbinden, ist dieser Teil zumindest kein Problem«, sagte Flint. »Und danach wird die Ladung gedrittelt; die Hong Kong Charlies übernehmen die Londoner Seite, und Roddie Eaton versorgt unseren Bereich und Edinburgh.«

Der Polizeichef betrachtete seine Fingernägel und überdachte die Konsequenzen von Flints Entdeckungen. Alles in allem waren sie ausgesprochen zufriedenstellend, doch hatte er das ungute Gefühl, daß die Methoden des Inspektors vor Gericht keinen allzu guten Eindruck hinterlassen würden. Das Beste würde sein, gar nicht näher darauf einzugehen. Doch die Verteidigung würde sie mit Sicherheit vor den Geschworenen breittreten. Drohungen gegenüber Gefängnisinsassen, Mordanklagen, die nie erhoben wurden... Andererseits, sollte Flint mit seiner Art Erfolg haben, wäre dieser Idiot Hodge damit endgültig geliefert. Und das war eine Menge Risiken wert.

»Sind Sie ganz sicher, daß Ihnen Swannell und die anderen keine Bären aufgebunden haben?« fragte er. »Natürlich kann keine Rede davon sein, daß ich Ihnen mißtraue oder so was, aber wenn wir jetzt vorpreschen und sie diese Aussagen vor Gericht widerrufen, was sie sicher tun werden...«

»Ich verlasse mich nicht auf ihre Aussagen«, sagte Flint. »Es gibt handfeste Beweise. Wenn die Durchsuchungsbefehle erst ausgestellt sind, werden wir genug Heroin und Leichenbalsam in ihrer Umgebung und an ihrer Kleidung finden, um das Labor und damit auch das Gericht zufriedenzustellen. Schließlich müssen sie beim Aufteilen der Päckchen ja was verschüttet haben, oder?«

Der Polizeichef blieb ihm die Antwort schuldig. Es gab Dinge, über die er lieber nicht Bescheid wußte, und Flints Methoden waren zu zweifelhaft, als daß er sie hätte befürworten können. Doch sollte der Inspektor wirklich einen Drogenring gesprengt haben, wären der Polizeidirektor und der Innenminister darüber höchst erfreut; und heutzutage, wo das Verbrechen derart gründlich organisiert war, hatte es keinen Sinn, zuviel Skrupel walten zu lassen. »Also gut«, sagte er schließlich, »ich werde die Durchsuchungsbefehle beantragen.«

»Vielen Dank, Sir«, sagte Flint und wandte sich zum Gehen. Doch der Polizeichef hielt ihn zurück.

»Ein Wort noch zu Inspektor Hodge«, sagte er. »Ich gehe davon aus, daß seine Untersuchungen in eine andere Richtung gelaufen sind.«

»Amerikanische Luftwaffenstützpunkte«, entgegnete Flint. »Er hat sich in den Kopf gesetzt, daß das Zeug aus dieser Ecke kommt.«

»In diesem Fall sollten wir ihn besser zurückpfeifen.«

Doch Flint hatte da andere Vorstellungen. »Wenn ich einen Vorschlag machen dürfte, Sir«, sagte er. »Die Tatsache, daß das Drogendezernat auf der falschen Fährte ist, hat seine Vorteile. Ich meine damit, daß Hodge die Aufmerksamkeit von unseren Ermittlungen ablenkt, und es wäre doch schade, einen Warnschuß abzugeben, bevor wir unsere Verhaftungen vorgenommen haben. Vielleicht trägt es sogar dazu bei, ihn ein wenig zu ermutigen.«

Der Polizeichef betrachtete ihn zweifelnd. Das allerletzte, was der Leiter des Drogendezernats brauchte, war Ermutigung. Der war bereits idiotisch genug. Auf der anderen Seite... »Und wie stellen Sie sich diese Ermutigungen konkret vor?« fragte er.

»Sie könnten doch vielleicht sagen, daß der Polizeidirektor auf eine baldige Verhaftung Wert legt«, meinte Flint. »Schließlich entspricht das ja auch der Wahrheit.«

»Vermutlich haben Sie recht«, gab der Polizeichef mißmutig zu. »Also gut, aber sorgen Sie bloß dafür, daß Sie Ihre eigenen Fälle in die Reihe bekommen.«

»Das werde ich, Sir«, entgegnete Flint und verließ den Raum. Er ging zum Fuhrpark hinunter, wo Sergeant Yates auf ihn wartete.

»Die Durchsuchungsbefehle gehen in Ordnung«, sagte er. »Haben Sie das Zeug?«

Sergeant Yates nickte und zeigte auf ein in Plastik eingeschlagenes Päckchen auf dem Rücksitz. »Viel konnte ich nicht kriegen«, sagte er. »Runkie meinte, wir hätten kein Anrecht drauf. Ich mußte ihm einreden, es würde für eine Laboruntersuchung gebraucht.«

»Was ja auch stimmt«, meinte Flint. »Und es stammt alles aus derselben Ladung?«

»Aber sicher.«

»Also kein Problem«, konstatierte Flint, als sie losfuhren. »Wir schauen uns erst mal Lingons Bus an und dann Swannells Boot und den Küchengarten und deponieren was für die Laborfritzen.«

»Und was ist mit Roddie Eaton?«

Flint zog ein Paar Baumwollhandschuhe aus der Tasche. »Ich dachte mir, daß wir die in seine Abfalltonne werfen«, sagte er. »Zuvor benützen wir sie natürlich im Bus. Die Mühe, Annie aufzusuchen, können wir uns sparen. Bei der wird sowieso was sein, und außerdem werden die anderen versuchen, ihre Strafen zu mildern, indem sie ihr alles in die Schuhe schieben. Es genügt schon, wenn wir drei von ihnen festnageln, denn angesichts von zwanzig Jahren Knast werden sie alle anderen mit in die Scheiße hineinziehen.«

»Verdammt üble Vorgehensweise für einen Polizisten, einfach Beweise auszusäen und so«, meinte Yates nach einer Pause.

»Ach, ich weiß nicht recht«, sagte Flint. »Wir wissen, daß sie mit dem Zeug dealen, sie wissen es, und wir tun nichts weiter, als ihnen etwas von ihrer eigenen Medizin zu verpassen. Homöopathisch würde ich das nennen.«

Inspektor Hodge würde seine Arbeit sicher nicht so bezeichnet haben. Sein an Besessenheit grenzendes Interesse an den recht ungewöhnlichen häuslichen Aktivitäten der Wilts war durch die Geräusche, die aus den im Dachbereich installierten Wanzen drangen, noch gesteigert worden. Schuld waren die Vierlinge. Nachdem Eva sie in ihre Zimmer hinaufgejagt hatte, weil sie sie vom Hals haben wollte, damit sie darüber nachdenken konnte, was sie wegen Henry unternehmen sollte, hatten sie sich gerächt, indem sie Langspielplatten von Heavy Metal mit hundert Watt pro Lautsprecherbox laufen ließen. Für Hodge und Runk, die auf ihrem Horchposten im Lieferwagen saßen, hörte es sich an, als würde Oakhurst Avenue 45 von einer endlosen Folge rhythmischer Explosionen zerfetzt.

»Was zum Teufel ist denn mit diesen Wanzen los?« schrie Hodge und riß sich den Kopfhörer herunter.

»Nichts«, schrie der Abhörspezialist zurück. »Sie sind nur hochempfindlich...«

»Ich auch«, brüllte Hodge, während er mit dem kleinen Finger in einem Ohr herumstocherte, um sein Hörvermögen wiederzuerlangen, »und ich sage Ihnen, irgendwas stimmt da nicht.«

»Sie fangen nur verdammt viele Störgeräusche auf. Und die können von allen möglichen Dingen herrühren.«

»Zum Beispiel von einem Fünfzig-Megatonnen-Rockkonzert«, sagte Runk. »Das verdammte Weib muß ja stocktaub sein.«

»Daß ich nicht lache«, sagte Hodge. »Das ist doch Absicht. Sie müssen irgendwie rausgefunden haben, daß wir ihnen Wanzen ins Nest gesetzt haben. Drehen Sie doch das verdammte Ding ab. Ich kann mich ja selbst nicht mehr denken hören.«

»Da wären Sie der erste, der das könnte«, entgegnete Runk. »Denken erfolgt lautlos. Es ist ein...«

»Halten sie den Rand«, brüllte Hodge, der jetzt keine Lektion über die Funktionsweise des Gehirns brauchen konnte. Während der nächsten zwanzig Minuten saß er vergleichsweise schweigend da und überlegte sich den nächsten Schritt. In jedem Stadium seines Feldzuges war er ausmanövriert worden, und zwar alles nur deshalb, weil er nicht die Handlungsvollmacht und den Rückhalt bekommen hatte, die er brauchte. Und jetzt hatte ihm der Polizeichef eine Nachricht zukommen lassen und auf baldige Verhaftungen gedrängt. Hodge hatte darauf mit einem Antrag auf einen Durchsuchungsbefehl reagiert. Das Antwortschreiben enthielt eine vage Bemerkung dergestalt, daß man sich die Sache überlegen wolle, was natürlich bedeutete, daß er diesen Durchsuchungsbefehl nie bekommen würde. Er war drauf und dran, auf die Wache zurückzukehren und energisch die Genehmigung zum Stürmen des Hauses zu fordern, als Sergeant Runk seine Gedankengänge unterbrach.

»Die Jam Session ist vorbei«, sagte er. »Jetzt ist alles hübsch ruhig.«

Hodge schnappte sich seinen Kopfhörer und lauschte. Mit Ausnahme eines leisen Ratterns, das er nicht näher bestimmen konnte (das jedoch von Emmelines Hamsterdame Percival stammte, die in ihrem Rad herumsauste), war es still im Haus. Seltsam. Bisher war es noch nie still gewesen, solange die Wilts zu Hause waren. »Steht der Wagen noch draußen?« fragte er den Techniker.

Der Mann drehte an irgendwelchen Knöpfen herum. »Nichts zu hören«, murmelte er und schwenkte die Antenne. »Sie müssen diesen Radau dazu benutzt haben, die Sender auszubauen.«

Inspektor Hodge war einem Schlaganfall nahe. »Sie hirnloser Trottel!« kreischte er. »Soll das heißen, daß Sie den Scheißwagen die ganze Zeit nicht überwacht haben?«

»Wofür halten Sie mich eigentlich? Für einen verdammten Tintenfisch mit Ohren?« brüllte der Abhörmensch zurück. »Erst muß ich mich um diese ganzen Scheißwanzen kümmern, mit denen Sie das Haus gepflastert haben, und dann soll ich gleichzeitig auch noch zwei Peilgeräte überwachen. Und außerdem bin ich kein hirnloser Trottel.«

Doch bevor Hodge handgreiflich werden konnte, funkte Sergeant Runk dazwischen. »Ich bekomme ein schwaches Signal aus dem Wagen«, sagte er. »Muß etwa zehn Meilen entfernt sein.«

»Wo denn?« schrie Hodge.

»Osten, wie zuvor«, entgegnete Runk. »Sie fahren nach Baconheath zurück.«

»Dann nichts wie hinterher«, rief Hodge. »Diesmal werde ich mir diesen kleinen Scheißer kaufen. Ich werde den ganzen Scheißstützpunkt abriegeln lassen, und wenn es das Letzte ist, was ich tue.«

Ohne etwas von dem sich hinter ihr zusammenbrauenden Unwetter zu ahnen, fuhr Eva Richtung Stützpunkt. Sie hatte keinen konkreten Plan gefaßt, sondern ließ sich lediglich von der festen Entschlossenheit lenken, die Wahrheit – und Wilt – zu erzwingen, selbst wenn das bedeuten sollte, den Wagen in Flammen zu setzen oder sich nackt auf die Straße vor der Wache zu legen. Hauptsache, es erregte die Aufmerksamkeit der Öffentlichkeit. Ausnahmsweise war Mavis derselben Ansicht und hatte ihr sogar geholfen. Sie hatte eine Gruppe von ›Müttern gegen die Bombe‹ (einige waren sogar schon Großmütter) organisiert, einen Kleinbus gemietet und alle Londoner Zeitungen, die BBC und die lokale Fernsehanstalt von Fenland angerufen, um eine möglichst

267

ausführliche Berichterstattung über die Demonstration zu gewährleisten.

»Das ist *die* Gelegenheit, die Aufmerksamkeit der Welt auf die Verführernatur der kapitalistischen, militärisch-industriellen Weltherrschaft zu lenken«, hatte sie gesagt. Und obwohl Eva nur in etwa geahnt hatte, was sie damit meinte, spürte sie doch sehr deutlich, daß mit diesem »das« am Beginn des Satzes Henry gemeint war. Nicht, daß sich Eva darum scherte, was irgend jemand sagte; was für sie zählte, waren Taten. Und Mavis' Demonstration würde die Aufmerksamkeit von ihren eigenen Bemühungen, in den Stützpunkt einzudringen, ablenken. Und sollte ihr das mißlingen, würde Mavis wenigstens dafür sorgen, daß der Name Henry Wilt Millionen von Zuschauern erreichte, die an diesem Abend die Nachrichten sahen.

»Ich möchte, daß ihr euch jetzt alle anständig benehmt«, erklärte sie den Vierlingen, während sie auf den Eingang zufuhren. »Tut genau, was Mami euch sagt, dann wird schon alles gutgehen.«

»Gar nichts wird gutgehen, wenn Daddy bei einer amerikanischen Lady gewesen ist«, sagte Josephine.

»Sie gefickt hat«, korrigierte Penelope.

Eva bremste scharf. »Wer hat das gesagt?« fragte sie und drehte sich wütend nach den Vierlingen um.

»Mavis Motty«, sagte Penelope. »Sie redet ständig vom Ficken.«

Eva holte tief Luft. Es gab Zeiten, in denen die Sprache der Vierlinge abscheulich viel zu wünschen übrig ließ, obwohl sie doch in der Schule für Hochbegabte sorgfältig auf eine reife und gebildete Ausdrucksweise hin erzogen wurden. Und jetzt war so eine Zeit. »Es ist mir egal, was Mavis gesagt hat«, erklärte sie, »und außerdem stimmt es gar nicht. Euer Vater ist einfach wieder töricht gewesen. Wir wissen nicht, was mit ihm geschehen ist; und deshalb sind wir hier. Und jetzt benehmt euch gefälligst und...«

»Wenn wir nicht wissen, was mit ihm passiert ist, woher willst du dann wissen, daß er töricht gewesen ist?« fragte Samantha, die es von jeher mit der Logik hatte.

»Halt den Mund«, sagte Eva und fuhr wieder an.

Schweigend gaben sich die Vierlinge im Fond den Anschein von netten kleinen Mädchen. Doch der täuschte. Wie üblich hatten sie sich mit geradezu erschreckender Genialität auf die Expedition vorbereitet. Emmeline hatte sich mit diversen Hutnadeln bewaffnet, die einst Großmama Wilt gehört hatten; Penelope hatte zwei Fahrradpumpen mit Ammoniak gefüllt und die Enden mit Kaugummi abgedichtet; Samantha hatte sämtliche Sparschweine aufgebrochen und einem verblüfften Gemischtwarenhändler seinen gesamten Pfeffervorrat abgekauft; und Josephine hatte derweilen einige von Evas größten und spitzesten Küchenmessern vom Magnetbrett in der Küche eingesteckt. Mit einem Wort, die Vierlinge freuten sich königlich darauf, möglichst viele Wachen außer Gefecht zu setzen; die einzige Befürchtung, die sie hegten, war die, daß die Sache friedlich ablaufen könne. Und um ein Haar wäre es so gekommen.

Als sie vor dem Schlagbaum anhielten und der Posten auf sie zukam, deutete nichts auf getroffene Vorkehrungen hin, die gestern so offensichtlich gewesen waren. Im Zuge seiner Bemühungen, zu demonstrieren, daß der Normalzustand und keine Ausnahmesituation herrschte, hatte Colonel Urwin die Entfernung der betongefüllten Tonnen in der Zufahrt angeordnet und den am Eingang zu den Zivilunterkünften diensthabenden Offizier dazu angehalten, besonders höflich zu sein. Eine massige Engländerin mit Dauerwellen und einer Wagenladung kleiner Mädchen schien für die Sicherheit der Luftwaffe der Vereinigten Staaten keinerlei Bedrohung darzustellen.

»Wenn Sie mal eben hier rüberfahren wollen, lasse ich Ihnen gerne den Bildungsoffizier rufen«, erklärte er Eva, die sich vorgenommen hatte, Captain Clodiak diesmal gar nicht zu erwähnen. Eva passierte den Schlagbaum und parkte. Das hatte sich als viel einfacher erwiesen als erwartet, so daß sie einen Augenblick an sich selbst zweifelte. Vielleicht war Henry doch nicht hier, und sie hatte einen schrecklichen Fehler begangen. Doch diese Unsicherheit währte nicht lange. Wieder mal hatte Wilts Escort seine Anwesenheit signalisiert, so daß just in dem Augenblick, als Eva die Vierlinge beruhigte, daß schon alles gutgehen würde, der Lieutenant mit zwei bewaffneten Posten aus dem Wachgebäude trat.

»Entschuldigen Sie, Madam«, sagte er, »aber ich wäre Ihnen sehr verbunden, wenn Sie mit rüber ins Büro kämen.«

»Wozu denn?« fragte Eva.

»Reine Routine.«

269

Eva sah ihn ausdruckslos an und versuchte nachzudenken. Sie war auf eine Konfrontation gefaßt, und Ausdrücke wie »Ich wäre ihnen sehr verbunden« und »reine Routine« waren irgendwie bedrohlich höflich. Trotzdem machte sie die Tür auf und stieg aus.

»Und die Kinder auch«, sagte der Lieutenant. »Bitte alle aussteigen.«

»Fassen Sie bloß meine Töchter nicht an«, drohte Eva, aufs höchste alarmiert. Jetzt war ihr klar, daß man sie nur hatte hereinlocken wollen. Auf diesen Augenblick hatten die Vierlinge nur gewartet. Als der Lieutenant die hintere Wagentür aufreißen wollte, stieß Penelope das Ende einer Luftpumpe durch den Fensterspalt, und Josephine zückte ein Tranchiermesser. Nur Evas beherztes Eingreifen rettete ihn vor dem Messer. Sie verdrehte ihm den Arm, und gleichzeitig traf ihn der Ammoniak. Während das Zeug von seinem durchtränkten Uniformrock aufstieg und sich die zwei Posten auf Eva stürzten, rannte der Lieutenant nach Luft schnappend in das Wachgebäude und nahm das hämische Mädchengekicher hinter sich nur dumpf wahr. In seinen Ohren klang es teuflisch. Halb erstickt stolperte er ins Büro und drückte den Alarmknopf.

»Hört sich fast so an, als hätten wir noch ein anderes Problem«, sagte Colonel Urwin, als die Sirenen zu heulen begannen.

»Lassen Sie mich aus dem Spiel«, sagte Wilt. »Ich habe meine eigenen Probleme, etwa, wie ich meiner Frau erklären soll, wo zum Teufel ich die letzten was weiß ich wieviel Tage gesteckt habe.«

Aber der Colonel telefonierte bereits mit der Wache. Er hörte kurz zu und wandte sich dann an Wilt. »Ist Ihre Frau ein fettes Weib mit vier Töchtern?«

»So könnte man es wohl ausdrücken«, entgegnete Wilt, »obwohl ich an Ihrer Stelle das ›fett‹ lieber weglassen würde, falls Sie ihr begegnen. Aber warum fragen Sie?«

»Weil das der Grund für den plötzlichen Alarm ist«, sagte der Colonel und hob den Hörer wieder ans Ohr. »Halten Sie alle... Was soll das heißen, Sie können nicht? Sie ist nicht... O Gott... Ja, schon gut. Und stellen Sie diese Scheißsirenen ab.« Dann trat eine Pause ein, in der der Colonel den Hörer vom Ohr weghielt und Wilt anstarrte. Jetzt, wo die Sirenen schwiegen, waren Evas schrille Forderungen deutlich hörbar.

270

»Geben Sie mir meinen Mann zurück«, brüllte sie, »und nehmen Sie Ihre dreckigen Pfoten weg... Und wenn Sie sich diesen Kindern auch nur einen Schritt nähern...« Der Colonel legte den Hörer auf die Gabel.

»Eva ist eine sehr resolute Frau«, erklärte Wilt.

»Den Eindruck habe ich auch«, sagte der Colonel, »aber ich möchte bloß wissen, was sie hier zu suchen hat.«

»Wie es sich anhört, sucht sie mich.«

»Allerdings haben Sie uns doch erklärt, sie wüßte nicht, daß Sie hier sind. Wie kommt es dann, daß sie da draußen wie eine Verrückte herumtobt und...« Captain Fortune war hereingekommen.

»Ich glaube, Sie sollten wissen, daß der General an der Strippe ist«, verkündete er. »Will wissen, was hier los ist.«

»Und er glaubt wohl, daß ich es wüßte«, erwiderte der Colonel bitter.

»Irgend jemand muß doch Bescheid wissen.«

»Der da zum Beispiel«, sagte der Colonel und deutete auf Wilt, »aber der redet nicht.«

»Aber nur, weil ich keine Ahnung habe«, sagte Wilt mit wachsendem Selbstvertrauen. »Und ohne übermäßig belehrend wirken zu wollen, würde ich meinen, daß niemand auf der ganzen weiten Welt weiß, was zum Teufel irgendwo los ist. Die halbe Weltbevölkerung verhungert, und die überfütterte Hälfte hegt beschissene Todessehnsüchte und...«

»Gütiger Gott«, seufzte der Colonel und faßte einen plötzlichen Entschluß. »Wir schaffen diesen Bastard raus. Sofort.«

Wilt war aufgesprungen. Er hatte zu viele amerikanische Filme gesehen, um nicht zwiespältige Gefühle gegenüber dem »Rausgeschafftwerden« zu haben. »O nein, das werden Sie nicht«, sagte er und wich an die Wand zurück. »Und den Bastard können Sie sich auch sparen. Ich habe absolut nichts mit diesem verfluchten Irrenhaus hier zu tun, und außerdem muß ich an meine Familie denken.«

Resigniert betrachtete Colonel Urwin sein Poster. Nicht zu Unrecht hatte er bei den Briten verborgene Abgründe vermutet, die er nie begreifen würde. Kein Wunder, daß die Franzosen vom »perfiden Albion« sprachen. Die Hunde benahmen sich immer so, wie man es am wenigsten erwartete. Aber zunächst mußte er sich eine

Erklärung einfallen lassen, die den General zufriedenstellen würde. »Sagen Sie einfach, wir hätten da ein rein internes Problem«, wies er den Captain an, »und jagen Sie Glaushof raus. Die Sicherheit des Stützpunkts ist sein Bier.«

Doch bevor der Captain den Raum verlassen konnte, griff Wilt erneut ein. »Wenn Sie diesen Verrückten auch nur in die Nähe meiner Kinder lassen, dann gibt's Tote«, schrie er. »Ich werde nicht zulassen, daß man sie auch noch mit Gas vergiftet.«

»Wenn dem so ist, dann kommen Sie besser schnell Ihrer elterlichen Aufsichtspflicht nach«, sagte der Colonel grimmig und wandte sich zur Tür.

Kapitel 23

Als sie den Parkplatz am Tor erreichten, war klar, daß die Situation bereits völlig aus den Fugen geraten war. Im Zuge der völlig unnötigen Bemühungen, ihre Mutter vor den Wachen zu retten – den einen hatte Eva bereits mit einem Kniehaken in den Unterleib zu Boden gestreckt, den sie in einem Abendkursus für Vergewaltigungsvorbeugung gelernt hatte –, hatten die Vierlinge den Wiltschen Wagen verlassen und den zweiten Wachposten außer Gefecht gesetzt, indem sie ihm Pfeffer in die Augen streuten. Danach hatten sie das Wachgebäude besetzt und hielten den Lieutenant als Geisel drinnen fest. Da er sich die Uniform vom Leib gerissen hatte, um den Ammoniakdämpfen zu entgehen, und die Vierlinge seinen Revolver und die der Wachen, die sich draußen auf der Erde wälzten, an sich genommen hatten, war es ihnen gelungen, sich noch wirkungsvoller im Wachgebäude zu verschanzen, indem sie den Fahrer eines Tanklasters, der den Fehler begangen hatte, bis an den Schlagbaum heranzufahren, mit vorgehaltener Waffe dazu zwangen, mehrere hundert Gallonen Heizöl auf die Straße auslaufen zu lassen, bevor er vorsichtig in den Stützpunkt einfahren durfte.

Selbst Eva war über das Ergebnis entsetzt. Nachdem sich das Zeug bereits auf dem Asphalt befand, war Lieutenant Harah etwas zu schnell in seinem Jeep herangebraust und hatte zu bremsen versucht. Jetzt hing der Jeep im Maschendraht des Umgrenzungszauns, und Lieutenant Harah schrie, nachdem er mühsam herausgekrochen war, nach Verstärkung. »Wir haben hier eine echte Infiltrationssituation«, bellte er in sein Walkie-Talkie. »Eine Horde linksgerichteter Terroristen hält das Wachgebäude besetzt.«

»Das sind keine Terroristen, sondern nur kleine Mädchen«, schrie Eva von drinnen, doch ihre Worte wurden von der Alarmsirene erstickt, die Samantha in Betrieb gesetzt hatte.

Draußen auf der Straße hatte sich Mavis Mottrams Busladung

von ›Müttern gegen die Bombe‹ in einer Reihe aufgestellt, sich mit Handschellen aneinander und rechts und links vom Einfahrtstor festgekettet. In dieser Aufstellung tanzten sie vor drei Fernsehkameras und einem Dutzend Fotografen eine Art Can-Can und sangen dazu »Schluß mit dem Wettrüsten, rettet die Menschen«.

Über ihren Köpfen schwebte ein riesiger, höchst bemerkenswerter Ballon. Er hatte die Form eines erigierten Penis, war von Venen durchzogen und trug auf gegenüberliegenden Seiten die etwas widersprüchlichen Slogans ›Babys statt Bomben‹ und ›Fickt euch selbst!‹ Während Wilt und Colonel Urwin das sanft in der Brise schaukelnde Ungetüm betrachteten, streifte es in technisch verblüffender Weise seine bescheidenen menschlichen Merkmale in Gestalt einer riesigen Plastikvorhaut ab und verwandelte sich in eine gigantische Rakete.

»Das wird den alten B 52 den Kopf kosten«, murmelte der Colonel, der sich gerade noch an dem Schauspiel ergötzt hatte, das der ölgetränkte Lieutenant Harah bei seinem Versuch, auf die Beine zu kommen, bot. »Ich könnte mir vorstellen, daß der Präsident auch nicht sonderlich begeistert ist. Die vielen Kameras werden schon dafür sorgen, daß dieser Scheißphallus in sämtlichen Nachrichtensendungen zu sehen sein wird.«

Ein Feuerwehrfahrzeug schoß um die Ecke und an ihnen vorbei, gefolgt von einem Jeep mit einem gelblichgraugesichtigen Major Glaushof, der den rechten Arm in der Schlinge trug.

»Um Himmels willen«, sagte Captain Fortune, »wenn der Feuerwehrwagen auf die Öllache gerät, dann haben wir da draußen dreißig Mütterleichen.«

Aber das Fahrzeug stand bereits, und Männer rollten die Schläuche ab. Hinter ihnen und der Menschenkette waren Inspektor Hodge und Sergeant Runk vorgefahren und starrten fassungslos auf das Spektakel. Die Frauen schleuderten noch immer die Beine in die Luft und sangen aus vollem Hals, die Feuerwehrleute hatten angefangen, Schaum auf das Öl und Lieutenant Harah zu sprühen, während Glaushof mit einer Hand wilde Gesten vollführte, die den Männern vom Anti-Peripherie-Penetrations-Trupp galten, welche sich in unmittelbarer Nähe der Bomben-Mütter formiert hatten und Anstalten machten, mit Kanistern voller Agenten-Ex auf sie loszugehen.

»Aufhören, verdammte Scheiße!« brüllte Glaushof, doch die Alarmsirene übertönte seine Worte. Als die Kanister zu Füßen der Menschenkette auf die Straße krachten, schloß Colonel Urwin die Augen. Er wußte zwar definitiv, daß Glaushof damit erledigt war, aber auch seine eigene Karriere war in Gefahr. »Wir müssen diese verfluchten Kinder da rausholen, bevor die Kameras auf sie schwenken«, bellte er Captain Fortune an. »Gehen Sie rein und holen Sie sie.«

Der Captain schaute auf den Schaum, das Öl und die Gaswolke. Mehrere Bomben-Mütter waren bereits zu Boden gesunken, und Samantha hatte das Risiko, sich dem Wachgebäude zu nähern, noch vergrößert, indem sie scheinbar ganz zufällig einen Revolver durchs Fenster abgefeuert hatte, als Antwort darauf hatte Glaushofs APP-Trupp seinerseits das Feuer eröffnet.

»Wenn Sie glauben, daß ich mein Leben riskiere...«, begann der Captain, doch da ergriff Wilt bereits die Initiative. Durch Öl und Schaum watete er hinüber zum Wachgebäude, das er Sekunden später mit vier kleinen Mädchen und einer dicken Frau verließ. Hodge sah ihn gar nicht. Wie die Kameraleute, war auch er mit seinen Augen woanders, doch hatte er im Gegensatz zu ihnen jegliches Interesse an der Katastrophe, die sich da am Tor abspielte, verloren. Das Agenten-Ex hatte ihn dazu bewogen, die Szenerie so schnell wie möglich zu verlassen. Es erschwerte ihm auch das Fahren. Als sein Polizeigefährt rückwärts gegen den Mütter-Bus krachte, dann nach vorne schoß und auf den Wagen eines Kameramanns prallte, bevor er die Straßenböschung hinunterrutschte und auf die Seite kippte, begriff er eins mit einem Mal: Inspektor Flint war doch kein so alter Esel gewesen. Jeder, der sich mit der Familie Wilt einließ, mußte mit dem Schlimmsten rechnen.

Colonel Urwin teilte seine Gefühle. »Wir werden Sie mit einem Hubschrauber hier rausbringen«, sagte er zu Wilt, als immer mehr Frauen vor dem Tor zu Boden sanken.

»Und was ist mit meinem Wagen?« fragte Wilt. »Wenn Sie glauben, daß ich gehe...«

Doch sein Protest wurde von den Vierlingen überschrien.

»Wir wollen mit einem Hubschrauber fliegen«, kreischten sie unisono.

»Bring mich bloß hier raus«, sagte Eva.

Zehn Minuten später blickte Wilt aus dreihundert Meter Höhe auf das Muster der Landebahnen und Straßen, Gebäude und Bunker und auf das winzige Grüppchen Frauen, die in die wartenden Krankenwagen getragen wurden. Zum erstenmal empfand er eine gewisse Sympathie für Mavis Mottram. Bei all ihren Fehlern war es bewundernswert, wie sie sich mit aller Kraft gegen die banale Riesenhaftigkeit des Stützpunktes gestellt hatte. Dieser Ort wies alle Merkmale eines potentiellen Vernichtungslagers auf. Freilich wurden keine Menschenherden in Gaskammern getrieben, und es stieg auch kein Rauch aus Krematorien auf; aber es herrschte ein blinder Gehorsam gegenüber Befehlen, der nicht nur Glaushof, sondern sogar Colonel Urwin zur zweiten Natur geworden war. Eigentlich allen mit Ausnahme von Mavis Mottram und den Frauen in der Kette vor dem Tor. Alle anderen würden Befehlen bedingungslos gehorchen, wenn die Zeit gekommen war und der atomare Holocaust begann. Und diesmal würde es keine Befreier geben, keine nachfolgenden Generationen, die den Toten Gedenkstätten errichteten oder aus den Schrecken der Vergangenheit lernten. Dann würde nur noch Schweigen herrschen. Und genau dasselbe war es in Rußland und den besetzten Ländern Osteuropas. Schlimmer noch. Dort hätte man Mavis Mottram längst zum Schweigen gebracht, in ein Gefängnis oder eine psychiatrische Anstalt gesperrt, weil sie es wagte, eigenständig zu denken. Weder Fernsehkameras noch Fotografen lieferten Bilder von diesen neuen Todeslagern. Zwanzig Millionen Russen waren gestorben, um ihr Land vor dem Völkermord zu bewahren. Und wozu? Damit Stalin und seine Nachfolger zu große Angst vor ihren eigenen Leuten hatten, um ihnen zu gestatten, über die Alternativen zum Bau von immer noch mehr Maschinen zur Vernichtung des Lebens auf der Erde auch nur zu reden.

Das alles war geisteskrank, kindisch und bestialisch. Aber vor allem war es banal. So banal wie die Berufsschule und Dr. Mayfields Herrschergelüste und die übertriebene Sorge des Direktors, seinen Job zu behalten und unvorteilhafte Publicity zu vermeiden, ohne Rücksicht darauf, was die Dozenten für richtig hielten oder die Schüler lernen wollten. Dahin kehrte er jetzt zurück. Es hatte sich überhaupt nichts verändert. Eva würde sich weiterhin in wilde Schwärmereien verlieren, die Vierlinge würden vielleicht sogar zu zivilisierten Menschen heranwachsen. Wilt hatte da ziemliche Zweifel. Zivilisierte Menschen waren ein Mythos, waren legendäre Gestalten, die nur in der Vorstellung der Dichter existierten, wo sie frei von Fehlern und Schwächen waren und ihre gelegentliche Selbstaufopferung maßlos übertrieben wurde. Bei den Vierlingen war das unmöglich. Da konnte man bestenfalls hoffen, daß sie so selbständig und unbequem nonkonformistisch bleiben würden, wie sie waren. Und wenigstens genossen sie den Flug.

Fünf Meilen vom Stützpunkt entfernt ging der Helikopter neben einer unbefahrenen Straße nieder.

»Sie können hier aussteigen«, meinte der Colonel. »Ich werde versuchen, Ihnen einen Wagen zu schicken.«

»Aber wir wollen mit dem Hubschrauber bis nach Hause fliegen«, schrie Samantha über das Dröhnen der Propellerflügel hinweg und bekam sogleich Unterstützung von Penelope, die darauf bestand, mit dem Fallschirm über der Oakhurst Avenue abzuspringen. Eva reichte es. Sie packte die Vierlinge der Reihe nach am Kragen, schob sie hinaus auf das flachgeblasene Gras und sprang hinterher. Wilt folgte. Einen Augenblick lang wurde die Luft von dem beschleunigenden Propeller nach unten gedrückt, dann hob der Hubschrauber ab und schwebte davon. Als er verschwunden war, fand auch Eva ihre Stimme wieder.

»Jetzt schau nur her, was du wieder angerichtet hast«, sagte sie. Wilt blickte sich in der leeren Landschaft um. Nach den diversen Verhören, die er durchgemacht hatte, war er nicht in Stimmung für Evas Gejammer.

»Also gehen wir«, sagte er. »Es wird niemand kommen, um uns abzuholen, also suchen wir besser eine Bushaltestelle.«

Er kletterte über die Böschung auf die Straße hinauf und setzte sich in Bewegung. In einiger Entfernung flackerte plötzlich ein Blitz auf, und ein kleiner Feuerball folgte. Major Glaushof hatte einen Tracer auf Mavis Mottrams aufblasbaren Penis abgefeuert. Der Feuerball und die darüberschwebende kleine, pilzförmige Wolke würden in Farbe in den abendlichen Fernsehnachrichten über den Bildschirm flimmern. Vielleicht war doch etwas erreicht worden.

Kapitel 24

Das Semester in der Berufsschule war zu Ende, und die Dozenten saßen, ebenso deutlich gelangweilt wie die Schüler, die sie zuvor unterrichtet hatten, im Auditorium. Jetzt war der Direktor an der Reihe. Er hatte zehn qualvolle Minuten damit verbracht, seine wahren Gefühle für Mr. Spirey vom Bauwesen, der sich endlich zur Ruhe setzte, möglichst zu verschleiern, und weitere zwanzig mit dem Versuch zu erklären, warum Sparmaßnahmen jegliche Hoffnung auf einen Wiederaufbau des Maschinenbautrakts genau zu dem Zeitpunkt zunichte gemacht hatten, als die Schule von einem anonymen Spender die atemberaubende Summe von einer Viertelmillion Pfund für den Kauf von Büchern zur Verfügung gestellt bekam. Wilt saß mit undurchdringlichem Gesicht bei den anderen Abteilungsleitern in der ersten Reihe und heuchelte Gleichgültigkeit. Nur er und der Direktor kannten die geheimnisvolle Geldquelle, und keiner durfte je ein Wort darüber verlieren. Dafür sorgte schon die Schweigepflicht. Das Geld war der Preis dafür, daß Wilt den Mund hielt. Der Handel war von zwei Beauftragten der amerikanischen Botschaft in Gegenwart zweier ziemlich bedrohlich wirkender Individuen abgeschlossen worden, die angeblich aus der Rechtsabteilung des Innenministeriums stammten. Nicht, daß sich Wilt von ihnen hätte beeindrucken lassen. Während der ganzen Verhandlung hatte er sich in dem Gefühl seiner Unschuld gesonnt; sogar Eva war vor Ehrfurcht stumm und von dem Angebot eines neuen Wagens schwer beeindruckt. Doch Wilt hatte abgelehnt. Es genügte ihm zu wissen, daß es dem Direktor, ohne daß dieser je begreifen würde, warum, stets schmerzlich bewußt sein würde, daß die Berufsschule für Geisteswissenschaften und Gewerbekunde von Fenland wieder mal in der Schuld eines Mannes stand, den er am liebsten gefeuert hätte. Jetzt hatte er Wilt am Hals, bis er sich selbst zur Ruhe setzte.

Nur die Vierlinge waren schwer zum Schweigen zu bringen gewesen. Es hatte ihnen zu großen Spaß gemacht, den Lieutenant mit Ammoniak vollzuspritzen und die Wachen mit Pfeffer außer Gefecht zu setzen, als daß sie ihre Heldentaten nicht hinausposaunen hätten wollen.

»Wir haben Daddy nur vor dieser sexy Frau gerettet«, sagte Samantha, als ihnen Eva unklugerweise das Versprechen abnahm, nie über das zu reden, was passiert war.

»Und wenn ihr eure verdammten Klappen nicht haltet, werdet ihr Mutter und mich bald aus Dartmoor retten müssen«, hatte Wilt sie angefahren. »Und ihr wißt, was das bedeutet.«

»Was denn?« fragte Emmeline, die die Aussicht auf einen Gefängnisausbruch recht verlockend zu finden schien.

»Das bedeutet, daß ihr in die Obhut schrecklicher Pflegeeltern kommt, und zwar garantiert nicht als verdammtes Kleeblatt. Man wird euch trennen und nicht zulassen, daß ihr euch gegenseitig besucht und...« Wilt verfiel in eine eindeutig Dickenssche Beschreibung von Waisenhäusern und entsetzlicher Kindsmißhandlung. Als er geendet hatte, waren die Vierlinge eingeschüchtert und Eva in Tränen aufgelöst. Nachdem das das erste Mal überhaupt geschah, verbuchte er es als weiteren kleinen Triumph. Natürlich würde die Wirkung nicht anhalten, aber wenn sie sich später irgendwann verplapperten, würde die unmittelbare Gefahr vorbei sein, und glauben würde ihnen sowieso niemand.

Doch genau dieses Argument weckte Evas Mißtrauen von neuem. »Ich möchte trotzdem wissen, warum du mich all diese Monate wegen deines Jobs im Gefängnis belogen hast«, sagte sie abends beim Ausziehen.

Auch darauf hatte Wilt eine Antwort. »Du hast doch gehört, was diese Männer vom MI 5 über die Schweigepflicht gesagt haben.«

»MI 5?« fragte Eva. »Die waren doch vom Innenministerium. Was hat denn MI 5 damit zu tun?«

»Von wegen Innenministerium – militärischer Abwehrdienst«, sagte Wilt. »Wenn du darauf bestehst, die Vierlinge in die teuerste Schule für Pseudowunderkinder zu schicken, und erwartest, daß wir dabei nicht verhungern...«

Die Diskussion hatte bis spät in die Nacht gedauert, doch mußte

Eva nicht erst lange überzeugt werden. Die Botschaftsbeauftragten hatten sie mit ihren Entschuldigungen nachhaltig beeindruckt, und von Frauen war überhaupt nicht die Rede gewesen. Außerdem hatte sie ihren Henry wieder zu Hause, und sicher war es am besten, ganz zu vergessen, daß irgendwas in Baconheath passiert war.

Als Wilt so neben Dr. Board saß, hatte er doch so ein bißchen das Gefühl, etwas bewirkt zu haben. Wenn es schon sein Schicksal war, mit anderer Leute Dummheit und Unverstand in Konflikt zu geraten, so blieb ihm doch die Genugtuung zu wissen, daß er niemandes Opfer war. Oder wenigstens vorübergehend. Am Ende siegte er über sie und die Umstände. Das war immer noch besser, als ein erfolgreicher Langweiler zu sein wie Dr. Mayfield – oder schlimmer noch, ein rachsüchtiger Versager.

»Wunder gibt es immer wieder«, sagte Dr. Board, als sich der Direktor schließlich setzte und sich die Lehrerschaft aus dem Auditorium hinauszuschlängeln begann. »Eine Viertelmillion für Schulbücher? Das ist bestimmt einmalig im britischen Erziehungswesen. Wenn Millionäre Schenkungen machen, dann meist zugunsten besserer Gebäude für schlechtere Schüler. Der da scheint ein Genie zu sein.«

Wilt schwieg. Einen gesunden Menschenverstand zu besitzen war vielleicht eine Form von Genie.

In der Polizeiwache von Ipford saß Ex-Inspektor Hodge, jetzt schlicht Sergeant Hodge, an einem Computerterminal in der Verkehrsüberwachung und versuchte, seine Gedanken auf Probleme im Zusammenhang mit Verkehrsflußmustern und Parksystemen außerhalb der Hauptverkehrszeit zu richten. Einfach war das nicht. Er hatte sich noch immer nicht von den Folgen des Agenten-Ex erholt; und erst recht nicht von der vom Polizeichef veranlaßten Überprüfung seiner Vorgehensweise, die der Polizeidirektor persönlich geleitet hatte.

Sergeant Runk war auch nicht gerade eine Hilfe gewesen. »Inspektor Hodge gab mir zu verstehen, daß der Polizeichef die Überwachung von Mr. Wilts Wagen gebilligt habe«, sagte er bei seiner Zeugenvernehmung aus. »Ich habe nur auf seine Anweisungen hin gehandelt. Bei dem Haus war es genauso.«

»Dem Haus? Wollen Sie damit sagen, daß das Haus auch abge-
hört wurde?«

»Jawohl, Sir. Soweit ich weiß, noch immer«, sagte Runk. »Wir
hatten die Unterstützung der Nachbarn, Mr. Gamer und Frau.«

»O Gott!« murmelte der Polizeidirektor, »wenn das je in die
Boulevardpresse gelangt...«

»Ich glaube nicht, daß es dazu kommen wird, Sir«, entgegnete
Runk. »Mr. Gamer ist ausgezogen, und seine Frau will das Haus
verkaufen.«

»Dann holen Sie bloß dieses verdammte Zeug raus, bevor sich
jemand das Haus genauer ansieht«, fauchte der Polizeidirektor,
bevor er sich Hodge vorknöpfte. Als er mit ihm fertig war, befand
sich der Inspektor am Rande eines Nervenzusammenbruchs. Er
war zum Sergeant degradiert und in die Verkehrsabteilung abge-
schoben worden, und man hat ihm angedroht, ihn als Übungsob-
jekt in die Polizeihundeschule zu versetzen, sollte er auch nur einen einzigen falschen Schritt tun.

Und um das Maß seines Elends voll zu machen, mußte er auch
noch mit ansehen, wie Flint zum Leiter des Drogendezernats befördert wurde.

»Der Kerl scheint ein Naturtalent auf diesem Arbeitssektor zu
sein«, meinte der Polizeidirektor. »Er hat Beachtliches geleistet.«

Der Polizeichef hatte da seine Vorbehalte, behielt sie jedoch für
sich. »Ich glaube, das liegt in der Familie«, bemerkte er weise.

Während des vierzehntägigen Prozesses hatte Flints Name fast
täglich im *Ipford Chronicle* gestanden und sogar in einigen über-
regionalen Tageszeitungen. Auch in der Polizeikantine wurde sein
Loblied gesungen. Flint, der Rauschgiftringknacker. Flint, der
Schrecken des Gerichtssaals. Trotz aller Anstrengungen, die die
Verteidigung – berechtigterweise – unternommen hatte, um die
Rechtmäßigkeit seiner Methoden in Frage zu stellen, hatte Flint
mit Fakten und Diagrammen, Orts- und Zeitangaben, Daten und
Beweisstücken gekontert, die samt und sonders authentisch waren. Als er den Zeugenstand verließ, haftete ihm nach wie vor das
Image des altmodischen Bullen an, dessen Integrität durch die Anschuldigungen nur noch gesteigert wurde. Der Öffentlichkeit genügte es, den Blick von ihm auf die Riege jämmerlicher Gestalten
auf der Anklagebank wandern zu lassen, um zu sehen, wo die

Macht der Gerechtigkeit lag. Freilich waren auch der Richter und die Geschworenen überzeugt gewesen. Die Angeklagten waren zu Haftstrafen zwischen neun und zwölf Jahren verdonnert, und Flint war befördert worden.

Doch Flints eigentliches Verdienst lag außerhalb des Gerichtssaals in Bereichen, in denen noch immer Diskretion herrschte.

»Sie soll das Zeug von ihren Vettern aus Kalifornien mitgebracht haben?« sprudelte Lord Lynchknowle heraus, als ihm der Polizeidirektor einen Besuch abstattete. »Davon glaube ich kein Wort. Eine glatte Lüge.«

»Ich fürchte nicht, alter Junge. Wir sind absolut sicher. Sie hat das Zeug in einer Flasche zollfreiem Whisky eingeschmuggelt.«

»Guter Gott. Ich dachte, sie hätte es in dieser verdammten Berufsschule gekriegt. War sowieso nie damit einverstanden, daß sie da hinging. Nur die Schuld ihrer Mutter.«

Er schwieg eine Weile und schaute mit leerem Blick hinaus auf seinen gepflegten Rasen. »Wie, sagten Sie, heißt das Zeug?«

»Leichenbalsam«, sagte der Polizeidirektor. »Oder Engelsstaub. Meistens wird es geraucht.«

»Begreife nicht, wie man Leichenbalsam rauchen kann«, sagte Lord Lynchknowle. »Aber wer versteht schließlich schon die Frauen.«

»Niemand«, sagte der Polizeidirektor und überließ ihn mit der Versicherung, daß der amtliche Leichenbeschauer Tod durch Unfall feststellen würde, seinem Schicksal, nämlich mit anderen Frauen fertig zu werden, deren Verhalten für ihn unbegreiflich war.

Die heftigsten Konsequenzen zog Hodges Besessenheit in puncto Familie Wilt für Baconheath nach sich. Frauen aus dem ganzen Land hatten sich Mavis Mottrams Bewegung ›Mütter gegen die Bombe‹ vor den Toren des Stützpunkts angeschlossen, so daß die Demonstration zusehends an Umfang gewann. Am Umgrenzungszaun entlang hatten sie ein Camp aus Behelfshütten und Zelten errichtet, und natürlich trug es nicht gerade zur Verbesserung der Beziehungen zwischen den Amerikanern und der Polizei von Fenland bei, als das Fernsehen zeigte, wie äußerst respektable britische Frauen mittleren Alters mit Gas betäubt und in Handschellen in getarnte Krankenwagen geschleift wurden.

Noch prekärer wurde die Angelegenheit dadurch, daß Mavis'
Taktik der Blockierung der Zivilquartiere zu wiederholten heftigen
Auseinandersetzungen zwischen US-Frauen, die der Langeweile
des Stützpunkts entfliehen und nach Ipford oder Norwich auf Sou-
venirjagd gehen wollten, und Bomben-Müttern führten, die sich
weigerten, sie rauszulassen oder sie zwar hinaus ließen, nicht aber
wieder hinein, was die Stimmung nur noch mehr anheizte. Auf
dem Bildschirm bekam man derlei spektakuläre Szenen mit einer
Regelmäßigkeit zu sehen, die zwangsläufig eine Kontroverse zwischen dem Innenminister und dem Verteidigungsminister auslöste;
jeder schob dem anderen die Verantwortung für die Aufrechter-
haltung von Recht und Ordnung zu. Profitiert hatte einzig und allein Patrick Mottram. In Mavis' Abwesenheit hatte er Dr. Kores'
Hormone abgesetzt und seine früheren Gewohnheiten mit Besu-
cherinnen der Volkshochschule wieder aufgenommen.

Auch innerhalb des Stützpunkts hatte sich alles verändert. General
Belmonte, der noch immer an den Folgen jenes Schauspiels litt,
daß sich ein gigantischer Penis vor seinen Augen selbst beschnitt,
sich in eine Rakete verwandelte und explodierte, war in ein Heim
für geistesgestörte Veteranen in Arizona verfrachtet worden, wo
er, mit Beruhigungsmitteln vollgepumpt, in der Sonne sitzen und
von jenen glücklichen Tagen träumen konnte, als seine B 52 den
unbesiedelten Dschungel Vietnams unter Beschuß genommen hatte. Colonel Urwin war nach Washington in einen von Katzen über-
schwemmten Garten zurückgekehrt, wo er mit Hingabe duftende
Narzissen züchtete und seine erhebliche Intelligenz der Frage nach
der Verbesserung der anglo-amerikanischen Beziehungen widmete.

Am meisten gelitten hatte Glaushof. Man hatte ihn in das abge-
schiedenste und radioaktivste Testgelände in Nevada geflogen und
ihm Aufgaben übertragen, bei denen seine eigene Sicherheit ständig in Gefahr war und seine alleinige Verantwortung darstellte.
»Allein« war dabei das entscheidende Wort. Mona Glaushof war
mit Lieutenant Harah im Schlepptau nach Reno abgedampft, um
sich scheiden zu lassen, und lebte jetzt in Texas bequem von seinen
Unterhaltszahlungen. Das war doch was anderes als das naßkalte
Fenland; hier schien den ganzen Tag die Sonne.

Sie schien auch auf die Oakhurst Avenue 45 und Eva, die im Haus herumwerkelte und überlegte, was sie zum Abendessen kochen sollte. Es war schön, Henry wieder zu Hause zu haben, und irgendwie trat er jetzt auch bestimmter auf als zuvor. Vielleicht, dachte sie, als sie die Treppe saugte, sollten wir in diesem Sommer ein oder zwei Wochen ganz allein wegfahren. Und ihre Gedanken wanderten an die Costa Brava.

Doch dieses Problem hatte Wilt bereits gelöst. Er saß mit Peter Braintree in der *Katze im Sack*.

»Nach allem, was ich dieses Semester durchgemacht habe, denke ich nicht daran, mir den Sommer auf irgendeinem stinkenden Campingplatz von den Vierlingen verpatzen zu lassen«, sagte er fröhlich. »Ich habe schon andere Vorkehrungen getroffen. In Wales gibt es so eine Abenteuerschule, in der sie klettern, reiten und tauchen können. Da sollen sie sich in der freien Natur und am Begleitpersonal richtig austoben. Ich habe ein Cottage in Dorset gemietet und werde da runterfahren, um wieder mal *Jude The Obscure* zu lesen.«

»Scheint mir ein ziemlich trübsinniges Buch für einen Urlaub.«

»Ein heilsames«, sagte Wilt. »Ein hübsches Memento, daß die Welt von jeher ein verrückter Ort gewesen ist und daß es uns, die wir an der Berufsschule unterrichten, so schlecht nicht geht. Außerdem räumt es gründlich mit der Vorstellung auf, man könne mit intellektuellem Streben alles erreichen.«

»Da wir gerade vom Streben reden«, sagte Braintree, »was um Himmels willen wirst du mit dem Geld anfangen, das dieser verrückte Philanthrop deiner Abteilung für Bücher in den Rachen geworfen hat?«

Wilt lächelte in sein Glas. »Verrückte Philanthropen« paßte hervorragend auf die Amerikaner mit ihren Luftwaffenstützpunkten, Nuklearwaffen und ihren gebildeten Idioten im Auswärtigen Amt, die davon ausgingen, daß selbst der untüchtigste liberale Menschenfreund ein blutrünstiger Stalinist und Mitglied des KGB sein mußte – und die dann ordentlich blechten, um den angerichteten Schaden wiedergutzumachen.

»Also, erst mal werde ich Inspektor Flint zweihundert Exemplare von *Herr der Fliegen* schenken«, sagte er schließlich.

»Flint? Warum ausgerechnet ihm? Was soll der denn mit den verdammten Dingern anfangen?«

»Schließlich war er derjenige, der Eva gesagt hat, ich sei draußen in...« Wilt hielt inne. Es wäre unsinnig gewesen, die Schweigepflicht zu verletzen. »Das ist der Preis«, fuhr er fort, »für den Bullen, der den Phantomblitzer verhaftet. Scheint mir ein angemessener Titel.«

»Das kann man wohl sagen«, meinte Braintree. »Trotzdem sind zweihundert Exemplare doch etwas unangemessen. Ich kann mir nicht vorstellen, daß ein auch noch so gebildeter Polizist zweihundert Exemplare desselben Buches lesen mag.«

»Er kann sie jederzeit an die armen Kerle draußen am Stützpunkt verteilen. Muß schon die Hölle sein, mit dieser Mavis Mottram fertigzuwerden. Nicht, daß ich ihre Ansichten nicht teilen würde, aber das verdammte Weib hat eindeutig eine Macke.«

»Trotzdem mußt du doch noch eine Unmenge anderer Bücher kaufen«, sagte Braintree. »Ich meine, für mich wäre das gut und schön, weil die Englischabteilung Bücher braucht, aber ich hätte nicht geglaubt, daß Kommunikative Techniken und...«

»Nimm diesen Unfug nie wieder in den Mund. Ich werde zu ›Allgemeinbildung‹ zurückkehren, und zum Teufel mit diesem ganzen verdammten Jargon. Und wenn es Mayfield und dem Rest der sozio-ökonomischen Strukturapostel nicht gefällt, dann können sie mich mal. Von jetzt an mache ich, was ich will.«

»Du klingst recht selbstsicher«, sagte Braintree.

»Ja«, sagte Wilt und lächelte.

Und das war er.

David Lodge

Schnitzeljagd

Ein satirischer Roman

Ullstein Buch 20836

»David Lodge schildert in seinem Roman die (Spesen-)-Ritter-Saga der Kongreß-Akademiker-Welten. Da reisen sie und reden, flirten, lieben, entlieben sich, tricksen und werden ausgetrickst, geraten aneinander und ineinander... Die Schnitzeljagd der Liebe ist die witzigste und geistreichste Satire auf den Kultur- und Literaturbetrieb seit Jahren.«

Cosmopolitan

ein Ullstein Buch

Tom Sharpe

Puppenmord
Ullstein Buch 20202

Trabbel für Henry
Ullstein Buch 20360

Tohuwabohu
Ullstein Buch 20561

Mohrenwäsche
Ullstein Buch 20593

Feine Familie
Ullstein Buch 20709

Der Renner
Ullstein Buch 20801

Klex in der Landschaft
Ullstein Buch 20963

Henry dreht auf
Ullstein Buch 22058

Alles Quatsch
Ullstein Buch 22154

Schwanenschmaus im Porterhouse
Ullstein Buch 22195

ein Ullstein Buch

Giovanni Guareschi

Genosse Don Camillo
Ullstein Buch 2612

Don Camillo und
die Rothaarige
Ullstein Buch 2890

… und da sagte
Don Camillo…
Ullstein Buch 20482

Avanti, Don Camillo!
Avanti!
Ullstein Buch 20665

… und Don Camillo
mittendrin…
Ullstein Buch 20736

Das Schicksal heißt
Clothilde
Ullstein Buch 20757

Der verliebte Mähdrescher
Ullstein Buch 20858

Bleib in deinem D-Zug!
Ullstein Buch 20942

Grazie, Don Camillo
Ullstein Buch 22298

Ciao, Don Camillo
Ullstein Buch 22391

Nur Verrückte gehen
zu Fuß
Ullstein Buch 40031

Mißgeschick mit Minirock
Ullstein Buch 40041

ein Ullstein Buch